## DER GEIST PACKT DICH, UND DU STÜRZT ZU BODEN

# Anne Fadiman

# Der Geist packt dich, und du stürzt zu Boden

Ein Hmong-Kind, seine westlichen Ärzte und der Zusammenprall zweier Kulturen

Aus dem Amerikanischen von
Leonie von Reppert-Bismarck und Thomas Rütten

Berlin Verlag

Die Originalausgabe erschien 1997 unter dem Titel
*The Spirit Catches You and You Fall Down. A Hmong Child, Her American Doctors, and the Collision of Two Cultures*
bei Farrar, Straus and Giroux, New York
© 1997 Anne Fadiman
Für die deutsche Ausgabe
© 2000 Berlin Verlag, Berlin
Alle Rechte vorbehalten
Umschlaggestaltung:
Nina Rothfos und Patrick Gabler, Hamburg
Gesetzt aus der DTL Albertina durch psb, Berlin
Druck & Bindung: Franz Spiegel Buch GmbH, Ulm
Printed in Germany 2000
ISBN 3-8270-0336-9

# Inhalt

Vorwort 7

Geburt 11
Fischsuppe 22
Der Geist packt dich, und du stürzt zu Boden 31
Essen Ärzte Gehirn? 44
Nach Vorschrift einzunehmen 51
Transkortikale Hochgeschwindigkeitsbleitherapie 74
Regierungseigentum 89
Foua und Nao Kao 105
Ein wenig Medizin und ein wenig *neeb* 120
Krieg 133
Der große Anfall 150
Flucht 164
Code X 181
Der Schmelztiegel 191
Gold und Tand 218
Warum ausgerechnet Merced? 231
Die acht Fragen 256
Das Leben oder die Seele 270
Das Opfer 286

Bemerkung zur Hmong-Orthographie und -Aussprache 298
Literaturverzeichnis 301
Danksagung 308

# Vorwort

Unter meinem Schreibtisch bewahre ich eine Kiste voller Kassetten auf. Auch wenn die Gesprächsprotokolle längst alle abgetippt worden sind, höre ich sie mir von Zeit zu Zeit immer noch gern an. Auf einigen geht es ruhig und leicht verständlich zu. Man hört Stimmen amerikanischer Ärzte, hier und da unterbrochen vom Klappern einer Kaffeetasse oder dem Signal eines Piepsers. Auf den übrigen Bändern, und das ist mehr als die Hälfte, geht es dagegen sehr laut zu. Hier hört man die Stimmen der Familie Lee, Hmong-Flüchtlinge aus Laos, die 1980 in die Vereinigten Staaten kamen. Vor der Geräuschkulisse schreiender Babys, spielender Kinder, schlagender Türen, klappernden Geschirrs, eines jammernden Fernsehgeräts und einer keuchenden Klimaanlage höre ich die Stimme der Mutter, die abwechselnd gehaucht, nasal, gurgelnd oder summend die acht Tonlagen der Hmong-Sprache hinauf- und hinuntergleitet. Zu hören ist auch die Stimme des Vaters, lauter, langsamer und mit größerem Nachdruck, sowie schließlich die zwischen Hmong und Englisch vermittelnde Stimme meiner Dolmetscherin, leise und respektvoll in beiden Sprachen. Der Tumult ruft mir eine Flut von Sinneseindrücken in Erinnerung: die Kühle des roten metallenen Klappstuhls, der Gästen vorbehalten war und jedesmal aufgestellt wurde, kaum daß ich die Wohnung betrat; die Schatten, die das von der Decke an einem Bindfaden herabhängende und in ganzer Länge in der Zugluft hin und her schwingende Amulett warf; eine ganze Palette geschmacklicher Eindrücke, von der besten Speise der Hmong (*quav ntsuas*, einem süßen, dem Zuckerrohr ähnlichen Stengel) bis zur übelsten (*ntshav ciaj*\*, geronnenem, rohem Schweineblut).

Zum ersten Mal saß ich am 19. Mai 1988 auf dem roten Klappstuhl der Lees. In jenem Frühjahr war ich kurz zuvor nach Merced, Kalifornien, dem Wohnort der Lees, gekommen, weil ich gehört hatte, daß

---

\* Diese Ausdrücke spricht man etwa »kwa ntshwa« und »ntsha tya« aus. Zur Erläuterung und zur Aussprache der übrigen in diesem Buch verwendeten Hmong-Ausdrücke und -Wörter vgl. die »Bemerkung zur Hmong-Orthographie und -Aussprache« auf Seite 298.

es im dortigen Kreiskrankenhaus zu einigen merkwürdigen Mißverständnissen zwischen den Hmong-Patienten und dem medizinischen Personal gekommen war. Ein Arzt sprach von »Zusammenstößen«, was so klang, als seien zwei verschiedene Völker aufeinandergeprallt, frontal, mit quietschenden Reifen und berstendem Glas. Wie sich herausstellen sollte, waren die Begegnungen zwar häßlich, doch von Frontalzusammenstößen konnte nur selten die Rede sein. Auf beiden Seiten gab es Verletzte, aber keine der Parteien schien genau zu wissen, was sie getroffen hatte oder wie sie einem weiteren Zusammenstoß aus dem Weg gehen konnte.

Ich hatte schon immer den Eindruck, daß sich die interessantesten Beobachtungen nicht im Mittelpunkt des Geschehens, sondern am Rande, wo die Kanten aneinanderstoßen, machen lassen. Ich habe eine Vorliebe für Küstenlinien, Wetterfronten, Landesgrenzen. Hier gibt es interessante Reibungen und Unvereinbarkeiten, und oft erkennt man beide Seiten besser, wenn man sie von ihrer Berührungslinie aus betrachtet, als wenn man die Zentralperspektive der einen oder anderen Seite einnimmt. Dies gilt insbesondere, wenn es sich um ein kulturelles Nebeneinander handelt. Als ich das erste Mal nach Merced kam, hoffte ich, die Kultur der amerikanischen Medizin, über die ich ein wenig Bescheid wußte, und die Kultur der Hmong, über die ich nichts wußte, würden sich gegenseitig auf die eine oder andere Weise erhellen, wenn es mir nur gelänge, mich zwischen sie zu schieben, ohne dabei in ihr Kreuzfeuer zu geraten.

Vor neun Jahren war das alles noch graue Theorie. Nachdem ich von Lia, der Tochter der Lees, gehört hatte, deren Fall zu den schlimmsten Auseinandersetzungen führte, die das Krankenhaus in Merced jemals erlebt hatte, und nachdem ich ihre Familie und Ärzte kennengelernt und mir eingestanden hatte, wie sehr ich mit beiden Seiten sympathisierte und wie schwierig es war, einer von beiden die Schuld zuzuschieben (obwohl ich es, weiß Gott, redlich versucht habe), hörte ich auf, die Situation in derart geradlinigen Begriffen zu analysieren. Mit anderen Worten: Ohne es zu wollen, hatte ich begonnen, ein bißchen weniger wie eine Amerikanerin und ein bißchen mehr wie eine Hmong zu denken. Zufällig hatten mein Mann, mein Vater, meine Tochter und ich selbst während der Jahre, in denen ich an diesem Buch arbeitete, ernste Krankheiten zu überstehen, so daß ich, wie die Lees, eine Menge Zeit in Krankenhäusern verbringen mußte. Viele Stunden saß ich in Wartezimmern und nagte an der Frage: »Was macht einen guten Arzt aus?« Zu derselben Zeit wurden meine beiden Kinder geboren, so daß ich mich oft mit einer zweiten Frage konfrontiert sah, die ebenfalls mit der Geschichte der Lees zusammenhängt: »Was macht eine gute Mutter oder einen guten Vater aus?«

Ich kenne die Menschen, von denen dieses Buch handelt, nun schon einen Großteil meines Erwachsenenlebens und wäre sicher ein anderer Patient, wenn ich Lias Ärzten niemals begegnet wäre. Ebenso sicher wäre ich eine andere Mutter, wenn ich Lias Familie nicht kennengelernt hätte. Wenn ich ein paar Kassetten aus dem Karton unter meinem Schreibtisch hervorhole und wahllos hineinhöre, tauche ich in ein prickelndes Erinnerungsbad, und zugleich kommt mir all das in den Sinn, was ich immer noch von beiden Kulturen lerne, über die ich schreibe. Hin und wieder, wenn ich den Bändern des Nachts lausche, stelle ich mir vor, wie sie wohl klängen, wenn sie sich irgendwie miteinander verflechten ließen, so daß die Stimmen der Hmong und die Stimmen der amerikanischen Ärzte auf einer einzigen Kassette zu vernehmen wären, in einer gemeinsamen Sprache.

A. F.

# Geburt

Wäre Lia wie ihre Eltern und zwölf ihrer Geschwister im Hochland des nordwestlichen Laos geboren worden, hätte sich ihre Mutter auf den Boden des Hauses gehockt, das ihr Vater aus axtbehauenen Planken gebaut und mit einem Dach aus Bambus und Gras gedeckt hatte. Der Boden bestand aus Erde, doch er war sauber. Ihre Mutter Foua besprühte ihn regelmäßig mit Wasser, um Staub zu vermeiden. Jeden Morgen und jeden Abend fegte sie ihn mit einem Besen aus, den sie aus Gras und Rinde hergestellt hatte. Mit einer Kehrichtschaufel aus Bambus, die sie ebenfalls eigenhändig gefertigt hatte, sammelte sie die Exkremente der Kinder ein, die zu klein waren, draußen ihr Geschäft zu verrichten, und leerte sie im Wald aus. Selbst wenn Foua keine perfekte Hausfrau gewesen wäre, wären ihre Babys nie schmutzig geworden, da sie niemals mit dem Boden wirklich in Berührung kamen. Foua ist bis auf den heutigen Tag stolz darauf, alle ihre Kinder in die eigenen Hände entbunden zu haben, indem sie bei der Entbindung das Köpfchen eigenhändig umfaßte und helfend eingriff, um dann den restlichen Körper auf ihre gebeugten Unterarme gleiten zu lassen. Keine Geburtshelferin war dabei zugegen. Nur ihr Mann Nao Kao durfte ihr eine Tasse heißes Wasser bringen, wann immer sie während der Wehen einen trockenen Hals bekam. Ihren Körper durfte er dabei nicht ansehen. Da Foua glaubte, daß Stöhnen und Schreien die Geburt gefährden würden, ließ sie die Wehen schweigend über sich ergehen und richtete nur ab und zu ein Gebet an ihre Vorfahren. Sie war bei den Geburten, die meistens nachts stattfanden, so leise, daß ihre älteren Kinder ungestört und kaum einen Meter entfernt auf ihrer Bambuspritsche weiterschliefen und erst aufwachten, wenn sie den Schrei ihres neuen Geschwisterkindes hörten. Nach jeder Geburt durchtrennte Nao Kao mit einer abgekochten Schere die Nabelschnur und band sie mit Zwirn ab. Dann wusch Foua ihr Baby mit Wasser, das sie für gewöhnlich bei Eintritt der Wehen vom Fluß geholt und in einem Faß aus Holz und Bambus auf dem Rücken nach Hause getragen hatte.

Bei keinem der Kinder hatte Foua die geringsten Schwierigkeiten, weder mit der Empfängnis noch während der Schwangerschaft oder bei der Entbindung. Hätte es Probleme gegeben, so hätte sie auf eine Vielzahl von Mitteln zurückgreifen können, wie sie bei den Hmong, dem Bergvolk, dem sie und ihre Familie angehörten, in Gebrauch sind. Kann ein Hmong-Paar keine Kinder bekommen, können die beiden einen *txiv neeb* rufen, einen Schamanen, von dem man glaubt, er könne in Trance fallen, eine Schar hilfreicher Hausgeister zusammenrufen, auf einem geflügelten Pferd über die zwölf Berge zwischen Himmel und Erde reiten, ein von Seeungeheuern bewohntes Meer überqueren und die im Reich des Unsichtbaren wohnenden Geister (mit Lebensmitteln, mit Geld oder nötigenfalls mit einem geisterbeschwörenden Schwert) bestechen und so mit ihnen um die Gesundheit seiner Patienten handeln. Ein *txiv neeb* kann Unfruchtbarkeit etwa dadurch heilen, daß er das Paar auffordert, einen Hund, eine Katze, ein Huhn oder ein Schaf zu opfern. Nachdem die Kehle des Tieres durchschnitten ist, spannt der *txiv neeb* ein Seil vom Türpfosten zum Ehebett, über das die Seele des zukünftigen Babys, das von einem bösen Geist, einem sogenannten *dab*, gefangengehalten wurde, ungehindert auf die Erde reisen kann. Ebensogut lassen sich verschiedene Vorsichtsmaßnahmen gegen Unfruchtbarkeit treffen. So würde es keiner Hmong-Frau im gebärfähigen Alter jemals in den Sinn kommen, ihren Fuß in eine Höhle zu setzen. Denn dort lebt zuweilen eine besonders unangenehme Sorte von *dab*, die gern Fleisch ißt und Blut trinkt und ihr Opfer durch Geschlechtsverkehr unfruchtbar macht.

Ist die Hmong-Frau erst einmal schwanger, kann sie zur Gesunderhaltung ihres Kindes beitragen, indem sie aufmerksam darauf achtet, worauf sie Appetit hat. Verlangt es sie nach Ingwer, ohne daß sie diesem Verlangen nachgibt, so wird ihr Kind mit einem überzähligen Finger oder Zeh auf die Welt kommen. Verlangt es sie nach Hühnerfleisch, ohne daß sie welches ißt, wird ihr Kind ein Mal nahe beim Ohr davontragen. Ein ungestilltes Verlangen nach Eiern zieht einen massigen Kopf nach sich. Wenn eine Hmong-Frau die ersten Wehen spürt, beeilt sie sich, von den Reis- oder Opiumfeldern, auf denen sie ihre gesamte Schwangerschaft über weitergearbeitet hat, nach Hause zu kommen. Denn es ist wichtig, zur Entbindung das eigene Heim oder zumindest das Haus eines der Vettern des Ehemanns zu erreichen, weil ihr anderenfalls ein *dab* Schaden zufügen könnte. Eine langwierige und schwere Geburt läßt sich dadurch erleichtern, daß die Gebärende Wasser trinkt, in dem zuvor ein Schlüssel gekocht wurde, um auf diese Weise den Geburtskanal aufzuschließen; man kann die Familie Schalen mit heiligem Wasser im Raum aufstellen und darüber Gebete singen lassen; oder, wenn das Problem daher kommt, daß die werdende Mutter ein älteres Familienmitglied mit mangelndem Respekt behandelt hat, so kann sie die Fingerspitzen des beleidigten Verwandten waschen und sich wie von Sinnen entschuldigen, bis der Verwandte schließlich sagt: »Ich vergebe dir.«

Kurz nach der Geburt, während Mutter und Kind noch an der Feuerstelle beisammenliegen, gräbt der Vater ein mindestens 60 Zentimeter tiefes Loch in den gestampften Fußboden aus Erde und vergräbt die Plazenta. Ist das Neugeborene ein Mädchen, wird die Plazenta unter dem Bett der Eltern vergraben; ist es ein Junge, wird seine Plazenta an einem ehrenvolleren Ort vergraben, nämlich in der Nähe des zentralen Holzpfostens des Hauses, wo ein männlicher Geist, der Hüter des Hauses, der das Dach stützt bzw. über die Bewohner wacht, seinen Sitz hat. Die Plazenta wird stets mit der glatten Seite, das heißt mit der Seite, die dem Fötus im Inneren der Gebärmutter zugewandt war, nach oben beerdigt, da andernfalls das Kind erbricht, wenn es gestillt wird. Wenn das Gesicht des Babys fleckig wird, bedeutet es, daß die vergrabene Plazenta von Ameisen befallen ist. Dann gießt man kochendes Wasser als Insektizid in die Grabhöhlung. In der Sprache der Hmong bedeutet das Wort für Plazenta »Jacke«. Sie gilt als erstes und kostbarstes Kleidungsstück. Stirbt ein(e) Hmong, muß seine bzw. ihre Seele den ganzen geographischen Lebensweg über alle Stationen rückwärts durchlaufen, bis sie den Bestattungsort ihrer plazentalen Jacke findet und diese überzieht. Erst nachdem die Seele anständig angezogen ist mit jenem Kleidungsstück, in dem sie geboren wurde, kann sie ihre gefährliche Reise fortsetzen, an mörderischen *dabs* und giftigen Riesenraupen vorbei, um menschenfressende Felsen und unüberwindbare Ozeane herum, um schließlich an jenen Ort jenseits des Himmels zu gelangen, an dem sie mit ihren Vorfahren wiedervereint wird und von wo sie dereinst entsandt wird, um als Seele eines neuen Babys wiedergeboren zu werden. Kann die Seele ihre Jacke nicht finden, ist sie zu ewiger Wanderschaft verdammt, nackt und einsam.

Da die Lees zu den 150 000 Hmong zählen, die aus Laos geflohen sind, seit ihr Land 1975 in die Hände der kommunistischen Streitkräfte fiel, wissen sie nicht, ob ihr Haus noch existiert, und ebensowenig, ob die fünf männlichen und sieben weiblichen Plazenten, die Nao Kao unter dem Erdboden vergraben hat, noch dort sind. Sie glauben, daß die Hälfte der Plazenten bereits ihren letztendlichen Zweck erfüllt hat, da vier ihrer Söhne und zwei ihrer Töchter auf unterschiedliche Art den Tod fanden, ehe die Lees in die Vereinigten Staaten gelangten. Sie glauben ferner, daß die Seelen der meisten ihrer Familienmitglieder eines Tages einen langen Weg vor sich haben werden, da sie ihre Lebensstationen von Merced in Kalifornien, wo die Familie fünfzehn ihrer siebzehn Jahre in diesem Land verbracht hat, werden zurückverfolgen müssen: nach Portland, Oregon, wo sie wohnten, bevor sie nach Merced kamen, nach Honolulu auf Hawaii, wo ihr Flugzeug aus Thailand zunächst landete, über zwei thailändische Flüchtlingslager bis schließlich in ihr Heimatdorf in Laos.

Mai, das dreizehnte Kind der Lees, wurde in einem Flüchtlingslager in Thailand geboren. Ihre Plazenta wurde unter der Hütte vergraben, die sie damals bewohnten. Lia, ihr vierzehntes Kind, kam im Krankenhaus von Merced [*Merced Community Medical Center*] zur Welt, einem modernen Krankenhaus in kommunaler Trägerschaft, das einen landwirtschaftlich geprägten Kreis im Central Valley in Kalifornien versorgt, in dem sich viele Hmong niedergelassen haben. Lias Plazenta wurde eingeäschert. Manchmal fragten Hmong-Frauen die Ärzte im MCMC, wie das Krankenhaus gemeinhin genannt wird, ob sie die Plazenten ihrer Babys nach Hause mitnehmen dürften. Einige Ärzte willigten ein und packten die Plazenten in Plastiktüten oder Mitnahmebehälter aus der Krankenhauscafeteria; die meisten Ärzte weigerten sich jedoch, teils weil sie annahmen, die Frauen hätten vor, die Plazenten zu essen, was sie abstoßend fanden, teils weil sie eine Ausbreitung von Hepatitis B fürchteten, womit mindestens fünfzehn Prozent der in den Vereinigten Staaten lebenden Hmong-Flüchtlinge infiziert sind. Foua war es nie in den Sinn gekommen, eine solche Frage zu stellen, da sie kein Englisch spricht, und als sie Lia zur Welt brachte, war niemand da, der Hmong sprach. Im übrigen hatte die Wohnung der Lees einen Holzfußboden, den eine Auslegware bedeckte, so daß ein Vergraben der Plazenta ein schwieriges Unterfangen gewesen wäre.

Als Lia am 19. Juli 1982 um 19.09 Uhr geboren wurde, lag Foua rücklings auf einem Stahltisch. Ihr Körper war mit sterilen Tüchern bedeckt, ihr Genitalbereich mit einer braunen Betaisodona-Lösung bestrichen. Eine OP-Lampe war auf ihren Dammbereich gerichtet. Keine Angehörigen waren im Raum. Gary Thueson, ein Arzt in der Facharztausbildung zum Allgemeinpraktiker, der die Entbindung begleitete, hielt im Geburtsprotokoll fest, daß er, um die Geburt zu beschleunigen, Fouas Fruchtblase künstlich zum Platzen gebracht habe, indem er ihre Wand mit einem etwa 30 Zentimeter langen Blasensprenger aus Plastik durchstoßen habe; daß keine Anästhesie zum Einsatz gekommen sei; daß keine Episiotomie, also kein Dammschnitt zur Vergrößerung der vaginalen Öffnung, erforderlich gewesen sei; und daß Foua nach der Geburt intravenös eine Standarddosis Oxytozin zur Uteruskontraktion erhalten habe. Dr. Thueson notierte darüber hinaus, daß Lia ein »gesunder Säugling« sei, der mit seinen 3828 Gramm Körpergewicht und im Hinblick auf seine allgemeine Verfassung dem »Gestationsalter entsprach« (eine Einschätzung, die lediglich auf dem Augenschein beruhte, da Foua keinerlei pränatale Versorgung erhalten hatte, sich nicht sicher war, wie lange sie schwanger war, und es Dr. Thueson auch nicht hätte sagen können, selbst wenn sie es gewußt hätte). Foua meint, Lia sei ihr größtes Baby gewesen, doch ist sie sich nicht sicher, da keines ihrer dreizehn älteren Kinder nach der Geburt gewogen wurde. Lias Apgar-Werte, das heißt eine Bestimmung der Herzfrequenz, der Atmung, des Muskeltonus, des Hautkolorits und der Reaktion auf Reize eines Neugeborenen, waren gut: eine Minute nach ihrer Geburt erzielte sie auf der Zehnerskala den Wert 7, vier Minuten darauf den Wert 9. Als sie sechs Minuten alt war, wurde ihr Hautkolorit als »rosig« beschrieben, ihre Aktivität als »weinend«. Ihre Mutter bekam sie nur kurz zu sehen. Dann legte man sie in ein Wärmebett aus Stahl und Plexiglas, eine Schwester befestigte ein Erkennungsbändchen aus Plastik an ihrem Handgelenk und nahm ihren Fußabdruck, indem sie ihre Fußsohlen auf ein Stempelkissen drückte und sie gegen den Erkennungsbogen für Neugeborene preßte. Danach brachte man Lia zur zentralen Säuglingsstation, wo man ihr zur Vorbeugung gegen eine erhöhte Blutungsneigung eine Spritze mit Vitamin K in den Oberschenkel gab, ihre Augen mit jeweils zwei Tropfen Silbernitratlösung behandelte, um einer Infektion durch Gonokokken vorzubeugen, und sie mit Hautschutzseife badete.

Fouas eigenes Geburtsdatum wurde in Lias Geburtsprotokoll mit dem 6. Oktober 1944 festgehalten. Tatsächlich hat sie aber keine Ahnung, wann sie geboren wurde. Während der nächsten Jahre sollte sie dem Personal des MCMC bei verschiedenen anderen Gelegenheiten mit Hilfe Englisch sprechender Verwandter wie der Frau ihres Neffen, die ihr geholfen hatte, zu Lias Geburt ins Krankenhaus zu gelangen, mitteilen, daß ihr Geburtstag der 6. Oktober 1942 oder – noch häufiger – der 6. Oktober 1926 sei. Nicht ein einziger Verwaltungsangestellter scheint letzteres Datum jemals in Frage gestellt zu haben, auch wenn das bedeuten würde, daß Foua im Alter von 55 Jahren Lia zur Welt gebracht hätte. Foua ist sich allerdings ziemlich sicher, daß Oktober stimmt, da sie von ihren Eltern weiß, daß sie in der Jahreszeit geboren wurde, in der die Opiumfelder zum zweiten Mal abgeerntet und die geernteten Reisähren gestapelt werden. Den genauen Tag des Monats wie auch das Geburtsjahr erfand sie, um die vielen Amerikaner zufriedenzustellen, die mit Entsetzen auf Lücken in den zahllosen Formularen reagierten, denen sich die Lees seit ihrer Einreise in die Vereinigten Staaten im Jahre 1980 gegenübersahen. Die meisten Hmong sind mit dieser amerikanischen Eigenart vertraut und haben sich auf dieselbe Weise darauf eingestellt. Nao Kao Lee hat einen Vetter ersten Grades, der den Einwanderungsbehörden erklärte, alle seine neun Kinder seien an einem 15. Juli in neun aufeinanderfolgenden Jahren geboren, und diese Auskunft wurde pflichtschuldigst in die Aufenthaltspapiere eingetragen.

Als Lia im Alter von drei Tagen aus dem MCMC entlassen wurde, legte man ihrer Mutter ein Papier zur Unterschrift vor, in dem es hieß:

> Ich bestätige, daß ich im Zuge meiner Entlassung aus dem Krankenhaus mein Baby erhalten, es untersucht und dabei festgestellt habe, daß es meines ist. Ich habe die Teile des Ident-A-Bandes®, die an meinem Baby und mir befestigt wurden, geprüft und befunden, daß sie identisch auf die Nummer 5043 lauten und korrekte Angaben zur Person enthalten.

Da Foua nicht lesen kann und niemals gelernt hat, arabische Zahlen zu erkennen, ist es unwahrscheinlich, daß sie diesen Anweisungen Folge leistete. Doch wurde sie in den Vereinigten Staaten so oft aufgefordert, etwas zu unterschreiben, daß sie die sieben unterschiedlichen Buchstaben in ihrem Namen Foua Yang als Großbuchstaben zu schreiben gelernt hatte. (Die Yangs und die Lees gehören zu den größten Familienclans der Hmong; die anderen größeren Clans sind die der Chas, Chengs, Hangs, Hers, Kues, Los, Mouas, Thaos, Vues, Xiongs und Vangs. In Laos wird der Name des Clans vorangestellt, doch benutzen ihn die meisten Hmong-Flüchtlinge in den Vereinigten Staaten als Nachname. Kinder gehören dem Clan des Vaters an; die Frauen behalten nach der Hochzeit traditionellerweise den Namen ihres Clans. Einen Angehörigen des eigenen Clans zu heiraten ist streng tabu.) Fouas Unterschrift ist nicht weniger lesbar als die Unterschriften der meisten Ärzte, die im MCMC ihre Facharztausbildung zum Allgemeinpraktiker absolvieren. Deren Schriftzüge ähneln beinahe schon den Linien eines EEG, besonders dann, wenn sie gegen Ende eines 24-stündigen Bereitschaftsdienstes geleistet werden. Fouas Unterschrift unterscheidet sich jedoch von der der Ärzte in einem einzigen Punkt: jedesmal, wenn sie auf einem Krankenhausdokument auftaucht, sieht sie anders aus. In diesem Falle schrieb sie FOUAYANG in einem Wort. Ein A neigt sich nach links, ein anderes nach rechts, das Y sieht aus wie ein X, und die Beinchen des N schlängeln sich anmutig, als hätte ein Kind eine Welle gemalt.

Es spricht für Fouas allgemeinen Gleichmut wie auch für das für sie so charakteristische Bestreben, von niemandem schlecht zu denken, wenn sie an der Art, wie das Krankenhaus mit Lias Geburt umging, wenig zu bemängeln hat, auch wenn sie diese Geburt als eine besondere Erfahrung einstuft. Ihre Zweifel an der amerikanischen Medizin im allgemeinen und am MCMC im besonderen sollten sich erst Bahn brechen, nachdem Lia das Krankenhaus viele Male aufgesucht hatte. Einstweilen empfand sie den Arzt als freundlich und liebenswürdig, war beeindruckt, daß so viele Menschen da waren, um ihr zu helfen, und obwohl sie meinte, daß die Schwestern, die Lia mit hautschonender Seife gewaschen hatten, sie nicht so sauber bekommen hatten, wie es ihr bei ihren vorangegangenen Babys mit laotischem Flußwasser gelungen war, bezog sich ihre Hauptbeschwerde lediglich auf das Krankenhausessen. Sie zeigte sich überrascht, als man ihr nach der Geburt Wasser mit Eiswürfeln anbot, da viele Hmong glauben, daß kalte Lebensmittel das Blut in der Gebärmutter von Wöchnerinnen gerinnen lassen, so daß es nicht frei ablaufen und die Gebärmutter reinigen kann, und daß eine Frau, die das Kaltspeisentabu bricht, im

Alter an Hautjucken und Durchfall leiden wird. Was Foua nicht ablehnte, waren einige Tassen mit einer Flüssigkeit, die sie als heißes schwarzes Wasser beschrieb. Es dürfte sich um Tee oder Rinderbouillon gehandelt haben; Foua weiß bestimmt, daß es kein Kaffee war, den sie bereits einmal gesehen hatte und bestimmt wiedererkannt hätte. Das schwarze Wasser war das einzige der vom MCMC gestellten Verpflegung, das sie während ihres Aufenthalts auf der Wöchnerinnenstation zu sich nahm. Nao Kao kochte jeden Tag und brachte ihr die Kost, die Hmong-Frauen während der ersten dreißig Tage nach der Entbindung streng vorgeschrieben ist: gedämpften Reis und in Wasser gekochtes Huhn, gewürzt mit fünf Kräutern, die speziell für die Zeit nach der Geburt vorgesehen sind (und die die Lees zu diesem Zweck auf dem Randstreifen ihres Parkplatzes hinter ihrem Wohnblock angebaut hatten). Diese Diät kannten die Ärzte auf der Entbindungsstation des MCMC bereits, und ihre gegensätzlichen Bewertungen markieren ziemlich genau die Eckpunkte ihrer generellen Einschätzung der Hmong. Die Gynäkologin Raquel Arias erinnert sich: »Die Hmong-Männer trugen diese netten kleinen Silberkannen ins Krankenhaus, in denen immer so eine Art Hühnersuppe drin war, die göttlich duftete.« Ein anderer Gynäkologe, Robert Small, sagte: »Sie brachten immer ein gräßlich stinkendes Gebräu mit, das roch, als seien die Hühner bereits seit einer Woche tot gewesen.« Foua teilte ihre Mahlzeiten mit niemandem, denn es gibt für die Zeit nach der Geburt ein Tabu, demzufolge keine Reiskörner versehentlich in den Hühnchentopf fallen dürfen. Passiert so etwas, besteht die Gefahr, daß dem Neugeborenen um Nase und Wangen kleine weiße Pickel ausschlagen, deren Bezeichnung in der Sprache der Hmong dieselbe ist wie das Wort für »Reis«.

Manche Hmong-Eltern in Merced geben ihren Kindern amerikanische Namen. Neben den üblichen gehören dazu auch Namen wie Kennedy, Nixon, Pyjama, Guitar, Main (nach der Hauptstraße in Merced) und, ehe nicht eine Krankenschwester davon abriet, Baby Boy, was eine Mutter, die die Worte im Geburtsprotokoll ihres Sohnes las, für den Namen hielt, den der Arzt bereits für ihn ausgesucht hatte. Die Lees beschlossen, ihrer Tochter einen Hmong-Namen zu geben: Lia. Der Name wurde dem Mädchen offiziell in einer Zeremonie namens *hu plig* übertragen, was so viel heißt wie Seeleneinholung. Sie fand in

Laos stets am dritten Tag nach der Geburt statt. Vor Abschluß dieser Zeremonie gilt ein Baby nicht als vollwertiges Mitglied der menschlichen Rasse, so daß man ihm, wenn es während der ersten drei Lebenstage stirbt, beispielsweise nicht die üblichen Beerdigungsrituale zugesteht. (Dies mag übrigens ein kultureller Reflex auf die Kindersterblichkeit von 50 Prozent gewesen sein, gewissermaßen ein Weg, die Hmong-Mütter gegen den häufigen Verlust ihrer Babys unter der Geburt oder kurz danach zu wappnen, indem man sie dazu ermunterte, die Bindung zu ihren Kindern nicht gleich nach der Geburt allzu eng werden zu lassen.) In den Vereinigten Staaten wird das Namensfest gewöhnlich zu einem etwas späteren Zeitpunkt begangen, da das Baby an seinem dritten Lebenstag durchaus noch im Krankenhaus sein kann, insbesondere wenn die Geburt mit Komplikationen verbunden war. Die Lees brauchten etwa einen Monat, ehe sie von ihrer Sozialhilfe und der Unterstützung ihrer Verwandten, die ihnen das Geld schenkten, genügend Geld gespart hatten, um eine Seeleneinholungsfeier für Lia finanzieren zu können.

Die Hmong glauben zwar, daß Krankheit eine ganze Reihe von Ursachen haben kann – daß man falsche Nahrung zu sich nimmt, verseuchtes Wasser trinkt, auf Wetterwechsel reagiert, unvollständig beim Geschlechtsverkehr ejakuliert, den Vorfahren Opfer schuldig bleibt, für die Vergehen der Vorfahren bestraft wird, verflucht wird, von einem Wirbelsturm erfaßt wird, einen Stein von einem Meister böser Geister eingepflanzt bekommt, ein *dab* einem Blut aussaugt, man mit einem *dab*, der in einem Baum oder Fluß lebt, zusammenstößt, einen Brunnen in den Lebensraum eines *dab* gräbt, einer *dab*-Zwergin, die Regenwürmer ißt, ansichtig wird, einen *dab* auf seiner Brust sitzen hat, während man schläft, seine Wäsche in einem See wäscht, der von einem Ungeheuer bewohnt wird, mit dem Finger auf den Vollmond zeigt, eine neugeborene Maus anfaßt, eine große Schlange tötet, auf einen Felsen uriniert, der wie ein Tiger geformt ist, einen wohlwollenden Hausgeist anpinkelt oder tritt oder einem Vogelmist auf den Kopf fällt. Gleichwohl ist die bei weitem häufigste Krankheitsursache der Verlust der Seele. Die Hmong sind sich zwar in der Frage, wie viele Seelen der Mensch hat, keineswegs einig (Schätzungen reichen von einer bis zweiunddreißig; die Lees glauben, es gebe nur eine), doch stimmen sie allgemein darin überein, daß es unabhängig von der Anzahl die Lebensseele ist, deren Anwesenheit für Gesundheit und Glück unabdingbar ist, und daß gerade diese Seele leicht abhanden kommt. Eine Lebensseele kann durch Ärger, Trauer, Furcht, Neugier oder Wanderlust vom Körper getrennt werden. Besonders die Lebensseelen von Säuglingen neigen dazu, verlorenzugehen, da sie so klein, verletzlich und auf so prekäre Weise zwischen dem Reich des Unsichtbaren, aus dem sie gerade angereist sind, und dem Reich des Lebendigen schweben. Die Seelen der Babys können, angezogen von hellen Farben, süßen Klängen oder wohligen Düften, abwandern; sie können sich davonmachen, wenn ein Baby traurig oder einsam ist oder nicht genügend von seinen Eltern geliebt wird; sie können verscheucht werden durch ein plötzliches lautes Geräusch; oder sie können von einem *dab* geraubt werden. Manche Hmong achten darauf, niemals laut zu sagen, daß ein Baby hübsch ist, aus Furcht, ein *dab* könne sie hören. Hmong-Babys zieht man oft kunstvoll bestickte Hüte auf (wie sie auch Foua für Lia anfertigte), die, aus der Vogelperspektive betrachtet, einen räuberischen *dab* zu dem Trugschluß verleiten sollen, das Kind sei eine Blume. Die Babys verbringen viel Zeit auf dem Rücken ihrer Mütter, in Tragetücher gewickelt, die man *nyias* nennt (Foua fertigte auch davon einige an) und die bestickt sind mit Motiven, die die Seele aufhalten sollen, wie zum Beispiel einem Schweinestall, der das Umzäumtsein symbolisiert. Gelegentlich tragen sie auch Silberketten um den Hals, die mit seelenfesselnden Verschlüssen befestigt sind. Wenn Eltern mit ihren Babys oder Kleinkindern einen Ausflug machen, rufen sie, bevor die Familie sich wieder auf den Heimweg macht, laut die Seelen ihrer Kinder an, um sicherzugehen, daß keine zurückbleibt. Man kann dies gelegentlich bei Hmong-Familien aus Merced beobachten, wenn sie von einem Picknick in einem öffentlichen Park aufbrechen. Keiner dieser Tricks funktioniert jedoch, wenn nicht zuvor die Seeleneinholungs-Zeremonie vorschriftsmäßig durchgeführt wurde.

Lias *hu plig* fand im Wohnzimmer ihrer elterlichen Wohnung statt. Vor lauter Gästen, ausnahmslos Hmong und die meisten davon Mitglieder des Lee- bzw. Yang-Clans, konnte man sich kaum rühren. Foua und Kao waren stolz darauf, daß so viele Gäste gekommen waren, um ihr Glück, eine so gesunde und schöne Tochter bekommen zu haben, mit ihnen zu feiern. An jenem Morgen hatte Nao Kao ein Schwein geopfert, um die Seele irgendeines Vorfahren Lias, die womöglich hungrig war und sich über eine Essensgabe freuen würde, einzuladen, in Lias Körper wiedergeboren zu werden. Als alle Gäste versammelt waren, stellte sich ein Ältester des Yang-Clans in die offene Wohnungstür mit Blick zur East 12th Street und begrüßte Lias Seele mit Gesang. Dabei stand neben ihm auf dem Boden eine Tasche mit zwei lebenden Hühnern, die sodann getötet, gerupft, ausgenommen, halb gegart, aus dem Kochtopf herausgenommen und daraufhin untersucht wurden, ob ihre Schädelknochen lichtdurchlässig und ihre Zungen nach oben gerollt waren, beides Anzeichen dafür, daß Lias neue Seele sich freute, sich in ihrem Körper niederzulassen, und daß ihr Name ein guter Name war. (Wären die Zeichen unheilvoll ausgefallen, hätte der Seelenrufer vorgeschlagen, einen anderen Namen auszusuchen.) Nachdem die Vorzeichen geschaut waren, wurden die Hühner in den Kochtopf zurückgelegt. Sie waren wie auch das Schwein für das Abendessen mit den Gästen bestimmt. Vor dem Essen strich der Seelenrufer mit einem Bündel kurzer weißer Fäden über Lias Hände und sprach: »Ich vertreibe die Wege der Krankheit.« Darauf banden Lias Eltern und alle im Raum befindlichen Ältesten einen Faden um eines von Lias Handgelenken, um dadurch ihre Seele fest an ihren Körper zu binden. Foua und Nao Kao versprachen sie zu lieben; die Ältesten segneten sie und beteten, daß ihr ein langes Leben beschieden sei und sie niemals krank werde.

## Fischsuppe

Vor einigen Jahren stellte man den Teilnehmern an einem Französischkurs für Fortgeschrittene am Merced College die Aufgabe, ein Referat von fünf Minuten in französischer Sprache vorzutragen. Der zweite Student, der sich vor die Klasse stellte, war ein junger Hmong. Das Thema, das er sich ausgesucht hatte, war ein Rezept für *soupe de poisson*: Fischsuppe. Für eine Fischsuppe, sagte er, brauchst du einen Fisch, und um einen Fisch zu bekommen, mußt du fischen gehen. Um fischen gehen zu können, brauchst du einen Haken, und um den richtigen Haken auswählen zu können, mußt du wissen, ob der Fisch, auf den du es abgesehen hast, in Süß- oder Salzwasser lebt, wie groß er ist und welche Form sein Maul hat. Indem er 45 Minuten in diesem Stil fortfuhr, entwickelte der Student an der Tafel ein vielfach verzweigtes Schaubild von unterschiedlichen Faktoren und Optionen, eine Art Flußdiagramm zum Thema Fisch, verfaßt auf französisch mit den jeweiligen Entsprechungen auf hmong. Außerdem erzählte er einige Anekdoten über seine eigenen Erfahrungen mit dem Fischen. Zum Schluß seines Vortrags beschrieb er, wie verschiedene Fischsorten gesäubert, aufgeschnitten und, zu guter Letzt, im Sud gekocht und mit unterschiedlichen Kräutern gewürzt werden. Am Ende der Stunde sagte er seinen Mitstudenten, er hoffe, ihnen genügend Informationen an die Hand gegeben zu haben, und wünsche ihnen viel Erfolg bei der Zubereitung einer Fischsuppe nach Art der Hmong.

Der Französischdozent, der mir diese Geschichte erzählte, meinte: »Fischsuppe. Das ist das Wesen der Hmong.« Die Hmong kennen eine Redewendung, *hais cuaj txub kaum txub*, was so viel bedeutet wie »über alles mögliche sprechen«. Sie dient häufig als Eröffnungsfloskel einer mündlichen Erzählung, um die Zuhörer daran zu erinnern, daß die Welt voller Dinge steckt, die anscheinend nichts miteinander zu tun haben, in Wirklichkeit aber sehr wohl miteinander verknüpft sind; daß kein Ereignis isoliert geschieht; daß man eine Menge versäumen kann, wenn man bei der Sache bleibt; und daß alles auf eine gewisse Langatmigkeit hindeutet, wenn ein Geschichtenerzähler so beginnt. Einmal hörte ich, wie Nao Kao Lee sein Dorf in Laos beschrieb, indem er begann: »Es war da, wo ich geboren wurde, wo mein Vater geboren wurde und starb und beerdigt wurde und wo meines Vaters Vater starb und beerdigt wurde, doch geboren wurde meines Vaters Vater in China, und es würde die ganze Nacht dauern, Ihnen davon zu erzählen.« Wenn ein Hmong eine Geschichte erzählt, zum Beispiel über die Frage »Warum Tiere nicht sprechen können« oder »Warum Ameisenlöwen Mistbällchen rollen«, wird er aller Wahrscheinlichkeit nach mit der Entstehung der Welt beginnen. (Tatsächlich sollen diese beiden Geschichten nach *Dab Neeg Hmoob: Myths, Legends and Folk Tales from the Hmong of Laos*, einer zweisprachigen Anthologie, herausgegeben von Charles Johnson, nur auf die *zweite* Entstehung der Welt zurückgehen, auf jene Zeit, da das Universum auf den Kopf gestellt, die Erde mit Wasser überflutet und alle Lebewesen ertrunken waren, außer einem Bruder und einer Schwester, die einander heirateten und ein Kind bekamen, das wie ein Ei aussah und das sie in kleine Stücke teilten.) Wäre ich eine Hmong, hätte ich den Eindruck, als könne man das, was passierte, als Lia Lee und ihre Familie dem amerikanischen Gesundheitssystem begegneten, nur dann vollends verstehen, wenn man bei der *ersten* Entstehung der Welt begänne. Doch da ich nun einmal keine Hmong bin, werde ich nur einige hundert Generationen weit zurückgehen, in die Zeit, da die Hmong in den Flußebenen des nördlichen Mittelchina lebten.

Soweit schriftlich überliefert, ist die Geschichte der Hmong eine endlose Kette von blutigen Handgemengen, unterbrochen von gelegentlichen, spärlich dosierten Friedenszeiten. Immer wieder reagierten die Hmong auf Verfolgung und Anpassungsdruck mit Kampf oder Migration – ein Reaktionsmuster, das so häufig an so vielen verschiedenen Orten und zu so unterschiedlichen Zeiten wiederholt wurde, daß es beinahe ein genetisches Merkmal zu sein scheint, das ebenso unausweichlich wiederkehrt wie das glatte Haar oder die gedrungene, robuste Statur der Hmong. Zu den meisten Auseinandersetzungen kam es in China, wohin die prähistorischen Vorfahren der Hmong von Eurasien aus gewandert sein sollen, nachdem sie für ein paar Jahrtausende in Sibirien Station gemacht hatten. Diese nördlichen Wurzeln könnten erklären, weshalb in Hmong-Ritualen, etwa in den nach wie vor an Neujahr und anläßlich von Beerdigungen praktizierten Ritualen, immer wieder von einem Heimatland der Hmong namens *Ntuj*

*Khaib Huab* die Rede ist. Es war ein Land, das (einem Bericht des Franzosen François Marie Savina zufolge, der in Laos und Tonkin als päpstlicher Missionar wirkte) »ständig mit Schnee und Eis bedeckt war; in dem jeder Tag und jede Nacht je sechs Monate andauerte; wo Bäume eine Seltenheit und von sehr kleinem Wuchs waren; und wo auch die Menschen sehr klein gewachsen und vollständig in Pelze gehüllt waren«. Europäische Abstammung würde auch erklären, warum die Hmong hellere Haut als andere asiatische Völker, keine Epikanthusfalte über ihren Augenlidern und bisweilen große Nasen haben. Es würde dagegen nicht erklären, warum Sima Qian, ein chinesischer Gelehrter aus der Han-Dynastie, die Hmong im zweiten Jahrhundert v. Chr. als eine Rasse beschrieb, »deren Gesicht, Augen, Füße und Hände denen anderer Völker glichen, die unter den Achselhöhlen jedoch Flügel hatten, die sie aber nicht zum Fliegen befähigten«. Auch würde es nicht erklären, warum viele Chinesen bis ins neunzehnte Jahrhundert hinein behaupteten, die Hmong hätten einen kleinen Schweif.

Die Chinesen nannten die Hmong Miao oder Meo, was, je nachdem, welchen vergleichenden Sprachwissenschaftler man zu Rate zieht, »Barbaren«, »Bauerntölpel«, »Leute, die sich wie Katzen anhören« oder »wildes, ungepflegtes Gras« bedeutet. In jedem Fall war es als Beleidigung gedacht. (»Hmong«, der Name, den die Betroffenen selbst bevorzugen, wird gemeinhin mit »freier Mann« übersetzt, soll jedoch anderen Forschern zufolge wie »Inuit«, »Dine« und viele andere Stammesnamen auf der ganzen Welt einfach »das Volk« bedeuten.) Die Hmong nannten die Chinesen Hundesöhne. Die Chinesen hielten die Hmong für furchtlos, ungeschlacht und störrisch. Sie empfanden es als permanenten Affront, daß die Hmong niemals ein ernsthaftes Interesse an den Tag legten, die zivilisierten Bräuche der chinesischen Kultur zu übernehmen, und statt dessen lieber unter sich blieben, untereinander heirateten, ihre eigene Sprache benutzten, ihre eigenen Stammestrachten trugen, auf ihren eigenen Musikinstrumenten spielten und ihre eigene Religion ausübten. Noch nicht einmal Stäbchen benutzten sie beim Essen. Die Hmong ihrerseits hielten die Chinesen für aufdringlich und tyrannisch und rebellierten gegen deren Oberherrschaft in Hunderten von kleineren und größeren Aufständen. Obwohl beide Seiten gleich gewalttätig waren, bestand zwischen ihnen keine symmetrische Beziehung. Die Hmong hatten niemals ein Interesse daran, die Chinesen oder sonst jemanden zu beherrschen; sie wollten nur in Ruhe gelassen werden, was, wie ihre spätere Geschichte ebenfalls zeigen sollte, wohl der höchste Anspruch ist, den eine kulturelle Minderheit an eine Mehrheit stellen kann.

Der früheste Bericht über die Beziehungen zwischen den Hmong und den Chinesen betrifft einen wohl mythischen, aber im kulturellen Gedächtnis lebendigen Kaiser namens Huangdi, der um 2700 v. Chr. gelebt haben soll. Huangdi befand, die Hmong seien zu barbarisch, als daß für sie dieselben Gesetze gelten könnten wie für jedermann sonst, und er beschloß, daß sie daher von nun an einem besonderen Strafrecht unterstellt seien. Statt einer Gefängnisstrafe, wie sie anderen Missetätern blühte, sollten den Hmong, die nicht direkt hingerichtet würden, die Nase, die Ohren oder die Hoden abgeschnitten werden. Die Hmong rebellierten; die Chinesen griffen energisch durch; die Hmong rebellierten abermals; die Chinesen griffen wiederum energisch durch; und nachdem man einige Jahrhunderte so miteinander verfahren war, zogen sich die Hmong allmählich von ihren Reisfeldern in den Flußtälern des Jangtse und des Gelben Flusses in immer südlichere Breiten und höhere Regionen zurück. »So wurden die Miao\* ein Bergvolk«, schrieb Pater Savina. »So kam es auch, daß sie ihre Unabhängigkeit inmitten anderer Völker bewahren und den Geist ihrer Ethnie mit ihrer Sprache und ihren Bräuchen unbeschadet aufrechterhalten konnten.«

Um 400 n. Chr. gelang es den Hmong, ein unabhängiges Königreich in den Provinzen Henan, Hubei und Hunan zu errichten. Da sie (wie Pater Jean Mottin, ein heutiger französischer Missionar in Thailand, formuliert hat) sogar untereinander »allergisch auf jede Art von Autorität« waren, wurde die Macht ihrer Könige durch ein kompliziertes System von Dorf- und Bezirksräten begrenzt. Auch wenn die Krone erblich war, wählten sämtliche waffentragende Männer im Königreich jeweils unter den Söhnen des früheren Königs einen Nachfolger. Da

---

\* Savina beleidigte die Hmong nicht absichtlich, als er sie mit dem ehrenrührigen Namen »Miao« ansprach. Die Bezeichnungen »Meo« und »Miao« waren bis in die frühen siebziger Jahre des zwanzigsten Jahrhunderts, als der Gelehrte Yang Dao eine erfolgreiche Kampagne für die allgemeine Anerkennung des Namens »Hmong« startete, weithin gebräuchlich.

bei den Hmong Polygamie praktiziert wurde und die Könige besonders viele Frauen hatten, war der Kreis der Kandidaten im allgemeinen groß genug, um eine nahezu demokratisch breite Auswahl zu gewährleisten. Das Königreich der Hmong hatte fünfhundert Jahre Bestand, ehe es von den Chinesen zerstört wurde. Die meisten Hmong begaben sich abermals auf die Wanderschaft, dieses Mal in Richtung Westen zu den Bergen von Guizhou und Sichuan. Es kam zu weiteren Aufständen. Einige Hmong-Krieger waren berüchtigt, weil sie vergiftete Pfeile benutzten; andere trugen im Kampf Rüstungen aus Kupfer und Büffelhaut und waren neben den üblichen Speeren und Schilden mit Messern zwischen den Zähnen bewaffnet. Einige Armbrüste der Hmong waren so groß, daß man drei Mann benötigte, sie zu spannen. Um die Hmong daran zu hindern, sich aus Guizhou herauszuwagen, wurde im sechzehnten Jahrhundert unter der Ming-Dynastie die Hmong-Mauer errichtet, eine kleinere Ausführung der chinesischen Mauer, die einhundertundsechzig Kilometer lang, drei Meter hoch und mit bewaffneten Wachen besetzt war. Für eine gewisse Zeit waren die Hmong zwar eingeschlossen, unterlagen aber nicht der direkten Kontrolle der Chinesen. Gabriel de Magaillans, ein Jesuitenpater, der im siebzehnten Jahrhundert durch China reiste, schrieb, die Hmong »zahlen weder Abgaben an den Kaiser, noch leisten sie ihm den leisesten Gehorsam ... Die Chinesen leben in Furcht vor ihnen; so daß sie, nachdem sie deren Tapferkeit ein paarmal auf die Probe gestellt haben, sich gezwungen sahen, sie nach eigenem Gutdünken leben zu lassen.«

Die Chinesen versuchten, die Hmong zu »befrieden« und zu »Chinesen zu machen«, indem sie ihnen befahlen, ihre Waffen auszuhändigen und chinesische Kleidung zu tragen. Den Männern befahlen sie, das Haar kurz zu schneiden, und verboten ihnen, Büffel zu opfern. Wer sich unterwarf, wurde »gekochter Miao« genannt; wer sich nicht unterwarf, »roher Miao«. Es gab wesentlich mehr rohe als gekochte Miao. Um 1730 töteten Hunderte von Hmong-Kriegern ihre Frauen und Kinder, weil sie überzeugt waren, verbissener zu kämpfen, wenn sie nichts mehr zu verlieren hätten. (Die Rechnung ging eine Weile auf. Unbelastet, wie sie waren, nahmen sie einige Pässe ein und schnitten ein paar Versorgungswege der Chinesen ab, bevor sie selbst allesamt getötet oder gefangengenommen wurden.) 1772 vernichtete eine kleine Armee der Hmong im östlichen Guizhou eine große chinesische Armee, indem sie Felsbrocken auf die Chinesen herabrollen ließ, als diese eine enge Schlucht durchquerten. Der Mandschu-Kaiser Qianlong beschloß, sich erst dann zufriedenzugeben, wenn der gesamte Stamm der Hmong ausgerottet sein würde, ein Ziel, dessen vergebliche Verfolgung ihn am Ende zweimal soviel kostete wie die Eroberung des gesamten Königreichs von Turkestan. Qianlong entsandte einen anderen General in das Gebiet der Hmong. Nach vielen Monaten der Belagerungen und Kämpfe versprach der General dem Hmong-König von Groß-Kintchuen Sonom, seine Familie zu verschonen, wenn er sich ergäbe. Sonom ging ihm auf den Leim. Als er und seine Familie vor den Kaiser gebracht wurden, hieb man sie in Stücke und stellte ihre Köpfe in Käfigen öffentlich zur Schau.

Es dürfte vielleicht nicht überraschen, daß zu Beginn des neunzehnten Jahrhunderts viele Hmong zu dem Schluß kamen, sie hätten genug von China. Sie waren nicht nur die Verfolgungen leid, ihr Boden war allmählich auch ausgelaugt, Epidemien flammten auf, die Steuerlast stieg. Obgleich ein Großteil der Hmong zurückblieb – heute leben ungefähr fünf Millionen Hmong in China, mehr als in jedem anderen Land –, wanderte etwa eine halbe Million entlang den Bergketten, Pferde und Vieh vor sich her treibend und ihre gesamte Habe mit sich tragend, nach Indochina. Wie gewohnt, zogen sie ins Hochland und ließen sich zuerst im heutigen Vietnam und Laos nieder, später dann in Thailand. Meistens bauten sie ihre Dörfer an Orten, wo sonst niemand leben wollte. Wenn aber die ansässigen Stämme Einspruch erhoben oder Abgaben verlangten, nahmen die Hmong mit veralteten Feuersteingewehren oder mit blanken Fäusten den Kampf auf – und gewannen zumeist. Pater Mottin zitiert einen Beamten mit den Worten: »Ich sah, wie ein Meo meinen Sohn an den Füßen packte und ihm am Pfosten meiner Hütte die Wirbelsäule brach.« Nachdem die Franzosen in den 1890er Jahren Indochina unter ihre Kontrolle gebracht hatten, rebellierten die Hmong in einer Reihe von Aufständen gegen deren ausbeuterisches Abgabensystem. Einer dieser Aufstände, der von 1919 bis 1921 währende sogenannte Krieg des Verrückten (Guerre du fou), wurde von einer messianischen Gestalt namens Pa Chay angeführt, der die Angewohnheit hatte, auf Bäume zu klettern, um seine militärischen Befehle direkt vom Himmel entgegenzunehmen. Seine

Anhänger fegten Heerscharen von Soldaten der Kolonialmacht mit drei Meter langen, aus Baumstämmen gefertigten Kanonen hinweg. Erst nachdem die Franzosen ihnen 1920 einen besonderen Verwaltungsstatus zuerkannt und mithin eingesehen hatten, daß die einzige Art und Weise, sich von den Hmong nicht den Verstand rauben zu lassen, die war, sie in Frieden zu lassen – erst dann machten sich die in Laos lebenden Hmong, die die größte Gruppierung außerhalb Chinas stellten, daran, für einige Jahrzehnte friedlich ihren Bergreis und ihr Opium anzubauen. Dabei hatten sie so wenig Kontakt wie möglich zu den Franzosen, zum laotischen Tiefland oder zu den anderen ethnischen Gruppierungen, die in niedrigeren Höhenlagen lebten.

Aus der Geschichte der Hmong lassen sich einige Lehren ziehen, die sich jeder, der sich mit ihnen befaßt, tunlichst hinter die Ohren schreibt. Zu den offensichtlichsten Lehren gehört, daß die Hmong höchst ungern Befehle entgegennehmen, daß sie ungern verlieren, daß sie lieber fliehen, kämpfen oder sterben, als sich zu ergeben; daß sie sich von der Tatsache, zahlenmäßig unterlegen zu sein, nicht einschüchtern lassen; daß sie sich nur selten von der Überlegenheit anderer Kulturen, und seien diese noch so mächtig, überzeugen lassen, und daß sie in der Lage sind, sehr wütend zu werden. Ob man solche Eigenarten verabscheut oder schätzt, hängt zum größten Teil davon ab, ob man eine(n) Hmong dazu bringen möchte, etwas zu tun, was er oder sie lieber nicht täte. Wer die Hmong jemals hat besiegen, betrügen, beherrschen, lenken, nötigen, anpassen, einschüchtern oder mit Herablassung behandeln wollen, hat sie in der Regel zutiefst verabscheut.

Es gibt jedoch auch zahlreiche Historiker, Anthropologen und Missionare (denen die Hmong im allgemeinen, wenn auch nicht immer aufnahmebereit, so doch freundlich begegnet sind, solange die Gefolgschaft nicht zum Zwang wurde), die eine große Vorliebe für die Hmong entwickelt haben. Pater Savina schrieb, die Hmong besäßen »eine Unerschrockenheit und Courage, die sich mit jedem anderen Volk messen ließen«, weshalb »sie niemals ein Heimatland besessen, aber auch niemals Knechtschaft und Sklaverei erfahren haben«. Der australische Ethnologe William Robert Geddes verbrachte einen Großteil der Jahre 1958 und 1959 in Pasamliem, einem Hmong-Dorf im Norden Thailands. (Auch wenn mehr Hmong in Laos und Vietnam lebten, arbeiteten die meisten westlichen Beobachter in der vergangenen Jahrhunderthälfte in Thailand, da dessen politische Lage stabiler war.) Geddes' Feldforschung wurde ihm nicht leicht gemacht. Die Dorfbewohner waren zu stolz, um ihm Nahrungsmittel zu verkaufen, so daß er seine Vorräte auf einem Lastesel heranschaffen mußte. Auch gaben sie sich nicht dafür her, ihm zu Diensten zu sein und ein Haus zu bauen, so daß er auf Opiumabhängige aus einem niedriger gelegenen Thai-Dorf zurückgreifen mußte. Doch schließlich kam er nicht umhin, den Hmong seinen ungeteilten Respekt zu zollen. In seinem Buch *Migrants of the Mountains* schrieb Geddes:

> Die Bewahrung ihrer ethnischen Identität über einen so langen Zeitraum, trotz ihrer Spaltung in viele kleine, von verschiedenen fremden Völkern umgebene Gruppierungen und obwohl sie über ein riesiges geographisches Gebiet verstreut sind, ist ein eindrucksvolles Zeugnis der Miao, das in gewisser Weise seine Entsprechung in dem der Juden hat. Doch es ist sogar noch bemerkenswerter, da den Miao die einigende Macht der Schriftlichkeit und einer dogmatischen Religion fehlte und sie offenbar zahlreichere Züge ihrer Kultur bewahrten als die Juden.

Der britische Anthropologe Robert Cooper, der zwei Jahre lang den Ressourcenmangel in vier Hmong-Gemeinden im nördlichen Thailand untersuchte, beschrieb seine Untersuchungssubjekte als

> freundlich, ohne zu katzbuckeln, stolz, aber nicht arrogant. Gastfreundlich, ohne aufdringlich zu sein; voller Respekt für die persönliche Freiheit, ohne dabei mehr zu erwarten, als daß im Gegenzug auch ihre Freiheit respektiert wird. Leute, die weder stehlen noch lügen. Selbstgenügsame Menschen, die keine Spur von Neid auf einen Außenstehenden zeigten, der sagte, er wolle wie ein Hmong leben, dabei ein teures Motorrad, einen Kassettenrekorder und Kameras besaß und niemals zur Bestreitung seines Lebensunterhalts arbeiten mußte.

Auf seinem Außenposten im Hmong-Dorf Khek Noi, das ebenfalls im nördlichen Thailand liegt, schrieb Pater Mottin in seiner *History of the Hmong*:

Obwohl sie nur ein kleines Volk sind, erweisen sich die Hmong dennoch als Menschen von Größe. Was mich vor allem beeindruckt, ist zu sehen, wie es diese kleine Rasse immer wieder geschafft hat zu überleben, standen ihnen doch oft mächtigere Nationen gegenüber. Erinnert sei etwa daran, daß die Chinesen 250mal zahlreicher waren als sie und doch niemals einen Weg fanden, sie zu vereinnahmen. Die Hmong ... nannten nie ein Land ihr eigen, sie hatten niemals einen König, der diesen Namen verdient, und doch haben sie die Zeiten überdauert und sind das geblieben, was sie immer hatten sein wollen: freie Menschen mit einem Recht, als Hmong in dieser Welt zu leben. Wer würde dem nicht Bewunderung zollen?

Eine Gestalt, die in den Volkssagen der Hmong immer wieder vorkommt, ist der »Waise«, ein junger Mann, dessen Eltern tot sind und der seither allein auf seine Gewitztheit angewiesen ist, um zu überleben. In einer Geschichte aus der Anthologie von Charles Johnson bietet der Waise zwei Schwestern, einer guten und einer boshaften, Gastfreundschaft in seinem bescheidenen Heim an. Darauf sagt die gemeine Schwester:

Was, zu einem schmutzigen Waisenjungen wie dir? Ha! Du bist so zerlumpt, du bist ja fast nackt! Dein Penis ist voller Asche! Du mußt auf dem Boden essen und im Dreck schlafen, wie ein Büffel! Du wirst nicht einmal etwas zu trinken oder zu rauchen haben, das du uns anbieten könntest!

Der Waise mag keinen sauberen Penis haben, aber er ist klug, energisch, mutig, hartnäckig und ein Virtuose auf dem *qeej*, einem von den Hmong sehr geschätzten Musikinstrument, das aus sechs gebogenen Bambuspfeifen gefertigt ist, die an einem hölzernen Resonanzraum befestigt werden. Obgleich er allein und am Rande der Gesellschaft lebt und von nahezu jedermann verachtet wird, weiß er im Grunde seines Herzens, daß er seinen Gegnern eigentlich überlegen ist. Charles Johnson hat darauf hingewiesen, daß der Waise natürlich ein Symbol für das Volk der Hmong ist. In besagter Geschichte heiratet der Waise die gute Schwester, die seinen wahren Wert zu erkennen vermag, und so leben sie glücklich und in Frieden, gedeihen und bekommen Kinder. Die boshafte Schwester aber heiratet schließlich die Art *dab*, die in Höhlen lebt, Blut trinkt und Frauen unfruchtbar macht.

# DER GEIST PACKT DICH,
## UND DU STÜRZT ZU BODEN

Als Lia etwa drei Monate alt war, knallte ihre ältere Schwester Yer eines Tages die Wohnungstür der Familie Lee hinter sich zu. Kurz darauf verdrehte Lia die Augen nach oben, riß die Arme über den Kopf und fiel in Ohnmacht. Für die Lees gab es kaum einen Zweifel, was geschehen war. Obwohl Lias Seele während der *hu plig*-Zeremonie sorgfältig »eingeholt« worden war, hatte das Türschlagen etwas derart Erschreckendes, daß sie aus ihrem Körper geflüchtet war und nun nicht mehr zurückfand. In den Symptomen, die sich daraus ergaben, erkannten die Lees *qaug dab peg* wieder, was soviel heißt wie »der Geist packt dich, und du stürzt zu Boden«. Der Geist, von dem in diesem Satz die Rede ist, ist ein *dab*, der Seelen raubt; *peg* bedeutet »packen« oder »treffen«; und *qaug* heißt »vornüber fallen, wobei man im Boden verwurzelt bleibt«, etwa so, wie Getreide von Wind und Regen bisweilen niedergepeitscht wird.

Im allgemeinen wird *qaug dab peg* mit »Epilepsie« übersetzt. Die Hmong stehen dieser Krankheit, die ihnen wohlbekannt ist, mit gemischten Gefühlen gegenüber. Auf der einen Seite gilt sie als eine ernste und unter Umständen gefährliche Krankheit. Tony Coelho, der von 1979 bis 1989 Kongreßabgeordneter von Merced war und bei den Hmong beliebt ist, leidet an Epilepsie. Als ortsansässige Hmong vor einigen Jahren erfuhren, daß Coelho an *qaug dab peg* litt, zeigten sie sich immerhin so besorgt, daß sie ihm die Dienste eines Schamanen, eines *txiv neeb*, anbieten wollten, um durch eine Zeremonie Coelhos herumirrende Seele wieder einfangen zu lassen. Der Hmong-Führer, dem sie dies vorschlugen, riet mit höflichen Worten davon ab, weil er davon ausging, daß Coelho, ein Katholik portugiesischer Abstammung, es wohl kaum geschätzt hätte, wenn um seinetwillen Hühner und womöglich sogar ein Schwein geopfert worden wären.

Auf der anderen Seite halten die Hmong *qaug dab peg* in gewisser Weise für eine auserwählte Krankheit. Diese Tatsache hätte Tony Coelho nicht weniger überrascht als die toten Hühner. Bevor er die politische Laufbahn einschlug, hatte Coelho Jesuitenpater werden wollen, was aber an dem kanonischen Recht scheiterte, wonach die Priesterweihe Epilepsiekranker verboten war. Was Coelhos Kirche für eine disqualifizierende Beeinträchtigung hielt, hätten die Hmong durchaus als Zeichen für eine besondere Eignung zum göttlichen Amt aufgefaßt. Bei den Hmong werden Epilepsiekranke häufig Schamanen. Ihre Anfälle gelten als Beweis für ihre Gabe, Dinge wahrzunehmen, die anderen verborgen bleiben. Auch machen sie es ihnen leichter, in Trance zu fallen, was wiederum Voraussetzung für ihre Reisen in das Reich des Unsichtbaren ist. Die Tatsache, daß sie selbst krank waren, gibt ihnen ein intuitives Mitgefühl für die Leiden anderer und verleiht ihnen als Heiler emotionale Glaubwürdigkeit. Ein *txiv neeb* zu werden ist keine Frage der Wahl, sondern eine Frage der Berufung. Der Ruf ergeht, wenn jemand erkrankt, entweder an *qaug dab peg* oder an einer anderen Krankheit, zu deren Symptomen ebenfalls Zittern und Schmerzen gehören. Ein anerkannter *txiv neeb* würde, wenn man ihn zwecks Diagnose des Problems herbeiriefe, aus solchen Symptomen schließen, daß der Betreffende, der in der Regel ein Mann ist, dazu auserkoren wurde, einen Heilgeist, einen *neeb*, bei sich zu beherbergen. (*Txiv neeb* bedeutet »Person mit einem Heilgeist«.) Es ist dies ein Angebot, das der Kranke nicht ausschlagen kann, da er sterben wird, falls er seine Berufung ablehnt. Im übrigen würden nur wenige Hmong einen solchen Ruf ausschlagen. Denn obwohl Schamanismus ein mühsames Geschäft ist, das lange Jahre der Ausbildung bei einem Meister erfordert, um die rituellen Techniken und Beschwörungsformeln zu erlernen, verhilft er zu höchstem sozialem Ansehen und zeichnet den *txiv neeb* öffentlich als eine Person von hoher Sittlichkeit aus, da sich ein Heilgeist niemals ein wertloses Gastmedium aussuchen würde. Selbst wenn sich herausstellt, daß ein Epilepsiekranker nicht dazu bestimmt ist, einen *neeb* zu beherbergen, macht ihn seine Krankheit mit ihrer überwältigenden Aura des Überirdischen zu einem auserwählten und bedeutenden Menschen.

Die Einstellung der Lees gegenüber Lias Anfällen spiegelte diese Mischung aus Sorge und Stolz. Die Hmong sind bekannt für die liebevolle Art, mit der sie ihre Kinder behandeln. Hugo Adolf Bernatzik, ein deutscher Ethnologe, der in den 1930er Jahren einige Zeit bei den Hmong in Thailand verbrachte, schrieb, daß die von ihm erforschten Hmong ein Kind »für das Wertvollste« halten, was »ein Mensch haben kann«. In Laos lebt ein Baby in ständiger Nähe zu seiner Mutter. Es schläft die ganze Nacht hindurch in ihrem Arm und wird tagsüber auf ihrem Rücken getragen. Kleine Kinder werden so gut wie nie mißhandelt, da man glaubt, daß ein *dab*, der Zeuge einer solchen Mißhandlung wird, das Kind holen wird, in der Annahme, es sei unerwünscht. Die in den Vereinigten Staaten lebenden Hmong sind nach wie vor außergewöhnlich aufmerksame Eltern. Eine an der Universität von Minnesota durchgeführte Studie ergab, daß Hmong-Kinder im ersten Lebensmonat weniger nervös und enger mit ihren Müttern verbunden sind als weiße amerikanische Kleinkinder. Der Leiter der Studie schrieb diesen Unterschied dem Umstand zu, daß Hmong-Mütter ausnahmslos aufmerksamer, hingebungsvoller und »außerordentlich empfänglich« für die Signale ihrer Kinder seien und auch eher auf sie reagierten. Eine weitere, in Portland, Oregon, durchgeführte Studie ergab, daß Hmong-Mütter ihre Babys weit häufiger im Arm halten und berühren als weiße Mütter. Bei einer dritten, am Hennepin County Medical Center in Minnesota durchgeführten Studie schnitt eine Gruppe von Hmong-Müttern mit Kleinkindern in allen vierzehn Kategorien, die aus der Egeland-Mutter-Kind-Bewertungsskala ausgewählt worden waren, besser ab als weiße Mütter mit vergleichbarem sozialem und wirtschaftlichem Hintergrund. Solche Kategorien reichten von der »Promptheit, mit der auf Quengeln und Weinen der Kinder reagiert wird« bis hin zur »Freude am Kind«.

Foua und Nao Kao hatten Lia auf die für die Hmong typische Art aufgezogen (auf der Egeland-Skala hätten sie gerade in puncto »Freude« einen besonders hohen Wert erzielt), und natürlich quälte sie der Gedanke, irgend etwas könne die Gesundheit und das Glück ihrer Tochter gefährden. Daher hofften sie, zumindest die meiste Zeit über, das *qaug dab peg* könne geheilt werden. Und doch faßten sie die Krankheit auch als Ehre auf. Die Sozialarbeiterin Jeanine Hilt, die die Lees gut kannte, erzählte mir: »Sie glaubten, Lia sei eine Art Gesalbte, wie ein Mitglied eines Königshauses. In ihrer Kultur war sie etwas Besonderes, weil sie diese Geister in sich hatte und vielleicht eines Tages eine Schamanin werden würde, und so empfanden sie die Krankheit manchmal nicht so sehr als ein medizinisches Problem als vielmehr als einen Segen.« (Von den etwa vierzig amerikanischen Ärzten, Schwestern und Angestellten der Bezirksverwaltung von Merced, die mit Lia und ihrer

Familie zu tun hatten und mit denen ich sprechen konnte, hatten einige immerhin eine vage Vorstellung davon, daß es hier auch um »Geister« ging. Jeanine Hilt war allerdings die einzige, die die Lees tatsächlich gefragt hatte, worin sie die Ursache für die Erkrankung ihrer Tochter sähen.)

Wie bei einem jener unbewußten Auswahlmechanismen, die genauso rätselhaft sind wie alle anderen Arten des Sich-Verliebens, war Lia innerhalb der Familie Lee ganz offensichtlich der Liebling ihrer Eltern, dasjenige Kind, das sie für das hübscheste hielten, am meisten umarmten und küßten und mit den herrlichsten Kleidern verwöhnten (die Foua bestickte, eine Brille mit Kassengestell auf der Nase, um ihre beinahe mikroskopisch kleinen Stiche zu bewerkstelligen). Ob Lia diese Sonderstellung schon von dem Moment ihrer Geburt an innehatte, ob sie Folge der spirituellen Auszeichnung ihrer Krankheit war, oder ob sie ihre Erklärung in der besonderen Zärtlichkeit findet, die alle Eltern für ihre kranken Kinder verspüren, ist keine Frage, die Foua und Nao Kao würden analysieren wollen oder können. Fest steht jedenfalls, daß über viele Jahre dieser Liebesüberschuß zumindest teilweise auf Kosten ihrer Schwester Yer ging. »Sie hielten Yer vor, die Tür zugeknallt zu haben«, sagte Jeanine Hilt. »Immer wieder habe ich ihnen klarzumachen versucht, daß die Tür nichts damit zu tun hatte, aber sie glaubten mir nicht. Lias Krankheit machte sie so traurig, daß sie, glaube ich, eine ganze Zeitlang Yer anders behandelten als ihre übrigen Kinder.«

In den folgenden Lebensmonaten hatte Lia mindestens zwanzig weitere Anfälle. In zwei Fällen waren Foua und Nao Kao so besorgt, daß sie ihr Kind auf dem Arm in die Notaufnahme des Krankenhauses von Merced trugen, das drei Blocks von ihrer Wohnung entfernt lag. Wie die meisten anderen Hmong-Flüchtlinge hatten auch sie ihre Zweifel an der Wirksamkeit der Methoden westlicher Medizin. Als sie noch im Flüchtlingslager Mae Jarim in Thailand lebten, waren allerdings ihr einziger noch lebender Sohn Cheng und drei der überlebenden sechs Töchter, Ge, May und True, ernsthaft erkrankt. Ge starb. Cheng, May und True brachten sie ins Lagerkrankenhaus; Cheng und May erholten sich dort schnell, True verlegte man in ein anderes größeres Krankenhaus, wo sie schließlich ebenfalls wieder gesund wurde. (Die Lees trugen gleichzeitig auch den möglichen spirituellen Ursachen für die Erkrankungen ihrer Kinder Rechnung, indem sie in eine andere Hütte umzogen. Unter der alten hatte man nämlich einen Toten begraben, und es hätte immerhin sein können, daß dessen Seele den neuen Bewohnern Schaden zufügen wollte.) Diese Erfahrung mit der westlichen Medizin konnte ihren Glauben an die traditionellen Vorstellungen der Hmong, was Krankheitsursachen und Behandlungsformen anging, nicht erschüttern, überzeugte sie jedoch davon, daß in manchen Fällen westliche Ärzte von zusätzlichem Nutzen sein konnten und es nicht schaden könne, sich doppelt abzusichern.

Wie viele andere in eher ländlichen Gegenden gelegene Krankenhäuser, die die schmerzhaften Kürzungen im Gesundheitswesen in der Regel eher zu spüren bekommen als die Krankenhäuser in den Großstädten, wird auch das MCMC seit zwanzig Jahren von finanziellen Nöten geplagt. Hier werden alle Patienten aufgenommen, egal, ob sie ihre medizinische Versorgung bezahlen können oder nicht; nur zwanzig Prozent von ihnen sind privatversichert, der Rest bezieht zum größten Teil Unterstützung durch das »California's Medi-Cal«, durch »Medicare« (staatliche Krankenversicherung für Bürger über fünfundsechzig Jahre) oder durch »Programme für medizinisch bedürftige Erwachsene«, ein kleiner (doch für das Krankenhaus kostenintensiver) Teil der Patienten ist weder versichert noch durch Programme der Staaten oder des Bundes abgesichert. Dem Krankenhaus werden die Kosten aus öffentlichen Förderprogrammen erstattet, doch sind zahlreiche Unterstützungen dieser Art in den vergangenen Jahren zurückgefahren oder eingeschränkt worden. Obwohl die Privatversicherten die bei weitem lohnenderen Patienten sind, waren die Bemühungen des MCMC, eine in den Worten des Verwaltungschefs »zahlungsfähige Patientenmischung« anzuwerben, nicht gerade von Erfolg gekrönt. Besonders die späten achtziger Jahre waren für das MCMC eine harte Durststrecke, wobei die Talsohle 1988 erreicht wurde, als man ein Defizit von 3,1 Millionen Dollar erreicht hatte.

Zu derselben Zeit veränderte sich die Patientenklientel des MCMC in kostensteigerndem Sinne. Seit den späten Siebzigern zogen nämlich südostasiatische Flüchtlinge in großer Zahl nach Merced, so daß in der 61 000 Einwohner zählenden Stadt heute knapp über 12 000 Hmong leben. Mit anderen Worten, jeder fünfte Einwohner von Merced ist ein Hmong. Da zahlreiche Hmong das Krankenhaus fürchten und einen großen Bogen darum machen, weist die Patientendatei des MCMC einen etwas geringeren Anteil aus, und dennoch vergeht kein Tag, an dem nicht in fast jeder Abteilung des Krankenhauses Hmong-Patienten zu finden sind. Dabei stehen die Hmong nicht nur einer zahlungsfähigeren Patientenmischung eindeutig entgegen – mehr als achtzig Prozent sind Kunden des »Medi-Cal« –, sie sind letztlich sogar kostenintensivere Patienten als andere Bedürftige, da sie in der Regel mehr Zeit und Aufmerksamkeit beanspruchen und das MCMC ihrer großen Zahl wegen zweisprachige Mitarbeiter einstellen mußte, die zwischen Patienten und Heilpersonal vermitteln.

Da der Krankenhausetat keinen Sonderposten für Dolmetscher ausweist, umgeht die Verwaltung diese Schwierigkeit, indem sie als Laborassistenten, Schwesternhelferinnen und für den Hol- und Bringedienst Hmong einstellt, die in den wenigen Atempausen, in denen sie nicht Blutproben analysieren, Bettpfannen leeren und postoperative Patienten auf Rollbahnen herumfahren, zum Übersetzen herangezogen werden. Mit befristeten Bundesmitteln konnte sich das MCMC 1991 erfahrene Dolmetscher in Rundumbereitschaft leisten, doch lief diese Förderung im darauffolgenden Jahr aus. Abgesehen von diesem kurzen Intermezzo gibt es im Nachtdienst des Krankenhauses oftmals keinen einzigen Angestellten, der Hmong spricht. Geburtshelfer mußten das Einverständnis für einen Kaiserschnitt oder einen Dammschnitt schon bei peinlich berührten halbwüchsigen Söhnen einholen, die Englisch in der Schule gelernt hatten. Zehnjährige Mädchen mußten Debatten übersetzen, ob ein sterbendes Familienmitglied wiederbelebt werden sollte oder nicht. Manchmal ist nicht einmal ein Kind zur Hand. Die Ärzte in der Notaufnahme haben oftmals in der Nachtschicht keinerlei Möglichkeit, die Krankengeschichte eines Patienten aufzunehmen oder Fragen zu stellen wie »Wo tut es weh?« – »Seit wann tut es weh?« – »Wie fühlt sich der Schmerz an?« – »Hatten Sie einen Unfall?« – »Mußten Sie sich übergeben?« – »Hatten Sie Fieber?« – »Sind Sie ohnmächtig geworden?« – »Sind Sie schwanger?« – »Haben Sie irgendwelche Medikamente eingenommen?« – »Reagieren Sie allergisch auf bestimmte Medikamente?« – »Wann haben Sie zuletzt etwas gegessen?« (Die letzte Frage ist außerordentlich wichtig, wenn ein chirurgischer Eingriff erwogen wird, da Patienten mit vollem Magen in der Narkose den unvollständig verdauten Nahrungsbrei aspirieren können. Dabei besteht Lebensgefahr durch Ersticken oder durch eine Verätzung der Bronchialwände mit Magensäure.) Ich fragte einen Arzt, was er in solchen Fällen tue. Er antwortete: »Ich praktiziere Tiermedizin.«

Am 24. Oktober 1982, dem Tag, an dem Foua und Nao Kao Lia zum ersten Mal in die Notaufnahme brachten, gab es am MCMC noch keinen einzigen Dolmetscher, weder de jure noch de facto, weder in der Tages- noch in der Nachtschicht. Damals war der einzige Krankenhausangestellte, der ab und zu für Hmong-Patienten übersetzte, ein Pförtner. Er war Einwanderer aus Laos, sprach seine eigene Sprache, das Laotische, das nur wenige Hmong verstehen, natürlich fließend, die Sprache der Hmong aber nur gebrochen, und noch schlechter beherrschte er Englisch. An jenem Tag war entweder der Pförtner nicht erreichbar, oder das Personal in der Notaufnahme dachte nicht daran, ihn zu rufen. Der diensthabende Assistenzarzt praktizierte also Tiermedizin. Foua und Nao Kao hatten keine Möglichkeit, ihm zu erklären, was geschehen war, da Lias Anfälle aufgehört hatten, als sie das Krankenhaus erreichten. Ihre einzigen offensichtlichen Symptome waren Husten und verlegte Bronchien. Der Assistenzarzt veranlaßte eine Röntgenaufnahme, aus der der Radiologe schloß, daß Lia eine »beginnende Bronchopneumonie oder Tracheobronchitis« habe. Da er keine Ahnung haben konnte, daß die Verlegung der Bronchien vermutlich das Resultat einer Aspiration von Speichel oder Erbrochenem während ihres Anfalls war (ein verbreitetes Problem bei Epilepsiekranken), verschrieb man Lia routinemäßig Ampicillin, ein Antibiotikum, und schickte sie wieder nach Hause. Das Aufnahmeprotokoll aus der Notaufnahme nennt als Nachnamen des Vaters »Yang«, als Mädchennamen der Mutter »Foua« und als »hauptsächlich gesprochene Sprache« »Mong«. Bei Lias Entlassung unterzeichnete Nao Kao (der das Alphabet kennt, aber Englisch weder sprechen noch lesen kann) ein Stück Papier, auf dem es heißt: »Hiermit bestätige ich, die oben genannten Verhaltensmaßregeln erhalten zu haben«, nämlich: »Nehmen Sie Ampicillin wie vorgeschrieben. Luftzerstäuber neben der Wiege. Klinikum im Notfall unter 383-7007, zehn Tage.« Die »zehn Tage« bedeuteten, daß Nao Kao sich in zehn Tagen telefonisch mit dem Ärztehaus für Allgemeinmedizin in Verbindung setzen sollte, um einen Termin für eine Nachuntersuchung zu vereinbaren. Da er keine

Ahnung hatte, was er da unterschrieben hatte, überrascht es kaum, daß er sich nicht meldete. Doch als Lia am 11. November einen weiteren schweren Anfall hatte, trugen er und Foua sie abermals zur Notaufnahme, in der sich dieselbe Szene wiederholte und dieselbe Fehldiagnose gestellt wurde.

Am 3. März 1983 brachten Foua und Nao Kao Lia zum dritten Mal in die Notaufnahme. Dieses Mal waren die Umstände in dreifacher Hinsicht anders: Lia krampfte noch, als sie eintrafen, sie kamen in Begleitung eines Cousins, der ein wenig Englisch sprach, und einer der diensthabenden Ärzte war ein angehender Facharzt für Allgemeinmedizin namens Dan Murphy. Von allen Ärzten, die am MCMC gearbeitet haben, gilt Dan Murphy im allgemeinen als derjenige, der sich am meisten für die Hmong interessierte und am meisten über sie wußte. Damals lebte er erst seit sieben Monaten in Merced, so daß sein Interesse größer war als sein Wissen. Bevor seine Frau Cindy und er nach Merced kamen, hatten sie noch nie das Wort »Hmong« gehört. Einige Jahre später gab Cindy erwachsenen Hmong Englischunterricht, und Dan lud führende Mitglieder der Hmong ins Krankenhaus ein, damit sie den Assistenzärzten von ihren Erfahrungen als Flüchtlinge berichteten. Vor allem aber zählten die Murphys eine Hmong-Familie, die Xiongs, zu ihren engsten Freunden. Als eine der Xiong-Töchter einen Sommer lang im Yosemite-Nationalpark arbeiten wollte, verbot es ihr Vater Chaly Xiong anfangs, da er fürchtete, sie könne von einem Löwen gefressen werden. Dan brachte Chaly persönlich zum Yosemite-Park, damit dieser sich davon überzeugen konnte, daß es dort keine Löwen gab, und redete ihm zu, daß der Ferienjob seiner Tochter gut tun würde. Vier Monate später kam Chaly bei einem Verkehrsunfall ums Leben. Cindy Murphy kümmerte sich um das Begräbnis und telefonierte so lange herum, bis sie ein Beerdigungsinstitut fand, das bereit war, eine dreitägige Feier mit Räucherwerk, Trommeln und *qeej*-Spiel in seinen Hallen zu dulden. Sie kaufte auch einige lebende Hühner, die auf dem Parkplatz des Bestattungsinstituts geopfert wurden, sowie ein Kalb und ein Schwein, die man anderswo opferte. Als Dan die Lees zum ersten Mal sah, erkannte er sofort, daß sie Hmong waren, und dachte bei sich: ›Das wird alles andere als langweilig.‹

Jahre später erinnerte sich Dan, ein kleiner, herzlicher Mann mit einem Bart, wie ihn die Amishen Mennoniten tragen, und einem strahlenden Lächeln, an diese Begegnung: »Ich sehe noch Lias Eltern vor mir, wie sie in der Tür zur Notaufnahme stehen und ein molliges kleines Mädchen mit Pausbacken im Arm halten. Es hatte einen generalisierten Krampfanfall. Ihre Augen waren nach oben verdreht, sie war bewußtlos, ihre Arme und Beine zuckten hin und her, sie atmete kaum, so daß sich ihr Brustkorb zeitweise gar nicht bewegte, und auch Atemgeräusche waren nicht zu hören. Das war ganz schön beängstigend. Sie war die jüngste Patientin mit einem Krampfanfall, mit der ich je zu tun hatte. Die Eltern schienen Angst zu haben, allerdings nicht allzu große, jedenfalls nicht so große wie ich sie gehabt hätte, wenn es mein Kind gewesen wäre. Ich dachte an Hirnhautentzündung, so daß Lias Rückenmark hätte punktiert werden müssen, doch die Eltern waren strikt dagegen. Ich weiß nicht mehr, wie ich sie überzeugt habe. Ich erinnere mich, sehr besorgt gewesen zu sein. Denn ihr Kind war wirklich krank, und ich wollte ihnen unbedingt über ihren Verwandten, der ein mittelmäßiger Dolmetscher war, erklären, was passierte. Zugleich hatte ich das Gefühl, die Zeit laufe mir davon, weil wir für das Valium einen intravenösen Zugang in ihre Schädeldecke legen mußten, um die Anfälle zum Stillstand zu bringen, aber dann begann Lia von neuem zu krampfen, und die Kanüle landete statt in der Vene in der Haut, und es war ein hartes Stück Arbeit, eine neue Infusion zum Laufen zu bringen. Später, als ich herausfand, was bei den früheren Besuchen in der Notaufnahme passiert bzw. nicht passiert war, hatte ich ein gutes Gefühl. Es ist aufregend, etwas herauszufinden, das andere übersehen haben, besonders wenn du Assistenzarzt bist und immer nach Gründen suchst, um dich den anderen Ärzten überlegen fühlen zu können.«

Unter Dans Aufzeichnungen in Lias Krankenakte findet sich folgender Eintrag:

AKTUELLE ANAMNESE: 8 Monate alte Hmong-Patientin, von der Familie in die Notaufnahme gebracht, nachdem sie 20 Minuten lang Zittern und irreguläres Atmen bei dem Säugling beobachtet hatten. Der Familie zufolge hat die Patientin in der Vergangenheit zahlreiche vergleichbare Episoden erlebt, die Eltern waren jedoch wegen der Sprachbarriere nie imstande, dies bei früheren Besuchen den Ärzten in der Notaufnahme

mitzuteilen. Ein Englisch sprechender Verwandter, der heute nacht zur Verfügung stand, gab an, daß die Patientin zwei bis drei Tage vor der Aufnahme gelegentlich Fieber und Husten hatte.
FAMILIEN- UND SOZIALANAMNESE: Wegen Verständigungsschwierigkeiten nicht zu erheben.
NEUROLOGISCHER STATUS: Das Kind reagiert weder auf Schmerz noch auf Geräusch. Den Kopf hält es nach links gedreht mit gelegentlichen tonisch-klonischen [zuerst starr, dann zuckend] Bewegungen der oberen Extremitäten. Die Atmung setzte während der klonischen Phase aus. Grunzende Atemgeräusche dauerten an, bis die Patientin 3 mg Valium intravenös erhielt.

Dan konnte nicht wissen, daß Foua und Nao Kao das Problem ihrer Tochter längst als eine Krankheit diagnostiziert hatten, bei der der Geist einen packt und man zu Boden stürzt. Foua und Nao Kao hingegen konnten nicht wissen, daß Dan es als Epilepsie diagnostiziert hatte, die häufigste neurologische Störung. Ein jeder von ihnen hatte dieselben Symptome ganz richtig beobachtet, doch Dan wäre höchst überrascht gewesen zu hören, daß sie durch den Verlust der Seele verursacht werden. Lias Eltern wiederum wären ebenso überrascht gewesen zu erfahren, daß die Symptome auf einen elektrochemischen Sturm im Kopf ihrer Tochter zurückzuführen sind, entfesselt von fehlzündenden anomalen Gehirnzellen.

Dan hatte im Medizinstudium gelernt, daß Epilepsie eine sporadische Fehlfunktion des Gehirns ist, die mal milder, mal ernster, mal fortschreitend, mal von selbst stagnierend verläuft und auf einen Sauerstoffmangel während der Schwangerschaft, der Wehen oder der Geburt zurückzuführen ist oder auf eine Kopfverletzung, einen Tumor, eine Infektion, hohes Fieber, einen Schlaganfall, eine Stoffwechselstörung, eine Medikamentenallergie, eine toxische Reaktion auf ein Gift. Manchmal ist die Ursache offensichtlich – der Patient litt an einem Hirntumor oder hatte Strychnin genommen oder war durch eine Windschutzscheibe geflogen –, aber in etwa sieben von zehn Fällen bleibt die Ursache ungeklärt. Statt ihrem üblichen, ordnungsgemäßen Protokoll zu folgen, übermitteln die beschädigten Zellen in der Hirnrinde während eines epileptischen Anfalls ihre Nervenimpulse gleichzeitig und völlig regellos. Ist nur ein kleines Hirnareal betroffen – bei einem »Herdanfall« –, kann der Epilepsiekranke halluzinieren, Mißempfindungen oder Zuckungen haben, aber er bleibt bei Bewußtsein. Breitet sich die elektrische Störung auf ein größeres Areal aus – bei einem »generalisierten« Krampfanfall –, verliert der Betreffende das Bewußtsein. Dies geschieht entweder für kurze Episoden, die man petit mal-Anfälle oder »Absencen« nennt, oder für längere und heftigere Anfälle, die man unter dem Namen grand mal kennt. Von chirurgischen Eingriffen abgesehen, die wegen des hohen Risikos nur als allerletzte Behandlungsmöglichkeit in Betracht kommen, ist eine Epilepsie unheilbar, doch läßt sie sich in den meisten Fällen durch antikonvulsive Medikamente vollständig oder zumindest teilweise unter Kontrolle bringen.

Die Hmong sind nicht das einzige Volk, das gute Gründe haben mag, einer Unterdrückung der Symptome zwiespältig gegenüberzustehen. Die alten Griechen nannten die Epilepsie »die heilige Krankheit«. Dan Murphys Diagnose reihte Lia Lee in die ehrenvolle Riege Epilepsiekranker ein, unter ihnen Søren Kierkegaard, Vincent van Gogh, Gustave Flaubert, Lewis Carroll und Fjodor Dostojewski, die allesamt wie auch viele Schamanen bei den Hmong mächtige Empfindungen von Größe und spiritueller Leidenschaft während ihrer Anfälle erlebten und starke kreative Schübe in deren Gefolge. Um es in Dostojewskis Worten zu sagen, die er dem Fürsten Myschkin in den Mund legt: »Was ist denn dabei, daß es Krankheit ist? [...] Was geht es mich an, daß diese Anspannung nicht normal ist, wenn das Resultat, wenn der Augenblick dieser Empfindung, nachher bei der Erinnerung an ihn und beim Überdenken bereits in gesundem Zustand, sich als höchste Stufe der Harmonie, der Schönheit erweist, als ein unerhörtes und zuvor nie geahntes Gefühl der Fülle, des Maßes, des Ausgleichs und des erregten, wie im Gebet sich steigernden Zusammenfließens mit der höchsten Synthese des Lebens?«\*

Obwohl Dan den winzigen Bruchstücken, die er vom magisch-animistischen Weltbild der Hmong aufschnappte, durchaus Kraft und Schönheit zubilligte, war sein Verständnis der Medizin im allgemei-

---

\* F. M. Dostojewski: *Der Idiot*, in: Sämtliche Werke in zehn Bänden. Übers. von E. K. Rahsin. Neu durchgesehene Ausgabe (1952–1963), München: R. Piper & Co. Verlag 1980, 348.

nen und der Epilepsie im besonderen wie das seiner Kollegen am MCMC durch und durch rationalistisch. Hippokrates' kritischer Kommentar über die Natur der Epilepsie aus der Zeit um 400 v. Chr. faßt Dans eigenen Bezugsrahmen bestens zusammen: »Um nichts halte ich sie [die heilige Krankheit] für göttlicher als die anderen Krankheiten oder für heiliger, sondern sie hat eine natürliche Ursache wie die übrigen Krankheiten, aus der sie entsteht. Die Menschen sind zu der Ansicht, daß sie göttlich sei, infolge ihrer Ratlosigkeit und Verwunderung gelangt. […] Wenn sie aber wegen ihrer wunderbaren Art für göttlich gehalten wird, so wird es, wenn es danach ginge, viele heilige Krankheiten geben. […]«*

Lias Anfall war ein grand mal, und Dan hatte nur einen Wunsch: ihn zu beenden. Folglich nahm er sie stationär im MCMC auf. Während der drei Tage ihres Klinikaufenthalts wurden u. a. eine Rückenmarkspunktion, ein CT, ein EEG, eine Thoraxaufnahme und alle möglichen

---

* [Übersetzt nach Grensemann, 1968, 61.] Trotz dieses frühen Versuchs des Hippokrates (oder vielleicht eines der anonymen Ärzte, deren Schriften Hippokrates zugeschrieben werden), das Göttlichkeitssiegel zu entfernen, wurde die Epilepsie auch weiterhin mehr als jede andere Krankheit mit übernatürlichen Ursachen in Verbindung gebracht. Der Medizinhistoriker Owsei Temkin stellte fest, daß die Epilepsie, historisch betrachtet, eine Schlüsselrolle spielte im »Kampf zwischen Magie und wissenschaftlichen Konzepten«. Viele Behandlungsformen der Epilepsie zeigen einen Zusammenhang mit den Geheimwissenschaften. Griechische Magier untersagten Epilepsiekranken den Verzehr von Minze, Knoblauch, Zwiebeln sowie Fleisch von Ziegen, Schweinen, Hirschen, Hunden, Hühnern, Turteltauben, Trappen, Meeräschen und Aal. Sie verboten, schwarze Gewänder und Kleidungsstücke aus Ziegenleder zu tragen und Hände oder Füße übereinanderzuschlagen. Lauter Tabus, die auf unterschiedlichste Weise mit chthonischen Gottheiten verbunden waren. In römischer Zeit wurde Epilepsiekranken geraten, Leberstückchen von durchbohrten Gladiatoren hinunterzuschlukken. Als die Epilepsie im Mittelalter mit der Besessenheit durch Dämonen erklärt wurde, bestand die Therapie darin, zu beten, zu fasten, Amulette zu tragen, Kerzen anzuzünden, die Grabstätten der Heiligen zu besuchen und die Namen der Drei Weisen mit Blut zu schreiben, das dem kleinen Finger des Patienten entnommen wurde. Diese spirituellen Heilmittel waren wesentlich gefahrloser als die damaligen »medizinischen« Therapien, die bis ins späte siebzehnte Jahrhundert praktiziert wurden und zu denen die Kauterisation des Kopfes mit einem heißen Eisen und das Aufbohren der Schädeldecke zwecks Ablassens schädlicher Dämpfe gehörten.

Blutuntersuchungen veranlaßt. Für die beiden ersten Untersuchungen unterzeichneten Foua und Nao Kao Formulare zur »Autorisierung und Einverständniserklärung zu chirurgischen oder feindiagnostischen bzw. therapeutischen Verfahren«, die jeweils einige hundert Wörter lang waren. Es ist nicht bekannt, ob damals jemand den Versuch unternahm, diese Formulare zu übersetzen, und – wenn ja – wie etwa der Satz »Ihr Arzt hat eine Darstellung des Gehirns unter Einsatz computerisierter Schichtaufnahmen angefordert« in die Sprache der Hmong übersetzt wurde. Jedenfalls ließ sich durch keinen der Tests eine Ursache für die Anfälle nachweisen. So klassifizierten die Ärzte Lias Epilepsie als »idiopathisch«: Ursache unbekannt. In Lias rechter Lunge fand sich eine Verdichtung, die dieses Mal ganz richtig als Aspirationspneumonie infolge des Anfalls diagnostiziert wurde. Foua und Nao Kao wechselten sich nachts im Krankenhaus ab und schliefen auf einem Feldbett neben Lias Bett. Unter den Aufzeichnungen der Schwester in der letzten Nacht des Krankenhausaufenthalts findet sich folgender Eintrag: »0.01 Uhr. Haut kühl und trocken, Farbe gut und rosig. Die Mutter ist zur Zeit bei dem Kind und gibt ihm die Brust. Sie wurde gebeten, das Baby mit einem Laken zuzudecken, da es etwas unterkühlt ist.« – »4.00 Uhr. Das Baby schläft ruhig ohne erkennbare akute Not. Mutter gibt ihr immer wieder die Brust.« – »6.00 Uhr. Schläft.« – »7.30 Uhr. Wach, Farbe gut. Schon gefüttert von der Mutter.« – »12.00 Uhr. Im Arm der Mutter.«

Lia wurde am 11. März 1983 entlassen. Ihre Eltern wurden über einen Englisch sprechenden Verwandten angewiesen, ihr zweimal täglich 250 Milligramm Ampicillin zu geben, um ihre Aspirationspneumonie zu kurieren, sowie zweimal täglich zwanzig Milliliter Phenytoin-Suspension, um weitere grand mal-Anfälle zu unterdrücken.

# Essen Ärzte Gehirn?

1982 besuchte Mao Thao, eine Hmong aus Laos, die sich in St. Paul, Minnesota, niedergelassen hatte, das in Thailand gelegene Flüchtlingslager Ban Vinai. Dort hatte sie ein Jahr gelebt, nachdem sie 1975 aus Laos geflohen war. Sie war die erste Hmong-Amerikanerin, die dorthin zurückkehrte, und als sie von einem Beamten der Obersten Flüchtlingskommission der Vereinten Nationen, die das Lager verwaltete, gebeten wurde, vom Leben in den Vereinigten Staaten zu erzählen, versammelten sich 15 000 Hmong, mehr als ein Drittel der Lagerbewohner von Ban Vinai, auf einem Fußballplatz und befragten sie beinahe vier Stunden lang. Dabei stellten sie Fragen wie: Ist es in den Vereinigten Staaten verboten, einen *txiv neeb* in Anspruch zu nehmen, um eine Krankheit zu heilen? Warum entnehmen amerikanische Ärzte ihren Patienten soviel Blut? Warum versuchen amerikanische Ärzte, wenn man gestorben ist, den Schädel zu öffnen und das Gehirn herauszunehmen? Essen amerikanische Ärzte Leber, Niere und Gehirn ihrer Hmong-Patienten? Stimmt es, daß Hmong, wenn sie in den Vereinigten Staaten sterben, in Stücke geschnitten, in Dosen gefüllt und als Nahrungsmittel verkauft werden?

Die allgemeine Stoßrichtung dieser Fragen deutet darauf hin, daß die Berichte über das amerikanische Gesundheitswesen, die allmählich nach Asien zurückgelangten, nicht gerade begeistert klangen. Die flüchtige Bekanntschaft, die die Hmong mit der westlichen Medizin bereits in den Lagerkrankenhäusern und -ambulanzen gemacht hatten, trug wenig dazu bei, ihnen Vertrauen einzuflößen, besonders wenn sie diese Kontakte mit ihren Erfahrungen mit den schamanistischen Heilmethoden, die ihnen vertraut waren, verglichen. Ein *txiv neeb* kann nämlich bis zu acht Stunden im Heim eines Kranken verbringen, Ärzte dagegen zwangen ihre Patienten, ungeachtet ihres Zustands, ins Krankhaus zu kommen, und verbrachten dann womöglich nur zwanzig Minuten an ihrem Bett. *Txiv neebs* waren freundlich und brauchten niemals Fragen zu stellen, Ärzte stellten zahlreiche taktlose und peinliche Fragen zur Lebensweise ihrer Patienten bis hin zu ihren Sex- und Stuhlgewohnheiten. *Txiv neebs* konnten immer sogleich mit einer Diagnose aufwarten, Ärzte dagegen bestanden oft auf Blutproben (oder sogar Urin- oder Stuhlproben, die sie in kleinen Flaschen aufzubewahren pflegten), machten Röntgenaufnahmen und warteten tagelang auf Laborergebnisse – und waren auch dann noch gelegentlich außerstande, die Ursache des Problems zu benennen. *Txiv neebs* entkleideten ihre Patienten niemals, Ärzte hingegen verlangten von ihnen, sämtliche Kleidungsstücke abzulegen, und wagten es zuweilen sogar, ihren Finger in die Scheide der Frau zu stecken. *Txiv neebs* wußten, daß die Behandlung des Körpers ohne Behandlung der Seele blanker Unsinn war, Ärzte erwähnten nicht einmal die Seele. *Txiv neebs* bewahrten ihren Ruf, auch wenn ihre Patienten nicht genasen, da dies eher auf das Konto unversöhnlicher Geister als eines unfähigen Unterhändlers ging, dessen Kurswert womöglich sogar noch stieg, wenn er gegen besonders gefährliche Gegner zu kämpfen gehabt hatte; wenn Ärzte in ihren Heilbemühungen versagten, war es ihre eigene Schuld.

Verschärfend kam hinzu, daß das Vorgehen der Ärzte eigentlich eher dazu angetan schien, die Gesundheit der Patienten zu gefährden, als sie wiederherzustellen. Die meisten Hmong glauben, der Körper enthalte nur eine begrenzte und unersetzliche Menge Blut, so daß wiederholtes Blutabnehmen, insbesondere bei kleinen Kindern, tödlich sein kann. Bei bewußtlosen Menschen ist die Seele auf freiem Fuß: eine Narkose kann also zu Krankheit oder Tod führen. Wird der Körper aufgeschnitten oder entstellt oder verliert er irgendeines seiner Teile, bleibt er für immer in einem Zustand des Ungleichgewichts, und die beschädigte Person wird nicht nur häufig krank werden, sondern unter Umständen auch für die Zeit der nächsten Inkarnation körperlich versehrt sein; daher sind chirurgische Eingriffe tabu. Wenn Menschen nach dem Tod ihre lebenswichtigen Organe verlieren, können ihre Seelen nicht in neuen Körpern wiedergeboren werden und rächen sich womöglich an ihren lebenden Verwandten; aus diesem Grund sind auch Autopsien und Einbalsamierungen tabu. (Manche der auf dem Fußballplatz in Ban Vinai gestellten Fragen beruhten offenbar auf Berichten über die in den Vereinigten Staaten weit verbreitete Praxis der Autopsie und des Einbalsamierens. Die Annahme, Ärzte, die Organe entnähmen, äßen diese auch, war wohl kaum unsinniger, als die Annahme amerikanischer Ärzte, die Hmong äßen ihre Plazenten – furchteinflößender war sie allemal.)

Die einzige Form schulmedizinischer Behandlung, die zumindest einige in den thailändischen Lagern lebende Hmong dankbar annahmen, war eine antibiotische Therapie, sei es oral oder durch eine Injektion. Die meisten Hmong fürchten sich nicht besonders vor Nadeln, womöglich weil einige ihrer eigenen Heiler (keine *txiv neebs*, die niemals ihre Patienten berühren) Fieberkrankheiten und Vergiftungen durch Akupunktur und andere Arten der Hautbehandlung wie Massage, Kneifen, Abschaben der Haut mittels Münzen, Löffeln, Silberschmuck, Bambusstücken, durch Behandlung der Haut mittels einer erwärmten Tasse oder durch Brennen der Haut mit einem Grasbündel oder einem Baumwollknäuel zu Leibe rücken. Die Injektion eines Antibiotikums, das eine Infektion fast über Nacht heilen konnte, war durchaus willkommen. Anders verhielt es sich wiederum mit einer Spritze zur Immunisierung gegen eine Krankheit, die man noch gar nicht hatte. In seinem Buch *Les naufragés de la liberté* berichtete der französische Arzt Jean-Pierre Willem, der als Freiwilliger im Krankenhaus im Lager Nam Yao arbeitete, wie die Hmong-Flüchtlinge während einer Typhusepidemie die Impfung so lange verweigerten, bis man ihnen sagte, daß nur diejenigen ihre übliche Reisration bekämen, die ihre Injektion erhalten hätten – woraufhin 14 000 Menschen im Krankenhaus auftauchten, einschließlich mindestens eintausend Menschen, die zweimal kamen, um Nachschlag zu bekommen.

Als Foua Yang und Nao Kao Lee ihre drei kranken Kinder in das Krankenhaus von Mae Jarim brachten, legten sie ein Verhalten an den Tag, das zahlreiche Mitbewohner im Camp gelinde gesagt anomal gefunden hätten. Krankenhäuser galten nicht als Heilstätten, sondern als Leichenhäuser. Sie waren bevölkert von den Geistern der Menschen, die dort gestorben waren, einer einsamen, raffgierigen Belegschaft, die nur darauf aus war, ihre eigenen Reihen zu füllen. Die im staatlichen Gesundheitsdienst tätige Krankenschwester Catherine Pake, die sechs Monate lang in Phanat Nikhom arbeitete (einem Lager, das für Flüchtlinge aus Laos, Vietnam und Kambodscha die letzte »Durchgangsstation« war, bevor sie als Asylanten in ihr endgültiges Bestimmungsland geschickt wurden), schloß aus ihrer Auswertung des Krankenhauszugangsbuches, daß »die Hmong im Vergleich zu Flüchtlingen anderer Ethnien die niedrigste Pro-Kopf-Rate an Krankenhausbesuchen haben«. (Es ist kein Zufall, daß Pake bei den Hmong zudem eine extrem

»hohe Nutzungsrate« einheimischer Heilkünste feststellte: Schamanismus, Behandlungsformen der Haut, Heilkräuterkunde. Im *Journal of Ethnobiology* veröffentlichte sie einen Artikel, in dem sie zwanzig Heilpflanzen identifizierte, die sie unter Anleitung eines kräuterkundigen Hmong gesammelt hatte und die in unterschiedlichen Zubereitungen – zerhackt, zermalmt, getrocknet, in Stücke geschnitten, pulverisiert, abgekocht, in heißem oder kaltem Wasser gezogen, mit Asche, Schwefel, Ei oder Huhn vermischt – bei Verbrennungen, Fieber, Schwäche, Sehschwäche, Knochenbrüchen, Magenschmerzen, Schmerzen beim Wasserlassen, Gebärmuttervorfall, mangelnder Muttermilch, Arthritis, Blutarmut, Tuberkulose, Tollwut, Krätze, Gonorrhöe, Durchfall, Verstopfung und Impotenz angezeigt waren wie auch bei Angriffen durch einen *dab ntxaug*, einem Geist, der im Dschungel lebt und Epidemien verursacht, wenn man ihn stört. Im letzten Fall wird eine Pflanze namens *Jatropha curcas* zermahlen und das austretende Öl in einer Tasse aufgefangen, damit es nicht der Patient, sondern der *dab* zu sich nimmt.)

Wendy Walker-Moffat, ein Bildungsberater, der im Rahmen von Ernährungs- und Landwirtschaftsprojekten drei Jahre als Lehrer und Arbeiter in Phanat Nikhom und Ban Vinai tätig war, vertritt die Meinung, daß die Hmong die Lagerkrankenhäuser unter anderem deshalb mieden, weil ein Großteil des dort tätigen Personals eifernde Freiwillige aus christlichen wohltätigen Organisationen waren. »Sie waren dort, um medizinische Hilfe zu leisten, aber sie waren auch dort – wenngleich nicht offenkundig –, um Menschen zu bekehren«, erzählte mir Walker-Moffat. »Und zu solcher Bekehrung gehörte auch der Glaube an die westliche Medizin. Ich werde nie eine Unterhaltung vergessen, deren Zeuge ich wurde, als ich im Krankenhausbereich in Ban Vinai arbeitete. Eine Gruppe von Ärzten und Krankenschwestern sprach mit einem Hmong, den sie bekehrt und zu einem protestantischen Pfarrer geweiht hatten. Sie hatten beschlossen, einen traditionellen Heiler, einen Schamanen, im Krankenhaus praktizieren zu lassen, um die Hmong dazu zu bewegen, ebenfalls dorthin zu kommen. Ich wußte, daß sie allesamt Schamanismus für Hexerei hielten. Nun hörte ich, wie sie dem Hmong-Pfarrer sagten, daß der betreffende Schamane nur Kräuter austeilen, aber auf keinen Fall tatsächlich mit den Geistern arbeiten dürfe. An dieser Stelle fragten sie den armen

Hmong-Pfarrer: ›Sie gehen doch bestimmt nie zu einem Schamanen, oder?‹ Er war ein christlicher Konvertit und wußte, daß man nicht lügen soll, also sagte er: ›Na ja, doch, eigentlich schon.‹ Doch darauf reagierten sie derart schockiert, daß er rasch hinzufügte: ›Nein, nein, nein, ich bin nie zu so einem gegangen. Ich habe nur von *anderen* gehört, die zu so jemandem gehen.‹ Was sie nicht wußten, war, daß man einen Hmong – jedenfalls meines Wissens – niemals voll und ganz bekehren kann.«

1985 beauftragte das Internationale Flüchtlingskomitee Dwight Conquergood, einen jungen Anthropologen mit einem besonderen Interesse an Schamanismus und Performance, ein Gesundheitsprogramm für Ban Vinai zu entwerfen. Später schrieb er:

Die Flüchtlinge erzählten mir eine Schauergeschichte nach der anderen über Leute, die zur Behandlung ins Krankenhaus gegangen waren, denen jedoch vor ihrer Aufnahme eine Krankenschwester die Geisterbänder von den Handgelenken abgeschnitten hatte, da »die Bänder unhygienisch und mit Keimen behaftet« seien. Ärzte durchtrennten munter Halsringe, durch die die Lebensseelen der Babys unversehrt blieben. Anstatt mit den Schamanen zusammenzuarbeiten, taten sie alles, um deren Stellung zu schwächen und deren Autorität zu untergraben. (…) Ist es da ein Wunder, wenn die Hmong-Gemeinde das Lagerkrankenhaus unter den verfügbaren Heilangeboten als allerletzte Option ansah? Auf der im Lager gültigen Werteskala rangierten die Konsultation eines Schamanen oder eines Kräuterkundigen oder der Erwerb von Heilmitteln auf einem thailändischen Markt gleich vor dem Eingang zum Lager weitaus höher und waren viel prestigeträchtiger als der Gang ins Lagerkrankenhaus. Die Flüchtlinge erzählten mir, daß sich nur die Ärmsten, die keine Verwandten hatten und über keinerlei Mittel verfügten, einer Behandlung im Krankenhaus unterzogen. Zu sagen, daß das Lagerkrankenhaus nicht ausgelastet war, wäre eine Untertreibung.

Im Unterschied zu den anderen Freiwilligen im Lager, die in einer Ausländerenklave eine Stunde entfernt lebten und jeden Tag zur Arbeit im Lager pendelten, bestand Conquergood darauf, in Ban Vinai zu leben, und teilte seine Ecke in einer strohgedeckten Hütte mit sieben Hühnern und einem Schwein. An seinem ersten Tag im Lager fiel Conquergood eine Hmong auf, wie sie, auf einer Bank sitzend, Volkslieder sang. Ihr Gesicht war mit kleinen blauen Monden und goldenen Sonnen geschmückt, in denen er die Aufkleber wiedererkannte, die in der Lagerambulanz auf Medikamentenfläschchen geklebt wurden, um Patienten, die nicht lesen konnten, verständlich zu machen, ob sie die Medikamente morgens oder abends nehmen sollten. Die Tatsache, daß Conquergood diese Aufmachung eher als ein schönes Beispiel für kreative Verkleidungskünste auffaßte denn als einen Akt medizinischer Kooperationsverweigerung, läßt auf einige Gründe schließen, warum das von ihm entworfene Programm die auf der ganzen Linie erfolgreichste (und letztlich wohl einzige) Bemühung um eine Gesundheitsversorgung werden sollte, die Ban Vinai je erlebt hatte.

Die erste Herausforderung kam auf Conquergood zu, nachdem das ärztliche Personal auf eine Tollwut unter den Lagerhunden mit einer groß angelegten Hundeimpfkampagne reagiert hatte, in deren Verlauf die Bewohner von Ban Vinai keinen einzigen Hund zur Impfung ablieferten. Man bat Conquergood, mit einer neuen Kampagne aufzuwarten. Er entschied sich für eine Tollwutparade, eine Prozession, die von drei in handgefertigten Kostümen auftretenden Hauptfiguren aus Hmong-Volkssagen angeführt wurde – einem Tiger, einem Huhn und einem *dab*. Die Paradisten wie auch die Zuschauer waren ausnahmslos Hmong. Während sich die Prozession durch das Lager schlängelte, tanzte der Tiger und spielte das *qeej*, der *dab* sang und schlug eine Trommel, und das Huhn (das wegen seiner traditionellen Weissagungskräfte für diese tragende Rolle ausgesucht worden war) erklärte über Lautsprecher die Ätiologie der Tollwut. Am nächsten Morgen waren die Impfstationen derart von Hunden belagert – von solchen, die auf dem Arm ihrer Besitzer vorbeigetragen, an einem Seil herbeigeschleift oder in einem zweirädrigen Karren herbeigerollt wurden –, daß das medizinische Personal mit dem Impfen kaum nachkam. Conquergoods nächste Inszenierung, eine Hygienekampagne in Gestalt einer Kinderparade, die von Mutter Sauber (einer großen, irr grinsenden Figur auf einem Bambusgestell) und dem Müllkobold (in abgerissenen, müllverschmutzten Kleidern) angeführt wurde und Lieder über den Gebrauch der Toiletten und die Müllentsorgung sang, kam ebensogut an.

Während der fünf Monate, die Conquergood in Ban Vinai verbrachte, wurde er selbst erfolgreich mit Hmong-Kräutern gegen Durchfall und wegen einer Schnittwunde am Zeh behandelt. Als er Dengue-Fieber bekam (gegen das er auch konventionelle medizinische Behandlung suchte), teilte ihm ein *txiv neeb* mit, daß seine heimwehkranke Seele nach Chicago zurückgewandert sei. Zwei Hühner wurden geopfert, um ihre Rückkehr zu beschleunigen. Conquergood betrachtete sein Verhältnis zu den Hmong als eine Art Tauschhandel, »einen produktiven und sich gegenseitig befruchtenden Dialog, in dem kein Partner dominiert oder obsiegt«. Seiner Meinung nach konnten Ärzte und Krankenschwestern in Ban Vinai die Lagerinsassen nicht zur Mitarbeit gewinnen, weil sie ihre Beziehung einseitig einschätzten und als Vertreter des Westens glaubten, das Wissen für sich gepachtet zu haben. Solange sie an dieser Sichtweise festhielten, so Conquergoods Überzeugung, werde das, was das medizinische Establishment anbiete, weiterhin abgelehnt, da die Hmong es nicht als Geschenk, sondern als ein Druckmittel ansähen.

## Nach Vorschrift einzunehmen

Von ihrem achten Lebensmonat bis zu der Zeit, da sie viereinhalb Jahre alt war, wurde Lia Lee siebzehnmal im MCMC aufgenommen und kam mehr als hundertmal in dessen Notaufnahme und in das Ärztehaus für Allgemeinmedizin, das dem Krankenhaus angeschlossen und ambulanter Behandlung vorbehalten ist. »Hmong, weiblich«, heißt es im Aufnahmeprotokoll. Dann »Hmong, weiblich, gut bekannt in dieser Einrichtung«. Dann »Hmong, weiblich, bestens bekannt in dieser Einrichtung«. Gelegentlich steht anstelle von »Hmong« »H'mond« oder »Mong«. In einer Abschrift eines auf Band gesprochenen Protokolls eines Assistenzarztes heißt es gar »Mongoloid« – der Versuch einer übermüdeten Sekretärin, einer ungewöhnlichen Silbe, die sich in keinem medizinischen Wörterbuch wiederfindet, einen Sinn abzugewinnen. In der Rubrik »Transport« steht in den Aufnahmeprotokollen stets »Auf Mamas Arm«; in der Rubrik »Erste Verdachtsdiagnose« immer »Anfallsleiden unklarer Genese«, manchmal Fieber, Lungenentzündung oder Mittelohrentzündung; in der Rubrik »Krankenversicherung« immer »Medi-Cal«; in der Rubrik, in der die vom Patienten bezahlte Summe eingetragen wird, stets »Null«. Nahezu sämtliche Aufnahmeprotokolle enthalten den Zusatz »Sprachbarriere«. In einen Aufnahmebogen trug eine Pflegehelferin mit einem spanischen Nachnamen ein: »unmöglich zu bekommen, Eltern sprechen nicht Englisch«. In einem anderen Aufnahmebogen brachte eine Krankenschwester im Feld »Kommunikationsprobleme« die ganze Situation mit einem Wort auf den Punkt: »Hmong«.

Foua und Nao Kao wußten genau, wann sich ein Anfall ankündigte, weil Lia es wußte. Die Aura, ein Gefühl der Vorahnung, das viele Epilepsie-, Migräne- und Koronarkranke kennen, hat viele Gestalten, angefangen von leicht sonderbaren Sinneswahrnehmungen – plötzlichen Geschmacks- oder Geruchsempfindungen, Prickeln, Hitzewallungen, *déjà vu*, *jamais vu* (das Gefühl, das aktuell Erlebte bislang noch nie erlebt zu haben) – bis hin zu Todesängsten. Im achtzehnten Jahrhundert nannten Ärzte die angsteinflößenden Auren *angor animi*, »Seelenfurcht«, ein Begriff, mit dem jeder Hmong etwas anzufangen wüßte. Vor dem Sturz rannte Lia für gewöhnlich zu ihren Eltern, um sich in den Arm nehmen zu lassen. Zwar wurden ihnen auch eine Menge Streicheleinheiten abverlangt, wenn es Lia gut ging, doch wußten sie solche Gelegenheiten von den Anfallsvorboten zu unterscheiden, da im letzteren Fall Lias Gesicht einen seltsamen, angsterfüllten Ausdruck annahm. Dann hoben sie sie liebevoll hoch und legten sie auf eine Matratze, die sie zu diesem Zweck auf dem Boden ihres Wohnzimmers (das ansonsten unmöbliert war) bereithielten. Manchmal gab es ein Zucken an einer Körperseite, gewöhnlich der rechten. Manchmal stierte sie eine Weile vor sich hin. Dann wieder schien sie zu halluzinieren, durchmusterte die Luft und griff nach unsichtbaren Gegenständen. Als Lia älter wurde, breitete sich die abnorme elektrische Hirnaktivität auf immer größere Areale ihres Gehirns aus und verursachte immer häufiger grand mal-Anfälle. Rücklings auf dem Boden liegend, bog sich ihr Körper so gewaltig durch, daß nur noch Fersen und Hinterkopf die Matratze berührten, und nach etwa einer Minute starrer Muskelkontraktionen begannen ihre Arme und Beine zu schlagen. In der ersten Phase kontrahierte sich mit den übrigen Muskeln ihres Körpers auch ihre Atemmuskulatur, so daß oft die Atmung aussetzte. Lippen und Nagelbette liefen blau an. Manchmal gab sie ein hohes Keuchen von sich, hatte Schaum vor dem Mund, erbrach sich, ließ Urin oder Stuhl unter sich. Manchmal hatte sie mehrere Anfälle hintereinander; dann spannte sie sich in den Intervallen an, streckte die Füße und gab einen merkwürdig tiefen Schrei von sich.

Gelegentlich waren die Anfälle so schlimm, daß Lia immer weiter krampfte, ohne das Bewußtsein wiederzuerlangen. Diesen Zustand, den man, wenn er zwanzig Minuten und länger anhält, »Status epilepticus« nennt, fürchteten die Ärzte in der Notaufnahme des MCMC am meisten. Lia blieb gewöhnlich in diesem »Status«, bis man ihr gewaltige Dosen krampflösender Mittel über einen Venenzugang verabreichen konnte. Eine Nadel in die Vene eines von Krämpfen geschüttelten Babys zu befördern ist so, als wolle man ein winziges bewegtes Ziel treffen oder zu treffen versuchen. Während die unglückseligen jungen Assistenzärzte, die zufällig gerade Bereitschaft hatten, die Nadel handhabten, war ihnen nur allzu bewußt, daß mit jeder Sekunde, die bei den Atemstillstandsphasen verrann, Lias Gehirn keinen Sauerstoff bekam. Als ich einen Pfleger fragte, ob dies zu Hirnschädigungen führe, sagte er: »Wenn Sie wissen wollen, wie es ist, einen fünfminütigen Anfall zu haben, stecken Sie Ihren Kopf in einen Wasserkübel, warten Sie fünf Minuten und atmen anschließend tief durch.« Im Laufe der Jahre wurde Lia mindestens einmal, mitunter auch mehrmals, von jedem der am MCMC tätigen Assistenzärzte behandelt. So beängstigend es auch gewesen sein mag, gerade dann Bereitschaftsdienst zu haben, wenn Lia um drei Uhr nachts eingeliefert wurde, so gab es doch wahrscheinlich in den gesamten Vereinigten Staaten keine zweite Gruppe von Assistenzärzten, die am Ende ihrer dreijährigen Ausbildung zum Facharzt für Allgemeinmedizin derart vertraut im Umgang mit grand mal-Anfällen bei Kindern war wie diese.

Die angehenden Fachärzte bildeten nur die vorderste Verteidigungslinie. Jedesmal, wenn Lia in die Notaufnahme kam, wurden entweder Neil Ernst oder Peggy Philp, die beiden ausbildenden Pädiater, gerufen, die als Fakultätsmitglieder am Ausbildungsprogramm zum Facharzt für Allgemeinmedizin beteiligt waren. Wie spät es auch immer sein mochte: sie fuhren jedesmal zum Krankenhaus. Peggy Philp war jene Ärztin, die Dan Murphy bei Lias erster Aufnahme im MCMC zu Rate gezogen hatte. Der Akteneintrag, den sie sechs Tage nach Lias Entlassung machte, lautet auszugsweise:

> Es handelt sich um ein sehr interessantes Kleinkind, das mit rechtsseitigen fokalen Anfällen vorstellig wird. Einer davon führte zu einem grand mal-Anfall. Ich glaube, daß der grand mal-Anfall womöglich eine Aspirationspneumonie und damit einhergehende Apnoe hervorgerufen und dadurch die gewaltigen Probleme verursacht hat, die bestanden, als sie am Aufnahmetag in der Notaufnahme erschien. Das Kind hat allem Anschein nach auf Phenytoin gut reagiert, auch wenn es weiterhin ein paar rechtsseitige fokale Anfälle hatte. (…) Ich glaube, daß dieses Mädchen vielleicht an einer Form gutartiger Herdanfälle im Kindesalter leidet. Solche Anfälle kommen nicht besonders häufig vor, doch können sie oft recht gutartig sein. Da anscheinend eine Gefahr zur Generalisierung besteht, ist es wohl angezeigt, die Phenytointherapie fortzusetzen, um grand mal-Anfälle zu unterdrücken. Ich würde den Phenytoinspiegel kontrollieren, um sicherzustellen, daß er im therapeutischen Bereich liegt. (…) Ich glaube, daß die Prognose für die geistige Entwicklung des Kindes auch längerfristig günstig ist.

Als Peggy einige Jahre später diesen optimistisch klingenden Eintrag nochmals durchlas, erklärte sie: »Die meisten Epilepsiekranken lassen sich durch Medikamente relativ leicht unter Kontrolle halten. Lias Störung erwies sich als wesentlich ernster als das, was man normalerweise in der klassischen Epileptologie sieht.« Lias Akte wuchs schließlich auf fünf Bände an und war damit dicker als jede andere Krankenakte eines Kindes, das jemals im MCMC aufgenommen wurde. Neil und Peggy sahen einmal eine Kopie dieser Akte mit mir durch. Einige Abende lang arbeiteten die beiden Ärzte mit derselben Schnelligkeit und Effizienz, mit der sie sich an die Untersuchung eines Kranken gemacht hätten. Sie sortierten Tausende von Seiten zu sorgfältigen Stapeln, sonderten blitzschnell aus, was sie für irrelevant hielten, ließen keine Einzelheit unter den Tisch fallen, selbst wenn sie nicht dazu angetan war, ihre Person in das allerhellste Licht zu rücken, und lachten immer wieder bedauernd auf angesichts der vielen Irrtümer, die die Akte enthielt. (Die Fehler gingen durchweg auf das Konto von Schreibkräften, Pflegepersonal und anderen Ärzten; ihre eigenen Beiträge waren fehlerlos und für gewöhnlich sogar lesbar.) »Man konnte sehen, wie ihr Kreis aus der Nase kam.‹ Kreis. Das kann nicht stimmen. Eis? Mais? Reis! Volltreffer, das ist es, Reis!« Als wir die Berichte über Lias erste Besuche in der Notaufnahme durchsahen, begann Neil die Seiten mit ruckartigen Bewegungen ärgerlich hin und her zu blättern. Er hatte vergessen, daß sie bereits fünf Monate vor Diagnosestellung und Therapiebeginn epileptische Anfälle gehabt hatte, und fragte sich rückblickend, ob ihr Leben einen anderen Verlauf genommen hätte, wenn sein Krankenhaus ihr von Anfang an eine optimale medizinische Versorgung geboten hätte.

Neil Ernst und Peggy Philp sind miteinander verheiratet. Sie wechseln sich mit dem nächtlichen Bereitschaftsdienst ab, und beide beteten, daß der andere an der Reihe sein würde, sich aus dem Bett zu wälzen, wenn sie Lia Lees wegen gerufen wurden. Neil und Peggy sind beide Arztkinder, haben beide die Abschlußrede ihres Jahrgangs auf der High-School gehalten und ihr Examen in Berkeley mit Auszeichnung bestanden. Sie begegneten einander, als sie neunzehn beziehungsweise achtzehn Jahre alt waren, zwei groß gewachsene, gut aussehende, athletische Studierende im Vorbereitungskurs zum Medizinstudium, die im jeweils anderen jene Verbindung von Idealismus und Arbeitswut wiedererkannten, die zu ihren Erfolgen beigetragen hatte und sie zugleich von den meisten ihrer Altersgenossen unterschied. Als Lias Lebensweg sich mit dem ihren kreuzte, teilten sie eineinhalb Praxen, ein Büro, einen Piepser und eine Verfasserzeile unter den Artikeln, die sie in medizinischen Fachjournalen veröffentlichten. Neils Lebenslauf, der vor akademischen und beruflichen Auszeichnungen nur so strotzte, war der einzige, den ich je gesehen habe, auf dem Familienstand und Kinder an erster Stelle standen. Ihr Tag sah so aus, daß immer einer von ihnen am Nachmittag zu Hause war, wenn ihre beiden Söhne aus der Schule kamen. Jeden Morgen klingelte der Wecker um 5.45 Uhr. Jeden Montag, Mittwoch und Freitag stand Neil auf und joggte 13 Kilometer. Am Dienstag, Donnerstag und Sonntag stand Peggy auf und lief 13 Kilometer. Samstags wechselten sie sich ab. Ihre Dauerläufe waren die einzige Zeit, die sie jeweils für länger als einige Minuten allein waren, und sie ließen keinen Morgen aus und tauschten auch keinen Tag, selbst wenn sie während ihres Bereitschaftsdienstes die halbe Nacht im MCMC verbracht hatten. »Ich bin ein ziemlich getriebener und zwanghafter Mensch«, erzählte mir Neil eines Abends im Wohnzimmer ihres peinlich sauberen Domizils im Landhausstil, das beide zu gleichen Teilen in Ordnung hielten. Peggy hatte Bereitschaft und war im Krankenhaus. »Peggy ist mir sehr ähnlich. Wir verstehen uns wirklich sehr gut. *Sehr, sehr* gut. Was die Medizin betrifft, so ergänzen wir einander. Meine Stärken sind Infektionskrankheiten, Asthma und Allergien. Peggy ist gut in Hämatologie, und sie ist besser als ich in Entwicklungslehre des Kindes. Wenn man vor einer schwierigen Entscheidung steht, tut es gut, mit jemandem zu sprechen, dessen Urteil man respektiert. Denke ich folgerichtig? Hättest du etwas anderes zu bieten? Kann ich etwas anders machen? Wenn ich mir wie ein kompletter Idiot vorkomme, kann ich mich vor ihr auch als solcher zeigen. Wir brauchen keinen Eindruck voreinander zu schinden. Wenn es sie in meinem Leben nicht gäbe, würde es ... nun, eine Weile dauern, bis ich richtig funktionieren könnte.«

Eines Tages fragte ich Teresa Callahan und Benny Douglas – ein verheiratetes Paar, beide Allgemeinpraktiker, die ihre Facharztausbildung unter Neil Ernst und Peggy Philp erhalten hatten und sich nun, wie ihre Mentoren, eine Praxis teilten –, was sie von den beiden hielten. Teresa sagte: »Man kann sie sich nur schwer einzeln vorstellen.« Benny meinte: »Na ja, für uns sind sie wie Neil Apostroph n Apostroph Peggy. Neil 'n' Peggy wissen alles und machen niemals Fehler. Sie sind perfekt. Wenn wir jemals Schwierigkeiten hatten, brauchten wir nur Neil 'n' Peggy anzurufen, und sie fanden schon eine Lösung.« Teresa sagte: »Neil 'n' Peggy sind sehr beherrscht, besonders Neil, fast zu sehr. Ich habe ihn sagen hören, daß er sich einfach nicht wohl fühlt, wenn er wütend wird oder in Tränen ausbricht. Aber das bedeutet nicht, daß er kein Mitgefühl hat. Er ist stolz darauf, einen guten Draht zu seinen ambulanten Patienten zu haben, zu denen auch manche schwierige Zeitgenossen und einige Spanischsprechende gehören. Die meisten nehmen das, was er und Peggy sagen, wie ein Evangelium auf und tun, was immer die beiden sagen. Nur wenige Menschen, die ich kenne, hätten sich so große Mühe gegeben wie die beiden, um Lia eine gute medizinische Versorgung zu bieten. Sie dachten immerzu an sie. Wann immer sie fort mußten, sagten sie den Assistenzärzten: ›Und wenn das kleine fette Hmong-Mädchen mit Anfällen auftaucht ...‹«

Lia war tatsächlich fett. Die Körperwachstumskurve zeigt, daß, obwohl ihre Größe gewöhnlich im Bereich der fünften Altersperzentile lag (was für ein Hmong-Kind nicht ungewöhnlich ist), ihr Gewicht bis zur 75. Perzentile anstieg. Ihr dickes Unterhautpolster erschwerte die Herausforderungen, die die Ärzte in der Notaufnahme erwarteten. Neil Ernst hielt in den Akten der pädiatrischen Ambulanz fest, daß neben dem Anfallsleiden »Lias zweites nicht unerhebliches Problem die Tatsache ist, daß sie ziemlich übergewichtig ist, was das Legen eines intravenösen Zugangs während des Anfallsgeschehens ziemlich erschwert. Beträchtliche Anstrengungen wurden unternommen, um eine Gewichtsreduktion bei dem Kind zu erzielen. Der Vater scheint Lia so zu lieben, wie sie ist, und ist dem Problem gegenüber nicht besonders aufgeschlossen.« (In Laos, wo Nahrung oft knapp war, betrachtete man ein pummeliges Hmong-Kind als gesund und besonders gut versorgt.)

Eine unter Fett verborgene Vene ist schwer zu tasten. Wie jemand, der Drogen nimmt und nach wiederholten Einstichen Venen verliert, verlor Lia schließlich beidseits ihre Ellbeugenvenen und die Saphena magna über ihrem linken Fußknöchel, die die Ärzte bei ihrer panischen Suche nach einer Einstichstelle für die Kanüle aufschnitten und abbanden. Bei den meisten Krankenhausaufenthalten war der Arm bzw. das Bein mit der Infusion an eine Schiene gebunden, und manchmal wurde Lia selbst ebenfalls zur Sicherheit in ihrem Kinderbett angebunden. »Lias Infusionen waren kostbar«, erklärte Neil. »Je weniger sie sich bewegte, um so länger hielt die Infusion.« Eine Eintragung einer Schwester lautet: »0.00 Uhr. Die Infusion im Bereich der rechten Ellbeugenvene mit Zeichen der Infiltration @ 30 mg/Std. via Perfusorpumpe. Vater anwesend. Leichte Fixierung des linken Arms. 0.15 Uhr. Vater hat die Fixierung gelöst und das Kind auf eine Bettstatt auf dem Fußboden gelegt. Brachte Kind wieder ins Bett, leichte Fixierung des rechten Arms. Versuchte, dem Vater den Grund dafür zu erklären, was sich wegen der Sprachbarriere als schwierig erwies.«

Nao Kao verstand nicht, warum die Pflegekräfte seine Tochter festbanden. Sein Vertrauen auf ihre Fähigkeiten, sich um Lia zu kümmern, wurde am Morgen nach diesem Eintrag weiter strapaziert, als er nämlich das Krankenhaus um 4.00 Uhr verließ, um zu Hause zwei, drei Stunden Schlaf zu bekommen, um 7.30 Uhr ins Krankenhaus zurückkehrte und Lia mit einer gänseeigroßen Beule an der Stirn antraf, die Folge eines Sturzes aus dem Kinderbett während seiner kurzen Abwesenheit. Lia hatte sich nicht nur weh getan, während sie der Aufsicht dieser Menschen unterstellt war, die behaupteten, besser als die Lees zu wissen, wie man ihre Gesundheit erhalten könne, diese Menschen hatten auch noch in einer Weise auf diesen Unfall reagiert, die aus Sicht der Lees unsagbar sadistisch war. Foua und Nao Kao glaubten, daß Lia am besten aufgehoben sei und sich am sichersten fühle – vor allem wenn sie krank war oder Schmerzen hatte –, wenn sie, wie es zu Hause oft geschah, bei ihren Eltern schlief, so daß sie sofort beruhigt werden konnte, sowie sie zu weinen begann. Die Pflegekräfte entschieden jedoch, zur Vorbeugung gegen künftige Stürze über Lias Kinderbett ein Netz zu spannen und sie darunter wie in einem Käfig zu halten, außer Reichweite der elterlichen Arme.

Abgesehen von der kurzen Zeitspanne, als Lia auf den Kopf fiel, war während ihrer Krankenhausaufenthalte fast immer ein Elternteil rund um die Uhr bei ihr. Einige typische Eintragungen des Pflegepersonals lauten: »Möchte nicht von ihrer Mutter getrennt werden; entspannt sich im Arm der Mutter.« – »Ruhig, solange die Mutter sie im Arm hält, ansonsten schreit sie die meiste Zeit.« – »Kind ist glücklich und brabbelt, spielt mit Spielzeug. Mutter da. Baby zufrieden.« – »Wird vom

Vater auf Indianerart herumgetragen.« – »Mutter da, gibt dem Baby eifrig die Brust. Läuft am Bettchen hin und her und gibt Babylaute von sich.« – »Wach, läuft mit dem Vater auf dem Gang, kehrt dann ins Zimmer zurück. Vater bemüht, sie wieder zum Schlafen zu bringen.«

Das Pflegepersonal des MCMC lernte Lia gut kennen – besser, als es den meisten von ihnen tatsächlich lieb gewesen sein mag. Als sie alt genug war, um laufen zu können, lief sie den Korridor der pädiatrischen Abteilung auf und ab, wann immer es ihr gut genug ging, schlug gegen Türen, platzte in die Zimmer anderer kranker Kinder, riß die Schubladen auf der Säuglingsstation auf, schnappte sich Stifte, Krankenhausformulare und Rezeptblöcke und warf sie auf die Erde. »Man hörte, wenn Lia in der Notaufnahme war«, erinnert sich Sharon Yates, eine Schwesternhelferin. »Lia, Lia. Oh, bitte, sagte man, laßt sie nicht herauf! Doch sie kam doch herauf.« Die Krankenschwester Evelyn Marciel sagte: »Lia war ein hübsches Mädchen, weich, niedlich und schnell. Ihre Mutter wollte sie nicht abstillen, und so war Lia wirklich auf deren Brust angewiesen. Sie war eine kleine Houdini. Sie konnte überall herauskommen, sie verletzte sich sogar, wenn sie an den Handgelenken angebunden war, so daß man sie nie allein lassen konnte.« – »Ihre Konzentrationsspanne war wirklich kurz«, meinte Gloria Rodriguez, eine weitere Krankenschwester. »Wir brachten ihr bei, Tschüß zu sagen, Backe-Backe-Kuchen zu spielen, zu lächeln und in die Hände zu klatschen. Doch sie wollte immerzu im Arm gehalten werden, sie streckte ihre Ärmchen ständig nach oben, weil sie getragen werden wollte, denn das war es, was ihre Eltern mit ihr machten. In anderen Hmong-Familien sind die Söhne diejenigen, die geliebt werden. Hmong-Väter sagen: ›Mädchen okay, wenn stirbt, will viele Jungen.‹ Doch diese Familie wünschte sich nichts mehr, als daß sie lebe, sie beteten sie einfach an.« Viele Ärzte erinnern sich nicht ohne Zuneigung an Lia, weil sie im Gegensatz zu anderen pädiatrischen Patienten ihre Gefühle über den Körperkontakt ausdrückte. »Sie mochte Haut«, erinnerte sich Kris Hartwig, einer der Assistenzärzte, der sich um Lia kümmerte. »Selbst wenn ich versuchte, eine Infusion zu legen, machte sie an meinem Arm Zupf, Zupf, Zupf. Wann immer man eine Umarmung haben wollte, bekam man sie von Lia.« Peggy Philp sagte: »Viele kleine Kinder weinten einfach, verkrochen sich in einer Ecke oder reagierten sonstwie in der Art, wenn sie so etwas durchgemacht hatten, aber Lia war sehr unerschrocken und hatte überhaupt keine Angst vor einem. Man mußte sie also irgendwie lieb haben, weil sie Charakter hatte, auch wenn man sie eigentlich haßte, weil sie einen so frustrierte und einem so viel Trauer bescherte.«

Lia haßte es, ihre Medikamente zu schlucken. Einige Einträge des Pflegepersonals lauten: »Pat. spuckt wie ein Weltmeister Medikamente aus, die langsam gegeben werden, wobei die Arme festgehalten und der Mund gewaltsam geöffnet wird.« – »Spuckt Eis am Stiel mit zerstoßener Medizin, mußte die Dosis mit Erdbeereis wiederholen. Diesmal ging es gut.« Den Lees fiel es noch schwerer als dem Pflegepersonal, Lia dazu zu bringen, ihre Medikamente einzunehmen, da sie nur ungern ihre Arme festhielten oder ihr gewaltsam etwas einflößten. Und selbst wenn Lia sich kooperativ zeigte, waren sich Foua und Nao Kao oftmals nicht sicher, was genau sie ihr geben sollten. Mit der Zeit wurde ihr Medikamentenplan so kompliziert und so oft geändert, daß es sogar für eine Familie, die Englisch hätte lesen können, eine immense Aufgabe gewesen wäre, Schritt zu halten. Für die Lees sollte er sich als völlig undurchsichtig erweisen.

Das Antiepileptikum, das Peggy Philp ursprünglich verschrieben hatte, war Phenytoin, das für gewöhnlich zur Unterdrückung von grand mal-Anfällen eingesetzt wird. Nachdem Lia drei Wochen nach ihrer ersten Aufnahme im MCMC einen Krampfanfall im Wartezimmer des Krankenhauses erlitten hatte, der anscheinend durch Fieber ausgelöst worden war, änderte Peggy die Verordnung und verschrieb Phenobarbital, mit dem sich fieberbedingte Anfälle besser beherrschen lassen als mit Phenytoin. In den darauffolgenden beiden Wochen krampfte Lia einige Male, so daß Peggy beide Mittel gleichzeitig verschrieb, da offensichtlich keines von beiden für sich genommen angemessen wirkte. Konsiliarisch hinzugezogene Neurologen verschrieben später zwei weitere Antiepileptika, Carbamazepin (das ursprünglich zusammen mit Phenytoin und Phenobarbital, später nur mit Phenobarbital gegeben wurde) und Valproinsäure (das anstelle aller drei zuvor genannten Antiepileptika zum Einsatz kommen sollte). Da Lias Anfälle häufig von Lungen- und Mittelohrentzündungen begleitet wurden, wurden von Zeit zu Zeit auch Antibiotika, Antihistaminika und bronchienerweiternde Medikamente verschrieben.

Als Lia viereinhalb Jahre alt war, hatte man die Eltern instruiert, ihrer Tochter zu verschiedenen Zeiten Paracetamol, Ampicillin, Amoxicillin, Diphenhydraminhydrochlorid, Pediafusin, ein Kombinationspräparat mit Vitamin A, D und C sowie Eisen, Alupent, Valproinsäure und Valium zu geben. Da diese Mittel in unterschiedlichen Kombinationen und Dosierungen verschrieben wurden und zudem die Verteilung der einzunehmenden Tagesdosis über den Tag variierte, wurde die Verordnung in weniger als vier Jahren dreiundzwanzigmal geändert. Manche der Medikamente waren in unterschiedlichen Darreichungsformen verfügbar und wurden mal als Säfte verordnet (die allesamt rosafarben oder rot waren und in runden Fläschchen verkauft wurden), mal in Form von Tabletten (die meistens weiß waren und ebenfalls in runden Fläschchen verkauft wurden). Foua und Nao Kao hatten natürlich keine Ahnung, was auf den Etiketten stand. Selbst wenn ein Verwandter oder ein Krankenhauspförtner zur Hand war und übersetzte, was auf den Etiketten der Flaschen stand, die den Lees mitgegeben wurden, konnten letztere die Anweisungen nicht aufschreiben, da sie weder Englisch noch Hmong lesen oder schreiben können; und da die Verordnungen so oft geändert wurden, vergaßen sie oftmals, was die Ärzte ihnen aufgetragen hatten. Die richtigen Dosen abzumessen brachte zusätzliche Schwierigkeiten mit sich. Flüssigkeiten waren heikel, da die Lees die Markierungen auf medizinischen Tropfenzählern und Meßlöffeln nicht lesen konnten. Tabletten waren oft auch nicht einfacher zu handhaben. Als Lia zwei Jahre alt war, gab es eine Zeit, da sie zweimal am Tag vier verschiedene Medikamente in Tablettenform einnehmen sollte, da jedoch jede einzelne Tablette eine Erwachsenendosis enthielt, sollten ihre Eltern jede Tablette in Stücke brechen; und da Lia ungern Tabletten schluckte, sollte jedes Bruchstück mit einem Löffel pulverisiert und unter ihr Essen gemischt werden. Wenn sie dann weniger aß als eine volle Portion des manipulierten Essens, ließ sich schlechterdings nicht sagen, welche Medikamentendosis sie tatsächlich eingenommen hatte.

Zunächst kam es Lias Ärzten nicht in den Sinn, daß die Lees ihrer Tochter die Medikamente nicht vorschriftsmäßig verabreichten. Auf den ersten Verordnungen hieß es lediglich: »Nach Vorschrift einzunehmen«. Als im Mai 1983, zwei Monate nach Lias erster Krankenhausaufnahme, Lias Blutuntersuchung einen Phenobarbitalspiegel unterhalb des therapeutischen Bereichs ergab, ging Peggy Philp davon aus, daß die verschriebene Menge verabreicht wurde, und erhöhte die Dosis. Als im darauffolgenden Monat die Wirkspiegel immer noch niedrig waren, regte sich bei ihr der Verdacht, daß Lias Mutter entweder verwirrt war oder log, wenn sie behauptete, sie gebe Lia die Medikamente wie verordnet. Dies war eine alarmierende Erkenntnis. Denn die einzige Möglichkeit herauszufinden, welche antiepileptischen Medikamente in welcher Dosierung für Lia optimal waren, bestand darin, das Anfallsgeschehen zu beobachten und die Medikamentenspiegel in Lias Blut immer wieder zu bestimmen. Doch ließen sich aus den Untersuchungsergebnissen nur dann Schlußfolgerungen ziehen, wenn die Ärzte genau wußten, was in Lias Organismus hineingelangte.

»Lia bekam weiterhin Anfälle«, sagte Peggy. »Aber hatte sie diese Anfälle, weil sie nicht genügend Phenobarbital im Blut hatte, oder hatte sie diese Anfälle, obwohl sie genügend Phenobarbital im Blut hatte? Und wenn die Eltern ihr nicht gaben, was sie ihr unserer Verordnung nach geben sollten, taten sie es, weil sie uns nicht verstanden hatten oder weil sie es nicht tun wollten? Wir wußten es einfach nicht.« Daß gute Dolmetscher fehlten, war nur ein Teil des Kommunikationsproblems. Neil hatte das Gefühl, Nao Kao habe eine »Steinmauer« errichtet und sie bisweilen absichtlich getäuscht. Peggy hatte den Eindruck, Foua sei »entweder sehr dumm oder ein verrückter Vogel«, weil ihre Antworten oft keinen Sinn machten, selbst dann nicht, wenn sie genauestens übersetzt wurden. Keiner der beiden Ärzte hätte sagen können, inwieweit ihre erfolglosen Versuche, zu den Lees durchzudringen, an deren mangelnder Intelligenz oder Integrität lag oder auf die kulturellen Barrieren zurückzuführen war.

Am 28. Juni 1983 bat das MCMC das Kreisgesundheitsamt von Merced, den Lees eine Krankenschwester in Begleitung einer Hmong-Dolmetscherin ins Haus zu schicken, um dafür zu sorgen, daß die Familie Lias Medikamentenplan besser befolgte. Diese Krankenschwester war die erste einer Reihe von Schwestern aus dem öffentlichen Gesundheitsdienst, die die Lees in den folgenden vier Jahren noch aufsuchen sollten. Effie Bunch, die mit am längsten solche Besuche machte, erzählte mir: »Wir haben es alle mit Lia versucht, und am Ende haben wir uns alle dabei aufgerieben.« Die auf Hausbesuch ausgeschickten Schwestern versuchten es mit Aufklebern auf den Flaschen, blau für die Morgenmedizin, rot für die Mittagsmedizin und gelb für die Nachtmedizin. Wenn Lia Säfte einnehmen mußte, versuchten sie es mit Strichen, die sie auf Plastikspritzen beziehungsweise Tropfenzähler malten, um die richtigen Dosen zu markieren. Wenn sie Tabletten nehmen mußte, versuchten sie es mit graphischen Darstellungen, auf die sie die entsprechenden kuchenstückförmigen Tablettenanteile aufgemalt hatten. Sie versuchten, Mustertabletten auf Kalender zu kleben, auf die sie Sonnen, Sonnenuntergänge und Monde gemalt hatten. Sie versuchten, die Tabletten in Plastikbehälter mit unterschiedlichen Fächern für jeden Tag zu legen. Effie Bunch meinte: »Ich glaube nicht, daß Mutter und Vater jemals wirklich den Zusammenhang zwischen einem Anfall und dessen Auswirkungen auf das Gehirn begriffen haben. Und ich weiß auch nicht, wie man ihnen sonst vermitteln wollte, daß sie die Medikamente geben mußten. Insgesamt war mein Eindruck, daß sie uns in Wirklichkeit allesamt für Eindringlinge hielten und glaubten, ihrem Kind ginge es gut, wenn man sie nur machen ließe, was sie für das Beste hielten. Sie waren höflich, und sie waren eigensinnig. Sie sagten uns, was wir hören wollten. Eigentlich wußten wir so gut wie nichts über sie.«

Als Lia ein bis zwei Jahre alt war, lauteten einige Einträge, die die Pflegekräfte auf Hausbesuch in die Besuchsformulare des Kreisgesundheitsamts von Merced machten, wie folgt:

Hausbesuch in Begleitung eines Dolmetschers. Eltern erklären, dem Kind gehe es unverändert. Wußten nichts von einem für heute vereinbarten Termin in der Kinderambulanz. Waren verwirrt, weil sie nicht wußten, wie sie die Medikamente richtig dosieren und welche sie geben sollten … Einige verfallene Medikamente im Kühlschrank, darunter Amoxicillin und Ampicillin. Eine Medikamentenflasche mit unleserlichem Aufkleber. Anruf bei Dr. Ernst wegen der richtigen Dosierung von Phenobarbital und Phenytoin. Richtige Verabreichung gezeigt. Verfallene Medikamente ausrangiert.
Mutter erklärt, verabredungsgemäß zur Blutuntersuchung ins MCMC gegangen, aber ohne Dolmetscher nicht in der Lage gewesen zu sein, den Grund ihres Kommens zu erklären und das Labor zu finden. Ist bereit, einen neuen Termin zu vereinbaren. Gibt an, ihr Kind habe keine Anfälle gehabt. Die Antibiotika wurden zu Ende gegeben. Eltern geben kein

Phenobarbital mehr, weil sie darauf beharren, es verursache kurz nach der Einnahme Durchfall. Mutter erklärt, daß sie der Gebäudekomplex des MCMC einschüchtere, doch will sie die Therapie dort fortführen.
Gibt Medikamente nur ungern, hat zwar Phenobarbital und Carbamazepin gegeben, lehnt es aber ab, Phenytoin zu verabreichen. Erklärt, es verändere den »Geist« des Kindes und verändere den Gesichtsausdruck ... Jedes Mittel befindet sich in einem kleinen Fach mit entsprechender Angabe der Einnahmezeit, doch wurde die Medikamentengabe mit dem falschen Tag begonnen.
Vater für den Rest des Tages aushäusig – einkaufen. Mutter scheint mit dem medizinischen Personal, das für ihre Tochter Entscheidungen fällt, immer noch sehr unzufrieden zu sein. Dolmetscher erklärt, die Mutter *sei tatsächlich* unglücklich, und dasselbe schloß die Schwester des öffentlichen Gesundheitswesens aus dem Tonfall und der Körpersprache der Mutter. Versicherte der Mutter, daß ihr Kind auch ohne Medi-Cal-Karte am Montag in der Kinderambulanz untersucht werden kann.
Hausbesuch des Dolmetschers, um mit dem Vater über die Versorgung der Tochter zu sprechen. Dolmetscher erklärt, auch der Vater mißtraue dem medizinischen System und möchte anderweitigen Rat, sagte aber nicht, von wem und woher.

Die Pflegekräfte des öffentlichen Gesundheitswesens brauchten nicht lange über die Antwort nachzudenken, als Peggy Philp sie fragte, ob die Lees unkooperativ waren, weil sie die Anweisungen nicht verstanden hatten oder weil sie die Medikamente einfach nicht geben wollten. (Beides.) Ihr Vertrauen in die Medikamente war nicht gerade gestärkt worden, als Lia zwei Routineimpfungen gegen Diphtherie, Keuchhusten und Tetanus erhalten hatte, auf die sie wie viele andere Kinder mit Fieber und vorübergehendem Unwohlsein reagierte. Sämtliche antiepileptischen Medikamente, die Lia einnahm, hatten weit ernstere und langwierigere Nebenwirkungen. In manchen Fällen verursacht Phenobarbital Hyperaktivität – es könnte die zügellose Energie erklären, die die Pflegekräfte stets an Lia beobachteten, wenn sie im Krankenhaus lag. In einigen neueren Untersuchungen wurde das Medikament zudem mit einer Verringerung des Intelligenzquotienten in Zusammenhang gebracht. Phenytoin kann abnormen Haarwuchs am ganzen Körper sowie Zahnfleischbluten und -wucherungen verursachen. Eine Überdosis Phenobarbital, Phenytoin oder Carbamazepin kann zu Gangunsicherheit und Bewußtlosigkeit führen. Obwohl Foua und Nao Kao Lias »Wildheit« irrtümlich auf das Phenytoin anstatt auf das Phenobarbital zurückführten, lagen sie ganz richtig mit ihrer Wahrnehmung, daß die Medikamente alles andere als harmlos waren. Von dieser Einsicht war es nicht mehr weit zu dem Entschluß, den sie am 3. April 1984 gefaßt hatten, als eine Pflegekraft aus dem öffentlichen Gesundheitsdienst notierte: »Vater gibt fast gar keine Medikamente mehr, da er das Gefühl hat, sie verursachen die Krampfanfälle und das Fieber.«

Daß die zur Heilung oder zumindest zwecks Heilungsversuchs verschriebenen Medikamente eine Krankheit erst *verursachen*, ist wohl kaum eine Vorstellung, mit der die meisten Ärzte jemals konfrontiert werden. Ärzte sind an die Beschwerden der Patienten, Arzneimittel bereiteten ihnen Unwohlsein, gewöhnt. Und tatsächlich sind unerwünschte Nebenwirkungen bei vielen Medikamenten einer der Hauptgründe, warum Patienten sie so oft absetzen. Die meisten Patienten akzeptieren jedoch die Erklärung des Arztes, warum sie überhaupt krank geworden sind, und selbst wenn sie sich der empfohlenen Therapie widersetzen, glauben sie zumindest, daß ihr Arzt sie in gutem Glauben verschrieben hat und nicht mit der Absicht, ihnen zu schaden. Im Umgang mit Hmong-Patienten können Ärzte eine solche Einstellung nicht voraussetzen. Wenn sie ihre Patienten drängen, mit einer bestimmten Therapie fortzufahren, die aus Sicht der Hmong potentiell schädlich ist, müssen sie sogar womöglich zu ihrem eigenen Entsetzen feststellen, daß sie gegen eben jenen störrischen Zug im Wesen der Hmong anrennen, der seit Jahrtausenden dafür sorgt, daß Hmong lieber sterben, als aufzugeben.

John Aleman, ein Allgemeinpraktiker in Merced, nahm einmal ein Hmong-Kind mit schwerer Gelbsucht im Krankenhaus auf. Um herauszufinden, ob eine Therapie mit speziellem fluoreszierendem Licht ausreichen würde oder ob eine partielle Blutwäsche notwendig sei, mußte er dem Kind wiederholt Blut abnehmen, um seinen Bilirubinspiegel zu messen. Nach zwei oder drei Blutproben sagten die Eltern, ihr Kind könne sterben, falls ihm noch mehr Blut abgenommen werde. Der Arzt erklärte mit Hilfe eines Dolmetschers, daß der Körper neues Blut bilden könne, und ließ einen Milliliter Wasser auf einen Teelöffel tropfen, um vorzuführen, wie gering die Menge Blut war, die benötigt wurde. Zu seiner Verblüffung bestärkten seine logischen Argumente nur den Widerstand der Eltern. Sie drohten mit Selbstmord, falls der Arzt auch nur die geringste Menge Blut ohne ihr Einverständnis entnehme. Zum Glück fragte Dr. Aleman in dieser Situation seinen Hmong-Dolmetscher, was er tun solle (eine Strategie, der sich Lias Ärzte in den ersten Jahren in Ermangelung eines kompetenten Dolmetschers nicht bedienen konnten). Der Dolmetscher erklärte sich bereit, einen mit der westlichen Kultur vertrauten Hmong-Führer zu holen, der den Therapieplan des Arztes womöglich verstehen würde; der Führer rief das Oberhaupt des Familienclans hinzu, das Clanoberhaupt rief den Vater des Vaters, der wiederum rief den Vater, der Vater sprach mit der Mutter; und nachdem so das ärztliche Ersuchen über die akzeptierte Familienhierarchie vermittelt worden war, war es den Eltern möglich, ohne Gesichtsverlust klein beizugeben. Bei dem Baby wurden Blutuntersuchungen durchgeführt, und es wurde erfolgreich einer Phototherapie zugeführt.

Im Jahre 1987 wurde im Valley Kinderkrankenhaus bei Arnie Vang, einem zweijährigen Hmong-Jungen aus Fresno, Hodenkrebs diagnostiziert. (Arnies wirklicher Name, also der Name, der ihm bei der Namensgebungszeremonie verliehen worden war, lautete Tong, sein Vater nannte ihn aber lieber Arnie, weil es amerikanischer klang.) Seine Eltern, beide Teenager, die eine amerikanische High-School besucht hatten und ziemlich gut Englisch sprachen und lesen konnten, gaben, wenn auch widerstrebend, ihr Einverständnis zur operativen Entfernung des befallenen Hoden. Nach der Operation erklärte Arnies Ärztin, eine in Indien geborene Onkologin, die noch nie zuvor einen Hmong-Patienten betreut hatte, der nächste Therapieschritt sei natürlich eine Chemotherapie. Sie übergab den Eltern einen Zettel, auf den sie die Namen der Medikamente, die ihr Sohn erhalten sollte, und deren mögliche Nebenwirkungen aufgelistet hatte. Ihre Voraussagen sollten sich bewahrheiten. Arnie, der nach der Operation vollkommen gesund ausgesehen hatte, verlor innerhalb von drei Wochen nach dem ersten Zyklus der Chemotherapie sein ganzes schwarz-glänzendes Haar, und jedesmal, wenn die Mittel verabreicht wurden, mußte er sich übergeben. Arnies Eltern folgerten daraus, daß die Chemotherapie ihren Sohn krank mache, und weigerten sich, ihn zur weiteren

Behandlung ins Krankenhaus zu bringen. Nachdem die Vangs eine Mahnfrist von drei Tagen hatten verstreichen lassen, rief die Ärztin beim Jugendamt an, der staatlichen Stelle, die sich mit Kindesmißbrauch befaßt, und diese schickte zwei Sozialarbeiter sowie zwei Polizeibeamte zu den Vangs.

Dia Xiong, Arnies Mutter, erklärte mir später: »Als sie kommen, ist mein Mann nicht da. Ich sage, wartet auf meinen Mann. Doch sie sagen, sie können nicht warten. Ich sage, dann gehen Sie bitte. Ich halte meinen Sohn fest. Ich halte ihn so fest. Ich sage, gebt mir meinen Sohn zurück. Zwei Polizisten halten meine Hand hinter meinem Rücken fest. Ich kann mich nicht rühren. Ich habe Angst. Meine beiden Töchter weinen. Die Polizisten halten meine Hand. Sie nehmen mir meinen Sohn weg! Ich schreie und weine. Dann nehme ich die Waffen meines Mannes aus dem Schrank im Schlafzimmer. Zwei lange Gewehre. Wir haben sie gekauft, um auf Eichhörnchen und Wild zu schießen, nicht auf Menschen. Ich sage, ich erschieße mich und die Mädchen, wenn sie ihn mir nicht zurückbringen. Ich kreische nur noch: Bringt mir meinen Sohn zurück, bitte. Ich sage: Bringt ihn einfach her! Ich möchte meinen Sohn in den Arm nehmen!« Man rief eine Spezialeinheit der Polizei und sperrte für drei Stunden den Verkehr in der unmittelbaren Nachbarschaft der Vangs. Schließlich brachten ein paar Polizeibeamte Arnie vom Krankenhaus zurück, und als Dia Xiong ihn sah, legte sie die Waffen nieder und wurde in Handschellen auf die psychiatrische Station eines örtlichen Krankenhauses gebracht. Am darauffolgenden Tag wurde sie entlassen, ohne daß Strafanzeige gegen sie erstattet wurde. Arnies Ärztin zog einen der drei noch ausstehenden Zyklen der Chemotherapie durch, erklärte sich aber gegen das übliche Standardschema bereit, auf die letzten beiden zu verzichten. Arnie ist heute immer noch in Remission. Seine Ärztin wurde jahrelang von dem Gedanken verfolgt, daß beinahe drei Menschen ihr Leben verloren hätten, um eines zu retten – »und für dieses eine Leben«, erklärte sie mir, wobei ihre Stimme zitterte und ihre Augen sich mit Tränen füllten, »war die Behandlung noch nicht einmal hundertprozentig erfolgversprechend«.

Als Lia Lee eines Nachts zum zigsten Mal in die Notaufnahme des MCMC kam und auch eine Dolmetscherin zugegen war, brachte Dan Murphy, der zufällig Bereitschaftsdienst hatte, die Sprache auf ihre antiepileptischen Medikamente. Lias Mutter erklärte, sie glaube nicht, daß man ein Medikament jemals für immer geben sollte. (Wahrscheinlich waren die einzigen westlichen Medikamente, die Foua und Nao Kao von Asien her kannten, schnell wirkende Antibiotika.) Dan erinnerte sich: »Ich weiß noch, daß ich sie nur beobachtete und sie sehr entschlossen wirkten, nach dem Motto, wir tun, was wir für richtig halten. Sie waren nicht bereit, irgendeinen Mist zu schlucken. Ich merkte, daß sie Lia wirklich liebten und, so gut sie als Eltern konnten, für ihr Kind sorgten. Den Eindruck hatte ich. Ich kann mich nicht erinnern, wütend gewesen zu sein, aber ich erinnere mich, ein bißchen erschrocken gewesen zu sein, weil wir die Welt mit derart anderen Augen sahen. Es war mir sehr fremd, daß sie die Fähigkeit besaßen, gegenüber einer Expertenmeinung standhaft zu bleiben. Neil und Peggy sind bestimmt die besten Kinderärzte im Kreis, und doch scheuten sich Lias Eltern ihnen gegenüber nicht, nein zu sagen, die Arzneimitteldosis zu verändern oder überhaupt so zu handeln, wie sie es für richtig hielten. Das andere, was sie von mir unterschied, war die Tatsache, daß sie Dinge, die für mich größere Katastrophen waren, hinnahmen, als seien sie ein selbstverständlicher Teil des Lebens. Für sie war die *Behandlung* die Krise, nicht die Epilepsie. Ich fühlte eine ungemeine Verantwortung, die Krampfanfälle zum Stillstand zu bringen und sicherzustellen, daß so etwas nie wieder vorkäme, und sie hatten eher das Gefühl, daß solche Dinge nun mal vorkommen, wissen Sie, man hat eben nicht alles unter Kontrolle, also hast auch du nicht alles unter Kontrolle.«

Bald nach dieser Begegnung hatte Dan Murphy am späten Nachmittag des 20. Januar 1984 wieder Bereitschaft, als Lia auf dem Höhepunkt eines grand mal-Anfalls in die Notaufnahme eingeliefert wurde. »Patientin ist ein 18 Monate altes Hmong-Kind mit einer langen Anfallsanamnese. Eltern berichten, sie hätten die Medikamentengabe vor drei Monaten ausgesetzt, weil es der Patientin so gut ging.« Dan hatte nicht viel Zeit, über diese alarmierende Nachricht nachzudenken, denn kurz nachdem er bei Lia eine intravenöse Infusion mit Phenobarbital zum Laufen gebracht und sie stationär aufgenommen hatte, wurde er zu einem anderen kritischen Fall gerufen, der tödlich ausging, und unmittelbar darauf in die geburtshilfliche Abteilung geschickt, wo eine Geburt auf ihn wartete. Um 23.20 Uhr, in der dreizehnten Stunde einer 33stündigen Schicht, wurde Dan abermals angepiepst, weil Lia wieder zu krampfen begonnen hatte, diesmal heftig. Da Lia auf das Phenobarbital gut angesprochen hatte, hatte Dan weder Neil Ernst noch Peggy Philp als Rufbereitschaft zum Krankenhaus gebeten. Daher mußte er jetzt allein mit dem schwersten Status epilepticus zurechtkommen, den Lia bis dahin erlitten hatte. Er verabreichte zwei weitere hohe Dosen Phenobarbital. »Manchmal muß man, um die Anfälle zu beenden, so hohe Dosen geben, daß die Betroffenen aufhören zu atmen«, sagte Dan. »Genau das passierte.« Lia lief blau an. Zunächst versuchte es Dan mit Mund-zu-Mund-Beatmung, und als sie nicht spontan zu atmen begann, entschied er, daß man ihr ein Beatmungsrohr in die Luftröhre einführen müsse. »Lia war erst das zweite Kind, das ich jemals unter Notfallbedingungen intubiert habe, und ich fühlte mich darin alles andere als sicher. Man hat dieses Instrument, das irgendwie wie eine Taschenlampe aussieht, mit einer Klinge, die nach unten geklappt wird. Die Zunge muß aus dem Weg sein, und das Problem ist, wenn man nicht genau weiß, was man tut, schiebt man das Rohr die Speiseröhre und nicht die Luftröhre hinunter, und dann dreht man den Hahn auf, aber der Patient bekommt keinen Sauerstoff. Es ist also buchstäblich eine Jetzt-oder-nie-Situation, entweder bekommt man es rein, und es geht ihnen gut, oder eben nicht, und sie sterben womöglich. Dieses Mal sah ich, was ich sehen mußte, und das Rohr ging richtig rein, und es funktionierte perfekt, und ich fühlte mich richtig gut. Ich dachte, hm, anscheinend bin ich auf dem Weg, ein richtiger Arzt zu werden.«

Lias Eltern standen vor der Notaufnahme, während ihre Tochter von Dan intubiert wurde. »Als sie wieder hereinkamen, war Lia bewußtlos und hatte dieses Rohr an ihrem Mund festgeklebt. Ich erinnere mich, daß sie sich sehr darüber aufregten. Ich weiß noch, daß die Mutter einfach einen sehr ungehaltenen Gesichtsausdruck hatte.« Da das MCMC nicht mit einem Beatmungsgerät für Babys ausgestattet war, beschloß Dan, Lia, die vorläufig über einen manuell zu bedienenden Atembeutel Sauerstoff erhielt, mit dem Krankenwagen ins Valley Kinderkrankenhaus in Fresno zu verlegen, der pädiatrischen Fachklinik 105 Kilometer südlich von Merced. Dort kam Lia wieder zu Bewußtsein und konnte aus eigener Kraft atmen, nachdem sie vierundzwanzig Stunden an ein Beatmungsgerät angeschlossen war. Lia verbrachte neun

Tage in Fresno, hatte wegen einer Aspirationspneumonie und einer Magen-Darm-Entzündung zwar zeitweise sehr hohes Fieber, aber keine Krampfanfälle mehr. Auf ihrem Anamnesebogen und dem Formular, auf dem das Ergebnis der körperlichen Untersuchung eingetragen wurde, wird sie als Lai Lee geführt; auf ihrem Entlassungskurzbrief als Lee Lei. Über einen Englisch sprechenden Cousin, der Foua und Nao Kao nach Fresno begleitete, erfuhr der aufnehmende Assistenzarzt, daß Lia seit einer Woche keine Medikamente mehr bekommen hatte (statt der drei Monate, die Dan Murphy zu Protokoll genommen hatte), weil die Verordnung ausgelaufen und von der Familie nicht erneuert worden war. Der Assistenzarzt schrieb ohne jede Ironie: »Ich bin nicht sicher, ob die ganze Geschichte stimmt.«

Zwei Monate darauf hielt Peggy Philp in einem Arztbericht zur ambulanten Behandlung fest, daß Lia, die damals zwanzig Monate alt war, »nicht mehr sprach (obwohl sie sonst ein paar Worte sagen konnte)«. In ihrer Diagnose schrieb sie »fragliche Entwicklungsverzögerung« – eine Schlußfolgerung, die sie bereits seit einer Weile gefürchtet hatte. Es überrascht nicht, daß ein Kind, das so oft und so heftig gekrampft hatte wie Lia, die ersten Anzeichen einer verzögerten Entwicklung zeigte, aber Neil und Peggy fanden die Lage besonders tragisch, weil sie glaubten, daß man sie hätte verhindern können. Was Lias Zukunft betraf, sahen sie eine stetige Abnahme ihres intellektuellen Vermögens vorher, es sei denn, Lias Eltern fingen endlich an, ihrer Tochter die Antiepileptika regelmäßig zu geben. Doch selbst das würde den Verfall wohl nicht aufhalten, da der durch die unregelmäßige Medikamentengabe verursachte Hirnschaden ihr Anfallsleiden mittlerweile weit weniger therapierbar gemacht hatte, als es der Fall gewesen wäre, wenn die Mitarbeit von Anfang an funktioniert hätte. Auf Neil und Peggy wirkte Lia zurückgebliebener (wenn auch nur leicht) als auf das Pflegepersonal des öffentlichen Gesundheitswesens, das die Hausbesuche machte. Effie Bunch sagte: »Die Ärzte sahen sie nur, wenn sie krank war, niemals in ihrer häuslichen Umgebung. Wenn wir sie sahen, war sie wegen des Phenobarbitals manchmal wie eine Aufziehpuppe, dann wieder, nach den Anfällen, sah sie aus wie ein kugeliger Hefeteig in der Ecke, manchmal aber war sie einfach fröhlich, niedlich, spielte allein, war glücklich, lustig, kletterte, krabbelte, lachte und brabbelte auf dem Rücken ihrer Mutter und was nicht alles.« Mit Lia einen Intelligenztest zu machen war schwierig, weil sie sich einerseits wegen ihrer Hyperaktivität nur schwer auf gestellte Aufgaben konzentrieren konnte und weil andererseits die Anweisungen der Ärzte und Lias sprachliche Reaktionen darauf immer über einen Dolmetscher von zweifelhafter Tauglichkeit gefiltert wurden. Als Neil und Peggy die vierzehn Monate alte Lia einem Denver-Entwicklungstest unterzogen, fielen die Ergebnisse normal aus, doch mit zweiundzwanzig Monaten versagte sie bei »Benutzt Löffel mit wenig Kleckern«, »Wäscht und trocknet die Hände«, »Zeigt auf einen benannten Körperteil«, »+ drei Wörter außer ›Mama‹ und ›Papa‹« und »Turm mit acht (8) Klötzchen«, wenngleich sie ansonsten die Anforderungen »Spielt mit Untersucher Ball«, »Spielt Backe-Backe-Kuchen«, »Imitiert Sprachlaute« und »Pinzettengriff nach Rosine« erfüllte.

Als Lia zwei Jahre alt war, empfahl ein hinzugezogener Neurologe, Carbamezepin neu in die medikamentöse Therapie aufzunehmen, Phenytoin weiter zu verabreichen und mit Phenobarbital langsam aufzuhören, weil es Lias Hyperaktivität unterhielt, wenn nicht gar verursachte. Dummerweise hatten die Lees gerade beschlossen, daß sie Phenobarbital mochten, Phenytoin aber nicht, und was das Carbamazepin betraf, so waren sie noch unschlüssig. Eine Pflegekraft auf Hausbesuch erlebte Lia einmal benommen und torkelig, nachdem sie eine Überdosis Phenobarbital bekommen hatte (das, im Übermaß genommen, die entgegengesetzte Wirkung wie die Normaldosis hat, die bei manchen Patienten durchaus zu Erregungszuständen führen kann). Als Lia am darauffolgenden Tag in die Kinderambulanz gebracht wurde, notierte der diensthabende Assistenzarzt – zufällig Gary Thueson, der Arzt, der sie entbunden hatte: »Offenbar finden die Eltern, daß, wenn Phenobarbital gut ist, die doppelte Menge um so besser ist. Daher doppelte Dosis am gestrigen Tag.« Am 20. Juli 1984 schrieb Neil Ernst in der Kinderambulanz folgenden Eintrag (der in Kopie an das Gesundheitsamt geschickt wurde):

Mutter erklärt, daß sie das Phenytoin zu Hause nicht verabreichen wird. Ferner erklärt sie, daß sie die Phenobarbitaldosis für ihr Kind auf 2x täglich 60 mg erhöht hat. Schließlich erklärt sie, daß ihr das Carbamazepin ausgegangen sei und das Kind seit vier Tagen keines bekommen habe. Die Mutter brachte einen großen Sack voller Medikamentenfläschchen mit. Bei näherem Hinsehen entdeckte ich darin drei halbleere Carbamazepinfläschchen. Die Mutter erklärte, sie sei sich nicht darüber im klaren gewesen, daß in diesen Fläschchen Carbamazepin sei. Darüber hinaus konnte die Mutter das Phenytoinfläschchen nicht erkennen und gab es mir mit den Worten, sie wolle es nicht bei sich zu Hause haben.

Als Neil diese Aufzeichnung Jahre später noch einmal las, konnte er sich noch an die schäumende Wut erinnern, die ihn damals bei der Niederschrift erfüllt hatte. Er und Peggy, die sich beide ihres Rufes als Menschen mit geradezu eisiger Selbstbeherrschung bewußt und auch stolz darauf waren, kannten keinen zweiten Fall, der sie in ähnliche Stimmung versetzt hätte. »Ich erinnere mich, daß ich die Eltern nur noch schütteln wollte, damit sie endlich begriffen«, sagte Peggy. Ein paarmal umarmte Neil Foua, während Lia krampfte, doch als Lia zwischen achtzehn Monaten und dreieinhalb Jahren alt war, war er meistens zu wütend, um Sympathie für eines der Elternteile zu empfinden. »Das Beste, was ich Lias Mutter hätte geben können, wäre Mitgefühl gewesen, aber ich schenkte ihr keins, und ich wußte, daß ich es nicht tat«, sagte er. »Dafür gab es viel zuviel Aggressionen. Es war, als renne man permanent mit dem Kopf gegen eine Wand an, ohne voranzukommen. Da waren die Frustration, daß wir ständig nachts gerufen wurden, und die Zeit, die dabei draufging, und die Energie, die es kostete, und die Sorge und Ohnmacht. Ich meine, jedesmal, wenn ich Lia sah, hätte ich einfach, wissen Sie, es war als – ohhhhh, es war einfach so maßlos frustrierend! Wenn sie im Status in die Notaufnahme kam, gab es so eine Art jähen Gipfel der Wut, dem aber sogleich die Angst folgte, sich um ein schrecklich krankes Kind kümmern zu müssen, bei dem es schwer war, einen intravenösen Zugang zu legen.« Peggy fügte hinzu: »Ein Teil der Wut kam daher. Von unserer eigenen Angst.«

Es war nicht leicht, so hart zu arbeiten, ohne ein einziges Wort des Dankes zu hören und im Gegenteil ausnahmslos und unweigerlich auf Unmut zu stoßen. Neil und Peggy hielten sich nie mit der finanziellen Seite des Falles auf, da einer der Gründe, warum sie die Arbeit in Merced gewählt hatten, in Neils Worten der war, »daß sie unterversorgten Menschen ohne Ansehen ihrer Zahlungsweisen dienen wollten«. Doch blieb es eine unbestreitbare Tatsache, daß Lias Familie niemals einen Pfennig für die Hunderte von Stunden bezahlte, die ihre Tochter medizinisch versorgt wurde – und dennoch die Großzügigkeit von ›Medi-Cal‹ und Neils und Peggys Dienstleistungen, die wegen der geringen Erstattung teilweise praktisch freiwillig geleistet wurden, in keiner Weise zu schätzen wußte. (Kein anderer in Merced praktizierender Kinderarzt wäre zu jener Zeit willens gewesen, Medi-Cal-Patienten anzunehmen.) Die Lees zollten ihren Ärzten auch niemals jene Form von Respekt, den selbst die unkooperativsten amerikanischen Patienten erkennen ließen. Es war, als zählten weder die vier Jahre Medizinische Hochschule, noch die drei Jahre Facharztausbildung, noch Auszeichnungen, Publikationen, telefonische Beratungen mit Neurologen, noch die Stunden, die Neil und Peggy in der Stadtbibliothek von Merced verbrachten, um Artikel über die Hmong im *National Geographic* nachzulesen. Das Schlimmste an dem Fall war, daß es sie als gewissenhafte Ärzte und hingebungsvolle Eltern quälte, wie es sie bei jedem anderen Kind auch gequält hätte, mit anzusehen, wie Lia nicht die Behandlung bekam, die ihrer Ansicht nach dem Kind zu einem normalen Leben verhelfen könnte. Und es schien, als sei kein Ende in Sicht. Wie frustriert sie auch gewesen sein mochten, nie dachten sie daran, den Fall hinzuschmeißen. Wenn Lia nicht gerade starb, würden sie solange mitten in der Nacht in die Notaufnahme fahren, bis sie groß geworden und in die Hände eines Internisten übergegangen sein würde, mit dem sie schon jetzt im vorhinein Mitgefühl verband.

Im Juni 1984 merkten Neil und Peggy, daß Foua erneut schwanger war. Sie waren entsetzt. Dieses Kind würde das fünfzehnte sein; acht waren noch am Leben. Fouas Alter war nicht bekannt – auf dem Aufnahmebogen der Entbindungsstation stand achtundfünfzig, eine Zahl, die niemand im MCMC in Zweifel gezogen zu haben scheint –, doch Neil und Peggy waren davon ausgegangen, daß sie bereits die Menopause durchlaufen hatte. »Als wir herausfanden, daß sie noch ein Kind bekommen würde, fragten wir, wie das passieren konnte«, erinnert sich Neil. »Es muß das letzte befruchtungsfähige Ei gewesen sein, und prompt wurde es befruchtet. Wir machten uns Sorgen, was aus dem Baby werden würde, daß es womöglich ein Down-Syndrom oder einen Herzfehler haben würde und wir es mit *zwei* kranken Kindern in dieser Familie zu tun bekämen. *Das* hätte uns gerade noch gefehlt. Lias Mutter lehnte eine Fruchtwasseruntersuchung ab. Sie hätte ohnehin nicht abgetrieben.« Auch eine Tubenligatur – eine Sterilisierungsmethode, zu der sie eine Pflegekraft drängen wollte, die Lia kannte und fürchtete, die Lees würden ein weiteres epilepsiekrankes Kind bekommen – lehnte Foua kategorisch ab. Sie stillte Lia weiterhin während ihrer gesamten Schwangerschaft. Am 17. November 1984, als Lia zweieinhalb Jahre alt war, kam Pang Lee zur Welt – ein gesundes, kräftiges und völlig normales Mädchen. Danach stillte Foua beide Kinder, Lia und Pang. Sie war erschöpft und einem Bericht des Jugendamtes zufolge »völlig überfordert«.

Am 30. April 1985, vier Tage nach Lias elftem Krankenhausaufenthalt im MCMC, stellte eine Pflegekraft bei einem Hausbesuch fest, daß die Lees Lia die doppelte Dosis Carbamazepin-Tabletten gaben, die sie in einem alten Phenobarbital-Fläschchen aufbewahrt hatten. Am 1. Mai notierte die Pflegekraft, Lias Vater »lehnt nun jede Gabe von Carbamazepin ab«. Als Lia an demselben Tag zur Kinderambulanz kam, notierte Neil, die Familie habe ihn »über einen Dolmetscher wissen lassen, daß sie die Phenobarbital-Gaben vor fünf Tagen eingestellt hätte; das Kind hat seit seiner Entlassung aus dem Krankenhaus anscheinend kein Phenobarbital erhalten. Mutter erklärt, daß die Kombination von Carbamazepin und Phenobarbital ›zu stark‹ für das Kind gewesen sei und sie daher die Verabreichung dieses Medikaments einzustellen beschlossen habe.«

Neil schickte eine Kopie dieser Eintragung an das Gesundheitsamt und an das Jugendamt. Darin fügte er hinzu, daß

> dieser Fall wegen der geringen Kooperationsbereitschaft der Eltern in bezug auf die Medikamentengabe offensichtlich in das Gebiet der Kindesmißhandlung fällt, genauer gesagt der Vernachlässigung von Kindern. (…) Bei dem Kind besteht das Risiko eines Status epilepticus mit dem Ergebnis eines irreversiblen Hirnschadens und möglicher Todesfolge, falls es keine Kooperation bei der Medikamentengabe und keine Überwachungsmöglichkeit des Anfallsleidens des Kindes gibt. Meiner Meinung nach sollte dieses Kind in Pflege gegeben werden, um die Mitarbeit bei der Arzneimittelgabe zu gewährleisten.

Das Oberste Bundesgericht des Staates Kalifornien reagierte umgehend auf Neils Bitte, indem es Lia dem Jugendgericht unterstellte und ihren Eltern die elterliche Sorge entzog.

# Transkortikale
# Hochgeschwindigkeitsbleitherapie

In den Flüchtlingslagern in Thailand hielt sich das Gerücht, die Hmong könnten in Amerika keine Arbeit finden, dürften ihre Religion nicht ausüben und würden von Banden ausgeraubt und überfallen. Auch hieß es, Hmong-Frauen würden versklavt und zum Geschlechtsverkehr mit Amerikanern oder Tieren genötigt. In Amerika gebe es Dinosaurier, Geister, Ungeheuer und Riesen. Wenn es so viel Besorgniserregendes gab, warum versteiften sich die 15 000 Hmong, die sich auf dem Fußballplatz von Ban Vinai versammelten und ihren schlimmsten Befürchtungen in bezug auf ein Leben in den Vereinigten Staaten Ausdruck gaben, ausgerechnet auf Ärzte?

Eine mögliche Antwort auf diese Frage kam mir, als ich ein Jahr, nachdem ich den Bericht über diese Versammlung zum ersten Mal gelesen hatte, versuchte, einen schwankenden Stapel von Aufzeichnungen, Zeitungsausschnitten und Photokopien aus Büchern und Doktorarbeiten auf verschiedene Aktenordner zu verteilen, die mehrere Regale füllten. Es gab Hunderte von Seiten, die sich schlechterdings nicht eindeutig zuordnen ließen und mich ratlos machten. Gehörten sie in den Medizinordner? In den Ordner »seelische Gesundheit«? In den Animismus-Ordner? Den Schamanismus-Ordner? Den Gesellschaftsstruktur-Ordner? Den Leib-Seele-Geist-Einheit-Ordner? Die Seiten in der Hand, stand ich unschlüssig und bemerkte, daß ich mich mitten in einer großen Terrine Fischsuppe à la Hmong befand. Medizin *war* Religion. Religion *war* Gesellschaft. Gesellschaft *war* Medizin. Sogar die Wirtschaft war darin irgendwo verwoben (man mußte genug Geld haben oder es sich leihen können, um ein Schwein oder gar eine Kuh kaufen zu können, falls jemand krank und damit ein Opfer nötig wurde). Dasselbe galt für die Musik (wenn kein *qeej*-Spieler zur Beerdigung aufspielte, konnte die Seele des Verstorbenen nicht auf ihren postumen Reisen geführt, mithin nicht wiedergeboren werden und konnte dadurch wiederum Verwandte krank machen). Ich hatte den Eindruck, als unterscheide sich das Gesundheitsfürsorgekonzept der Hmong diametral von dem in Amerika vorherrschenden Konzept, in dem die medizinische Praxis in immer kleinere Spezialisierungen mit immer weniger Verbindungen zwischen den Spezialgebieten zerfällt. Die Hmong haben es mit der Ganzheitlichkeit bis ins Extrem getrieben. Als mein Netz von Querverweisen immer dichter wurde, kam ich zu dem Schluß, daß die Sorge der Hmong um Medizinisches nicht mehr und nicht weniger bedeutete als eine beständige Sorge um das Leben (und den Tod und ein Leben nach dem Tod).

Wenn also ein Mensch namens Xiong, Lee oder Moua mit Magenschmerzen in das Ärztehaus für Allgemeinmedizin ging, klagte er im Grunde darüber, daß das ganze Universum aus den Fugen geraten sei. Da sich die jungen Ärzte von Merced über solche Zusammenhänge nicht im klaren waren, gelang es ihnen nicht, die Erwartungen ihrer Hmong-Patienten zu erfüllen. Wie sollten sie auch? Man konnte von ihnen kaum erwarten, eine Prozession von Tigern und *dabs* über die Flure des MCMC ziehen zu lassen, wie es Dwight Conquergood in Ban Vinai getan hatte. Ebensowenig konnte man von ihnen erwarten, das Gesundheitskonzept ihrer Patienten zu »respektieren« (falls sie jemals genügend Zeit und Dolmetscher fanden, um ein solches Konzept überhaupt zu eruieren), da ihnen an den Medizinischen Hochschulen nirgends vermittelt worden war, daß Krankheiten durch flüchtige Seelen verursacht und mittels erdrosselter Hühner geheilt würden. Sie alle hatten viele Stunden lang Leichen seziert und vermochten auf den ersten Blick das Hesselbach-Band vom Treitz-Band zu unterscheiden, aber keiner von ihnen hatte auch nur eine einzige Unterrichtsstunde in »Medizin im Kulturvergleich« gehabt. Die meisten von ihnen empfanden die Tabus der Hmong im Hinblick auf Blutuntersuchungen, Liquorpunktionen, chirurgische Eingriffe, Anästhesie und Sektion – auf grundlegende Instrumente der modernen Medizin also – als selbstgefährdende Unwissenheit. Sie konnten nicht wissen, daß ein Hmong in diesen Tabus die heiligen Hüter seiner Identität, ja eigentlich sogar seiner Seele selbst sah. Was die Ärzte als klinische Effizienz betrachteten, hielten die Hmong für frostige Arroganz. Und was immer die Ärzte auch taten, selbst wenn sie keine Tabus brachen, die Hmong deuteten es im denkbar schlechtesten Licht, erfüllt von Ängsten, die sich bereits vor ihrer Übersiedlung in die Vereinigten Staaten angestaut hatten.

Wann immer ich mit Hmong in Merced sprach, fragte ich sie, was sie von der medizinischen Versorgung hielten, die sie und ihre Freunde erfahren hatten.

»Die Ärzte im MCMC sind jung und neu. Sie tun, was sie wollen. Arzt will in Körper der Frau hineingucken. Die Frau sehr Schmerz, sehr weh, aber der Arzt will nur üben an ihr.«

»Eine Dame, sie ist weinen, weinen, weinen. Sie will nicht, daß Arzt ihren Körper sieht. Aber dieses Land, da ist die Regel. Wenn du hier bleiben willst, mußt du Arzt den Körper untersuchen lassen.«

»Es dauerte eine Stunde, bis wir den Arzt sahen. Andere Leute, die reich sind, die behandeln sie wirklich gut, und die warten nicht.«

»Mein Halbbruder, sein Körper war aufgedunsen und juckte, und die Ärzte sagen, hej, Sie haben Krebs, und wir müssen operieren. Er war einverstanden, für die Operation zu unterschreiben, aber dann wollte er es doch nicht. Aber er sagt zu mir, ich unterschreiben schon alles, und die Ärzte mich ins Gefängnis bringen, wenn ich meine Meinung ändere.«

»Hmong sollten niemals etwas im MCMC unterschreiben. Die Studenten-Ärzte wollen nur mit den armen Leuten Experimente machen, und sie bringen die armen Leute um.«

»Der Arzt ist sehr beschäftigt. Er nimmt Leute, die krank sind, und er produziert Leute, die gesund sind. Wenn er nicht produziert, wird seine wirtschaftliche Bilanz negativ ausfallen. Der Hmong aber will, daß der Arzt ruhig erklärt und ihn beruhigt. Das geschieht nicht. Ich mache dem Arzt keinen Vorwurf. Es ist das System in Amerika.«

Obwohl sich die Ärzte im MCMC der Kritik seitens der Hmong im einzelnen nicht bewußt sind, so sind sie doch gewiß, daß die Hmong sie nicht leiden können, und das wurmt.

Bill Selvidge, der frühere »chief resident« im MCMC, das heißt ein von der Fakultät eigens ausgezeichneter und mit besonderen Aufgaben betrauter Arzt im letzten Jahr seiner Facharztausbildung zum Allgemeinpraktiker, ist ein alter Collegefreund von mir. Er war es, der mir zuerst von den Hmong in Merced erzählte, die er als derart provokante Patienten beschrieb, daß schon mancher Kollege als bevorzugte Therapiemethode die transkortikale Hochgeschwindigkeitsbleitherapie vorgeschlagen habe. (Als ich Bill fragte, was damit gemeint sei, setzte er erklärend hinzu: »Den Patienten sollte man eine Kugel durch den Kopf schießen.«) Bill selbst schien die Hmong nicht so anstrengend zu finden wie einige seiner Kollegen, vielleicht dank der Lektionen in Kulturrelativismus, die er während seiner zwei Jahre im Friedenskorps in Mikronesien gelernt hatte, und vielleicht weil sich die Hmong, wie er mir gegenüber betonte, nicht merkwürdiger benahmen als seine unmittelbaren Nachbarn in Merced, eine Familie weißer fundamentalistischer Christen, die ihr Fernsehgerät zertrümmert und um den Scherbenhaufen einen Freudentanz veranstaltet hatten. (Die Nachbarskinder hatten daraufhin angeboten, auch Bills Gerät zu zertrümmern, was er jedoch höflich abgelehnt hatte.)

Als Flüchtlinge aus Laos Anfang der achtziger Jahre im Kreis Merced zu siedeln begannen, kannte kein einziger Arzt im MCMC das Wort »Hmong« und hatte auch keine Ahnung, was er von seinen neuen Patienten halten sollte. Sie trugen merkwürdige Kleidung, oftmals Kindersachen, die in etwa die richtige Größe hatten und die sie im »Goodwill«-Laden, einem gemeinnützigen Secondhand-Laden, erhielten. Wenn sie sich für eine Untersuchung auszogen, kamen bei den Frauen bisweilen Jockey-Hosen, bei den Männern Bikini-Unterteile mit kleinen rosafarbenen Schmetterlingen zum Vorschein. Um den Hals trugen sie Amulette, um die Handgelenke Baumwollbändchen (je kranker der Patient, desto zahlreicher die Bändchen). Sie rochen nach Kampfer, Menthol, einer mit Menthol angereicherten, als Panazee verwendeten Salbe namens Tigerbalsam und nach Kräutern. Wenn sie stationär aufgenommen wurden, brachten sie ihr eigenes Essen und ihre Heilmittel mit. Manchmal wollten sie lebende Tiere im Krankenhaus schlachten.

Tom Sult, ein früherer Arzt in der Facharztausbildung am MCMC, erinnerte sich: »Sie schlugen, was das Zeug hielt, auf so einer Art Musikinstrument herum, so daß sich die amerikanischen Patienten beschwerten. Schließlich mußten wir mit ihnen reden. Keine Gongs. Und keine toten Hühner.«

Neil Ernst und Peggy Philp waren schockiert, als sie an Bäuchen und Armen ihrer pädiatrischen Patienten pfenniggroße, rundliche, bald rötliche, bald pigmentarme Verletzungen entdeckten. Sie sahen wie Verbrennungen aus. Manche dieser Verletzungen waren schon abgeheilt, andere noch mit Krusten bedeckt, so daß man davon ausgehen mußte, daß die Haut an diesen Stellen mehr als einmal verletzt worden war. Neil und Peggy riefen sofort im Jugendamt an und meldeten, daß ihnen einige Fälle von Kindesmißhandlung aufgefallen seien. Noch bevor man die Fälle strafrechtlich verfolgte, erfuhren sie von einem Arzt in San Francisco, daß die Verletzungen das Resultat einer unter verschiedenen asiatischen Ethnien verbreiteten Hautbehandlung waren – wobei die Haut mit Münzen abgerieben oder alkoholgetränkte Baumwolle unter einer kleinen Tasse zwecks Herstellung eines Vakuums angezündet wurde. Folglich handele es sich um eine »traditionelle Heilkunst« und nicht um eine Form von Mißhandlung.

Dan Murphy erinnert sich an eine Geschichte, die er in seiner Zeit als angehender Facharzt hörte. Danach war ein Hmong-Vater ins Gefängnis gesteckt worden und hatte sich in seiner Zelle das Leben genommen, nachdem ein Grundschullehrer schwarze Male auf der Brust seines Kindes entdeckt hatte. Die Geschichte ist vielleicht erfunden, doch Dan und die anderen Ärzte hielten sie für wahr und waren erschüttert, als ihnen klar wurde, wieviel auf dem Spiel stand, wenn sie einen taktischen Fehler im Umgang mit den Hmong begingen.

Denn es gab so viele Möglichkeiten, Fehler zu machen! Wenn Ärzte eine Hmong-Familie berieten, lud die amerikanisierte Teenagerin, die Lippenstift aufgetragen hatte und Englisch sprach, weit eher dazu ein, sich an sie zu wenden, als der alte Mann, der schweigsam in der Ecke hockte. Und doch beleidigte die Mißachtung der traditionellen Hmong-Gesellschaftsstruktur, in der Männer mehr zählen als Frauen und ältere Menschen mehr als jüngere, nicht nur die ganze Familie, sondern führte zudem zu verwirrenden Ergebnissen, da die entscheidenden Fragen nicht diejenigen erreichten, die letztendlich entscheiden durften. Ärzte konnten auch respektlos erscheinen, wenn sie einen freundlichen Blickkontakt halten wollten (da es als aufdringlich galt), wenn sie den Kopf eines Erwachsenen ohne Erlaubnis berührten (eine grobe Beleidigung) oder wenn sie jemanden mit dem Finger herbeiwinkten (was nur im Umgang mit Tieren angemessen ist). Und schließlich konnten Ärzte die Achtung ihrer Patienten verlieren, wenn sie sich nicht wie Autoritätspersonen verhielten. Die jungen Ärzte in der Facharztausbildung im MCMC verbesserten ihren Ruf nicht gerade durch die Neigung, sich mit dem Vornamen vorzustellen, unter ihren weißen Kitteln Jeans zu tragen, ihre Krankenakten in kleinen Rucksäcken mit sich zu tragen und ihren Kaffee aus Stehauf-Bechern zu trinken. Ärzte konnten in Schwierigkeiten geraten, wenn sie die religiösen Überzeugungen der Hmong nicht berücksichtigten. So war man zum Beispiel gut beraten, niemals die Schönheit eines Babys laut zu preisen, für den Fall, ein *dab* könnte es hören und nicht widerstehen, sich die Seele des Kindes zu schnappen. Als etwa eine siebzehnjährige Hmong sich bei ihrem Arzt erkundigte, ob der Umstand, daß sie nicht schwanger wurde, vielleicht dem *dab* zuzuschreiben sei, der sie häufig in ihren Träumen aufsuche, manchmal bei ihr auf der Bettkante sitze und bisweilen sexuell mit ihr verkehre, war es ein Glück, daß ihr der diensthabende Arzt im Ärztehaus für Geburtshilfe und Gynäkologie ruhig und aufmerksam zuhörte, anstatt eine akute Psychose zu diagnostizieren und sie in eine geschlossene Anstalt zu stecken. Andererseits half manchmal alles Bemühen um kulturelles Feingefühl nicht. Bill Selvidge untersuchte einmal eine deprimierte Hmong mittleren Alters, die über schlimme Kopfschmerzen klagte. Da er vermutete, daß ein Teil ihrer Beschwerden von der kulturellen Entwurzelung herrührte und sich ihre Stimmung durch traditionelle Heilmethoden womöglich heben ließ, empfahl er ihr, einen *txiv neeb* aufzusuchen. Wie er in sein Untersuchungsprotokoll schrieb, »wollte sie« jedoch »nicht zum Schamanen gehen, teils weil sie inzwischen Katholikin sei, teils weil zu viele Hühner und/oder Schweine in ihrem Zuhause getötet werden müßten, um die Schamanen und traditionellen Heiler zufriedenzustellen. Vielleicht hat sie es früher bereits auf diese Weise versucht, weil sie andeutet, daß ein Vermieter ihr einmal gekündigt habe, nachdem die Polizei gerufen worden sei, als Familienmitglieder gerade ein Schwein opfern wollten.« Enttäuscht verordnete Bill Aspirin.

Im Vergleich zu anderen Patienten, die das MCMC aufsuchten, waren die Hmong nicht nur schwieriger, sondern auch kranker. Die Zahl der Neuerkrankungen an Bluthochdruck, Blutarmut, Diabetes, Hepatitis B, Tuberkulose, Darmparasiten, Atemwegsinfekten und Zahnfäule war hoch bei ihnen. Manche hatten Verwundungen oder Krankheiten, die sie sich während des Krieges in Laos oder in der unmittelbaren Nachkriegszeit zugezogen hatten: Schußwunden, chronischen Schulterschmerz vom Tragen der M-16-Gewehre, Taubheit von explodierenden Artilleriegeschossen. »Und seit wann haben Sie diese Kopfschmerzen?« fragte ein gelangweilter Arzt. Und sein Hmong-Patient antwortete mit der größten Selbstverständlichkeit: »Ständig, seitdem man mir in den Kopf geschossen hat.« Ein anderer Arzt, der vermutete, Mangelernährung könne die Ursache für eine ungewöhnliche Neuropathie eines Hmong-Patienten sein, erfuhr, daß der Mann auf seiner Flucht nach Thailand monatelang im Dschungel gelebt und sich vornehmlich von Insekten ernährt hatte.

Obwohl Mitte der achtziger Jahre die Belegschaft des Gesundheitsamtes wie auch des Krankenhauses sich daran gewöhnt, um nicht zu sagen damit abgefunden hatte, mit den Hmong umzugehen, brachte jedes Jahr eine neue Generation angehender Fachärzte für Allgemeinmedizin mit sich, der von vorn beginnen mußte. In ihrer Neugier auf exotische medizinische Erfahrungen und in der Hoffnung, Merced mit seinem hohen Bevölkerungsanteil an Flüchtlingen sei so etwas wie ein Friedenskorps, sahen sich die Neuankömmlinge zutiefst enttäuscht, als sie feststellten, daß ihre Hmong-Patienten die meiste Zeit über ihren Blick starr auf die Erde hefteten und einsilbige Bemerkungen machten, unter denen das Wort »ja« die häufigste war. Nach einer Weile wurde ihnen allmählich klar, daß dieses »Ja« lediglich bedeutete, daß die Patienten höflich zuhörten. Keineswegs war damit gemeint, daß sie zustimmten oder überhaupt irgendeine Vorstellung davon hatten, wovon der Arzt eigentlich sprach. Es war typisch Hmong, wenn Patienten einen passiven, gehorsamen Eindruck machten. Sie bewahrten ihre Würde dadurch, daß sie ihre Unwissenheit kaschierten, und die des Arztes bewahrten, indem sie sich ehrerbietig verhielten – um dann, sobald sie das Krankenhaus verließen, alles außer acht zu lassen, wozu sie angeblich ihre Zustimmung gegeben hatten.

Wenn kein Dolmetscher zugegen war, stolperten Arzt und Patient in einem dichten Nebel von Mißverständnissen herum, die erst recht gefährlich wurden, wenn der Patient ein wenig Englisch sprach, zumindest genug, um den Arzt in dem Irrglauben zu wiegen, eine nützliche Information sei erfolgreich übermittelt worden. *War* ein Dolmetscher zugegen, wurde das Untersuchungsgespräch zwischen Arzt und Patient automatisch mindestens doppelt so lang. Die Aussicht auf solche ärztlichen Gespräche im Schneckentempo versetzte die ständig unter Zeitdruck stehenden Assistenzärzte in Angst und Schrecken. Und sogar in den seltenen Fällen, in denen eine perfekte wörtliche Übersetzung geliefert wurde, gab es keine Garantie dafür, daß beide Seiten einander wirklich verstanden.

Dan Murphy sagte: »Die Hmong hatten einfach nicht dasselbe Konzept wie ich. Man konnte ihnen zum Beispiel nicht erklären, daß jemand Diabetiker ist, weil seine Bauchspeicheldrüse nicht funktioniert. Sie haben gar kein Wort für Bauchspeicheldrüse. Sie haben nicht einmal eine *Vorstellung* von der Bauchspeicheldrüse. Die meisten von ihnen hatten keine Ahnung davon, daß die Organe, die sie bei Tieren sahen, dieselben waren wie beim Menschen, da sie ihre Toten nicht sezierten, sondern sie vielmehr unversehrt beerdigten. Sie wußten vom Herzen, weil sie den Herzschlag fühlen konnten, aber darüber hinaus – na ja, sogar das mit der Lunge war irgendwie eine schwierige Sache, der man sich nur schwer nähern konnte. Wie soll man intuitiv die Existenz von Lungen erfassen, wenn man sie nie gesehen hat?«

Hmong-Patienten verstanden die Diagnosen der Ärzte vielleicht nicht, aber sie wollten, wenn sie den Mut aufbrachten und das Ärztehaus aufsuchten, auch hören, daß *etwas* nicht stimmte, und ein Mittel bekommen, vorzugsweise ein schnell wirksames Antibiotikum. Die Ärzte hatten große Schwierigkeiten, solchen Erwartungen zu entsprechen, wenn Hmong, wie es häufig geschah, über diffuse, chronische Schmerzen klagten. »Wenn ein Patient über Schmerzen klagt, stelle ich ihm in der Regel eine Reihe diagnostischer Fragen«, sagte Dave Schneider. »Ich frage, was die Schmerzen lindert, was sie verstärkt, ob der Schmerz hell, dumpf, schneidend, ziehend, stechend oder anhaltend ist. Strahlt er in irgendeine Richtung aus? Können Sie seine Intensität auf einer Skala von eins bis zehn einstufen? Kommt er plötzlich? Läßt er zwischendurch nach? Wann haben die Schmerzen begonnen? Wie lang halten sie an? Wenn ich dann versuchte, einen Dolmetscher dazu zu bringen, Hmong-Patienten solche Fragen zu stellen, zuckte er in der Regel mit den Achseln und sagte: ›Er sagt, es tut einfach weh.‹«

Seit dem Ende des Zweiten Weltkriegs weiß man sehr genau, daß Flüchtlinge sämtlicher Nationalitäten traumatisiert sind und in besonderem Maße zu Somatisationen neigen, bei denen seelische Probleme als körperliche Beschwerden ausgedrückt werden. Nach Dutzenden von Magen-Darm-Passagen, Elektromyogrammen, Blutuntersuchungen und Computertomographien wurde den Ärzten von Merced allmählich klar, daß zahlreiche Beschwerden der Hmong keine körperliche Ursache hatten, auch wenn die Schmerzen absolut real waren. Hmong mit »Schmerzzuständen im ganzen Körper« gehörten zu den unbeliebtesten Patienten im Ärztehaus, weil man so wenig für sie tun konnte und es so bedrückend war, sie um sich zu haben. Um zu zeigen, daß sie die Beschwerden ernst nahmen, verschrieben manche Ärzte ein Mittel, das sie »den Hmong-Cocktail« nannten – Thrimethoprim (einen Entzündungshemmer), Amitriptylin (ein Antidepressivum) und Vitamin $B_{12}$. Doch dadurch verbesserte sich der Zustand der Patienten in der Regel nicht. »Denn für die unterschwelligen Probleme«, sagte Bill Selvidge, »gab es keine Behandlung, die anzubieten in meiner Macht gelegen hätte.«

Wenn Hmong-Patienten das Ärztehaus für Allgemeinmedizin ohne eine Verordnung verließen (wenn sie zum Beispiel eine Erkältung oder Durchfall hatten), fühlten sie sich bisweilen betrogen und fragten sich, ob sie wieder einmal diskriminiert wurden. *Erhielten* sie dagegen eine Verordnung, wußte niemand, ob sie sich danach richteten. »Man sagte ihnen, nehmen Sie einen Eßlöffel davon«, meinte Mari Mockus, eine Ambulanzschwester. »Darauf fragten sie: ›Was ist ein Eßlöffel?‹« Einer der Patienten weigerte sich, eine Tablette zu schlucken, weil sie eine unheilvolle Farbe hatte. Was auch immer auf dem Rezept stand, die Anweisungen auf den Tablettenflaschen wurden nicht als Mußbestimmungen, sondern als modifizierbare Vorschläge gedeutet. Da sie befürchteten, daß Medikamente, die für groß gewachsene Amerikaner entwickelt worden waren, zu stark für sie sein könnten, halbierten manche Hmong die Dosis; andere verdoppelten sie, um rascher gesund zu werden. Angesichts der Möglichkeit solcher Fehlverwendungen war es für die Ärzte immer riskant, potentiell gefährliche Medikamente zu verschreiben. In einem berüchtigten Fall hatte man den Eltern einer großen Hmong-Familie, die sich auf dem Weg von Thailand nach Hawaii befand, vor dem Abflug Tabletten gegen Flugkrankheit gegeben. Versehentlich gaben sie all ihren Kindern eine Überdosis. Die Älteren fielen lediglich in einen Tiefschlaf, das Kleinkind aber war bei der Landung tot. Der untersuchende Arzt beschloß, die Todesursache vor den Eltern geheimzuhalten, weil er fürchtete, sie mit einer unerträglichen Bürde von Schuldgefühlen zu belasten, wenn sie die Wahrheit erführen.

Mußte ein Hmong-Patient stationär aufgenommen werden, waren es die Schwestern im MCMC, die die Medikamente verabreichten, so daß sich die Ärzte nicht länger zu fragen brauchten, ob die eingenommene Dosis wohl höher oder niedriger sei als die verschriebene. Doch auch so gab es noch genügend andere Probleme. Kam man in die Krankenzimmer, so mußte man oftmals zwischen einem Dutzend oder mehr Angehörigen spießrutenlaufen. Oft vergingen Stunden, ehe Entscheidungen getroffen wurden – insbesondere wenn es um Dinge ging, die Hmong-Tabus verletzten, wie etwa chirurgische Eingriffe. Frauen mußten ihre Ehemänner fragen, Ehemänner ihre älteren Brüder, ältere Brüder die Clanältesten, und gelegentlich mußten letztere mit noch wichtigeren Oberhäuptern in anderen Bundesstaaten telefonieren. In Notfällen fürchteten die Ärzte, ihre Patienten würden sterben, bevor die Genehmigung zu lebenserhaltenden Maßnahmen erteilt war. So manches Mal wurde sie nicht erteilt. »Sie werden nichts tun, nur weil jemand mit mehr Macht ihnen sagt, tu's«, meinte Dan Murphy. »Sie lehnen sich zurück, beobachten und lassen es sich sozusagen durch den Kopf gehen, und am Ende kann es sein, daß sie es tun oder eben nicht. Diese Haltung hat über Jahrtausende die kulturelle Anpassungsfähigkeit der Hmong verbessert und tut es, glaube ich, immer noch, aber als sie auf die Welt der Medizin traf, war es furchtbar.«

Teresa Callahan behandelte in der Notaufnahme einmal eine Patientin, der wegen einer extrauterinen Schwangerschaft sofort ein Eileiter entfernt werden mußte. »Ich erklärte ihr immer wieder, daß sie, falls der Eileiter zu Hause platzte, sterben könnte, bevor sie das Krankenhaus erreichte. Ich rief ihren Mann, ihre Mutter, ihren Vater und ihre Großeltern an, aber alle sagten nein. Das einzige, was für sie zählte, war, daß sie einen Eileiter weniger haben würde und danach womöglich keine Kinder mehr bekommen könnte, und als sie das erfuhren, gab es nur eins: Nein, nein, nein, nein. Eher wollte sie sterben. Ich mußte zusehen, wie sie zur Tür hinausging, und wußte, daß sie etwas hatte, das sie umbringen konnte.« (Einige Tage darauf willigte die Frau in den chirurgischen Eingriff ein, nachdem sie einen thailändischen Arzt in Fresno zu Rate gezogen hatte. Teresa weiß nicht, wie es ihm gelang, sie zu überreden.) In einem anderen Fall teilte man einer schwangeren Hmong nach einer Untersuchung kurz vor dem Einsetzen der Geburt mit, daß wegen der Beckenendlage ihres Kindes ein Kaiserschnitt nötig sei. Obwohl Beckenendlagen in Laos oft den Tod von Mutter und Kind bedeuten, versuchte die Frau es mit einer Hausgeburt, statt sich der Operation zu unterziehen. Der Versuch schlug fehl. Dave Schneider hatte Dienst, als ein Krankenwagen sie ins Krankenhaus brachte. »Ich wurde um 3.00 oder 4.00 Uhr nachts angepiepst«, erinnert er sich. »Die Rettungssanitäter und der Notarzt brachten diese Hmong-Frau auf einem Rollbett herein. Sie gab keinen Laut von sich, warf nur panisch ihren Kopf hin und her. Ich habe noch ganz deutlich vor Augen, wie ich die Decke hochhob und darunter die kleinen, blauen Beinchen sah, die unbeweglich aus ihrer Scheide hingen.« Dave entband den Säugling vaginal, indem er manuell den Gebärmutterhals über dessen Kopf streifte. Die Mutter erholte sich, das Kind starb an Sauerstoffmangel.

Die meisten Hmong-Frauen begaben sich zur Geburt sehr wohl ins Krankenhaus, weil sie fälschlicherweise davon ausgingen, daß zu Hause geborene Babys keine amerikanische Staatsangehörigkeit erhielten. Da die Hmong so viele Kinder bekamen, waren die geburtshilflichen Stationen und Kreißsäle der Ort, an dem Ärzte weit häufiger auf sie trafen als in jedem anderen medizinischen Umfeld. Mitte der achtziger Jahre betrug die Fruchtbarkeitsziffer von Hmong-Frauen, die in den USA lebten, 9,5 Kinder und rangierte damit einer Studie zufolge »an der Obergrenze der menschlichen Reproduktionskapazität«, übertroffen lediglich von den Hutterern. (Die Fruchtbarkeitsziffer weißer Amerikaner liegt bei 1,9 Kindern, die schwarzer Amerikaner bei 2,2.) Diese Zahl sinkt mit der zunehmenden Amerikanisierung der Hmong, aber sie ist immer noch außergewöhnlich hoch. Die enorme Größe der Hmong-Familien ist das unausweichliche Ergebnis zweier Umstände: Zum einen heiraten Hmong-Frauen für gewöhnlich im Alter zwischen 13 und 19 Jahren, manchmal wirklich schon mit 13 oder 14, so daß ihre reproduktionsfähigen Jahre beinahe mit dem gesamten Zeitraum zwischen Menarche und Menopause zusammenfallen. Zum anderen ist ihnen Schwangerschaftsverhütung grundsätzlich hochverdächtig. Als Donald Ranard, ein Wissenschaftler am Zentrum für Angewandte Linguistik in Washington, D. C., der sich mit Flüchtlingsfragen befaßt, 1987 Ban Vinai besuchte, erfuhr er, daß die Verwaltung in dem Bemühen, die explosionsartig anwachsende Geburtenrate im Lager einzudämmen, jenen Frauen Kassettenrekorder versprochen hatte, die freiwillig Verhütungsmittel nähmen. Viele Frauen nahmen sowohl den Kassettenrekorder als auch die Pillen entgegen, doch schon bald entdeckten sie ein wundersames Paradoxon: die Verhütungsmittel, die sie vermutlich nie im Ernst hatten schlucken wollen, erwiesen sich als hervorragendes Düngemittel. So landeten die zermahlenen Verhütungsmittel als Dünger auf den Gemüsebeeten der Hmong, während die Gärtnerinnen weiterhin schwanger wurden.

Aus vielen Gründen ist die Fortpflanzung für die Hmong von sehr wesentlicher Bedeutung. Der wichtigste ist ihre Kinderliebe. Darüber hinaus schätzen sie seit alters her die Großfamilie, weil sie zur Bestellung der Felder in Laos und zur Zelebrierung bestimmter religiöser Bräuche, vor allem bei Bestattungen, viele Kinder benötigten; ein weiterer Grund ist die hohe Kindersterblichkeit in Laos; ferner die Tatsache, daß so viele Hmong während des Krieges und unmittelbar danach starben; und schließlich die Hoffnung vieler Hmong, eines Tages als Volk nach Laos zurückzukehren und das kommunistische Regime zu besiegen. In den Flüchtlingslagern bezeichnete man neugeborene Hmong oftmals als »Soldaten« oder »Krankenschwestern«. Die Tatsache, daß Hmong-Frauen, die Sozialhilfe empfingen, so häufig im MCMC erschienen, um ihr achtes, zehntes oder vierzehntes Kind zur Welt zu bringen, machte sie beim Personal, das in bezug auf Familienplanung ganz konkrete Vorstellungen hatte, nicht gerade beliebt.

Robert Small zufolge, einem Facharzt für Geburtshilfe, der wegen seines klinischen Könnens und seiner unverhohlenen Verachtung für die Hmong bekannt ist, sind die Hmong in der Geburtshilfe höchst unkooperative Patienten. »Sie tun einfach nicht, was man ihnen sagt«, meinte er. »Sie kommen in letzter Minute rein und werfen es einfach. In Wirklichkeit würden sie gar nicht kommen, wenn sie nicht die Geburtsurkunde bräuchten, um mehr Sozialhilfe zu bekommen. Sie oder ich, wir können uns vom Grad ihrer Unwissenheit keine Vorstellung machen. Das sind fast noch Steinzeitmenschen. Sie waren, so unglaublich es klingt, vorher noch nie bei einem Arzt. Sie bekamen ihr Baby einfach im Lager oder in den Bergen oder wo immer sie hergekommen sind.« Da sie ungefähr so angetan waren von Ärzten wie diese umgekehrt von ihnen, gingen Hmong-Frauen, die Anfang und Mitte der achtziger Jahre mit dem Flüchtlingsstrom nach Merced kamen, einer Schwangerschaftsvorsorge aus dem Weg. Besonders graute ihnen vor Beckenuntersuchungen durch einen Mann. (Im Gesundheitssystem der Hmong kann es vorkommen, daß *txiv neebs* und Kräuterkundige, die ihre Patienten nicht berühren, Menschen anderen Geschlechts behandeln, doch in der intimeren Sphäre der Hautbehandlungen – Massage, Akupunktur, Kneifen, Münzreiben – behandeln Männer in der Regel Männer und Frauen Frauen.) Hatten die Wehen erst einmal eingesetzt, warteten die Frauen lieber bis zur letzten Minute, bevor sie ins Krankenhaus gingen. Oft kam es auf dem Parkplatz, in der Notaufnahme oder im Aufzug zur Geburt. Rollstühle nannte man im MCMC »Hmong-Geburtsstühle«, weil so viele Hmong-Babys in ihnen zur Welt kamen, auf dem Weg zur geburtshilflichen Station oder zum Kreißsaal.

Selbst wenn sie rechtzeitig das Krankenhaus erreichten, waren die Frauen während der Geburt so leise, daß das Personal sie oft nicht von den Stationsbetten auf die Kreißsaalbetten umlagerte, da es nicht merkte, daß die Geburt unmittelbar bevorstand. Auch in anderer Hinsicht paßten Hmong-Frauen nicht in das gewohnte Muster, wenn sie sich etwa bei der Geburt hinhockten oder ihr Einverständnis zur Episiotomie – einer operativen Erweiterung der Vaginalöffnung – verweigerten. Lias Mutter hatte es zwar vorgezogen, allein zu entbinden, als sie noch in Laos lebte, doch viele Hmong-Frauen waren daran gewöhnt, von hinten von ihren Ehemännern gehalten zu werden, die ihnen die Bäuche mit Speichel einrieben und unmittelbar vor dem Erscheinen des Babys laut vor sich hin brummten. Die Ehemänner ließen keinen Zweifel daran, was sie von den Ärzten erwarteten. »Ein Vater schlug mir auf die Hand, als ich die Position des Säuglingskopfes überprüfen wollte«, erinnerte sich Kris Hartwig. »Die Schwestern regten sich ziemlich auf, weil er den sterilisierten Bereich damit unsteril gemacht hatte. Als ich dann die Nabelschnur abklemmte, beugte er sich vor, faßte an die Nabelschnur und sagte: ›So lang muß sie sein.‹«

Weil die Forderungen des Vaters die Gesundheit von Mutter oder Kind nicht gefährdeten, kam Kris Hartwig ihnen nach. Was aber, wenn eine Patientin (oder ihr Ehemann, ihr Vater oder ihr Bruder, die wahrscheinlich eher die Entscheidungen trafen) eine Episiotomie verweigerte, die nach Ansicht der Ärzte einen drohenden Dammriß vierten Grades verhindern würde – einen Riß, den zu nähen der Ehemann, Vater oder Bruder dem Arzt bzw. der Ärztin womöglich ebenfalls untersagen würde? Oder was war, wenn der Monitor eine gefährliche

Verlangsamung der fetalen Herztöne anzeigte und die Familie sich weigerte, eine Einverständniserklärung für einen Kaiserschnitt zu unterschreiben?

Ich fragte Raquel Arias – sie gilt allgemein als die Ärztin für Geburtshilfe im MCMC, bei der sich auf beeindruckende Weise Können mit Einfühlungsvermögen vereint –, was sie tue, wenn die Wünsche ihrer Hmong-Patienten dem medizinischen Versorgungsniveau entgegenständen, das sie anzubieten gewöhnt war. »Für die Hmong gelten bei mir dieselben Qualitätsmaßstäbe wie für alle anderen auch«, sagte sie. »Nur sind mir die Hände gebunden, danach zu handeln. Also erhalten sie eine suboptimale Versorgung. Manchmal trifft man sich auf halbem Wege und versucht, ihre Denkungsart zu verstehen, was schwierig, aber nicht unmöglich ist. Manchmal kann man sie überreden zu tun, was man will. Man redet immer wieder auf sie ein, und wenn's einem wirklich ernst ist, klappt's vielleicht. Besonders schlimm ist es, wenn das Wohlergehen des Ungeborenen in Gefahr ist – eines Ungeborenen, das in unseren Augen eine vollwertige Person ist – und sich die Überzeugungen und Gebräuche der Familie gegen das richten, was man im Interesse des Ungeborenen für das Beste hält. Wenn es dazu kommt, steckt man in einer grauenhaften Situation. Es ist furchtbar.«

Während ich Raquel zuhörte, wurde mir wieder einmal der ungeheure Streß bewußt, den die Hmong den Menschen aufbürdeten, die sich um sie kümmerten, besonders jenen, die jung, idealistisch und pflichtbewußt waren. Wenn Hmong-Geburten schwierig verliefen, kaute Raquel ihre Fingernägel bis aufs Nagelbett ab. Sukey Waller, eine in Hmong-Kreisen hochangesehene Psychologin im Städtischen Sozialdienst von Merced, durchlebte eine Phase, in der sie sich jeden Morgen übergeben mußte, bevor sie zur Arbeit fuhr.

Als ich Dan Murphy fragte, warum die medizinische Versorgung der Hmong seiner Meinung nach so viel Streß verursache, sagte er: »Wenn man seine ärztliche Laufbahn beginnt, steckt man unglaublich viel Zeit, Energie und Anstrengung in die Ausbildung. Uns wird beigebracht, daß das, was man an den medizinischen Hochschulen gelernt hat, der einzig richtige Weg ist, mit Krankheiten umzugehen. Das ist, glaube ich, der Grund, warum einige junge Ärzte förmlich an die Decke gehen, wenn Hmong-Patienten unsere Methoden ablehnen, weil eine solche Ablehnung unausgesprochen bedeutet, daß das, was die westliche Medizin zu bieten hat, nicht viel ist.«

Der einzige Arzt in Merced, den weder die Begegnungen mit den Hmong noch die Frage, ob er eine optimale medizinische Versorgung bot, umzutreiben schienen, war Roger Fife, ein Arzt für Allgemeinmedizin, der seine Facharztausbildung im MCMC in den frühen achtziger Jahren gemacht hatte und seitdem in einem privaten Krankenhaus arbeitet. Fife schätzt, daß 70 Prozent seiner Klientel Hmong waren, ein Prozentsatz, der von keiner anderen Praxis der Stadt erreicht wurde. Als ich ihn fragte, warum er so beliebt sei, meinte er: »Mag sein, daß ich langsamer spreche als die anderen Ärzte.« Seinen Patienten fällt es hingegen nicht schwer, seine Beliebtheit zu erklären. Jeder Hmong, mit dem ich sprach, sagte genau dasselbe: »Dr. Fife schneidet nicht.« Das stimmte im großen und ganzen. Dr. Fife nahm generell keine Episiotomien an Hmong-Frauen vor, auch wenn er nicht wußte, warum sie dagegen waren, da er nie gefragt hatte. Er vermied es nach Möglichkeit, einen Kaiserschnitt vorzunehmen, und hatte sich bei seinen Hmong-Patienten besonders dadurch beliebt gemacht, daß er ihnen die Plazentas in Plastiktüten mitgab, wann immer er darum gebeten wurde, auch wenn er keine Ahnung hatte, was sie damit machten, und erklärte, auch niemals neugierig gewesen zu sein, es zu erfahren. Roger Fifes Intelligenz und klinische Kompetenz genießen im MCMC keinen guten Ruf. Auch wenn ich meine Zweifel habe, ob selbst der ökumenischste Arzt in Merced *noch* mehr Hmong-Patienten haben möchte, müssen sich die angehenden Fachärzte im MCMC sehr geärgert haben, als sie sahen, daß die Hmong-Gemeinde mit großer Mehrheit einen Arzt bevorzugte, dessen medizinische Versorgung auf einem niedrigeren Niveau angesiedelt war als die, die sie ihren Patienten zukommen ließen. Roger Fife machte sich zufällig eine Philosophie zu eigen, von der die Hmong mehr hielten als von Wissen, Intelligenz oder technischem Können, auf welchem Niveau auch immer. Als ich ihn fragte, warum er normalerweise seinen Hmong-Patienten nicht die konventionellen amerikanischen Medizinpraktiken aufzwang, zuckte er mit den Achseln und sagte: »Es ist ihr Körper.«

# Regierungseigentum

Neil Ernst war ein Arzt ganz anderer Art. Es wäre mit seiner Wesensart unvereinbar gewesen, seine Patienten nach zwei unterschiedlichen medizinischen Standards zu behandeln: einem höheren für Amerikaner, einem niedrigeren für Hmong. Aber wäre es für Lia Lee nicht vielleicht besser gewesen, wenn ihre Familie sie zu Roger Fife gebracht hätte? Könnte Neil tatsächlich Lias Gesundheit dadurch kompromittiert haben, daß er so kompromißlos war? Letztere Frage beschäftigt ihn noch immer. Wenn Lias Verordnungen beispielsweise nicht so häufig geändert worden wären, hätten die Eltern ihr die Medikamente vielleicht eher gegeben, da sie weniger verwirrt gewesen wären und stärker darauf vertraut hätten, daß die Ärzte schon wußten, was sie taten. Neil war sich jedoch ziemlich sicher, daß er Lias Leiden, weil es fortschreitend und unvorhersehbar war, am besten behandeln konnte, wenn er ihren Medikamentenplan ständig den Gegebenheiten anpaßte. Hätte er ein einziges relativ gutes Antiepileptikum ausgesucht und wäre dabei geblieben, hätte das bedeutet, daß Lia nicht auf dieselbe Weise behandelt worden wäre wie die Tochter einer amerikanischen Familie der Mittelschicht, die willens und in der Lage gewesen wäre, trotz des unübersichtlichen Therapieverlaufs zu kooperieren. Was wäre diskriminierender gewesen: Lia eine optimale Versorgung vorzuenthalten, die ein anderes Kind erhalten hätte, oder es zu versäumen, den Medikamentenplan so zu gestalten, daß ihre Familie aller Wahrscheinlichkeit nach hätte folgen können?

Vor einem Jahrzehnt zerbrach sich Neil noch nicht den Kopf über solche Dinge. Er dachte nie ernsthaft daran, seinen medizinischen Standard zu senken. Seine Aufgabe war es, so sah er es jedenfalls, gute Medizin zu praktizieren; die Aufgabe der Lees war es, dabei zu kooperieren. Ein Mangel an Kooperationswilligkeit führte zur Gefährdung des Kindes und stellte eine Form der Kindesmißhandlung dar. Er verschob den Anruf beim Jugendamt, solange er konnte, und gab auf diese Weise Lias Eltern jede nur denkbare Chance, ihr Verhalten zu ändern. Nahezu jeden Abend sprach er den Fall mit seiner Frau durch und machte sich Sorgen, daß das, »was in Fresno passiert war«, auch in

Merced passieren könnte. (Er und Peggy hielten ein Gerücht für wahr, demzufolge ein Hmong-Vater aus Fresno sich in seiner Zelle erhängt hatte, nachdem er zu Unrecht wegen Kindesmißhandlung ins Gefängnis geworfen worden war.) Schließlich entschied Neil, daß ihm keine andere Wahl blieb, als Pflegeeltern für Lia zu beantragen. Andere Möglichkeiten, die er rückblickend in Erwägung zog, wie die Organisierung einer Pflegekraft, die dreimal täglich einen Hausbesuch bei den Lees hätte machen und Lia die Medikamente verabreichen können, oder die Ältesten der Hmong-Gemeinde um Hilfe zu bitten, um die Kooperationswilligkeit der Eltern zu verbessern – all diese Möglichkeiten schienen damals entweder mit unüberwindbaren bürokratischen Hindernissen behaftet zu sein oder waren ihm schlichtweg nicht in den Sinn gekommen. Als ich Neil fragte, ob er auch nach seiner Entscheidung weiter darüber nachgegrübelt habe, welche Auswirkungen sie auf die Familie Lee haben würde, erwiderte er: »Natürlich. Ich glaube, das tut man immer. Aber man versteift sich derart auf das Wohlergehen des Kindes, daß man sämtliche unguten Gefühle, die man wegen dem hat, was man den Eltern antut, verdammt gut unterdrücken kann. Aber es gab da noch etwas – und jetzt spreche ich nur von mir, nicht von Peggy: Ich hatte nämlich das Gefühl, daß es hier eine Lektion zu erteilen galt. Ich weiß nicht, ob das nicht selbstgerecht klingt, aber ich sag es trotzdem. Ich hatte das Gefühl, daß es für diese Hmong wichtig war zu begreifen, daß es gewisse Dinge auf dem Feld der Medizin gibt, die wir besser verstehen als sie, und daß es gewisse Regeln gibt, an die sie sich mit Blick auf das Leben ihrer Kinder halten müssen. Ich wollte, daß sich in der Gemeinde herumspricht, daß es nicht angeht, wenn sie sich nicht daran halten.«

Nachdem er einmal beschlossen hatte, daß Lias Eltern die Gesundheit ihres Kindes gefährdeten, entsprach es ganz und gar Neils Befugnissen, beim Jugendamt Anzeige zu erstatten. Er hätte sich sogar strafbar gemacht, hätte er *keine* Anzeige erstattet. Einen Fall von Kindesmißhandlung nicht zu melden gilt nämlich in vierundvierzig Bundesstaaten, einschließlich Kaliforniens, als Straftat. Da Ärzte – neben anderen im Gesundheitswesen Tätigen sowie Lehrern, Erziehern und Polizeibeamten – am ehesten auf Anzeichen von Mißhandlung stoßen, haben alle fünfzig Bundesstaaten Immunitätsklauseln in ihre Jugendschutzgesetzgebung aufgenommen, die diese Berufsgruppen vor zivil-

oder strafrechtlicher Verfolgung schützen, wenn sie einen Mißbrauch melden, selbst wenn sie sich geirrt haben sollten.

Die Tatsache, daß Lias Eltern sich zumindest teilweise aus kulturellen oder religiösen Gründen (derer sich Neil nur sehr vage bewußt war) weigerten, ihrer Tochter die verordneten Medikamente zu geben, hätte vor Gericht wohl wenig Eindruck gemacht, nicht einmal dann, wenn die Lees gewieft genug gewesen wären, ihre Handlungsweise versuchsweise zu verteidigen. Wäre es nicht um ein Kind gegangen, hätte es anders ausgesehen. Im Falle mündiger Erwachsener hat das Autonomieprinzip juristisch stets Vorrang vor dem Prinzip der Schadensvermeidung, was beispielsweise bedeutet, daß ein Zeuge Jehovas das Recht hat, eine Bluttransfusion abzulehnen, selbst wenn damit sein Tod besiegelt ist. Bei einem Minderjährigen hat der Staat jedoch das Recht – vielmehr die Pflicht –, den Patienten zu einer lebensrettenden Behandlung zu zwingen, auch wenn eine solche Behandlung durch die Religion, der die Familie angehört, verboten ist. »Eltern ist es freigestellt, Märtyrer zu werden«, schrieb der Richter Robert Jackson in einem Urteil des Obersten Bundesgerichts aus dem Jahre 1943. »Aber daraus folgt nicht, daß es ihnen unter den nämlichen Umständen freigestellt ist, aus ihren Kindern Märtyrer zu machen.«

Neil hatte niemals das geringste Bedürfnis, gegen Lias Eltern gerichtlich vorzugehen, und nie wurden gegen sie rechtliche Schritte eingeleitet. Ihm lag lediglich daran, Lia ihrem Zugriff zu entziehen und einem von Amts wegen bestellten Pfleger anzuvertrauen, der ihr die Medikamente genau nach seiner Verordnung verabreichte. Am zweiten Mai 1985 wurde Lia vorübergehend in ein Pflegeheim gebracht, das von zwei Mennonitenschwestern geführt wurde, die sie in einem Autokindersitz auf dem Wohnzimmerfußboden festschnallten, wann immer sie hyperaktiv wurde. Zwei Wochen darauf wurde sie wieder nach Hause gebracht; ihre Eltern erhielten eine letzte Chance. Blutuntersuchungen ergaben, daß sie ihrer Tochter jedoch auch weiterhin weniger Carbamazepin gaben, als vorgeschrieben. An diesem Punkt reichte das Jugendamt von Merced beim Obersten Bundesgericht des Staates Kalifornien den Antrag Nr. 15270 ein: »In Sachen LIA LEE, einer Person, die unter die Bestimmungen des Kinder- und Jugendhilfegesetzes fällt«. Er begann folgendermaßen:

Der Antragsteller ist darüber informiert, glaubt und behauptet entsprechend,

(1) daß die oben genannte Minderjährige wohnhaft ist in: 37 East 12th St., Apt. A, Merced, Kalifornien.

(2) daß besagte Minderjährige zwei Jahre und elf Monate alt und am 19. Juli 1982 geboren ist.

(3) daß besagte Minderjährige unter die Bestimmungen von Paragraph 300 Artikel A des Kinder- und Jugendhilfegesetzes des Staates Kaliforniens fällt, wie es im folgenden begründet ist: Besagte Minderjährige braucht eine regelrechte und wirkungsvolle elterliche Fürsorge und hat kein Elternteil, das willens oder in der Lage wäre, einer solchen Sorge und Aufsicht gerecht zu werden. Besagte Minderjährige ist eine Epileptikerin mit einem komplizierten Anfallsleiden; ihre Eltern verabreichen subtherapeutische Arzneimittelspiegel. Infolge der fehlenden Kooperationsbereitschaft der Eltern bei der Medikamentengabe wurde besagte Minderjährige immer wieder stationär im Krankenhaus aufgenommen und erlitt schwere, lebensbedrohliche Anfälle. Der Arzt gibt an, daß besagte Minderjährige zu diesem Zeitpunkt aus dem elterlichen Zuhause entfernt werden müsse, um das Leben besagter Minderjährigen zu bewahren. Die körperliche Gesundheit besagter Minderjährigen ist äußerst gefährdet, und es gibt keine Möglichkeit, sie anders zu schützen als durch den Entzug der elterlichen Sorge.

Er endete mit dem Satz:

WESWEGEN der Antragsteller das Gericht ersucht, besagte Minderjährige zum unversorgten Kind des Jugendgerichts zu erklären.

Am 26. Juni wurde Lia erneut aus ihrem Elternhaus entfernt, dieses Mal für eine Unterbringung von mindestens sechs Monaten. Ihre Eltern hatte man vorab davon nicht unterrichtet, daß man Lia würde holen kommen. Als die Sozialarbeiter eintrafen, war Foua außer Haus auf Verwandtenbesuch. Einige Jahre später erzählte mir Nao Kao über eine Dolmetscherin, was passiert war. (Er glaubte, die Sozialarbeiter, die von einer Hmong-Dolmetscherin namens Sue Xiong begleitet wurden, wären Polizeibeamte.) »Die Polizei kam, um uns Lia wegzunehmen. Sue hatte dem Arzt gesagt, daß wir Lia keine Medikamente mehr gaben, und das war der Grund, warum die Ärzte wütend wurden und sie Lia holen kamen. Ich war sehr wütend. Ich hätte beinahe die Übersetzerin getötet. Ich sagte, das ist mein Kind, und ich liebe es. Die Polizei sagte, für sechs Monate ist Lia Regierungseigentum.«

Foua erzählte mir: »Als ich nach Hause kam, erfuhr ich von meinem Mann, daß sie das Baby weggenommen hatten. Er sagte, daß sie ihnen nicht gesagt hätten, wohin sie das Baby bringen würden. Ich konnte überhaupt kein Englisch, daher wußte ich nicht, was ich denken oder sagen sollte. Ich erzählte es meinen älteren Verwandten, aber sie sagten bloß: ›Nun, wenn diese Leute gekommen sind und sie mitgenommen haben, kannst du gar nichts machen.‹ Ich weinte so viel, daß ich glaubte, meine Augen würden blind.«

Bevor ich es ihnen sagte, wußte interessanterweise fast keiner der angehenden Fachärzte am MCMC – auch die nicht, die Lia viele Male in der Notaufnahme behandelt hatten und sich noch Jahre später an zahllose medizinische Details ihres Falles erinnern konnten –, daß Neil Lias Trennung von ihrer Familie in die Wege geleitet hatte. Als sie davon erfuhren, war keiner mit Neils Entscheidung einverstanden, auch wenn niemand eine bessere Alternative anbieten konnte. Neil hatte nicht absichtlich verheimlicht, was geschehen war. Es war einfach nicht seine Art, emotional aufgeladene Themen mit anderen Kollegen außer seiner Frau zu besprechen, insbesondere nicht solche, die ihn selbst mit Sorge oder gemischten Gefühlen erfüllten. Als ich Dan Murphy von Lias Unterbringung bei Pflegeeltern erzählte, war er höchst erstaunt. »Neil muß wirklich verzweifelt gewesen sein, um so etwas zu tun«, sagte er. »Das ist das erste Mal, daß ich von einem Kind höre, das Leuten weggenommen wird, die gut für es sorgten. Wissen Sie, normalerweise ist es jemand, der sein Kind absichtlich verletzt, entweder durch völlige Vernachlässigung oder durch tatsächlich zugefügten Schaden, aber Lias Eltern liebten ihr Kind wirklich. Wenn *ich* in einem anderen Land wäre und mir nähme jemand aus Gründen, die ich nicht verstehen könnte, mein Kind weg, würde ich gewaltige Alternativen zumindest in Betracht ziehen – ja, das würde ich.«

In der Hmong-Gemeinde von Merced, insbesondere in den Familienclans der Lee und Yang, wußte jedermann Bescheid. Die Nachricht von Lias Verschwinden bestätigte, was viele Leute bereits vermutet hatten, daß nämlich Ärzten nicht zu trauen war und sie mit anderen

Zwangsbevollmächtigten unter einer Decke steckten – wahrlich eine Lektion, aber nicht von der Art, wie sie Neil vorschwebte.

In einer anthropologischen Magisterarbeit mit dem Titel »Analyse der kulturellen Wertvorstellungen und des Kräftemessens bei Konflikten in der Krankenversorgung von Hmong-Kindern« faßte eine Ärztin aus Minnesota die Einstellung der Hmong zum Thema Verantwortung bei pädiatrischen Fällen zusammen:

> Hmong-Eltern glauben, daß sie für das Wohlergehen ihres Kindes und die Entscheidung über die medizinische Therapie verantwortlich sind. Da Eltern das Kind zur Welt gebracht haben, seine körperlichen Bedürfnisse befriedigen und es lieben, sind sie diejenigen, die über den therapeutischen Ansatz für das Kind befinden. Da Familienmitglieder das Kind lieben und Teil der Familie sind, können sie den Eltern helfen, Entscheidungen über das beste Vorgehen zu treffen. Angesehene Familienoberhäupter helfen ebenfalls den Eltern bei schwierigen Entscheidungen in ernster Lage. Da aber Ärzte nicht zur Familie gehören, können sie keine Entscheidungen für das Kind treffen. (...) Übernehmen Ärzte die Verantwortung der Eltern und beschließen, ohne elterliche Einwilligung zu therapieren, sind sie auch für die Folgen verantwortlich. Stirbt das Kind, ist es ihre Schuld; und wie wollen sie die Eltern entschädigen? Wie wollen sie im Ernst für ein Leben bezahlen?

Solange Ärzte und Eltern im Gespräch bleiben, selbst wenn sie unterschiedlicher Meinung sind, bezieht sich der Konflikt lediglich auf unterschiedliche Wertsysteme. »Sobald jedoch die Polizei eingeschaltet und gerichtliche Verfügungen erwirkt werden, eskalieren die Differenzen und werden auf einer anderen Ebene ausgetragen«, heißt es in der erwähnten Arbeit. »Bei den Auseinandersetzungen geht es dann nicht mehr um Wertvorstellungen, sondern um Macht. Ärzte haben die Macht, die Hmong-Eltern fehlt, nämlich die Polizei zu rufen und die Staatsmacht einzuschalten.«

Ist ein Kind erst einmal der elterlichen Personensorge entzogen, muß das Jugendamt binnen zwei Tagen ein erläuterndes Gesuch bei Gericht einreichen, und im allgemeinen wird für den Tag nach Eingang des Gesuchs eine Anhörung zur Inobhutnahme anberaumt. Nao Kao erschien am 28. Juni 1985 in Begleitung eines Pflichtverteidigers vor Gericht. Niemand erinnert sich, ob auch eine Dolmetscherin dabei war. Der Richter befürwortete den Antrag des Jugendamts, Lia in Obhut zu nehmen; Nao Kao, der nicht wußte, daß man Einspruch erheben konnte, ging mit einer Zustimmung in die Akten ein. Der Hilfeplan, der in der Verfügung zum Fall Nr. 15270 im einzelnen entwickelt wurde, sah für Lia eine Pflegestellenunterbringung von sechs Monaten vor, einer Mindestzeit, die Neil zur Stabilisierung ihres Anfallsleidens veranschlagt hatte. Ihren Eltern wurden wöchentliche Besuche genehmigt, die erst stattfinden durften, nachdem Lia bereits länger als einen Monat von zu Hause fort war. Tatsächlich informierte das Jugendamt Foua und Nao Kao einige Wochen lang nicht über Lias Verbleib und folgte damit einer damals verbreiteten Politik, die verzweifelte Eltern davon abhalten sollte, ihre Kinder sofort wieder zurückzuholen. In Nao Kaos Worten: »Nach einem Monat ging ich zu meinem Cousin, der Englisch spricht, und bat ihn, die Polizei anzurufen und zu fragen, wo Lia ist, denn meine Frau vermißte Lia viel zu sehr und war dabei, verrückt zu werden.« Nach sechs Monaten sollte Lia nur dann wieder mit ihrer Familie vereint werden, wenn das Gericht davon überzeugt war, daß ihre Eltern bei der Medikamentengabe kooperieren würden. Das Jugendamt sollte mit ihnen auf dieses Ziel hinarbeiten. Wenn das Gericht nicht binnen eines Jahres entschied, daß Lia gefahrlos zu ihrer Familie zurückkehren könne, würden die Lees das Sorgerecht auf immer verlieren.

In der Verantwortung des Jugendamtes lag es, Lia geeignete Pflegeeltern zu besorgen. Die zuständige Sachbearbeiterin füllte ein Formular für »Spezielle Pflegefälle« aus – das heißt Pflege für ein Kind mit außergewöhnlichen medizinischen Problemen oder Verhaltensstörungen. Unter den »Verhaltensstörungen des Kindes«, die sie auf dem Formular ankreuzte, waren folgende: »Hatte im vergangenen Jahr mindestens einen gewalttätigen Ausbruch, der zu kleineren Verletzungen führte.« – »Verursachte mindestens sechs geringfügige [Sach-] Beschädigungen innerhalb des vergangenen Jahres.« – »Legt selbstverstümmelndes Verhalten (Beißen, Kratzen) mindestens einmal im Monat an den Tag.« – »Reagiert auf Frustration mit Aggression und Feindseligkeit.« – »Beteiligt sich nicht an sozialen Aktivitäten.« – »Nimmt nicht an Gruppenunternehmungen teil.« – »Ist in jedwedem Umfeld hyperaktiv.« – »Ist in sämtlichen Situationen widerspenstig.« – »Hat jeden Tag

Wutanfälle.« Die Sachbearbeiterin hatte die Punkte zu addieren und den kumulativen Schweregrad der Verhaltensstörung auf einer Skala von 40 (das Beste) bis 70 (das Schlechteste) einzustufen. Mit 81 lag Lias Wert außerhalb der Skala. Die einzigen Kategorien, in denen sie gute – besser gesagt, optimale – Werte erhielt, waren »Kein Hinweis auf depressives Verhalten«, »Reagiert angemessen auf Zuneigung« und »Zeigt Zuneigung auf angemessene Weise«.

Ein, zwei Tage bevor Lia von zu Hause abgeholt wurde, erhielt das Ehepaar Dee und Tom Korda, das vierzig Kilometer nordwestlich von Merced wohnte und erst seit kurzem als Pflegeeltern anerkannt worden war, einen Anruf vom Jugendgericht. »Wir haben ein zweijähriges Hmong-Mädchen mit einer Epilepsie für Sie«, sagte die Sachbearbeiterin. »Kommen Sie damit zurecht?« Zu dieser Zeit hatte Dee Korda noch nie das Wort »Hmong« gehört, hatte vier eigene Kinder, war mit dem fünften schwanger und hatte ein weiteres Kind in Pflege. Es war ihr erstes Pflegekind. »Natürlich«, sagte sie. Dee erzählte mir Jahre später: »Ich war so erpicht darauf, ich hätte alles genommen, was sie mir anboten.«

Ich war neugierig, die Kordas zu treffen, weil das erste, was Dee sagte, als ich sie anrief, war: »Wie geht es Foua und Nao Kao? Sind sie nicht einfach wunderbar?« Bis zu diesem Zeitpunkt hatte ich noch nie einen Amerikaner ein gutes Wort über die Lees verlieren hören, und da ich die allgemeine Überzeugung teilte, leibliche Eltern und Pflegeeltern seien natürliche Feinde, brachte mich diese ihre Frage doch ein wenig aus dem Gleichgewicht. Als ich das großzügige, eingeschossige Haus der Kordas erreichte, das inmitten einer ländlichen, auf Milchwirtschaft ausgerichteten Gegend mit ein paar Farbtupfern in Form von Pfirsich- und Mandelplantagen lag, wurde ich von ein paar großen Hunden empfangen, die Dee und Tom mit Hilfe ihrer damals bei ihnen lebenden fünf leiblichen und sechs Pflegekinder, von denen die meisten zurückgeblieben oder seelisch gestört waren, als Blindenhunde aufzogen. Während wir im Wohnzimmer beisammensaßen, schaffte es Dee, mir ein Album mit Photos von Lia (sie hat Alben für jedes ihrer Pflegekinder angelegt, das in ihrer Obhut war) zu zeigen und gleichzeitig die vielen Kinder unterschiedlichster Größe und Rasse, die kamen und gingen, immer wieder in den Arm zu nehmen.

Nachdem Lia im Haus der Kordas angekommen war, schrie sie zehn

Tage lang ohne Unterlaß. »Lia war das einzige Kind, von dem ich je gehört habe, das sowohl beim Einatmen als auch beim Ausatmen schreien konnte«, sagte Dee. »Ein und aus, laut und aggressiv, tagein, tagaus, tagein, tagaus. Ich weiß, sie schrie nach ihnen, nach ihrer Mama und ihrem Papa, auch wenn sie nicht die Worte kannte, um mir das zu sagen. Ich fand sie dann zusammengekauert in der Badewanne, das Gesicht furchtbar verängstigt, verschreckt, verwirrt und traurig. Manchmal hämmerte sie an die Tür wie ein eingesperrtes Tier und schrie ›Na! Na! Na! Na!‹. Inzwischen weiß ich, daß das in der Sprache der Hmong ›Papa‹ heißt.« (In Wirklichkeit sagte Lia wahrscheinlich *niam* – gesprochen »nya« – was »Mutter« bedeutet; das Wort für »Vater« ist *txiv*.) Da die Kordas kein Hmong sprachen, konnten sie Lia auch nicht mit Worten trösten. Das einzige, was zu helfen schien, war permanenter Körperkontakt. Tagsüber trug Dee sowohl Lia als auch ihr eigenes jüngstes Kind, das neun Monate alt war, stets mit sich herum, Lia auf dem Rücken in einem Rucksack, ihr eigenes Kind vorn in einem Tragetuch. Nachts schlief Lia für gewöhnlich im Bett der Kordas, das über drei Meter maß und damit breit genug war, um einen beträchtlichen Teil der Hausgemeinschaft aufzunehmen. Als Lia sich nicht trösten ließ, vermutete Dee ganz richtig, daß sie noch nicht abgestillt war, und stillte sie zusammen mit ihrem eigenen Baby. »Wenn es jemals einen Weg gab, so war es Lias Weg«, erzählte sie mir. »Das war es, woran sie gewöhnt war. Denn zu Hause ließ ihre Familie sie den Ton angeben, weil sie das besondere Kind war, die Prinzessin. O ja, Lia konnte widerspenstig und willensstark sein, aber auf der anderen Seite war sie auch eine süße. Sie krabbelte einem immer auf den Schoß. Sie war so schön. Zuerst bedeuteten wir ihr gar nichts, aber bald lernte sie, uns zu lieben. Sie wußte, wie man liebt und sich lieben läßt. Lia bei uns zu haben war für uns ein Segen.«

Jeanine Hilt, die Sozialarbeiterin des Jugendamts, besuchte die Kordas in dieser Zeit sehr häufig und führte eine Akte, die einen Einblick in die weniger gesegneten Tage der Kordas mit Lia gibt. Hier einige Vermerke:

> Lias Probleme sind Verhaltensstörungen. Schreit ohne Unterlaß. Unheimlich störend, echte Wut. Schreit ohne Pause von 2.00 bis 5.00 Uhr nachts – strampelt. Will keine Ruhe geben. Familie am Ende.

Wutanfall. Verweigert Nahrung. Schaut Dee an, zieht das Unterhöschen aus und pinkelt.
Kackt jetzt auf den Boden.
Hat sich auf die Lippen gebissen.
Lia schreit seit vier Tagen ununterbrochen. Schmiert mit Kot.
Abermals intensives Geschrei. Zog sich aus, urinierte auf den Boden, hinterließ eine Welle der Zerstörung. Mußte sie sedieren.

In Anbetracht der Tatsache, daß Lia »anderen Kindern zahlreiche Verletzungen, von blauen Flecken bis hin zu Schnittwunden, die genäht werden mußten, beigebracht« hatte, daß sie unter ständiger Aufsicht bleiben mußte, um sie von »Aktivitäten abzuhalten, die sie zuvor als verletzend oder gefährlich kennengelernt hat, wie zum Beispiel heißem Wasser, Badewannen, erhöhten Stellen, Schwimmbecken, usw.«, und daß die Kordas ein »äußerst hohes Pflegeniveau« erreichten, beantragte Jeanine Hilt mit Erfolg, daß die Wirtschaftliche Jugendhilfe Dee und Tom die ungewöhnlich hohe Vergütung von 1000 Dollar für Lias Pflege zahlte. (Die Lees hatten den Unterhalt für sich und ihre sieben von neun überlebenden und bei ihnen wohnenden Kinder (einschließlich Lia) mit monatlich 790 Dollar Sozialfürsorge bestritten, zuzüglich 84 Dollar, die Lia, die wegen ihrer Epilepsie Anrecht auf Zahlungen aus dem Invalidenfonds hatte, als zusätzliches Sozialeinkommen erhielt.)

In ihrem Schreiben an die Wirtschaftliche Jugendhilfe hielt Jeanine Hilt auch fest, daß Dee Korda Lia wöchentlich zwei- bis fünfmal zu Arztterminen brachte. Obwohl sich Dee peinlich genau an die antiepileptischen Verordnungen hielt (eine Aufgabe, die manches Mal nur zu bewältigen war, wenn man Lia festhielt und die Dosisgaben wiederholte, da Lia Dee die Medikamente auf ihre Kleider gespuckt hatte), bekam Lia immer noch Krampfanfälle. Tatsächlich krampfte sie bei den Kordas sogar häufiger, als sie es im Kreis ihrer eigenen Familie getan hatte. Viermal wurde sie im Emanuel Medical Center in Turlock, der vom Wohnsitz der Kordas nächstliegenden Stadt, stationär aufgenommen. In einem Fall wurde sie von dort ins MCMC verlegt, das damals auf Dee keinen guten Eindruck machte. »Die Schwestern im MCMC sprachen nicht nett und sanft mit ihr«, erzählte sie mir. »Als sie ins Bett machte, hieß es nicht ›Oh, Kleines‹, sondern ›Mein Gott, was für eine Schweinerei‹. Sie banden sie an beiden Armen und Beinen mit Stoffstreifen fest, wie man es mit alten Menschen in Pflegeheimen macht. Es war erniedrigend.« Lias neue Ärzte in Turlock änderten mehrmals ihre Verordnung und ließen dabei zunächst das Phenobarbital, dann das Carbamazepin weg, um sie durch verschiedene Kombinationen von Phenytoin, Valproinsäure und Methylphenidat zu ersetzen. Dee zufolge hatten die neuen Therapiepläne geringere Nebenwirkungen. »Carbamazepin und Phenobarbital waren für Lia die schlimmste Kombination«, sagte sie. »Die *allerschlimmste*. Wenn sie die einnahm, war sie betrunken; sie konnte weder ihre Bewegungen steuern noch gehen. Ich glaube, das ist der Grund, warum ihre Eltern sie ihr nicht gaben. Worauf sie einen Anfall bekam und jeder auf die beiden wütend wurde.« Lias Koordination verbesserte sich, ihre Anfälle bekam sie aber weiterhin.

Nachdem Lias Familie herausgefunden hatte, wohin man Lia gebracht hatte, besuchten sie sie, wann immer ihr Neffe, der ein Auto besaß, sie hinfahren konnte. Bei ihrem ersten Besuch zeigte ihnen Dee, wie sie Lia auf dem Rücken trug, ganz so, wie es Foua getan hatte, und wie Lia im Familienbett schlief. Die Korda-Kinder liehen den Lee-Kindern Badesachen, so daß sie alle zusammen im Pool hinter dem Haus schwimmen konnten. Pang krabbelte mit Dees Baby auf dem Rasen herum. Schließlich freundete sich May, die zwölfjährige Tochter der Lees, mit Wendy, der zehnjährigen Tochter der Kordas, an und verbrachte einmal sogar eine ganze Woche bei den Kordas. Foua bestickte für Dee ein *nyias*, ein Tragetuch für Babys nach Art der Hmong. Nachdem einige Monate vergangen waren, ließ Dee ihr eigenes Baby gelegentlich bei Foua, wenn sie mit Lia zum Arzt ging – womöglich das erste Mal in der Geschichte des Jugendamts, daß eine Pflegemutter ein Elternteil, das vor dem Gesetz als Kindesmißhandler gilt, als Babysitter einspannt. Die Kordas waren schon bald davon überzeugt, daß das Jugendamt einen Fehler gemacht hatte, als es Lia von ihrer Familie trennte (auch wenn das Jugendamt diese Einschätzung, die Dee dort vortrug, nicht teilte). »Ich hatte Lia ins Herz geschlossen, aber eigentlich brauchte sie ihr Zuhause«, sagte Dee. »Foua und Nao Kao waren so warmherzig, so liebevoll, und sie liebten dieses Kind so sehr. Ich bin verbittert. Sie hätten nie in das System hineingeraten dürfen.« Als ich Dee traf, hatte sie inzwischen insgesamt fünfunddreißig Pflegekinder gehabt, von denen die meisten von ihren Eltern schwer mißhandelt oder sexuell mißbraucht worden waren. Lia war die einzige, bei der sie die Rückführung ins Elternhaus empfohlen hatte.

Zum Abschluß eines jeden Besuchs der Lees im Hause Korda versuchte Lia, zu ihrer Familie ins Auto zu gelangen, und schrie in verzweifelter Angst, wenn sie ohne sie abfuhr. Nao Kao erzählte mir: »Die Familie kümmerte sich wirklich um Lia und mochte sie auch wirklich, aber vielleicht vermißte sie uns zu sehr und wurde deshalb kranker. Wir vermißten sie auch. Ich weiß nicht, wie ich beschreiben soll, wie sehr wir sie vermißten.« Foua sagte: »Unser Bett war leer ohne sie. Ich liebte sie sehr und habe sie die Nacht über immer im Arm gehalten und sie nie allein schlafen lassen. Ich mußte jeden Abend weinen, wenn ich zu Bett ging und sie nicht da war.« Zwei Monate nachdem Lia von ihrer Familie getrennt worden war, erklärte Nao Kao der Sozialarbeiterin, er wolle sich das Leben nehmen, wenn Lia nicht zu ihnen zurück dürfte. Vier Monate darauf kam Nao Kao einmal nach Hause und traf Foua, wie sie ein Messer gegen sich richtete. Er nahm es ihr ab. Einen weiteren Monat später hielt Jeanine Hilt in einem Aktenvermerk fest, daß Foua hysterisch gewesen sei und abermals mit Selbstmord gedroht habe. Das Jugendamt erwog, die ganze Familie in eine psychiatrische Klinik zu bringen, entschied sich jedoch schließlich dagegen.

Lia kehrte nicht nach sechs Monaten nach Hause zurück, wie die Lees eigentlich erwartet hatten. Am 18. Dezember 1985, an dem Tag der Anhörung zur Familienzusammenführung nach sechs Monaten, befand das Gericht, daß Foua und Nao Kao den Nachweis ihrer Befähigung, den Medikamentenplan für ihre Tochter einzuhalten, schuldig geblieben waren. Erstens hatten sie sich geweigert, die Fortschreibung des Hilfeplans seitens des Jugendamtes zu unterzeichnen, der ihnen im August vorgelegt worden war und in dem es unter anderem hieß, daß die Lees im Hinblick auf eine etwaige Familienzusammenführung einwilligen müßten, »Arzttermine für unser Kind zu vereinbaren und einzuhalten, einschließlich Terminen für Vorsorgeuntersuchungen und Verlaufskontrollen, und zu lernen, wie man seine Medikamente ordnungsgemäß verabreicht«. Eine Sozialarbeiterin des Jugendamtes schrieb in den Hilfeplan: »Sie finden, Lia sollte auf der Stelle wieder ihrer Sorge unterstellt werden; folglich lehnten sie es ab zu unterschreiben.« Zweitens hatten sie, als Lia im September ein einwöchiger Aufenthalt im Elternhaus bewilligt wurde und dabei die Kooperationswilligkeit der Eltern getestet werden sollte, kläglich versagt. In den Antrag, in dem sich das Jugendamt gegen die Familienzusammenführung aussprach, wurde dazu festgehalten:

> Die Eltern wurden abermals mit Hilfe eines Dolmetschers in der ordnungsgemäßen Verabreichung der Medikamente unterwiesen. Zur Veranschaulichung wurden dabei Graphiken mit Farbschlüsseln verwendet. Die Eltern erklärten, sie hätten verstanden, und ließen erkennen, daß sie der Verordnung von nun an entsprechen würden. Während dieses Besuchs wurde den Eltern erlaubt, die Minderjährige durch einen Schaminen [sic!] aus der Hmong-Kultur behandeln zu lassen. Während die Minderjährige zu Hause war, machten Sozialarbeiter Hausbesuche und kontrollierten die Medikamenteneinnahme, und es schien, als ob die Medikamente ordnungsgemäß gegeben würden. Die Eltern melden keine Anfälle. Lia wurde am 9. September 1985 zu ihren Pflegeeltern gebracht und im weiteren Verlauf des Tages stationär im Krankenhaus aufgenommen. Eine Kontrolle der Blutspiegel ergab, daß sich im Blut der Minderjährigen keinerlei Spuren irgendeines Medikaments fanden. Dr. Goel [Lias Kinderarzt im Emanuel Medical Center] erklärte, die Eltern hätten Lia keinerlei Medikamente gegeben, da die Medikamente mindestens zehn Tage lang im Organismus nachweisbar seien. Die Medikamentenfläschchen wurden von den Eltern leer zurückgegeben.

Jeanine Hilt hielt in Lias Akte fest, daß deren Brust mit Verletzungen vom Münzreiben übersät war, als sie zu den Kordas zurückkehrte. Foua und Nao Kao hatten sich offenbar für traditionelle Heilmethoden entschieden und, wie Jeanine schrieb, »die Medikamente in den Müll geworfen«. Vier Tage nach diesem Hausbesuch erlitt Lia drei grand mal- und sechs petit mal-Anfälle, wonach ihre Entwicklungsdefizite weit deutlicher zutage traten. In besagtem Antrag hieß es, daß

> Entwicklungsverzögerungen im sprachlichen Bereich festgestellt wurden, ihre motorischen Fähigkeiten nachließen, sie nicht aß, keinen Blickkontakt hielt und immer wieder mit dem Kopf anschlug. Lia wurde auch enkopretisch [stuhlinkontinent], hatte verschiedene selbstzerstörerische

Anwandlungen wie Kratzen und Beißen, konnte nicht schlafen, schädigte andere Kinder und verlor jede Fähigkeit, sichere Situationen zu erkennen. Diese Regressionen hatten allesamt mit dem Versagen der Eltern zu tun, die Medikamente zu verabreichen, solange Lia in ihrer Obhut war. Die regressiven Verhaltensmuster blieben bestehen.

Trotz solcher Rückschläge war Jeanine Hilt fest entschlossen, die Lees auch weiterhin in der richtigen Medikamentengabe zu schulen, so daß sie vor Ablauf der zwölf Monate, nach denen sie Lia für immer verlieren würden, die elterliche Sorge zurückerlangen könnten. Jeanine investierte Dutzende von Stunden in diese Arbeit mit Foua. Ihre Aufgabe wurde dadurch erleichtert, daß Lias Medikamentenplan im Februar 1986 radikal vereinfacht wurde. Dee hatte Lia zu neurologischen Tests ins Valley Kinderkrankenhaus nach Fresno gebracht, wo der Neuropädiater Terry Hutchison die Verdachtsdiagnose eines Lennox-Gastaut-Syndroms aufstellte, einer seltenen Epilepsieform, die durch geistige Retardierung und verschiedene schwer therapierbare Krampfanfälle charakterisiert ist. Dr. Hutchison entschied, daß allein Valproinsäure das Mittel der Wahl sei. (Neil und Peggy hatten Valproinsäure ebenfalls in Betracht gezogen, sich aber dagegen entschieden, weil der Wirkstoff einen akuten, tödlichen Leberschaden verursachen kann; als Lia erst einmal damit behandelt wurde, wünschten die beiden Ärzte, sie hätten es selbst verschrieben.) Valproinsäure wird Kindern in Form eines angenehm nach Kirschen schmeckenden Saftes gegeben, so daß die Verabreichung sich nun weitaus leichter gestaltete, als es zuvor bei den unübersichtlichen Kombinationen von bitteren gemahlenen Tabletten der Fall gewesen war. Jeanine zeigte Foua, wie sie mit Hilfe einer Plastikspritze Lia den Arzneisaft in den Mund befördern konnte, und kennzeichnete die 8-ml-Markierung mit einem Klebestreifen, da Foua keine Zahlen lesen konnte. Foua übte so lange mit Wasser, bis sie es beherrschte, dann ging sie zu Valproinsäure über.

Jeanine hatte den Eindruck, daß Foua allmählich Vertrauen zu ihr faßte und gute Fortschritte machte. Zu Nao Kao, der befürchtete, Lia käme nie mehr nach Hause, entwickelte sie kein so inniges Verhältnis. Er hielt sich Jeanine gegenüber zurück, war aber nicht böse auf sie. Seine Wut sparte er sich für Sue Xiong auf, die Dolmetscherin, die die Leute vom Jugendamt an dem Tag begleitet hatte, als Lia in Gewahrsam genommen wurde. Sue Xiong, eine kultivierte, gebildete Hmong, die einen Amerikaner geheiratet hatte, war in der traditionellen Hmong-Gemeinde von Merced nicht sonderlich beliebt. Mischehen sind bei den Hmong selten. Mit den Worten Jeanine Hilts war »Sue kulturell gesehen ziemlich weiß, zog sich wirklich chic an und saß nicht zu Hause, um Kinder zu bekommen und damit die Kultur der Hmong zu unterstützen, so daß sich viele Hmong von ihr verraten fühlten«. Sue Xiong erzählte Nao Kao einmal, sie habe dem Sozialamt gesagt, daß er ihrer Meinung nach seine Tochter nicht zurückerhalten solle. Nao Kao sagt, Sue Xiong habe ihn ausgeschimpft, als Lia im Februar 1986 im Valley Kinderkrankenhaus in Fresno war, und er sei zu der Überzeugung gelangt, daß sie seine Aussagen den Ärzten nicht getreu übersetzte. Tags darauf, als er wieder in Merced war, kamen Jeanine Hilt, Sue Xiong und ein Abteilungsleiter des Jugendamts zu den Lees nach Hause. Nao Kao erzählte: »Ich war draußen, und Sue ging hinein und rief nach mir, und sagte: ›Komm her, du kommst hierher ins Haus.‹ Da war ich so weit, daß ich sie hätte verprügeln können, und nahm den nächstbesten Baseballschläger. Mein Schwiegersohn war bei mir, packte mich und sagte, tu's nicht. Der Abteilungsleiter und Jenny [Jeanine] fragten, was ist los, und mein Schwiegersohn übersetzte, was ich sagte, und ich sagte, daß ich Sue nicht ausstehen kann und sie auf der Stelle totprügeln würde. Und dann sagte Sue, daß sie noch viel zu tun habe, und ging. Ich sagte dem Abteilungsleiter: ›Diese Person ist nicht gut. Bringen Sie sie nicht mehr hierher. Wenn Sie sie noch einmal herbringen, hole ich ein Gewehr und schieße sie nieder.‹« (Als ich Sue Xiong anrief, um sie wegen dieses Zwischenfalls zu befragen, erzählte sie mir zunächst – in dem geschliffensten Englisch, das ich jemals eine Hmong habe sprechen hören –, sie könne sich weder an diesen Streit noch an die Familie Lee überhaupt erinnern, was mich überraschte, da ich wußte, daß sie vor ihrer Hochzeit mit ihrem derzeitigen amerikanischen Ehemann mit dem Neffen von Nao Kao verheiratet gewesen war. Schließlich aber sagte sie: »Die Familie wußte meine Dienste nicht zu schätzen, so daß ich nichts mehr mit der Sache zu tun haben wollte.«)

Jeanine Hilts Glauben an die Lees ist es zu verdanken, daß die Sache mit dem Baseballschläger sie nicht für immer als Sorgeberechtigte für ihre Tochter disqualifizierte und ihre Bemühungen, dieses Sorgerecht zurückzugewinnen, zum Scheitern verurteilte. Aus Sicht Jeanines hatte Nao Kao viele Gründe, verärgert zu sein, und solange seine Wut nicht dazu führte, daß er im Medizinischen die Kooperation verweigerte, sollte sie der Wiedervereinigung der Familie nicht im Wege stehen. Vom 18. Februar 1986 an durften die Lees ihre Tochter unter Jeanines Aufsicht ein paarmal über Nacht zu sich nehmen. Blutuntersuchungen ergaben, daß sie ausreichende Mengen an Valproinsäure verabreicht hatten. In dem Antrag, den das Jugendamt bei der Anhörung zur Familienzusammenführung nach zwölf Monaten einreichte, schrieb Jeanine Hilt:

Mit zunehmender Fertigkeit der Lees wurden die Besuche ausgedehnt. Wenn die Minderjährige bei ihrer Familie war, geschah es unter intensiver Beaufsichtigung seitens der Unterzeichnenden, die dreimal täglich einen Hausbesuch machte. Die Intensität der Betreuung ließ in dem Maße nach, in dem die Lees ihre Bereitschaft unter Beweis stellten, dem Medikamentenplan Folge zu leisten. (...) Die Unterzeichnende arbeitete mit den Lees daran, einen Tagesplan einzuhalten, der auch eine geeignete Diät, Erholungspausen und Disziplin beinhaltet. (...) Herr und Frau Lee verdienen wegen ihrer Kooperation und ihren erfolgreichen Bemühungen um Zusammenarbeit mit der Unterzeichnenden trotz unterschiedlicher kultureller Wertvorstellungen hohe Anerkennung. Dank ihrer harten Arbeit und ihres Vertrauens auf den Arzt [den Neurologen Terry Hutchison] und die Unterzeichnende sind wir bei der Lösung der schwerwiegenden medizinischen Probleme, die Lia hat, unglaublich weit vorangekommen.

Lia kehrte am 30. April 1986 nach Hause zurück.

# Foua und Nao Kao

Während meiner ersten Wochen in Merced im Jahre 1988 erwähnten unabhängig voneinander sieben Ärzte des Kreiskrankenhauses den Fall Lia Lee. Sie alle wiesen mich jedoch darauf hin, daß es zwecklos sei, mich mit diesem Fall zu beschäftigen, da die Eltern Amerikanern mißtrauten und sich höchstwahrscheinlich weigern würden, mir Lias Kranken- und Gerichtsunterlagen zu zeigen oder persönlich mit mir zu sprechen. Und sollten sie wider Erwarten doch zustimmen, würde ich – so versicherte man mir – ein schweigsames und begriffsstutziges Paar von geradezu krankhafter Affektlosigkeit antreffen.

Ich war leicht zu entmutigen. Vor meiner Ankunft in Merced hatte ich noch nie eine(n) Hmong kennengelernt, von Ethnologen aber, die ich gelesen oder befragt hatte, eine Reihe von Ratschlägen bekommen: Werden Sie nie laut. Ziehen Sie Ihre Schuhe aus. Geben Sie nie von sich aus einem Mann die Hand, sonst denkt man, Sie seien eine Hure. Will ein Mann *Ihnen* die Hand schütteln, deuten Sie ihre untergeordnete Stellung dadurch an, daß Sie mit der linken Hand Ihr rechtes Handgelenk stützen, damit Sie das Gewicht seiner ehrenvollen und bedeutenden Hand tragen können. In Begleitung eines Hmong-Oberhaupts halten Sie sich hinter und etwas links von ihm. Ziehen Sie einen älteren männlichen Dolmetscher hinzu als Ausgleich für Ihren mangelnden gesellschaftlichen Rang als jüngere Frau. Lehnen Sie nie ein Gericht ab, das ihnen angeboten wird, und seien es Hühnerfüße.

Es schien mir nichts Gutes zu verheißen, daß mein Freund Bill Selvidge – der Arzt, der mich nach Merced eingeladen hatte, um seine Hmong-Patienten kennenzulernen – zwar ganze Regalbretter voll ethnographischer Literatur über die Ik, die !Kung und Palaung besaß, sich jedoch während der zwei Jahre in Merced weder ausführlicher mit einem Mitglied der Hmong, das älter als vierzehn Jahre alt war, unterhalten hatte, noch jemals zu einer Hmong-Familie nach Hause eingeladen worden war. Auch hatte er bis dahin lediglich ein einziges Wort auf hmong gelernt: *mob* (»es tut weh«). Wenn schon ein ethnologisch interessierter Veteran des amerikanischen Friedenskorps so wenig Fortschritte machte, wie sollte ich dann mehr erreichen? Und in der

Tat, meine ersten Treffen mit den Hmong verliefen katastrophal. Vermutlich war es wenig hilfreich, daß ich in meiner höllischen Angst vor einem faux pas so nervös war wie jene legendäre Hmong-Prinzessin, die sich vor einem riesigen Adler, der soeben sämtliche Bewohner ihres Dorfes gefressen hatte, in einer großen Trauertrommel versteckte und ihren gutaussehenden, jungen Retter für ebenjenen Adler hielt, als sie sprach: »Wenn du gekommen bist, um mich zu fressen, tu es schnell, bitte!« Und damit fiel sie in Ohnmacht. (Später jedoch heiratete sie ihn.)

Meine ersten Treffen mit Hmong-Familien wurden von einer Frau arrangiert, die aus dem laotischen Flachland stammte, Hmong sprach und am MCMC als Schwesternhelferin arbeitete. Ich begriff nicht sofort, daß dies die sicherste Methode war, sich einen kühlen Empfang einzuhandeln, da nahezu alle Hmong dem Krankenhaus mißtrauten und natürlich nun auch mir mißtrauisch gegenüberstanden, da sie davon ausgingen, ich hätte mit der Schwesternhelferin und folglich mit dem MCMC zu tun. Außerdem hatte ich Pech mit meinen beiden ersten Dolmetschern. Darauf bedacht, den Anweisungen meiner Ratgeber zu folgen, hatte ich zwei Hmong-Männer mittleren Alters, beide wichtige Figuren in ihrem jeweiligen Clan, gebeten, für mich zu dolmetschen. Mit beiden passierte mir das gleiche: Ich stellte eine Frage; der Dolmetscher übersetzte sie. Der Hmong, den ich interviewte, redete lebhaft vier oder fünf Minuten auf den Dolmetscher ein. Dieser wandte sich daraufhin an mich und sagte: »Er sagt nein.«

Ich fürchtete schon, die Hmong-Gemeinde sei undurchdringlich, als ich Sukey Waller traf, Psychologin im Städtischen Sozialdienst von Merced, die von einem der Ärzte am MCMC als »eine Art Hippie-Revolutionärin« und von Bill als diejenige Amerikanerin beschrieben wurde, die von den Hmong vor Ort am meisten geachtet werde. Schon vor meiner Ankunft in Merced hatte ich mit Sukey telefoniert. Dabei hatte sie mir gesagt: »Hier ist meine Telefonnummer. Wenn Sie nur meinen Anrufbeantworter erreichen, werden Sie mich so langsam sprechen hören, als wäre ich gerade mitten in einer fürchterlichen Depression oder stünde unter Drogen. Wundern Sie sich bitte nicht. Es ist einfach so, daß ich viele Anrufe von Klienten bekomme, die schnell gesprochenes Englisch nicht verstehen.« Auf Sukeys Visitenkarte steht auf hmong und laotisch: »Herzensflickerin«. Sie erklärte es mir so:

»Die Hmong kennen keine psychologischen Probleme, weil sie nicht zwischen seelischen und körperlichen Leiden unterscheiden. Alle Probleme haben mit der Seele zu tun. Meine Tätigkeit läßt sich kaum ins Hmong übersetzen – ein Schamane kommt der Person einer Psychotherapeutin noch am nächsten –, aber das Herzflicken war die beste Metapher, die mir dazu einfiel. Das einzige Problem dabei ist, daß sie denken könnten, ich nähme chirurgische Eingriffe am Herzen vor. *Dann* allerdings würden sie garantiert sofort Reißaus nehmen.« Sukey stellte mich fünf Hmong-Oberhäuptern vor, die vier der vierzehn einflußreichsten Clans vertraten, und da ich in Sukeys Gesellschaft in deren Büros oder Häusern erschien, wurde ich stets herzlich empfangen. Zwei von ihnen wurden gar zu unersetzlichen Informanten und im Laufe der Zeit zu geschätzten Freunden. Als ich Sukey fragte, warum die Hmong-Gemeinde sie so bereitwillig akzeptiere, erwiderte sie: »Die Hmong und ich haben vieles gemeinsam. Ich habe eine anarchistische Ader. Ich mag keinen Zwang. Außerdem glaube ich, daß der Umweg häufig der schnellste Weg von A nach B ist. Und ich interessiere mich herzlich wenig für das, was im allgemeinen Wahrheit genannt wird. Meiner Meinung nach sind übereinstimmende Wirklichkeiten besser als Tatsachen.«

Sukey befreite mich schnell von zwei fixen Ideen. Erstens hatte ich gedacht, ich müsse auf dem Drahtseil der korrekten Etikette balancieren, um der allenthalben lauernden Katastrophe zu entrinnen. Doch Sukey meinte nüchtern: »Ich habe Abertausende von Fehlern gemacht. Als ich hierher kam, sagten mir alle, du darfst die Leute nicht am Kopf berühren, du darfst nicht mit einem Mann reden, du darfst dies nicht, du darfst das nicht, und schließlich sagte ich, das ist doch verrückt! Ich kann mich nicht so einengen lassen! Also habe ich einfach alles über Bord geworfen. Jetzt habe ich nur noch eine Regel: Bevor ich irgend etwas tue, frage ich: Darf ich? Da ich Amerikanerin bin und sie eh nicht erwarten, daß ich mich wie eine Hmong verhalte, genieße ich in der Regel ziemliche Narrenfreiheit.« Zweitens trieb sie mir das wachsende Bedürfnis nach einem amerikanischen Dolmetscher aus, indem sie mir zunächst verriet, daß es trotz der Tausenden von Hmong, die in Merced lebten, keinen einzigen Amerikaner in der Stadt gebe, der Hmong spreche. Im übrigen sei mir ein Dolmetscher, der sich damit begnüge, Hmong-Wörter schlicht ins Englische zu übertragen, auch dann keinerlei Hilfe, wenn er dies so genau wie möglich tue. »Ich nenne meine Mitarbeiter nicht Dolmetscher«, klärte sie mich auf. »Ich nenne sie Kulturvermittler. Sie bringen mir etwas bei. Wenn ich nicht weiß, was ich tun soll, frage ich sie. Sie sollten sich einen Kulturvermittler suchen.«

So traf ich auf May Ying Xiong. May Ying war zwanzig und arbeitete in Merced als Sekretärin im Kreisflüchtlingsamt. Ihr Name bedeutet Opium Mohn. Sie war jenes Mädchen, deren Vater, Chaly Xiong, Dan Murphy zu einer Tour durch den Yosemite Park überredet hatte, damit er sich davon überzeugen konnte, daß May Ying dort nicht von Löwen gefressen würde, wenn sie einen Ferienjob im Jugendnaturschutzbund annähme. Chaly, der 1983 starb, war erster Leutnant in der königlichen Armee von Laos gewesen und einer der wenigen Hmong-Militäroffiziere, die in den USA vom CIA ausgebildet worden waren. Darüber hinaus war er ein berühmter *txiv neeb*. Während er auf seiner hölzernen Schamanenbank ritt – die das geflügelte Pferd darstellte, das ihn auf seiner Suche nach verlorenen Seelen trug –, zitterte er in seinem rituellen Trancezustand so heftig, daß es zwei Helfer brauchte, um ihn festzuhalten. Um May Yings herausragenden Lebenslauf zu vervollständigen, muß noch erwähnt werden, daß sie im Alter von achtzehn Jahren Zweitplazierte in dem nationalen Miss-Hmong-Festival gewesen war.

Ungeachtet der Warnung der sieben Ärzte wollte ich versuchen, Lias Eltern in Begleitung meiner Kulturvermittlerin May Ying aufzusuchen. Trotz May Yings beeindruckender Referenzen bildeten wir beide, aufgrund unseres Geschlechts und Alters, ein Team von entschieden niedriger gesellschaftlicher Stellung. Das sollte sich als Vorteil erweisen. Bei den Lees war ich auf gar keine gesellschaftliche Stellung angewiesen. Wenn ich überhaupt etwas brauchte, dann war es ein *geringerer* Status. Seit sie in den USA angekommen waren, hatten die Lees nur Amerikaner getroffen, die ihnen, ob nun ihrer Bildung, ihrer Beherrschung des Englischen oder ihres mit einer gewissen Autorität versehenen Amtes halber, das Gefühl gegeben hatten, ihre Familie sei nicht besonders viel wert. Herablassend behandelt zu werden, kann kein Hmong ertragen. Als Laos unter französischer Herrschaft stand, waren die Hmong dazu verpflichtet, in Gegenwart eines laotischen Beamten im wahrsten Sinne des Wortes zu kriechen, sie durften den Kopf nicht heben, bis man ihre Anwesenheit zur Kenntnis genommen hatte. Es kommt nicht von ungefähr, daß in einem beliebten Volksmärchen der Hmong ein arroganter Beamter in eine Maus verwandelt wird, auf die sich der Held der Geschichte in Gestalt einer Katze mit Freuden stürzt. Mit May Ying an meiner Seite war ich keine Beamtin, keine Bedrohung, keine Kritikerin, kein Mensch, der versuchte, die Lees zu etwas zu überreden, was sie nicht tun wollten, ich war noch nicht einmal jemand, den man besonders ernst nehmen mußte. Meine Bedeutungslosigkeit ebnete mir den Weg.

Für ein Treffen mit Hmong gilt ähnliches wie für den Einlaß in eine Flüsterkneipe: alles hängt davon ab, wer einen schickt. Meine Verabredung mit den Lees war über Blia Yao Moua zustande gekommen, einen der Hmong-Führer, denen mich Sukey vorgestellt hatte und der glücklicherweise weder mit dem Krankenhaus noch mit sonst einer amerikanischen Institution in Verbindung stand. Außerdem gehörte May Yings Mann, Pheng, demselben Clan an wie die Lees, weshalb Foua und Nao Kao meine Kulturvermittlerin wie eine verloren geglaubte Nichte behandelten. Schon nach dreißig Sekunden wußte ich, daß ich es mit einer Familie zu tun hatte, die nur schwer mit der, die mir die Ärzte geschildert hatten, in Einklang zu bringen war. Die Lees schienen mir klug, humorvoll, redselig und energisch. Ich wünschte, ich könnte behaupten, es sei meiner geschickten Art als Interviewerin zu verdanken, daß diese wunderbaren Eigenschaften zum Vorschein kamen. Tatsächlich brachte ich May Ying immer wieder in Verlegenheit, indem ich sie bat, Fragen zu übersetzen, die von so überwältigender Unwissenheit zeugten, daß ich später, nachdem ich die Lees besser kennengelernt hatte, den Eindruck bekam, daß ich anfangs für die Familie eine einzige Quelle der Heiterkeit war. May Ying nannte solche Fragen (»Haben Sie die Plazenten Ihrer Kinder vergraben?«, »Gab es in Laos viele *dabs*, die in den Flüssen, Seen und Bäumen lebten?«, »Opfern Sie Schweine?«) meine »Ist-der-Papst-katholisch?«-Fragen, weil jeder Dummkopf wisse, daß die Antwort darauf ja laute. So mußte Foua einmal, nachdem ich sie gefragt hatte, in welchem Teil ihres Hauses in Laos die Familie sich erleichtert habe, so heftig lachen, daß sie beinahe von ihrem Bambushocker gefallen wäre. »Im Wald, natürlich!« brachte sie schließlich keuchend hervor, während ihr vor Lachen Tränen über die Wange rollten.

Die Lees waren ein gutaussehendes Paar. Foua schien ungefähr fünfundvierzig und Nao Kao etwa zehn Jahre älter zu sein; ihre Geburtsdaten hatten sie nie erfahren. Sie waren beide klein, und obwohl nicht dick, machten sie doch einen bodenständigen Eindruck, als bedürfte es schon eines mächtigen Windstoßes oder vielleicht eines Erdbebens, um sie umzuwerfen. Foua hatte glänzendes schwarzes Haar, das sie meistens in einem Knoten trug, gelegentlich jedoch beim Erzählen gedankenverloren löste, so daß es ihr bis zur Hüfte herabfiel. Nao Kao trug eine Brille mit einem breiten, schwarzen Gestell, die ihn intellektuell und ziemlich reaktionär aussehen ließ, wie einen Lehrer, der ein obskures Gebiet der Mathematik an einem kleineren College unterrichtet. Außer zu besonderen Anlässen, zu denen sie Hmong-Kleider anlegten, trugen sie weite amerikanische Polyesterkleidung in Pastellfarben.

Als ich Foua und Nao Kao kennenlernte, lebten noch sieben ihrer Kinder zu Hause. Sie wohnten also zu neunt in einer Dreizimmerwohnung in einem zweigeschossigen, verputzten Gebäude in einem schäbigen Viertel, wo vor zwanzig Jahren noch überwiegend spanisch sprechende Einwanderer gelebt hatten und mittlerweile nahezu ausschließlich Hmong siedelten. Wie in den meisten Hmong-Wohnungen standen bei den Lees, abgesehen von einem zumeist angeschalteten Fernseher, kaum Möbel. Bücher gab es gar keine. Als Zeichen des Respekts hingen hoch unter der Decke – bunt zusammengewürfelt – Familienbilder, Poster, unter anderem ein alter Kalender einer thailändischen Reisfirma, eine bebilderte Schautafel mit Jagdfliegern aus aller Welt aus *Time-Life* sowie ein Bild, das einige Dutzend Schlümpfe um ein Lagerfeuer zeigte. Das Schlafzimmer, das sich die älteren Kinder teilten, war über und über mit Postern von U2, Bon Jovi, Whitesnake und Mötley Crüe tapeziert. Der wertvollste Besitz der Familie, eine etwa ein Meter lange *qeej*, die nur Nao Kao spielen konnte, war sorgfältig über der Toilette angebracht. Der wichtigste Ort im Zuhause der Lees war jedoch der Parkplatz. Hier züchtete Foua in einer überbordenden Kollektion Dutzender 10-Liter-Eimer und weggeworfener Motoröldosen ihren privaten Vorrat an Heilpflanzen, die – entweder gekocht oder in ihrem Mörser zerstoßen – unter anderem bei Hals- und Bauchschmerzen, verstauchten Gliedmaßen oder postnatalen Schmerzen eingenommen wurden.

Ich sollte noch Hunderte von Stunden in dieser Wohnung verbringen, meistens abends, wenn May Ying Feierabend hatte. Da Foua und Nao Kao in keiner Sprache lesen und schreiben konnten, weckten meine Notizen übermäßiges Interesse in ihnen und daher auch Hemmungen, während sie bei einer Bandaufnahme völlig gelassen blieben. (Die meisten Hmong in Merced kommunizierten mit Verwandten in den thailändischen Flüchtlingslagern per Hörkassette. Ich war nie sicher, ob das nun ein unstimmiger Hang zum High-Tech oder eine organische Weiterführung ihrer mündlichen Überlieferungstradition war.) Wenn sich May Ying an Foua wandte, stellte sie jeder Frage das Wort *pog* vor, eine Bezeichnung, die sowohl Respekt als auch Nähe impliziert und wörtlich übersetzt »Großmutter väterlicherseits« bedeutet. Nach ein paar Monaten begann Foua, May Ying als *mi May*, liebe kleine May, und mich als *mi Anne* zu bezeichnen. Etwa zur gleichen Zeit forderten mich Foua und Nao Kao auf, sie *tais* (Großmutter mütterlicherseits) beziehungsweise *yawm txiv* (Großvater mütterlicherseits) zu nennen.

Bereitwillig ließen mich die Lees sämtliche Unterlagen des MCMC, des Valley Kinderkrankenhauses in Fresno, des Kreisgesundheitsamts von Merced und des Jugendamts einsehen. Nachdem ich sie gelesen hatte, merkte ich jedoch sehr bald, daß es keinen Sinn hatte, May Ying Fragen stellen zu lassen wie: »Wie war das, als Dr. Selvidge Lia am 28. Juni 1986 um 22.50 Uhr mit einer Lungenentzündung im oberen rechten Lungenlappen im MCMC aufnahm?« Die Diagnosen der Ärzte waren unübersetzbar und hätten den Lees im übrigen ohnehin nur wenig gesagt. Darüber hinaus warfen Foua und Nao Kao die zahlreichen Vertreter des medizinischen Personals, denen sie im MCMC begegnet waren, in einen Topf mit der Sammelaufschrift »Lias Ärzte«. Selbst Neil Ernst und Peggy Philp, die Lias Familie unzählige Male getroffen hatte, wurden aufgrund ihrer unantastbaren Stellung einer Kategorie zugeordnet, der gegenüber sich Vertraulichkeiten, wie jemanden beim Namen zu nennen, schlechterdings verboten. Das Problem, eine parallele Chronologie zwischen Lias Krankenakte und den Erfahrungen herzustellen, die die Familie mit ihrer Erkrankung gemacht hatte, wurde zudem durch die Tatsache erschwert, daß die Lees die Zeit nicht auf dieselbe Art maßen wie diejenigen, die im Krankenhaus die Akte führten. Jahre wurden nicht durch Zahlen gekennzeichnet, sondern durch herausragende Ereignisse. So war das Jahr 1982 beispielsweise »das Jahr, in dem der Geist Lia zum ersten Mal packte, und sie zu Boden stürzte«; 1985 war »das Jahr, in dem Lia Regierungseigentum wurde«. Als sie noch in Laos lebten, hatten die Lees, wie die anderen Hmong auch, das Jahr nicht in die Monate des Gregorianischen Kalenders unterteilt, sondern in Mondzyklen, die durch ihre vorwiegend landwirtschaftlichen Aktivitäten gekennzeichnet waren. Der erste Zyklus, der auf das im späten November oder Anfang Dezember gefeierte Neujahrsfest der Hmong folgte, war beispielsweise die Zeit, in der man Reis und Mais nach Hause brachte und mit der Opiumernte begann. Während des fünften Zyklus wurde Mais gepflanzt. Der zwölfte wurde durch die Reisernte und das Unkrautjäten auf den Opiumfeldern bestimmt. Da die Lees mittlerweile arbeitslose Sozialhilfeempfänger und keine Bauern mehr waren und sich die Monate in ihren Ereignissen bzw. ihrer Ereignislosigkeit kaum voneinander unterschieden, richteten sie sich nicht mehr nach dem Hmong-Kalender. Dementsprechend schwer fiel es ihnen, sich zu erinnern, wann oder selbst zu welcher Jahreszeit irgendein Ereignis stattgefunden hatte. Für die Tageszeitbestimmung verwendeten sie jedoch nach wie vor Hmong-Redewendungen (»erster Hahnenschrei«, »zweiter Hahnenschrei«, »Zeit, zu der sich die Sonne neigt«, »Zeit, zu der Schatten über dem Tal liegen«, »Schweinefütterungszeit«, »völlige Dunkelheit«), obwohl es seit Menschengedenken auf der East 12th Street in Merced weder Hühner noch Schweine gab.

Die Lees ließen sich meine Fragen über Lia höflich gefallen und beantworteten sie oftmals ausführlich; sie hatten jedoch auch ein eigenes Anliegen, das darin bestand, »dir etwas über die Hmong-Kultur zu erzählen, damit du unsere Art verstehst und sie den Ärzten erklären kannst«, wie Nao Kao es einmal ausdrückte. Am liebsten begannen sie mit diesem Kulturunterricht um 22.30 Uhr, nachdem sie sich über mindestens vier Stunden allmählich warm geredet hatten. Eines Nachts, als May Ying und ich gerade im Begriff waren aufzubrechen, beschloß Foua, mir das Phänomen der verlorenen Seele zu erklären. »Deine Seele ist wie dein Schatten«, sagte sie. »Manchmal schwirrt sie davon wie ein Schmetterling, und dann wirst du traurig, dann wirst du krank, und wenn sie wieder zu dir zurückkommt, dann bist du glücklich und wieder gesund.« Nao Kao fügte hinzu: »Manchmal geht die Seele fort, doch die Ärzte glauben das nicht. Ich möchte, daß du den Ärzten sagst, sie sollen an unseren *neeb* glauben.« (Das Wort *neeb*, oder heilender Geist, wird häufig als Abkürzung für *ua neeb kho* verwendet, ein schamanistisches Ritual, das von einem *txiv neeb* durchgeführt wird. Während eines Tieropfers kann dessen Seele gegen die herumirrende Seele des Kranken eingetauscht werden.) »Die Ärzte können einige Krankheiten in Ordnung bringen, bei denen es um den Körper und das Blut geht, doch wir Hmong glauben, daß einige Menschen wegen ihrer Seele krank werden und dann spirituelle Dinge nötig haben. Für Lia war ein wenig Medizin und ein wenig *neeb* gut, aber nicht zuviel Medizin, weil diese die Wirkung des *neeb* schmälert. Wenn wir ihr ein wenig von beidem gaben, wurde sie nicht so krank, doch die Ärzte ließen nicht zu, daß wir ihr nur ein wenig Medizin gaben, weil sie das mit der Seele nicht verstanden.«

Ein anderes Mal erklärte Nao Kao während einer dieser Nachtsitzungen, daß Hmong häufig durch die Begegnung mit bösartigen *dabs* erkrankten, daß die Ärzte aber auch das nicht begriffen und ihre Patienten daher nicht wirkungsvoll behandeln könnten. »Ich geb dir ein Beispiel«, sagte er. »Es gibt hier einen Mann namens Mr. Xiong, und der hat einen Sohn, der am Bear Creek schwimmen ging.« Bear Creek ist ein kleiner, schlammiger Fluß, der durch den Applegate Park nördlich von Merced-Zentrum fließt. »Und während Mr. Xiongs Sohn schlief, näherte sich ihm der *dab*, der am Bear Creek lebt, kam auf ihn zu, sprach mit ihm und machte ihn krank und rastlos und verrückt. Die Ärzte und Schwestern in Merced gaben diesem jungen Mann Spritzen und Medizin, und der junge Mann haßte die Ärzte und Schwestern, weil sich diese Art von Krankheit nur heilen läßt, wenn man einen Hund opfert, und dieses Land verbietet dir, einen Hund zu töten.« Foua erzählte mir, sie sei erst in der vorigen Woche am Kreisstausee von einem *dab* erwischt worden. Sie merkte es daran, daß sie Angst bekam, als sie zu Hause angelangt war, und weil sie spürte, daß ein *dab* in der Nähe war, wenn sie die Augen schloß. In dieser Nacht ließ sie überall das Licht an, um den *dab* zu verscheuchen. Sie wurde nicht krank. (Einige Monate später sollte ich erfahren, daß sich die *dabs* von Merced nicht nur auf ein natürliches Umfeld beschränkten. Chong Moua, eine Hmong, die einmal die Woche Bill Selvidges Haus putzte, erzählte mir, daß jeder Hmong in der Stadt von einem *dab* wisse, der an der Kreuzung Highway 99, Ecke G Street lebe. Dieser *dab* verursache gern Autounfälle, indem er Hmong-Fahrer in den Schlaf fallen lasse oder die Wagen der entgegenkommenden Amerikaner unsichtbar mache.)

Je mehr Zeit ich mit den Lees verbrachte, desto energischer nahm sich Foua meiner an. Sie brachte mir bessere Manieren bei, indem sie mich mit Hilfe von May Ying lehrte, wie man »Bitte« und »Danke« auf hmong sagt. Als sie erfuhr, daß ich gelegentlich Kopfschmerzen bekam, gab sie mir genaue Instruktionen, wie ich sie zu behandeln hätte. Ich sollte eine in Ei getunkte Münze über meinen ganzen Körper reiben. Ich glaube, Foua war enttäuscht, daß ich nie in ihrer Wohnung eine solche Kopfschmerzattacke bekam, die sie dann an Ort und Stelle hätte kurieren können.

Als Foua mich ein knappes Jahr kannte, beschloß sie, mich unter die Haube zu bringen. Bei den Hmong gibt es die Redewendung »eine Blume voller Honig, bereit für die Biene«, mit der ein heiratsfähiges Mädchen von fünfzehn oder sechzehn Jahren bezeichnet wird. Ich war fünfunddreißig und somit schon seit zwei Jahrzehnten für die Biene bereit. Als mein Freund zu Besuch nach Merced kam, erkannte Foua, daß sie nun endlich die Gelegenheit erhielt, etwas gegen diesen entsetzlichen Zustand zu unternehmen. Sie plante, ohne mich zuvor einzuweihen, mich als Hmong-Braut zu verkleiden, und auf diese Weise so zu verwandeln, daß ich – da war sie sich sicher – unwiderstehlich werden würde.

Meine Verwandlung fand an einem glühendheißen Sommertag statt. Aus einem zerbeulten Koffer, den sie im hinteren Teil ihres Schranks aufbewahrte, holte Foua Stück um Stück den kostbaren *paj ntaub* heraus (*paj ntaub*, was übersetzt »Blumenstoff« bedeutet, ist ein traditionelles Textilkunsthandwerk der Hmong, bei dem geometrische oder organische Muster – Spinnennetze, Widderköpfe, Tigeraugenbrauen, Elefantenfüße – in Form von Stickereien, Batik, Applikationen und Applikationsstickereien in den Stoff gearbeitet werden. In Laos hieß es, der Hmong-Mann schätze besonders zwei Eigenschaften an einer Frau: ihre Gabe, Gedichte zu rezitieren, und ihr Geschick beim *paj ntaub*). Foua hatte diese Kleidung für ihre Töchter angefertigt. Sie stellten den Löwenanteil des Familienvermögens dar.

Mit Hilfe von May Ying Xiong und May, der vierzehnjährigen und damit ältesten noch im Hause Lee lebenden Tochter, kleidete mich Foua wie eine Puppe. Ich war ihnen völlig ausgeliefert, da ich keine Ahnung hatte, welches Kleidungsstück als nächstes an die Reihe kam und welchen Teil meines Körpers es schmücken sollte. Zuerst hob Foua eine *phuam* auf, eine mindestens sechs Meter lange Schärpe in schwarz und rosa, und wickelte sie um mich herum wie ein Band um einen Maibaum. Die Schärpe bezweckte das genaue Gegenteil eines Korsetts: Sie sollte mich runder aussehen lassen, mich in eine gesunde Hmong-Bäuerin verwandeln, die in der Lage ist, schwere Bündel Reis zu tragen. Auf die *phuam* folgte der *tiab*, ein Rock in rosa, grün und gelb mit ungefähr fünfhundert Falten, der glattgestrichen breiter gewesen wäre, als ich groß bin. Die Kreuzstichstickerei auf dem Rock war so kunstvoll, daß sie wie Perlenstickerei aussah. May Ying erzählte mir später, daß Foua für diesen Rock wahrscheinlich gut zwei Jahre gebraucht habe, und daß es sie mehrere Stunden kosten würde, jede einzelne Falte wieder mit Garn festzunähen, um den Rock verstauen zu können. Über den Rock wurde mir eine rosafarbene *sev* aus Brokat umgebunden, eine Art Schürze, deren *paj ntaub*-Arbeit durch amerikanische Raffinesse – Plastikfolie – geschützt wurde. Oben herum trug ich eine blau-schwarze Jacke, genannt *tsho* (dasselbe Wort, wie es die Hmong für »Plazenta«, die erste Kleidung eines Menschen, benutzen), und vier *hnab tshos*, beutelähnliche Taschen, mit herabbaumelnden Silbermünzen verziert, die mir wie Patronengürtel umgelegt wurden und eine Tonne wogen. An meinem Hals befestigten sie eine fünfstrangige Kette aus Silber; meine Waden umwickelte May Ying mit schwarzen Wickelgamaschen, genannt *nrhoob*. Und auf meinen Kopf setzte Foua vorsichtig das krönende Prachtstück: einen *kausmom*, eine Kopfbedeckung in rosa, gelb und grün, die mit einem eigenen Satz Silbermünzen geschmückt war, die Form einer Pagode hatte und bei jeder Bewegung klingelte.

Währenddessen sah sich mein Freund George nebenan in dem klimatisierten Wohnzimmer mit Nao Kao einen Boxkampf im Fernsehen an und fragte sich, was ich wohl tat. Weder er noch Nao Kao sprachen auch nur ein Wort der jeweils anderen Sprache, doch sie kommunizierten gleichwohl in der Universalsprache der Männer, indem sie Hiebe in die Luft verteilten und anerkennende Grunzlaute von sich gaben. Als ich aus dem Schlafzimmer auftauchte, war George schlicht sprachlos. Nicht, daß er mich unbedingt *gut* aussehend fand. Dennoch müssen Fouas Anstrengungen irgendwie das Gewünschte bewirkt haben, denn eine Woche später fragte mich George, ob ich ihn heiraten wolle. Als wir Foua erzählten, wir seien verlobt, zeigte sie sich nicht im geringsten überrascht.

Als ich Foua später wegen ihrer kunstvollen Handarbeit Komplimente machte, sagte sie ganz sachlich: »Ja, meine Freunde sind stolz auf mich wegen meines *paj ntaub*. Die Hmong sind stolz auf mich.« Das war das einzige Mal, daß ich sie je etwas Freundliches über sich selbst sagen hörte. Ansonsten hatte ich noch nie eine Frau getroffen, die ihr Licht derartig unter den Scheffel stellt. Eines Abends, als Nao Kao ausgegangen war, sagte sie ganz unvermittelt: »Ich bin sehr dumm.« Als ich sie fragte, warum sie dies glaube, antwortete sie: »Weil ich hier nichts weiß. Ich kann eure Sprache nicht. Das Amerikanische ist so schwer; man kann so viel fernsehen wie man will, danach kann man es immer noch nicht. Ich kann das Telefon nicht benutzen, weil ich die Zahlen nicht lesen kann. Wenn ich eine Freundin anrufen will, erklären mir meine Kinder, wie das geht, und ich vergesse es wieder, und dann erklären sie es mir wieder, und ich vergesse es wieder. Meine Kinder sind diejenigen, die ins Geschäft gehen, um Lebensmittel zu kaufen, weil ich nicht weiß, was in den Packungen ist. Einmal im Krankenhaus ging ich zur Toilette, und der Gang führte hierhin und dorthin und hierhin und dorthin, und ich wußte nicht, wo ich langgehen sollte, und ich konnte nicht mehr zurückfinden, weil ich zu viele traurige Dinge erlebt habe und mein Kopf nicht mehr ganz in Ordnung ist.«

Als ich entgegnete, daß ich mindestens ebenso große Schwierigkeiten hätte, mich in ihrem Dorf in Laos zurechtzufinden wie sie im MCMC, sagte Foua: »Vielleicht, aber in Laos war es einfach. Ich konnte nichts, außer Land bebauen.« Ich wandte vorsichtig ein, diese Aufgabe könne gar nicht so leicht gewesen sein, wie sie behaupte, und bat sie, mir einen normalen Tagesablauf in Houaysouy zu beschreiben, dem Dorf in der nordwestlichen Provinz Sayaboury, in dem die Lees gelebt hatten. Sie neigte den Kopf ein wenig zur Seite und dachte kurz nach. Dann sagte sie: »In der Jahreszeit, in der die Reisfelder bestellt werden, stehst du mit dem ersten Hahnenschrei auf. In anderen Jahreszeiten kannst du auch mit dem zweiten oder dritten Hahnenschrei aufwachen. Selbst beim dritten Hahnenschrei ist die Sonne noch nicht aufgegangen, und es ist dunkel, so daß du zuallererst eine Lampe anzündest. Die Lampe sieht so aus.« Foua ging in die Küche und kam mit einer oben abgeschnittenen und mit Öl gefüllten Dose zurück, in der ein selbstgemachter Docht aus Stoff schwamm. »Wenn in Merced die Elektrizität ausfällt, benutzen wir immer noch so eine Lampe«, sagte sie.

»Zunächst kochst du den Reis für deine Kinder«, fuhr sie fort. »Dann machst du das Haus mit einem Besen sauber, den du selbst gebunden hast. Nachdem du fertig gefegt hast, gehst du los, um wildes Gras für die Schweine zu schneiden, und dann schneidest du noch etwas für die Kühe, und dann fütterst du die Schweine und die Kühe und die Hühner. Dann gehst du zu den Feldern. Du trägst das Baby auf dem Rücken, und wenn du zwei Kinder hast, trägt dein Mann auch eines auf dem Rücken, und wenn du viele Kinder hast, kannst du die kleineren zu Hause bei den älteren lassen. Unsere Eltern bauten Opium an, doch wir nur Reis und auch Paprika, Mais und Gurken. Wenn die Saatzeit kommt, machst du ein Loch in die Erde, und zwar so.« Sie ging wieder in die Küche und kam schließlich, nachdem sie ein wenig herumgekramt und etwas gesucht hatte, womit sie die Arbeit mit einem Setzholz veranschaulichen konnte, mit einer leeren Rolle Haushaltspapier zurück, mit der sie sodann im Abstand von etwa dreißig Zentimetern Löcher in den braunen Auslegeteppich im Wohnzimmer bohrte. »Genau so. Dann tut man die Samen in die Löcher. Du und dein Mann machen das zusammen. Zu anderen Jahreszeiten rodet man die Felder oder erntet den Reis oder drischt und siebt den Reis oder mahlt den Mais.«

In diesem Moment kam ihre Tochter May herein, die Shorts, ein T-Shirt mit der Aufschrift TIME FOR THE BEACH und rosafarbene Ohrringe trug. May war dreieinhalb Jahre alt gewesen, als ihre Familie Laos verlassen hatte. Sie setzte sich auf den Teppich zu Füßen ihrer Mutter und hörte zu. »Von unserem Zuhause zu den Feldern war es sehr weit«, sagte Foua, »weiter als von hier zum Bear Creek. Wenn man die Felder noch bei Tageslicht verläßt, ist es dunkel, ehe man zu Hause ankommt. Wenn du zu Hause ankommst, gehst du zum Bach und holst Wasser zum Kochen und Waschen in einem Korb auf deinem Rücken.« Foua zeigte mir, wie sie diesen Lastenkorb hergestellt hatte, indem sie mir mit den Fingern vormachte, wie der Bambus um die Holzsprossen gewickelt wurde. »Du badest die Babys, indem du Wasser warm machst und es mit einer kleineren Schale über sie gießt. Die älteren Kinder können sich selbst waschen. Du holst Mais für die Hühner, und du fütterst die Schweine, und dann kochst du für deine Familie. Wir haben normalerweise einfach die Reisreste von unserem ersten Essen gegessen, mit ein wenig Gemüse, weil es bei uns nur ungefähr einmal im Monat Fleisch gab. Man kocht auf den heißen Kohlen des Feuers, und zum Braten benutzt man das Fett des letzten Schweins, das man geschlachtet hat. Der Rauch verschwindet einfach durch irgendwelche Dachritzen. Nach dem Abendessen nähst du noch etwas beim Licht der Lampe. Auf den Feldern trägst du alte, dreckige und zerrissene Kleider, aber die Kinder müssen für Neujahr gute Kleider haben, deshalb nähst du abends für sie.«

Ich bat Foua, mir ihr Haus zu beschreiben. »Es ist aus Holz, das aus dem Wald kommt«, sagte sie, »und einige Stämme sind so lang wie Telefonmasten. Das Dach ist aus Bambus. Ich habe beim Hausbau mitgeholfen. Unsere Verwandten haben auch geholfen, und dann haben wir ihnen geholfen, als sie ein Haus brauchten. Unser Haus besteht aus einem einzigen Raum, aber es ist sehr schön. Der Boden ist die Erde. Wenn du schlafen willst, nimmst du etwas Bambus, schneidest ihn auf und zersplitterst ihn in kleine Stücke, die federnd sind, und machst daraus ein Bett. Wir schlafen neben der warmen Feuerstelle, weil wir keine Decken haben. Mein Mann schläft auf der einen Seite und hält ein Baby, ich schlafe auf der anderen Seite und halte ein weiteres Baby, und die älteren Kinder wärmen sich gegenseitig.«

Während Foua mir von den Dutzenden von Pflichten erzählte, die ihre sogenannte »einfache« Arbeit in Laos mit sich brachte, ging mir durch den Kopf, daß sie, wenn sie sich selbst als dumm bezeichnete, eigentlich meinte, daß keine ihrer Fertigkeiten in den USA nützlich war – außer der Fähigkeit, ihren neun überlebenden Kindern eine exzellente Mutter zu sein. Und dann fiel mir ein, daß letztere Fähigkeit ihr von amerikanischen Behörden offiziell abgesprochen worden war, als sie Foua von Rechts wegen zur Kindesmißhandlerin gestempelt hatten.

Ich fragte Foua, ob sie Laos vermisse. Sie schwieg ein paar Sekunden und schaukelte dabei auf ihrem niedrigen Bambusstuhl vor und zurück, während ihre Tochter sie ansah und gespannt auf die Antwort wartete. Schließlich erwiderte Foua: »Wenn man an Laos und an den ewigen Hunger und an diese dreckigen und zerrissenen Kleider denkt, dann will man nicht weiter denken. Das ist hier ein großartiges Land. Man hat es bequem. Man hat zu essen. Aber man spricht die Sprache nicht. Man ist wegen der Sozialhilfe auf andere Menschen angewiesen. Wenn sie einem das Geld nicht geben, gibt es nichts zu essen, und man müßte verhungern. Was ich an Laos vermisse, ist der Geist der Freiheit, das zu tun, was man will. Du hast deine eigenen Felder, du hast deinen Reis, du hast die Pflanzen, du hast die Obstbäume. Ich vermisse dieses Gefühl des Freiseins. Ich vermisse, etwas zu haben, das wirklich mir gehört.«

# Ein wenig Medizin und ein wenig *neeb*

»Als Lia zurückkam«, erinnerte sich Nao Kao, »fuhr das Auto hier vor, und als die Tür aufging, sprang Lia einfach auf und rannte in ihr Zuhause. Ihre Schwestern und ihr Bruder waren zu glücklich, um irgend etwas zu tun. Alle gingen einfach raus und umarmten sie. In dieser Nacht war sie in unserem Bett, und wir waren so glücklich, daß sie neben uns schlief.«

Als Peggy Philp Lias schmale Krankenakte aus dem Frühjahr und Sommer 1986, der Zeit um Lias vierten Geburtstag also, noch einmal durchsah, faßte sie die ersten paar Monate nach Lias Rückkehr von den Pflegeeltern in zwei Worten zusammen: »Eher uninteressant«. Die Lees hätten dem widersprochen. Neil und Peggy hatten zuvor stundenlang und minutiös von den medizinisch kritischen Situationen in Lias Vorgeschichte erzählt, die Foua und Nao Kao mir gegenüber in nur wenigen Minuten zusammengefaßt hatten; doch jetzt hatte sich das Blatt gewendet, und eine Zeit, die aus Sicht der Ärzte ereignislos schien, entpuppte sich aus Sicht der Lees als eine der erfülltesten in Lias Leben.

Das erste, was Foua und Nao Kao nach Lias Rückkehr taten, war, ihre Heimkehr zu feiern und ihre Gesundheit mit einem Kuhopfer zu stärken. In Laos waren die meisten Hühner, Schweine, Kühe und Büffel, die von den Hmong-Familien gehalten wurden, Opfertiere, mit denen Vorfahren besänftigt oder Krankheiten geheilt werden sollten, indem die Seelen der geopferten Tiere gleichsam als Lösegeld für flüchtige Seelen angeboten wurden. Daher stand auf dem Speiseplan selbst armer Familien, die keine eigenen Tiere halten konnten, regelmäßig etwas Fleisch, da sie immer zu den *neeb*-Zeremonien, die wohlhabendere Dorfbewohner ausrichteten, eingeladen wurden. Dwight Conquergood zufolge ist die Opferung ein heiliger Akt, der mit »Respekt und Ehrerbietung« erfolgt. Er schreibt: »Die Seelen der geopferten Tiere sind kostbar und mit den Seelen der Menschen auf das engste verbunden. Tiere haben nach Ansicht der Hmong mit der Gattung Mensch wesentlich mehr gemein, als es in unserem Weltbild der Fall ist. (…) Da die Bande zwischen den Lebensseelen des Patienten und des Opfertiers so innig sind, vergleicht man sie mit dem Ehebund.« Eric Crystal, der Leiter des Zentrums für Südostasienkunde an der Universität Berkeley in Kalifornien, sieht die Sache ähnlich positiv, wenn auch nicht so hochgeistig. »Was ist schon dabei, wenn ein paar Hmong meinen, sie müßten Tiere schlachten, um die richtige Art von Opfer darbringen zu können?« lautete seine rhetorische Frage. »Warum eigentlich nicht? So etwas geschieht, weil Menschen im allgemeinen die für sie wichtigen religiösen Ereignisse dadurch begehen, daß sie sich mit ihren Verwandten treffen; und in unserer Welt ist es geradezu unmöglich, eine ganze Horde Verwandter zusammenzutrommeln, ohne ihnen etwas zu essen anzubieten – ob man nun in irgendeinem Dorf in Laos oder in Manhattan lebt. Also erklärt man das Geschehen für heilig. Das ganze Tier wird dargeboten, und das ganze Tier wird aufgegessen. Ich meine tatsächlich das *ganze* Tier, 98 Prozent davon, mitsamt Eingeweiden und allem, auf sehr umweltverträgliche Art. Amerikaner schmeißen unheimlich viel Fleisch weg. Außerdem kehren wir irgendwie die Tatsache unter den Teppich, daß man die Tiere ja erst töten muß, bevor man sie essen kann. Tatsächlich kann es für viele Amerikaner schockierend sein, wenn sie herausfinden, daß ihrer Hühnchenbrust zu 1,99 Dollar das Pfund in der Verarbeitungsfabrik erst einmal die Kehle durchschnitten werden mußte. Und erst *recht* geschockt sind Amerikaner, wenn sie erfahren, daß die Hmong so etwas in ihren eigenen vier Wänden erledigen.«

Während des letzten Jahrzehnts haben schockierte Amerikaner auf Tötungsrituale, die Anhänger anderer Religionen praktizieren, mit gesetzlichen Sanktionen reagiert. In Merced opferte nahezu jede Hmong-Familie, die ich kennenlernte, mit schöner Regelmäßigkeit Tiere. Dennoch hatten die meisten amerikanischen Einwohner von Merced bis Mitte der neunziger Jahre wenig Ahnung von dem, was geschah.

Bei den Hmong gibt es die Redewendung *yuav paim quav*, was so viel heißt wie: letztlich kommt die Wahrheit doch ans Licht. Wörtlich bedeutet es: »Kot wird am Ende ausgeschieden.« Ich wußte, daß es nur eine Frage der Zeit war, bis im Hinblick auf die Tieropfer der Hmong der Kot zum Vorschein kommen würde. Und tatsächlich wurde den Einwohnern von Merced – alarmiert durch einen in einem Lokalblatt erschienenen Bericht über ein Hundeopfer in Fresno – im Jahre 1996 allmählich klar, daß derlei wahrscheinlich auch in *ihrer* Stadt geschah. Die Tatsache, daß die Tiere dabei schnell und sauber geschlachtet wurden und man ihnen – im Gegensatz zu den Produkten der Fleischverarbeitungsindustrie – auch für ihre Dienste dankte, konnte dieses scheinbar abartige Verhalten keineswegs entschuldigen. Es folgte eine Verordnung, die das Schlachten von Vieh und Geflügel innerhalb der Stadtgrenzen verbot. Für die meisten Hmong wog die Notwendigkeit, kranke Familienmitglieder zu heilen, weitaus schwerer als ein bloßer Gesetzesanspruch, so daß sie sich nicht darum scherten. Nur wenige Nachbarn waren indiskret genug, sie anzuzeigen. Gleichwohl wurden die Gerüchte über das seltene Vorkommen von Hunden und Katzen im Südteil von Merced, die bisher nur *sotto voce* kursiert waren, immer lauter.

Die Gerüchte waren haltlos, doch das brachte sie nicht zum Verstummen. Die Hmong in Merced opfern keine Hunde, von denen sie wissen, daß sie durch amerikanisches Recht und Brauchtum geschützt sind, obwohl einige – wie etwa das Opfer des *dab* am Bear Creek, von dem mir Nao Kao erzählt hatte – wahrscheinlich wünschten, sie dürften es. Allerdings opfern sie regelmäßig Schweine und Hühner, die sie lebend von amerikanischen oder Hmong-Bauern kaufen. Eine Kuh zu opfern, wie es die Lees taten, ist ein seltenes und bedeutsames Ereignis. Es war dies das erste Mal seit ihrer Ankunft in den Vereinigten Staaten sechs Jahre zuvor. Lias Kuh kostete 300 Dollar, ein schwindelerregender Preis für eine neunköpfige Familie, die von 9480 Dollar im Jahr plus Essensmarken lebt. Als ich Nao Kao fragte, woher das Geld stamme, sagte er: »Lia hatte ihr eigenes Geld vom Staat.« Ich brauchte einen Moment, bis ich begriff: Er hatte die Opferkuh mit Lias Sondersozialeinkommen von dreieinhalb Monaten gekauft.

Da Nao Kao keine Möglichkeit hatte, eine lebende Kuh zur East 12th Street zu transportieren, kaufte er sie von einem amerikanischen Farmer, der in der Nähe von Merced lebt, ließ sie schlachten und schnitt sie mit Hilfe einiger Clanmitglieder in Stücke, die so klein waren, daß sie in Mülltüten gepackt werden und im Kleinwagen seines Cousins verstaut werden konnten. Nach ihrer Rückkehr machte sich ein *txiv neeb* zu den Klängen seines eigenen rituellen Sprechgesangs auf die Reise in das Reich des Übersinnlichen. Während er sang, lag der abgetrennte Kopf der Kuh vor dem Hauseingang der Lees, um Lias Seele willkommen zu heißen. Als ich die Lees fragte, ob dieser Anblick Amerikaner, die womöglich vorbeigekommen wären, wohl überrascht hätte, sagte Foua: »Nein, ich glaube nicht, daß sie überrascht gewesen wären, denn es lag ja nicht die ganze Kuh auf der Vortreppe, sondern nur der Kopf.« Nao Kao fügte hinzu: »Die Amerikaner fänden außerdem nichts dabei, weil wir für die Kuh eine Quittung hatten.«

Nachdem der zeremonielle Teil des *neeb* beendet war, nahmen die Lees mit den vielen Verwandten, die sie eingeladen hatten, Platz und verspeisten ein großes, festliches Mahl mit gebratenem Rind, gekochtem Rind, einem pikanten Rinderhackgericht namens *laab* und einem sogenannten *kua quav*, einem Eintopf. Als ich May Ying fragte, was *kua quav* sei, sagte sie: »Es besteht aus den Gedärmen der Kuh und dem Herz und der Leber und den Lungen, und das wird alles ganz klein gehackt; und dann gehört noch dazu, was in den Gedärmen ist, und das wird auch klein gehackt. Das wird alles zusammen aufgekocht, und dann kommen noch Zitronengras und Gewürze dazu. Es hat einen echt schrecklichen Namen, wenn man es übersetzt. Ich denke, man könnte es vielleicht, ähm, Ka-Ka-Suppe nennen.« (Wörtlich übersetzt heißt *kua quav* flüssige Exkremente.) »Es ist etwas ganz Typisches.«

Die festliche Stimmung der ersten paar Tage nach Lias Heimkehr verflog allmählich, als sich bei den Lees mit jeder Woche der Eindruck verstärkte, daß das Kind, das man ihnen genommen hatte, in einem beschädigten Zustand zurückgegeben worden war. May Lee zufolge war Lia einmal in der Lage gewesen, auf englisch und hmong zu zählen, und sie kannte die Melodien und Texte aller traditionellen Neujahrslieder der Hmong. »Bevor die Amerikaner sie fortnahmen, war Lia richtig aufgeweckt«, meinte Nao Kao. »Wenn man durch die Tür kam, sagte sie ›Hallo‹ und brachte einem einen Stuhl. Aber nach diesen Monaten als Regierungseigentum, ich weiß nicht, was sie mit ihr gemacht haben. Vielleicht haben sie ihr zuviel Medizin gegeben, oder vielleicht ist sie krank geworden, weil sie uns zu sehr vermißt hat, denn wenn seitdem Leute zu Besuch kommen, scheint es, als würde sie sie nicht kennen, und sie konnte auch nur noch wenig reden.« Die Lees hatten den Eindruck, das Jugendgericht habe ihnen Lia zurückgegeben, weil sich ihr Zustand bei den Pflegeeltern verschlimmert hatte, ein eindeutiger Beweis also für die Überlegenheit der elterlichen Pflege.

Als ich Neil und Peggy davon erzählte, waren sie überrascht. Auch ihnen waren die zunehmenden Entwicklungsdefizite an Lia aufgefallen. Sie meinten jedoch, ihr geistiger Niedergang habe bereits seinen Anfang genommen, bevor sie der elterlichen Obhut entzogen worden war, habe sich dank der regelmäßigen Medikamenteneinnahme bei den Pflegeeltern kurzfristig aufhalten lassen, um dann nachhaltig beschleunigt zu werden durch die Anfälle, die Lia im September 1985 nach ihrem katastrophalen einwöchigen Besuch zu Hause erlitten hatte, als ihre Eltern ihr keinerlei Medikamente gegeben hatten. Neil und Peggy zeigten sich noch überraschter – und auch bestürzt –, als sie erfuhren, daß die Lees glaubten, Lia sei ihnen nicht etwa zu Lias eigenem Wohl weggenommen worden, sondern »weil die Ärzte uns« wegen mangelnder Kooperation »böse waren« und sie, die Eltern, bestrafen wollten. Und als ich Neil und Peggy erklärte, daß Foua und Nao Kao ihre eigene Bereitschaft, nach dem Motto »ein wenig Medizin und ein wenig *neeb*« den Weg der Mitte einzuschlagen, äußerst entgegenkommend fanden, während sie die Ärzte für völlig kompromißlos hielten, schüttelten Neil und Peggy nur noch verwundert und konsterniert den Kopf.

Um zu verhindern, daß sich Lias Zustand weiter verschlechterte, intensivierten die Lees ihren traditionellen Therapieplan. Oft bekam ich mit, wie die Ärzte des MCMC darüber klagten, die Hmong seien im Vergleich zu Amerikanern offenbar wesentlich weniger daran interessiert, daß sich ihre kranken Kinder erholen, sonst würden sie ja die kostenlose Gesundheitsversorgung des Krankenhauses nicht einfach ausschlagen. Doch ohne daß die Ärzte davon erfuhren, nahmen die Hmong die Gesundheit ihrer Kinder tatsächlich so ernst, daß sie häufig einen großen Teil ihrer Sozialhilfe aufwandten oder sich bei Verwandten verschuldeten, um teure Behandlungen, die nicht von Medi-Cal gedeckt wurden, zu finanzieren. So gaben die Lees beispielsweise 1000 Dollar für Amulette aus, die mit geheiligten Heilkräutern aus Thailand gefüllt waren und die Lia stets um den Hals trug. Sie versuchten es auch mit einer Reihe weniger kostspieliger, dafür um so zeitaufwendigerer Therapien. Foua tat eine Silbermünze, auf der »1936 Indochine Française« stand, in das Eigelb eines gekochten Eis, legte das Ei in ein Tuch und rieb Lias Körper damit ab; färbte sich das Ei schwarz, bedeutete es, daß die Krankheit absorbiert worden war. Sie massierte

Lia mit der Höhlung eines Löffels. Sie saugte den »Druck« aus Lias Körper, indem sie eine kleine, mit Asche erwärmte Tasse auf ihre Haut drückte, wobei in der luftdicht verschlossenen Tasse durch das Abkühlen der Restluft kurzzeitig ein Vakuum entstand. Sie kniff Lia, um schädliche Winde herauszubringen. Sie verabreichte Lia Aufgüsse ihrer Ausbeute aus ihrem Kräutergarten auf dem Parkplatz. Und schließlich wollten Nao Kao und Foua Lias Namen in Kou umändern. Sie griffen damit zu dem letzten Heilmittel der Hmong, die davon ausgehen, daß man einem *dab*, der die Seele der Kranken gestohlen hat, vorspiegeln kann, sie sei eine andere, so daß er ihre Seele zurückkehren läßt. Foua meinte, dieser Plan sei fehlgeschlagen, weil die Ärzte Lia weiterhin hartnäckig Lia nannten und dadurch das Täuschungsmanöver auffliegen ließen.

Das ehrgeizigste Heilprojekt der Lees war ihre Reise mit Lia zu einem berühmten *txiv neeb* in Minnesota. »Wir hatten gehört, dieser *txiv neeb* sei etwas ganz Besonderes, weil er Leute in Ordnung bringen kann und gute Medizin gibt«, erklärte Nao Kao in dem ehrfurchtsvollen Ton, in dem man von einem berühmten Spezialisten spricht, für dessen Behandlung in einem Renommee-Krankenhaus man weder Kosten noch Mühen gescheut hat. »Als dieser *txiv neeb* jünger war, war er selbst krank geworden an derselben Geschichte wie Lia, wo der Geist dich packt und du zu Boden stürzt. Bei den Hmong ist es so, daß sie normalerweise diese Krankheit bekommen, bevor sie ein *txiv neeb* werden, und vielleicht wäre Lia, wenn sie groß geworden wäre, dasselbe passiert, und sie wäre ein *txiv neeb* geworden. Dieser *txiv neeb* gehört außerdem dem Lee-Clan an, und deshalb haben wir Lia nach Minnesota gebracht.«

Nao Kao, einer seiner Brüder, eine seiner erwachsenen Töchter, sein Schwiegersohn und Lia benötigten drei Tage für die Fahrt nach Minnesota. »Der *txiv neeb* band Lia Geisterbänder um das Handgelenk und gab ihr ein wenig grüne Medizin, die aus Wurzeln und so etwas gemacht war. Ein Teil davon war gekocht, und man trinkt den Saft, und einen Teil kocht man, bis er kristallisiert, und er wird richtig klebrig, und wenn er getrocknet ist, ißt man ihn.« Die drei Familienmitglieder, die sie begleitet hatten, blieben in Minnesota bei Verwandten, während Nao Kao mit Lia nach Hause flog, voller Zuversicht, daß es Lia bald dauerhaft gut ginge.

Einmal fragte ich Bill Selvidge, warum die Ärzte in Merced ihre Hmong-Patienten offenbar nie fragten, wie *sie* eigentlich ihre Krankheiten behandelten. Er erwiderte, der Gedanke, die Hmong könnten esoterische Heilkünste anwenden, käme seinen Kollegen einfach gar nicht – und ihm auch nur selten –, weil die Hmong zumindest annähernd wie Amerikaner gekleidet seien, Führerscheine hätten und im Supermarkt einkauften. »Wenn man in den Regenwald gehen und mit den Yanomamo sprechen würde«, sagte er, »wäre man erstaunt, wenn sie *nicht* mit irgendwelchen phantastischen Geistergeschichten daherkämen. Man wäre verblüfft, wenn sie dasäßen und sagen würden, was weiß ich: ›Wo ist das Penicillin für meine Eiterflechte?‹ Aber wenn man sie hierher verpflanzte, so wie die Hmong hierhergekommen sind, und man sie entsprechend kleidete, und sie hätten ein Auto und kämen ins MCMC – man würde einfach keine Geistergeschichten mehr erwarten.«

Neil und Peggy hatten keine Ahnung, was die Lees zu Lias Heilung unternahmen, weil es ihnen nie in den Sinn gekommen war, sich danach zu erkundigen. Die einzige Amerikanerin, die sich erkundigte und deshalb von den teuren Amuletten und von zumindest einigen der Tieropfer erfuhr, war Jeanine Hilt. Ich hätte gedacht, daß die Lees den Großteil ihres Grolls auf Jeanine richten, eine offizielle Vertreterin ebenjener Behörde, die ihnen ihre Tochter entwendet hatte. Doch im Gegenteil: Die Lees stuften sie nicht als Lias Entführerin ein, sondern als ihre Beschützerin, als »die Person, die Lia ihr Invalidengeld besorgte«. Neben Dee Korda war Jeanine die einzige Amerikanerin, die die Lees mir gegenüber nicht als mundfaul und beschränkt beschrieb; es war kein Zufall, daß sie auch die einzige Amerikanerin war, die von Foua und Nao Kao in meiner Gegenwart beim Namen genannt wurde. Sie nannten sie Jenny. Jeanine lernte ihrerseits die Namen aller acht Geschwister von Lia: Chong, Zoua, Cheng, May, Yer, True, Mai und Pang. Verglichen mit den beiden Olympiern, den Drs. Ernst und Philp, die nie ihre Vornamen preisgaben, machte Jeanine einen warmherzigen und natürlichen Eindruck. Auch ihre Figur – ein Meter fünfundfünfzig und gemütlich rund – entsprach eher den Maßen der Hmong. Neil und Peggy waren einen Meter neunzig beziehungsweise einen Meter fünfundsiebzig groß und schienen wegen ihrer einwandfreien Körperhaltung sogar noch größer zu sein. Jeanine hatte auch mehr

Glück damit, die Kommunikationswege störungsfrei zu halten, unter anderem weil sie als Sozialarbeiterin Hausbesuche machen konnte. (In all den Jahren, in denen sie mit den Lees in Verbindung standen, besuchte Neil sie nie zu Hause und Peggy nur einmal.) Außerdem war sie so klug gewesen, May, die am stärksten amerikanisierte der Lee-Töchter, zu ihrer Dolmetscherin zu machen. Deren Englisch, das sie – wie meine Dolmetscherin May Ying Xiong auch – auf einer amerikanischen High-School gelernt hatte, war nicht nur sehr gut und im Hinblick auf Grammatik und Wortschatz besser als das nahezu aller anderen erwachsenen Hmong, Foua und Nao Kao konnten May auch noch, nachdem Jeanine gegangen war, sooft wie nötig fragen: »Erklär noch mal, was Jenny gesagt hat.«

Jeanines Einfühlungsvermögen wurde im Fall der Lees womöglich durch zwei Faktoren begünstigt: Sie wußte, wie es ist, mit einer chronischen Krankheit zu leben, da sie selbst an schwerem Asthma litt. Und sie bewunderte die engen Familienbande der Hmong, weil die Beziehung zu ihrer eigenen Familie, die den fundamentalistischen Christen zugehörte, seit vielen Jahren sehr angespannt war, nachdem diese Familie erfahren hatte, daß Jeanine in einer lesbischen Beziehung lebte. Sie hatte keine eigenen Kinder. Im Gegensatz zu den Krankenschwestern im MCMC, die in Lia eine Last und eine Nervensäge sahen, fand Jeanine sie entzückend. »Ich habe mich einfach total in sie verliebt«, erinnerte sich Jeanine. »Lia war nicht eines dieser durchschnittlichen Kinder, die anständig mit ihrem Spielzeug spielen und, was weiß ich, all die richtigen Dinge tun. Sie schwirrte herum wie ein kleiner blauer Brummer, völlig außer Rand und Band und wild und unsozialisiert, aber – na ja, eben wahnsinnig süß. Körperlich gesehen fand ich sie sehr attraktiv. Sie war unheimlich süß und knuddelig. Ich meine, dieses Kind konnte dich umarmen wie sonst kein anderes Kind.«

Jeanines Verwicklung in Lias Fall eskalierte rasch von einem beruflichen Engagement zu einer Art Besessenheit. Ein typischer Hilt-Brief, der mit fröhlichem Übereifer an Judith Eppley gerichtet war, eine Beraterin in einem Amt für Entwicklungsbehinderte in der Gegend, lautete wie folgt:

Betrifft: Lia Lee
Liebe Judy,
bitte schicken Sie mir Kopien sämtlicher psychologischer, neurologischer Gutachten, Auswertungen, Berichte, Notizen, Eindrücke, Studien, Überprüfungen, Überlegungen, Bewertungen, Meinungen etc. über das oben genannte minderjährige Kind. Ich hoffe, damit ist alles abgedeckt. Vielen Dank für Ihre Hilfe!
Mit freundlichen Grüßen
Jeanine Hilt
Sozialarbeiterin

In Neils Augen war Jeanine eine »unglaubliche Nervensäge«. Er erinnerte sich an unzählige Male, die sie ihn nach Informationen über Lia gelöchert oder ihn mit ihren Bitten genervt hatte, den Lees medizinische Hilfsmittel zu verschreiben, die er für überflüssig hielt (wie etwa ein elektronisches Fieberthermometer). Jeanine hoffte, Foua mit Hilfe von Mays Zahlenkenntnissen die Verwendung dieses Fieberthermometers beibringen zu können. Ihren Bitten mußte immer »*sofort*« entsprochen werden und ohne zusätzliche Kosten für die Lees.

Unter anderem sorgte Jeanine dafür, daß Lia dreimal die Woche mit einem Bus in ein Zentrum für geistig und körperlich behinderte Kinder gebracht wurde. Sie hoffte, in diesem Zentrum werde Lias Sozialisation gefördert. Zugleich versprach sie sich von dieser Maßnahme ein wenig Ruhe für Foua. Lias Lehrerin, Sunny Lippert, erinnerte sich: »Lia war sehr verwöhnt. Jeanine Hilt erklärte uns, ihre Familie glaube, sie kommuniziere während ihrer Anfälle mit den Göttern, und sie hätten die überschwengliche Vorstellung, sie sei eine Prinzessin. Sie kochten ihr besondere Gerichte, und was immer sie wollte, wurde getan. Lia hatte einen Charme, mit dem sie jeden um den Finger wickeln konnte. Sie war jemand, den man einfach aufheben muß, aber ich hatte eine Regel in meiner Klasse: *Keiner darf Lia auf den Arm nehmen.* Klar, kaum war sie zu Hause, sprang wieder die ganze Familie um sie herum.«

Da sie glaubte, Lias Verhaltensstörungen lägen zumindest teilweise an einer mangelnden Strukturierung des Alltags, hängte Jeanine folgenden Tagesplan an die Wand der Lees:

Lias Tagesablauf
7 – Aufwachen
  Frühstück
  Bad
8 – Medikamente
  In die Schule
13 – Aus Schule zurück
14 – Medikamente
  Mittagsschlaf
16 – Spielen
18 – Abendbrot
19 – Bad
  Schlafanzug
20 – Medikamente
  Bett

Obwohl die lesekundige May beim Entziffern des Plans half, setzte sich diese Zeiteinteilung nie ganz durch, unter anderem weil Foua und Nao Kao nicht nach der Uhr, sondern nach dem Hahnenschrei lebten. Zu den vergeblichen Mühen zählte auch eine Liste mit Anweisungen, wie Paracetamol und Valium zu verabreichen seien, wenn Lia erhöhte Temperatur hatte und dadurch Fieberanfälle drohten. Jeanine hatte unter großem Aufwand dafür gesorgt, daß diese Anweisungen ins Laotische übersetzt und in der schnörkligen laotischen Schrift festgehalten wurden, ohne zu realisieren, daß keiner in der Familie Lee Laotisch sprechen oder lesen konnte. Doch im Hinblick auf ihr dringendstes Anliegen – die Lees dazu zu bewegen, Lia die Medikamente zu verabreichen – erzielte sie einen Riesenerfolg. Bluttests bei Lia bezeugten einen konstanten therapeutischen Spiegel von Valproinsäure. Während ihrer ersten vier Monate zu Hause hatte Lia nur einen Anfall. Das war das beste Ergebnis seit ihren Tagen als Säugling. Jeanine führte diese Zeit ungewöhnlicher Gesundheit auf die Valproinsäure zurück; die Lees schrieben sie der erfolgreichen Behandlung durch den *txiv neeb* in Minnesota zu.

Im September 1986 stürzte Lia im Behinderten-Zentrum von der Schaukel, schlug mit dem Kopf auf und geriet in einen Status epilepticus, einen Zustand, den all ihre Ärzte fürchteten und in dem sich ihre

Krämpfe nicht wie sonst nach einigen Minuten von selbst lösten, sondern ununterbrochen aufeinanderfolgten, ohne daß sie zwischendurch das Bewußtsein erlangte. Unklar blieb, ob Lia stürzte, weil sie krampfte, oder ob sie krampfte, weil sie stürzte. Dessenungeachtet konnte man, als sie ins Krankenhaus gebracht wurde, aus ihren Blutwerten ersehen, daß ihr Valproinsäurespiegel ausreichend hoch war. Mangelnde Kooperation von seiten der Eltern spielte dieses Mal ausnahmsweise und nachgewiesenermaßen keine Rolle. Nao Kaos Diagnose lautete: »Die Lehrerin ließ sie von der Schaukel fallen, und als sie fiel, hatte sie Angst, und ihre Seele ging auch fort, so daß sie wieder krank wurde.« In Lias Aufnahmeprotokoll vom MCMC wird ihre Krankengeschichte als »kompliziert« und ihre Sozialanamnese als »sehr kompliziert« bezeichnet.

Neil erinnert sich an diese Einlieferung – Lias vierzehnten Aufenthalt im MCMC – als die schrecklichste, die Lia je erlebt hatte. »Sie hatte sich so gut gemacht – wirklich *sehr, sehr* gut –, und dann tauchten da diese ganzen Komplikationen auf. Sie hatte einen schweren Anfall; dieses ganze Essenszeug kam ihr hoch, und sie aspirierte eine Menge davon in ihre Lungen; sie hatte einen Atemstillstand, konnte aus eigenen Kräften nicht mehr atmen, weshalb wir sie intubieren mußten; dann verursachte der Atemtubus eine lokale Reizung der Luftröhre, doch nachdem wir ihn entfernt hatten, konnte sie nur mit Mühe atmen, so daß wir sie wieder intubieren mußten; und dann bekam sie von dieser Reizung diese ganz seltene Infektion der Atemwege. Die Eltern mußten ziemlich viel hinnehmen, eine Sauerstoffmaske, eine Menge intravenöser Zugänge, Blutabnahmen, einen arteriellen Zugang, um die Sauerstoff- und Kohlendioxidkonzentrationen in ihrem Blut zu messen, dieses ganze wirklich invasive Zeug.« Nao Kao ist dieser Aufenthalt als die Zeit im Gedächtnis geblieben, in der Lia »eine Menge Plastik an sich hatte«. Die vierzehn Nächte, die Lia im Krankenhaus verbrachte, schlief entweder Nao Kao oder Foua an ihrer Seite. Er erinnerte sich: »Die Ärzte ließen Lia sehr lange im Krankenhaus, und so wurde sie kränker und kränker.«

Neil und Peggy veröffentlichten in einer Fachzeitschrift eine Gemeinschaftsarbeit unter dem Titel »*Branhamella catarrhalis* als Erreger einer bakteriellen Tracheitis«, in der sie Lias Luftröhreninfektion erörterten. »Lia ist veröffentlicht worden!« So drückte es Neil aus, als er mir einige Jahre später den Artikel zeigte. Darin hatten sie geschrieben:

> Unser Fall zeigt ganz deutlich, daß dieser Erreger [*B. catarrhalis*] in der Lage ist, eine opportunistische Infektion in den angegriffenen Atemwegen einer pädiatrischen Patientin zu verursachen. Die nosokomiale Infektion unserer Patientin entstand höchstwahrscheinlich auf dem Boden einer lokalen Verletzung der Luftröhre, die durch einen Atemtubus und eine Veränderung der Mundflora nach parenteraler Penicillingabe zustande kam.

Nicht jeder Arzt würde freiwillig über eine nosokomiale, also eine im Krankenhaus erworbene Infektion in einer Publikation berichten, besonders wenn es, wie in diesem Fall, nicht der relativ unerfahrene Assistenzarzt, sondern er selbst war, der für die »lokale Verletzung« verantwortlich war. Die Lektüre des Artikels überzeugte mich einmal mehr von der Tatsache, daß Neil und Peggy viel mehr an der Wahrheitsfindung als an ihrem guten Ruf interessiert waren. Darüber hinaus fiel mir plötzlich auf, daß Nao Kao völlig recht gehabt hatte: Das Krankenhaus hatte Lia *tatsächlich* kränker gemacht.

Nur drei Wochen nach Lias Entlassung aus dem Krankenhaus wurde sie trotz ausreichender Medikamentenspiegel wieder mit heftigen Krämpfen und Fieber eingeliefert. Neil und Peggy waren entsetzt. »Ich war wirklich beeindruckt, daß sie mit Hilfe der Valproinsäure so gut unter Kontrolle war«, erinnerte sich Neil, »und dann hatte sie zwei Anfälle innerhalb eines Monats, und ich sagte mir, o Gott, jetzt geht das schon wieder los. Die Valproinsäure hilft nicht! Ich sah keinen Ausweg, wie ich verhindern konnte, daß ihre Anfälle schlimmer wurden. Ich weiß noch, daß wir überlegten, sie bei der nächsten Einlieferung in Narkose zu versetzen, um ihre Krämpfe zu stoppen, damit wir zumindest einen intravenösen Zugang legen konnten. Ich weiß auch noch, daß Dan Murphy und ich einige Male beratschlagt haben, ob wir es nicht mit einem chirurgischen Eingriff versuchen und einen Teil von Lias Gehirn kauterisieren sollten. Ich wußte wirklich nicht, was ich tun sollte. Ich klammerte mich an jeden Strohhalm.«

Peggy meinte: »Die Anfälle dauerten immer, immer länger. Anfänglich, da hörten sie manchmal von selbst auf, aber diese taten es nicht mehr. Es schien, als bräuchte man immer mehr Medikamente, um sie zu beenden, und wir befürchteten, daß wir eines Tages versuchen, einen intravenösen Zugang zu legen, und es klappt nicht, weil Lia so fett war und wir schon so viele ihrer Venen eingeschnitten hatten. Sie bräuchte nur lang genug zu krampfen, und ihr Gehirn wäre dahin. Anfang Herbst überkam uns allmählich ein Gefühl von drohendem Unglück. Wir sprachen oft darüber. Wir konnten uns kaum vorstellen, daß die Lia-Ära jemals vorübergehen könnte, aber ich weiß noch, wie mir der Gedanke kam, daß der Tag kommen würde. Wir warteten nur noch auf den entscheidenden Anfall.«

Neil sagte: »Ich hatte das Gefühl, als würde so ein riesiger Schneeball den Berg runtergerollt kommen und als versuchten wir, ihn da oben zu halten, aber er drückte uns einfach immer weiter runter. Ich weiß noch, wie ich mit den Eltern sprach und ihnen erklärte, daß Lias Anfälle immer heftiger und häufiger auftraten und daß sie eines Tages einen Anfall kriegen könnte, den wir womöglich nicht zum Stillstand bringen könnten. Es war so bedrückend. Ich hatte schon Alpträume, in denen genau das geschah, und ich war derjenige, der Bereitschaft hatte, und ich konnte den Anfall nicht stoppen und mußte zusehen, wie sie vor meinen Augen starb. Es gab kein Entrinnen. Es war nur eine Frage der Zeit.«

# Krieg

In einem der Volksmärchen, die 1924 von dem französischen Missionar François Marie Savina aufgezeichnet wurden, heißt es, daß die Hmong eines Tages, als sie noch in ihrer ursprünglichen Heimat im Norden lebten, wo die Tage und Nächte jeweils sechs Monate dauerten, mit einem benachbarten Stamm in Gebietsstreitigkeiten gerieten. Ihr König schlichtete den Streit folgendermaßen: Jeder Stamm sollte einen Gesandten auswählen, der während der sechs Monate zwischen Sonnenuntergang und Sonnenaufgang so weit wie möglich fortgehen und am Ende seiner Reise zum goldenen Palast des Königs zurückkehren sollte. Das Gebiet, das er dabei durchlief, sollte seinem Stamm gehören. Gelang es einem der Abgesandten nicht, den Palast rechtzeitig zu erreichen, wäre sein Stamm verpflichtet, dort zu leben, wo er sich bei Sonnenaufgang gerade befände. Als der Tag anbrach, stand der Abgesandte der Hmong auf einem hohen Gipfel. Und so kommt es, daß die Hmong seither in den Bergen leben, wo sie die ersten sind, denen die Sonne aufgeht, und die letzten, denen sie untergeht.

Hätte jener fußlahme Wanderer am Ende im Flachland gestanden, hätte das Schicksal der Hmong einen völlig anderen Verlauf genommen. Nahezu jede Facette der Geschichte und Wesensart dieses Stammes ergibt sich aus der Tatsache, daß sie Bergmenschen sind. Wie schon ein Hmong-Sprichwort sagt: »Fische schwimmen im Wasser; Vögel fliegen in der Luft; die Hmong leben in den Bergen.« In der Sprache der Hmong gibt es Dutzende von Begriffen, mit denen Berge unterschiedlicher Form, unterschiedlichen Gefälles und unterschiedlicher Höhe bezeichnet werden. »Fragt man einen Miao [Hmong] nach dem Land seiner Geburt«, schrieb Savina, »nennt er den Namen eines Berges. So-und-so heißt der Berg, auf dem ich geboren wurde, wird er antworten. Fragt man ihn, wo dieser Berg liegt, deutet er gen Norden, Süden, Osten oder Westen, statt einen darüber aufzuklären, ob dieser Berg in China, in Tongking oder in Laos liegt.« Sah sich ein Hmong gezwungen, ins Flachland hinabzusteigen, so Savina, war er leicht an seinem merkwürdigen Gang zu erkennen. »An steile, felsige Pfade gewöhnt (...) vergißt er, daß er über eine glatte, ebene Straße geht, und hebt mit jedem Schritt seinen Fuß so weit an, daß es scheint, als erklimme er eine Treppe oder habe Angst zu stolpern. Im Flachland fühlt sich ein Miao ebensowenig in seinem Element wie ein Seemann auf dem trockenen Land.«

Vor dem Krieg lebten die verschiedenen ethnischen Gruppen in Laos säuberlich getrennt, wie bei einer Schichttorte. Die Lao lebten im Flachland. Die Karen und Khmu lebten oberhalb der 50-Meter-Grenze, die Mien über 400 Metern Höhe. »Und schließlich«, schrieb Pater Jean Mottin, »in den höchsten, von den Menschen dieser Breiten besiedelten Höhen, zwischen 1000 und, wenn möglich, 2000 Metern, leben die Hmong. Wer in den höchsten und unzugänglichsten Bergen sucht, wird sie dort finden, denn das ist die Gegend, in der sie zu Hause sind!« Die Lao aus dem Flachland mögen wohlhabender, zahlreicher und politisch mächtiger gewesen sein, doch den Hmong, die auf ihre vermeintlichen Herren wie Adler auf Mäuse herabspähten, gelang es, sich ein unerschütterliches Gefühl der Überlegenheit zu bewahren. Wie schon in China blieb ihre ethnische Identität unangetastet. Dem Assimilationsdruck ließ sich leicht standhalten, da sie mit der herrschenden Kultur kaum in Berührung kamen. Sie suchten nur selten das Flachland auf, das sie »das Land der Blutegel« nannten, weil sie angesichts des häufigen Vorkommens tropischer Krankheiten in niedrigen Höhenlagen nicht ganz zu Unrecht glaubten, daß solche Besuche Krankheit mit sich brächten. Niemand mußte auf seinen Reisen ihr Gebiet durchqueren. Und obwohl sie gelegentlich von Händlern aus Yunnan aufgesucht wurden, die Silber, Stoffe, Garn, Schuhe und Kochtöpfe mitbrachten, konnten sie den Handel auf ein Minimum beschränken, weil sie autark waren. Sie bauten genügend an, um sich und ihr Vieh ernähren zu können. Mit selbstgemachten Steinschloßgewehren oder Armbrüsten aus Holz, Bambus und Hanf machten sie Jagd auf Vögel, Ratten, Affen, Gibbons, Hirsche, Wildschweine und Tiger. Sie fischten in den Bergbächen. Sie sammelten Früchte, Grünsprossen, wilde Pilze, Knollen und Bambussprossen. Während der kalten Morgenstunden sammelten sie träge Grashüpfer von den Unterseiten der Blätter ein und rösteten sie. Sie befestigten Hühnerfedern an Bienen, denen sie zu ihren Nestern folgten, räucherten sie aus, nahmen den Honig mit, sammelten die Bienenlarven und schmorten sie. Wenn sie unterwegs im Wald Durst bekamen, pflückten sie ein großes, hochgewelltes Blatt, das wie ein Gefäß geformt ist, und tranken den Tau.

Wie die meisten Menschen, die mit der Erde verbunden sind, waren die Hmong Bauern. Foua Yang erklärte mir einmal, daß jeder in ihrem Dorf dieselbe Arbeit tat, so daß keiner wichtiger war als der andere. Es gab kein Klassensystem. Da keiner lesen und schreiben konnte, fühlte sich auch keiner durch diesen Mangel in irgendeiner Weise benachteiligt oder beeinträchtigt. Alles, was die nachfolgende Generation wissen mußte, wurde mündlich weitergegeben beziehungsweise vorgelebt: wie man die Vorfahren zu verehren hat, wie man die *qeej* spielt, wie eine Beerdigung abgehalten und wie eine Geliebte umworben wird, wie man einen Hirsch aufspürt, wie ein Haus gebaut wird, wie man einen Rock bestickt, wie man ein Schwein schlachtet, wie man eine Ladung Reis siebt.

Obwohl sie genügend Reis, Mais und Gemüse für ihren eigenen Bedarf ernteten, gab es nur eine Pflanze, die die Hmong unbestreitbar besser anbauen konnten als die Lao aus dem Flachland, da sie sich für die kühlen Temperaturen und den basischen Boden des Hochlandes besonders eignete: den Schlafmohn, aus dem Opium gewonnen wird. Natürlich gibt es dazu auch eine Legende. Vor langer Zeit lebte einmal eine verruchte Hmong-Schönheit, deren Zügellosigkeit sie frühzeitig ins Grab brachte. Aus ihrem Grab wuchs eine Blume, deren Fruchtkapsel einen Saft absonderte. Sein Duft ermöglichte es jedem, der ihn einatmete, dieselbe Ekstase zu erleben, die ihre Liebhaber einst erfahren hatten. Im Traum erschien sie ihren postumen Gefolgsleuten und weihte sie in das Geheimnis des Opiumanbaus und der Opiumverarbeitung ein. Die Träume müssen außerordentlich lehrreich gewesen sein, denn seit Ende des achtzehnten Jahrhunderts, als die britische Ostindische Gesellschaft den Schlafmohn in China einführte, sind die Hmong wahre Meister im Opiumanbau und werden wohl oder übel in einen internationalen Handel hineingezogen, den sie weder geschaffen haben noch kontrollieren. In Laos wurden sie von der französischen Kolonialregierung dazu ermuntert, ihre Steuern in Form von Rohopium zu bezahlen, und stellten so die Versorgung des offiziellen Netzes lizenzierter Opiumhöhlen im Flachland sicher. Die Hmong erledigten diese Aufgabe spielend. Sie wußten, wie man den besten Boden für den Opiumanbau auswählt, indem man ihn auf seinen Kalkgehalt untersucht. Sie wußten, wie man die Mohnsamen in Maisfeldern aussäen muß, damit die jungen Pflanzen durch die Maisstiele geschützt sind. Sie wußten, wie man die Fruchtkapseln mit den dreischneidigen Messern einschneidet (nicht zu tief, damit der Saft nicht auf die Erde tropft, aber auch nicht zu flach, damit der Saft nicht in der Kapsel gefangen bleibt). Sie verstanden es zu warten, bis der ausgetretene Saft gerinnt und braun wird, wußten, wie man ihn abkratzt und in Mohnblüten oder Bananenblätter wickelt, ihn knetet und zu Ziegeln formt. In meinem Hmong-Wörterbuch werden neunundzwanzig Begriffe aufgeführt, die mit Opiumanbau und Opiumrauchen zu tun haben, vom *riam yeeb* (dem Messer, mit dem die Fruchtkapseln eingeritzt werden) bis hin zum *yeeb tseeb* (dem nadelähnlichen Werkzeug, mit dem der Opiumklumpen gehalten wird, während man ihn zum Rauchen vorbereitet). Außer den chronisch Kranken und den Älteren waren erstaunlich wenige Hmong abhängig. Opium wurde überwiegend für die zeremoniellen Trancezustände der *txiv neebs* verwendet, zur Linderung von Kopf- und Zahnschmerzen, gegen den Schmerz nach Schlangenbissen, gegen Fieber oder Durchfall und zur Erleichterung von Altersbeschwerden. Junge Abhängige, die meisten von ihnen Männer, hatten eine schwere Schande auf sich geladen. Durch ihre eingeschränkte Arbeitsfähigkeit stigmatisiert, fiel es ihnen nicht nur schwer, für sich selbst eine Braut zu finden, sie verdüsterten vielmehr auch die Heiratsaussichten ihrer Brüder und Vettern.

Die Hmong behielten kaum zehn Prozent ihrer Opiumernte für den Eigenbedarf und verkauften den Rest. Es war das einzige Anbauprodukt, das sie verkauften. Man hätte sich wohl kaum eine geeignetere Ware für den Transport durch die Berge denken können: leicht, unverderblich und von einem schwindelerregend hohen Gewichtspreis. Ein Kilo Opium kostete so viel wie eine halbe Tonne Reis. Die Satteltaschen einer einzigen mittelgroßen Ponykarawane, geleitet von einem Händler aus dem Flachland, konnten den gesamten Jahresertrag an rohen Opiumziegeln eines Dorfes fassen. Die Hmong nahmen kein Papiergeld für ihr Opium an, sondern verlangten Silberbarren oder Piaster, die sie zur Schmuckverarbeitung einschmolzen oder für die Mitgift zurücklegten. Opiumanbau bedeutete Wohlstand. Kein Wunder also, daß die ersten Missionare in Laos nach der Kollekte häufig kleine, sorgfältig eingewickelte Opiumbällchen in ihren Körben fanden. Kein Wunder ferner, daß die Eltern meiner Dolmetscherin fanden, May Ying – Opium Mohn – sei der schönste Name, den sie ihrer Tochter geben konnten.

Die Hmong bauten ihr Opium genauso an wie Reis und Mais, als Brandrodungskultur (der freundlichere, agrarwissenschaftliche Terminus lautet: Schwende). In der Trockenzeit rodeten die Frauen mit ihren Messern das Unterholz im Wald, während die Männer Bäume fällten. Dann rannten die Männer die Hänge hinunter und zündeten mit Fackeln die Rodungsstapel an. Die Flammen schlugen oft über hundert Meter in die Höhe, und der wirbelnde Rauch war meilenweit zu sehen. Sobald das verkohlte Unterholz soweit abgekühlt war, daß man sich nicht mehr verbrennen konnte, machten sich vor dem Pflanzen ganze Familien daran, die Reste fortzuräumen, und ließen nur Felsen und Baumstümpfe stehen. Beim Wanderfeldbau wird weder gepflügt noch bewässert, terrassiert oder gedüngt. Die oberste Erdschicht wird kurzfristig durch die Holzasche angereichert, nach vier oder fünf Jahren des Monsunregens jedoch restlos fortgespült, wobei der übrige Boden derart ausgelaugt ist, daß er zwanzig Jahre braucht, um sich zu regenerieren. Nach Schätzungen aus den fünfziger Jahren brannten die Hmong in Laos ungefähr sechshundertfünfzig Quadratkilometer im Jahr ab. Da im Gefolge die oberste Erdschicht fortgespült wurde, verursachten sie eine Bodenerosion von solch gewaltigem Ausmaß, daß sich der Lauf von Flüssen veränderte. Opium war in dieser Hinsicht besonders schlimm, denn auf verlassenen brandgerodeten Opiumfeldern wuchs im Gegensatz zu brandgerodeten Reisfeldern kein Wald nach, sondern dort wucherte ein rauhes Gras, genannt Alang-Alang-Gras, das selbst Tiere als Nahrung verschmähten.

Die Praxis des Brandrodungsverfahrens hängt unmittelbar mit dem Nomadentum der Hmong zusammen. Die Hmong zogen immer dann weiter, wenn die Halden von Müll und Tierfäkalien in einem Dorf unangenehm wurden oder die Menschen daran erkrankten. Drohte ein Dorf zu übervölkern, ließen sich einige Familien in nahegelegenen Satellitendörfern nieder. Die Häuser der Hmong – bestehend aus gespaltenem Bambus oder Holzbrettern, die mit Seilen und Sehnen zusammengebunden wurden – waren so gebaut, daß sie sich leicht abbauen, transportieren und wieder aufbauen ließen. Auch das Kunsthandwerk der Hmong war transportabel: keine Großplastik, sondern hochentwickelte Textil- und Schmuckarbeiten, Musik und eine Vielzahl von Geschichten und Sagen. Da sie immer in der Gruppe und nie einzeln weiterzogen, zogen ihre Clan-Struktur, ihre Religion und ihre kulturelle Identität mit ihnen und verschafften ihnen ein wesentliches Gefühl von Geborgenheit, das sie gegen fortwährendes Heimweh immunisierte.

Das Leben eines Wanderfeldbauern zeugt von dem Glauben an den unerschöpflichen Reichtum der Erde, von der Zuversicht, daß es nichts ausmacht, wenn ein Feld nicht mehr fruchtbar, ein Dorf nicht mehr gesund oder eine Gegend nicht mehr üppig ist. Wie ein Hmong-Sprichwort sagt: »Einen anderen Berg gibt es immer.« Das war beileibe keine aus Faulheit geborene Einstellung. Umzusiedeln ist nicht einfach. Als die Hmong China in Richtung Indochina verließen, hatten sie sich mit ihrer Entscheidung für die Wanderschaft auf eine Problemlösung von der denkbar anstrengendsten Art festgelegt, auf die sie in den sechziger und siebziger Jahren, als Laos während des Vietnam-Krieges zu einem Kriegsschauplatz wurde, wohl oder übel auf noch drastischere Weise zurückkommen sollten, zunächst noch innerhalb der Landesgrenzen und schließlich weit darüber hinaus.

In dem Genfer Übereinkommen von 1954, das unterzeichnet wurde, nachdem die Franzosen die Schlacht von Dien Bien Phu verloren hatten, wurden drei unabhängige Staaten auf dem Gebiet, das zuvor Französisch-Indochina war, anerkannt: Laos, Kambodscha und Vietnam, das kurzfristig in eine nördliche und eine südliche Zone geteilt wurde, die binnen zwei Jahren wiedervereinigt werden sollten. Laos sollte neutral sein. Doch dieses wirtschaftlich bedeutungslose Niemandsland, in dessen Hauptstadt 1960 eine einzige Ampel stand und das mit einem Außenhandelswert von lediglich drei Millionen Dollar aufwarten konnte (vom Opium einmal abgesehen), war durch seine strategische Lage verflucht. Mit Thailand und Burma im Westen, Vietnam im Osten und Kambodscha im Süden – alles Länder, die stärker, bevölkerungsreicher und nicht durch natürliche Hindernisse von Laos getrennt waren – war eine langfristige Neutralität Laos' unwahrscheinlich. Von den Viet-min, den nordvietnamesischen Militärs unter Ho Chi Minh, unterstützt, wurde die kommunistische Bewegung Pathet Lao in einen langen Kampf mit der antikommunistischen monarchistischen Regierung von Laos um die Herrschaft im Lande verwickelt.

Zu diesem Zeitpunkt begannen die USA, die insgeheim seit 1955 die königlichen Truppen von Laos ausbildeten, ihr Engagement zu intensivieren. An seinem letzten Tag im Amt im Jahre 1961 erklärte Eisenhower dem neugewählten Präsidenten Kennedy, wenn erst einmal Laos dem Kommunismus anheimfalle, sei es nur eine Frage der Zeit, bis Südvietnam, Kambodscha, Thailand und Burma abfielen. Kennedy war derselben Ansicht. Es gab da jedoch ein Problem: Während der Genfer Laos-Konferenz von 1961/62 hatten die Vereinigten Staaten, die Sowjetunion, Nord- und Südvietnam sowie zehn andere Nationen einem neuen Übereinkommen zugestimmt, in dem sie die Neutralität von Laos bekräftigten und sich verpflichteten, »keine ausländischen Truppen oder Militärs« dorthin zu schicken.

An dieser Stelle betraten die Hmong die Bühne. Die Vereinigten Staaten waren darauf bedacht, eine antikommunistische Regierung in Laos zu unterstützen und die militärische Nachschublinie zu unterbrechen, die die Nordvietnamesen nach Südvietnam über den Ho-Chi-Minh-Pfad unterhielten, ein Netz von Straßen und Pfaden im südöstlichen Laos, nahe der Grenze zu Vietnam. Doch wie konnten sie sich hier einmischen und zugleich zumindest den Anschein von Rechtmäßigkeit wahren? Ohne das Übereinkommen zu brechen, ließen sich vielleicht noch amerikanische Truppen nach Vietnam entsenden, nicht jedoch nach Laos. Die Antwort war ein Stellvertreterkrieg. Kennedy zerschlug den Gordischen Knoten, indem er ein Kader von CIA-Beratern – keine »fremden Truppen« zwar, aber im Rückblick eindeutig »Militärs« – losschickte, um eine geheime Guerillaarmee von Hmong-Soldaten zu rekrutieren, auszubilden und zu bewaffnen. Die Hmong-Armée Clandestine, die in der Folgezeit von den Regierungen Johnson und Nixon unterstützt wurde, zählte schließlich über 30 000 Soldaten. Diese fochten den Bodenkrieg aus, flogen Gefechtseinsätze, leiteten Luftangriffe der Piloten von *Air America*, retteten abgeschossene amerikanische Piloten, wurden mit Hubschraubern und Fallschirmen abgesetzt, um hinter der feindlichen Front zu kämpfen, trugen geheime Informationen über die Truppenbewegungen der Pathet Lao und der Nordvietnamesen zusammen, sabotierten Straßen und Brücken, pflanzten feindlichen Einheiten elektronische Sender ein, um deren Position im Falle von Bombenangriffen genau bestimmen zu können, und fingen Material auf dem Ho-Chi-Minh-Pfad ab.

Auf ihrem Höhepunkt war die Armée Clandestine weltweit das größte Unternehmen der CIA. Auf den ersten Blick scheint es verrückt, daß die CIA nicht die herrschenden Lao des Flachlandes rekrutierte, sondern die isolierteste ethnische Minderheit Laos', die zudem für ihren Mangel an nationalem Bewußtsein berüchtigt war. Die Erklärung ist sowohl in den Unzulänglichkeiten der Lao wie auch in den besonderen Fähigkeiten der Hmong zu suchen. Es gab zwar eine königliche Armee in Laos, doch ihre Soldaten hatten sich bisher nie durch besondere Kampflust hervorgetan. Es hieß, laotische Soldaten legten sofort ihre Waffen nieder, kaum daß sie angegriffen würden, oder verkauften sie auf dem Schwarzmarkt. Die Hmong dagegen, die von der CIA wie auch von den Lao als »Meo« bezeichnet wurden, hatten einen viertausend Jahre alten Ruf als wagemutige Kämpfer. In Laos hatten sie bereits während des Zweiten Weltkriegs ihr Stehvermögen als Guerillas unter Beweis gestellt, als sie während der japanischen Besatzung an der Seite der Lao und der Franzosen gekämpft, und noch einmal, als sie nach dem Krieg in ähnlicher Allianz den Viet-min standgehalten hatten. Und so konnte die CIA ein kontrarebellisches Netz von Hmong-Guerillas übernehmen, das die Franzosen zwanzig Jahre zuvor im Norden von Laos aufgebaut hatten. Als ich amerikanische Presseberichte über den Krieg las, die Anfang der sechziger bis Anfang der siebziger Jahre erschienen waren, verblüffte mich die Mischung aus Herablassung und Bewunderung, mit der darin von den Hmong die Rede war, die als edle Wilde von umwerfend aufbrausendem Temperament dargestellt wurden. »Wie bei vielen primitiven Völkern ist ihr Wort für ›Feind‹ und ›Fremder‹ ein und dasselbe, und Besucher können ebenso leicht von einem Pfeil durchbohrt wie willkommen geheißen werden.« – »Die Stammesangehörigen der Meo [sind] hartgesottene, kleine Primitivlinge mit einem besonderen Geschick für wilde Methoden wie Hinterhalte und nächtliche Überfälle.« – »Die Meos haben noch nie gezögert zu töten. Sie sind nicht nur bereit und in der Lage, Waffen zu benutzen, sondern klettern auch mit der Behendigkeit von Bergziegen die Berge rauf und runter (…), verbreiten Angst und Schrecken im Rücken des Feindes und verschwinden dann wieder in den Bergen.«

Viele Hmong hatten ihre eigenen Gründe für die Verteidigung der königlichen laotischen Regierung und die damit verbundene Zusammenarbeit mit den Vereinigten Staaten. Etwa ein Fünftel von ihnen – zumeist Mitglieder und Förderer des Lo-Clans, der in einer alten Fehde mit dem antikommunistischen Ly-Clan lag – schlug sich auf die Seite der Pathet Lao. Doch die überwiegende Mehrheit, einschließlich derer, die von der CIA direkt angesprochen wurden, unterstützte das königliche Lager, nicht etwa, weil der Kommunismus ideologisch gesehen weniger attraktiv gewesen wäre als der Kapitalismus, sondern weil ersterer ihre Autonomie stärker gefährdete. Es war eher unwahrscheinlich, daß kommunistische Landreformer dem Brandrodungsverfahren der Hmong besonders freundlich gesonnen sein würden. Da sie vor dem Zusammenbruch des kolonialistischen Indochina auf seiten der Franzosen gestanden hatten, befürchteten sie darüber hinaus Vergeltungsschläge der Nordvietnamesen, die erst kurz zuvor alte Feindseligkeiten wieder hatten aufflackern lassen, indem sie Opiumpflanzen der Hmong beschlagnahmten, um sich damit Waffen beschaffen zu können. Auch sprachen stichhaltige soziale Gründe für eine Allianz mit der Monarchie. Angesichts der Tatsache, daß die Hmong traditionell von den Lao aus dem Flachland geschnitten wurden, verhieß die Chance, Helden eines militärischen Sieges zu werden, höheres Sozialprestige. Und schließlich hatten viele Hmong ein persönliches Interesse am Krieg, da sie in den Bergen lebten, die den wichtigsten Operationsschauplatz umgaben: die Hochebene der Tonkrüge, ein Plateau im nordöstlichen Laos, das die kommunistischen Truppen aus dem Norden in jedem Fall durchqueren mußten, sollten sie versuchen, die Verwaltungshauptstadt Vientiane an der Grenze zu Thailand zu besetzen. Daß die Hmong diese strategisch wichtige Region wie ihre Westentasche kannten, blieb den amerikanischen Militärs, die sie rekrutierten, nicht verborgen. Andere Bergstämme unterstützten die Royalisten ebenfalls, doch die Hmong übernahmen den Großteil des Waffendienstes.

Die Finanzierung der Armée Clandestine (über die CIA, das Verteidigungsministerium und die US-Behörde für Internationale Entwicklung) kostete ungefähr 500 Millionen Dollar im Jahr. Die Ausgaben für den Vietnamkrieg beliefen sich auf ungefähr 20 Milliarden Dollar im Jahr. Einer der Gründe für dieses Mißverhältnis war, daß ein Gefreiter in Vietnam im Jahre 1971 zwischen 197,50 Dollar und 339 Dollar Sold pro Monat erhielt; ein Hmong-Soldat in Laos bekam dagegen durchschnittlich 2000 *kip* (3 Dollar) im Monat. Die amerikanischen Soldaten in Vietnam ernährten sich von Feldrationen (Spaghetti, Putenbraten, Eier mit Speck, Frankfurter mit Bohnen) sowie regelmäßigen Zusatzrationen an Steaks, Eiscreme und Bier; die Hmong-Soldaten in Laos aßen Reis. Amerikanische Piloten wurden nach einem Jahr beziehungsweise – wenn sie über Nordvietnam flogen – nach ihrem hundertsten Einsatz nach Hause geschickt; der berühmteste Hmong-Pilot, Leutnant Ly Lue, flog über fünftausend Einsätze, bevor er abgeschossen wurde. Die Todesrate der Hmong-Soldaten war zehnmal höher als die der amerikanischen Soldaten in Vietnam.

Die Hmong als in amerikanischen Diensten stehende Söldner zu bezeichnen, wie es oft geschehen ist, hieße zu vergessen, daß sich Söldner, ob nun aus Geldsucht oder Abenteuerlust, ihren Beruf freiwillig aussuchen. Nicht jeder Hmong aber wurde freiwillig Soldat. Einige sahen sich zum Kampf gezwungen, da die Bombardierungen im Norden von Laos sie von ihren Feldern vertrieben hatten und es keine andere Verdienstmöglichkeit gab. Einige wurden dazu genötigt. General Vang Pao, ein von der CIA unterstützter Hmong-Führer in der Armée Clandestine, soll Dörfer, die das geforderte Soldatenkontingent nicht aufbrachten, dadurch bestraft haben, daß er sie von der Lebensmittelversorgung abschnitt oder sie sogar von seinen eigenen Truppen angreifen ließ. Jonas Vangay, ein Hmong-Oberhaupt in Merced, erzählte mir, kurz nachdem ich ihn kennengelernt hatte: »Vang Pao rekrutierte mit Gewalt. Ich hatte großes Glück. Mein Vater hatte Geld, und er bezahlte vier andere Männer, damit sie für mich und meine drei Brüder in den Krieg ziehen. Vater schickte uns heimlich zur Schule, und diese vier Männer kämpften.« Jonas beließ es dabei. Erst einige Monate später, als ich ihn besser kannte, wagte ich ihn zu fragen, was mit den Soldaten geschehen war, die an seiner Stelle und der seiner Brüder gedient hatten. »Alle vier sterben«, sagte er und wechselte nach einem Augenblick des peinlichen Schweigens das Thema.

Die CIA hielt Vang Pao – nach den Worten eines zeitgenössischen Propagandafilms – für »einen charismatischen, leidenschaftlichen und engagierten Mann, einen Patrioten ohne Vaterland«. Da sie merkten, daß die Unterstützung des Opiumhandels der beste Weg war, um sich die Kooperationsbereitschaft der Hmong zu sichern, benutzte die CIA seine *Air America*-Flugzeuge, um die rohen Opiumziegel in abgelegenen Dörfern abzuholen, und richtete Vang Pao eine eigene Fluggesellschaft namens *Xieng Khouang Air Transport* ein, deren Spitznamen »Air Opium« lautete und über die das Opium von Long Tieng, der geheimen Militärbasis der Hmong im Norden von Laos, zu den Märkten in Vientiane geflogen wurde. Nachdem es dort raffineriert worden war, landete ein Großteil des Opiums in Südvietnam, wo es dazu beitrug, schätzungsweise 30 000 amerikanische Soldaten heroinabhängig zu machen. Mit einem beträchtlichen Anteil wurde die Armée Clandestine indirekt subventioniert – einer der Gründe, weshalb der Krieg so günstig war.

In den USA nannte man den Konflikt in Laos den »Leisen Krieg« – im Gegensatz zum lauten in Vietnam, dessen Eskalation den laotischen Bürgerkrieg in ein internationales Gerangel verwandelt hatte, wobei sich die Sowjetunion und die Volksrepublik China voll und ganz hinter die Pathet Lao stellten, während die USA weiterhin die königstreuen Laoten unterstützten. Doch für die Hmong war der Krieg alles andere als leise. Über zwei Millionen Tonnen Bomben wurden über Laos abgeworfen, zumeist von amerikanischen Flugzeugen, die über dem Gebiet der Hmong Angriffe auf kommunistische Truppen flogen. Neun Jahre lang erlebten die Menschen dort durchschnittlich alle acht Minuten einen Bombenangriff. Zwischen 1968 und 1972 wurden allein über der Hochebene der Tonkrüge mehr Bomben abgeworfen, als die Amerikaner während des gesamten Zweiten Weltkriegs über Europa und den Pazifik niedergehen ließen. Die Hochebene der Tonkrüge ist noch heute von Kratern durchlöchert und übersät mit amerikanischen Splitterbomben, die – da sie noch nicht detoniert sind – darauf warten, versehentlich von einer Hacke berührt oder von einem neugierigen Kind angestubst zu werden.

In späteren Kriegsjahren, als die Verluste der Hmong zunahmen, wurden immer jüngere Soldaten rekrutiert, die gegen den unaufhörlichen Strom gut ausgebildeter und jedes Jahr ausgewechselter Nordvietnamesen zu kämpfen hatten.

1960 lebten zwischen 300 000 und 400 000 Hmong in Laos. Große Uneinigkeit herrscht in der Frage, wie viele von ihnen während und infolge des Krieges umkamen, wobei die Schätzungen von einem

Zehntel bis zu fünfzig Prozent reichen. Einige davon waren Soldaten, die im Kampf fielen; die meisten jedoch Zivilisten, die durch Kanonenfeuer und Minenwerfer, Bomben, Landminen, Granaten, Massaker nach dem Krieg, Hunger und Krankheit getötet wurden. Ob eine der Todesursachen chemische Kriegsführung in Form von giftigem »gelbem Regen« war, ist häufig und sehr kontrovers diskutiert worden – ein Streitpunkt, der die Aufmerksamkeit von dem Massenmord abgelenkt hat, den die Hmong unstreitig durch konventionelle Waffen erlebt haben. Obwohl sie wesentlich weniger Menschenverluste hinnehmen mußten als die Südvietnamesen, über deren Qualen täglich in der amerikanischen Presse berichtet wurde, wurden die Hmong nahezu völlig übersehen, nicht zuletzt weil Journalisten keinen Zutritt zu Long Tieng hatten. (Als es einem amerikanischen, einem britischen und einem französischen Journalisten doch einmal gelang, sich nach Long Tieng einzuschleichen, hatte Vang Pao so große Sorge, daß sein geheimes Hauptquartier verraten würde, daß er beschloß, ihren Jeep in die Luft zu jagen, und nur mit größter Mühe von seinen CIA-Beratern umgestimmt werden konnte.) Fanden die Hmong *doch* einmal Erwähnung, dann wurde das Wesentliche, das amerikanische Engagement nämlich, ausgelassen, weil die Journalisten entweder keine Beweise hatten oder die Information zensiert worden war.

Im Norden von Laos waren neunzig Prozent der Dörfer vom Krieg betroffen – was bedeutet, daß es unter den Bewohnern Todesopfer gab, daß sie vertrieben wurden, oder beides. Ganze Dörfer flohen gemeinsam, nachdem die Truppen der Pathet Lao oder Nordvietnamesen bei nächtlichen Überfällen ihre Häuser in Brand gesteckt und ihre Oberhäupter geschlagen oder getötet hatten. Einige Dörfer wurden aufgegeben, um den versehentlichen Bombardierungen durch amerikanische oder königlich laotische Flugzeuge zu entgehen. Einige Dörfer wurden mit der *Air America* evakuiert, weil man meinte, die militärischen Erfolge der Kommunisten mindern zu können, wenn sie in den Gegenden, wo die Pathet Lao unaufhaltsam vorrückten, lediglich Land und keine Menschen in Besitz nähmen. Andere Dörfer brachen einfach zusammen, da sämtliche einsatzfähigen Männer tot oder im Krieg waren und die zurückgebliebenen Frauen, Kinder und älteren Männer nicht in der Lage waren, genügend Felder zu bewirtschaften, um sich zu ernähren. Nachdem sie gezwungen waren, ihre Wandergewohnheiten dem Krieg anzupassen, waren bis 1970 über ein Drittel der in Laos lebenden Hmong zu Flüchtlingen im eigenen Land geworden. Yang Dao, ein Hmong-Gelehrter und Berater der Regierung, schrieb damals:

> In diesen unruhigen Zeiten herrschte das totale Chaos; was es an funktionierender Regierung gab, widmete sich nur den dringlichsten Problemen. Die Hitze und der Regen sowie die mangelhafte Hygiene von Menschen, die das Leben in relativer Abgeschiedenheit gewöhnt waren, führten sehr bald zur Verbreitung von Krankheit und Epidemien und hatten verheerende Folgen für die dicht gedrängte Flüchtlingsbevölkerung, besonders für die Kinder.
> Innerhalb nur weniger Jahre wurde der südwestliche Teil der Hochebene der Tonkrüge, ein ehemals dichter grüner Urwald, durch den Tiger streiften, »urbanisiert«, unter dem Druck eines andauernden Exodus, der nichts mit einer normalen, an die Industrialisierung gekoppelten wirtschaftlichen Entwicklung zu tun hatte. Heute leben auf einem Bergstreifen von nur 50 mal 90 Kilometern Fläche insgesamt über 200 000 Menschen in Siedlungen und Militärcamps mit jeweils zwischen 500 und 30 000 Einwohnern. Der Rest der Provinz ist absolute Trostlosigkeit.

In einigen Gegenden reagierten die Hmong auf die Umwälzungen in derselben Weise, wie sie seit Anbeginn ihrer Geschichte auf Katastrophen reagiert hatten: sie wandten sich noch intensiver ihrer traditionellen Kultur zu. Yang Dao berichtete, daß vertriebene Familien, die ihr Vieh verloren hatten, weiterhin Opferzeremonien durchführten, statt der Tiere jedoch nun Steine verwendeten. Die kaum noch praktizierte Vielweiberei, die zu Beginn des Krieges vor allem von Anführern wie Vang Pao aus Statusgründen gepflegt worden war, wurde nun als Reaktion auf die kriegsbedingt asymmetrische Überlebensrate von Männern und Frauen wieder aufgegriffen. Die Praxis der Leviratsehe, die vorsieht, daß eine Witwe den jüngeren Bruder ihres verstorbenen Mannes heiratet, wurde ebenfalls wiederbelebt. Diese Praxis sorgte zwar dafür, daß die Kinder und ihr Erbe im Clan des Vaters blieben, bürdete jedoch dem neuen Ehemann, der womöglich erst fünfzehn war oder aber selbst bereits zehn Kinder hatte, häufig genug eine schwere Verantwortung auf.

In den meisten Fällen erlebten die »Flüchtlinge im eigenen Land« jedoch eine chaotische und ungewollte Bruchlandung im zwanzigsten Jahrhundert. Einer verbreiteten Ansicht zufolge wurden die Hmong-Flüchtlinge, die nach dem Krieg in die Vereinigten Staaten kamen, »vom Steinzeitalter ins Raumzeitalter« katapultiert. Diese Sichtweise zeugt nicht nur von einer bemerkenswerten Unterschätzung der Komplexität der traditionellen Hmong-Kultur, sie ignoriert auch die immensen sozialen, kulturellen und wirtschaftlichen Veränderungen, die das Leben vieler Hmong bereits während des Krieges selbst erfahren hatte. Die Lebensart, die Jahrhunderte der Verfolgung in China sowie die Auswanderung nach Laos im neunzehnten Jahrhundert überdauert hatte, wurde innerhalb von wenigen Jahren unwiederbringlich verändert, zumindest in ihren äußeren Gestaltungen. Als ich Jonas Vangay bat, mir die Auswirkungen des Krieges auf die Hmong zusammenzufassen, sagte er: »Meine Eltern sind früher barfuß und zu Pferd gereist. Wir lebten in einer ländlichen, bergigen Gegend, in der wir nie ein Auto oder einen Bus sahen. Plötzlich, 1960, wurde alles auf den Kopf gestellt. Die französischen Kriege hatten uns eigentlich nicht sonderlich berührt. Weniger als zwanzig Prozent der Hmong waren an der Schlacht von Dien Bien Phu beteiligt. Aber in dem US-Krieg, da waren es neunzig Prozent. Man konnte nicht in seinem Dorf bleiben. Man zog umher und umher und umher. Vier Jahre später, als ich nach Vientiane ging, fiel mir vor allem auf, daß man nicht mehr viele Hmong in ihrer schwarzen Kleidung sieht. Alle tragen sie khakifarbene und grüne Soldatenkleidung. Und dort, wo wir gelebt hatten, vor dem Krieg war das ein einziger Urwald. Nach den Bombardierungen ... *il n'y a plus de forêts, il n'y en a plus, il n'y en a plus, il n'y a rien du tout.*« Jonas neigt dazu, ins Französische zu fallen – nach Hmong, Laotisch und Thailändisch seine vierte Sprache –, wenn er seine Gefühle nicht richtig auf englisch, seiner fünften Sprache, ausdrücken kann. (»Es gibt dort keine Wälder mehr, es gibt dort nichts davon, es gibt dort nichts dergleichen, es gibt dort gar nichts mehr.«)

Obwohl einige Hmong dem Leben im Flachland bereits während und nach dem Zweiten Weltkrieg begegnet waren, sahen die meisten von ihnen Dinge wie Autos, Lastwagen, Traktoren, Fahrräder, Radios, Taschenlampen, Uhren, Lebensmittelkonserven und Zigaretten zum ersten Mal, als sie gezwungen waren, ihre Dörfer zu verlassen und in

Umsiedlungslager zu ziehen. Die Wanderfeldwirtschaft hatte keine Zukunft. An ihrer Stelle keimte eine Marktwirtschaft, die durch den Lohn der Soldaten und durch das Warenangebot angekurbelt wurde. Der laotische *kip* ersetzte das Silber als Tauschwährung. Long Tieng entwickelte sich zu einer trostlosen Megastadt mit 30 000 Einwohnern, ohne asphaltierte Straßen und Abwasserkanäle, in der die Hmong Nudelstände betrieben, Schuhe flickten, Kleider schneiderten, Radios reparierten, Taxiunternehmen mit Militärjeeps führten und für amerikanische Piloten und Helfer dolmetschten. Außer zu zeremoniellen Anlässen legten die meisten Hmong-Frauen ihre bestickten schwarzen Kleider ab und übernahmen die *lungi*-Röcke und kurzen Blusen aus Kunststoff, die die Laotinnen im Flachland trugen. Männer wie Frauen trugen Plastiksandalen. Einige Kinder besuchten die Schule; andere trotteten den Amerikanern hinterher und erbettelten Kaugummi und Münzen, oder sie hockten im Dreck und spielten mit Patronenhülsen anstatt mit Spielzeug aus Maiskolben und Hühnerfedern. Selbst die Sprache der Hmong paßte sich der neuen Situation an. Viele traditionelle lautmalerische Ausdrücke wurden um neue Klangassoziationen erweitert. So bedeutete *plij ploy*, das Geräusch von brechendem Bambus, nun auch »Einschlag einer Kugel«. *Vig vwg*, das brüllende Geräusch von Feuer oder Wind, wurde um die Bedeutung »kleiner Flugzeugmotor« erweitert. *Plhij plhawj*, das Geräusch von Vögeln, die kurz von einem Schlafplatz zum nächsten fliegen, hieß jetzt auch »Hubschrauberpropeller«. Auch neue Ausdrücke wie *ntsij ntsiaj*, »den Bolzen eines M-16 drücken oder ziehen«, kamen in Gebrauch.

Die folgenreichste Veränderung, die der Krieg mit sich brachte, war jedoch der Verlust jenes einzigen Guts, das die Hmong am höchsten schätzten: ihre wirtschaftliche Unabhängigkeit. Während ihre Felder verrotteten, das Vieh sich selbst überlassen blieb und es in den Bergen kein Wild mehr gab, wurden über 100 000 Hmong durch amerikanische Lebensmittelpakete am Leben erhalten. Fünfzig Tonnen Reis wurden täglich von Frachtflugzeugen der *Air America* – sofern das Wetter und der Feind es zuließen – per Fallschirm abgeworfen. »Es gibt eine ganze Generation von Meos, die verdammt überrascht sein werden, wenn ihnen jemand sagt, daß Reis nicht im Himmel wächst«, meinte dazu ein Pilot. Daß die Hmong ihre Lebensmittel geliefert bekamen, hatte unter anderem zur Folge, daß diejenigen, die noch in bebaubaren Gebieten lebten, mehr Zeit für den Mohnanbau aufwenden konnten, sehr zum Vorteil des Opiumhandels.

Im Januar 1973 unterschrieben die Vereinigten Staaten das Abkommen von Paris und verpflichteten sich, sämtliche Truppen aus Vietnam abzuziehen. Im Februar wurde das Abkommen von Vientiane unterschrieben, das eine Waffenruhe in Laos, eine Koalitionsregierung und das Ende der amerikanischen Luftunterstützung vorsah. USAID brach daraufhin sein Unterstützungsprogramm ab, und im Juni 1974 verließ das letzte Flugzeug von *Air America* Laos. Am 3. Mai 1975, zwei Wochen nachdem der Rote Khmer die Stadt Phnom Penh in seine Gewalt gebracht, drei Tage nachdem die Nordvietnamesen Saigon eingenommen und sieben Monate bevor die kommunistische Demokratische Volksrepublik von Laos die sechshundert Jahre alte Monarchie endgültig verdrängt hatte, überschritten Truppen der Pathet Lao die Waffenstillstandslinie und betraten das von Vang Pao kontrollierte Gebiet. Am 9. Mai verkündete die *Khao Xane Pathet Lao*, die Zeitschrift der laotischen Volkspartei: »Die Meo [Hmong] müssen bis zur Wurzel ihres Stammes ausgerottet werden.« Am 10. Mai – nachdem er von Truppen der Pathet Lao und der Nordvietnamesen umzingelt war, nur wenige überlebende Hmong-Kampfpiloten an seiner Seite und keine amerikanische Kampfunterstützung hatte – fügte sich Vang Pao widerwillig dem Rat seines CIA-Beraters und räumte ein, daß er Long Tieng nicht länger halten könne. Während der nächsten vier Tage wurden zwischen 1000 und 3000 Hmong – überwiegend hochgestellte Armeeoffiziere mit ihren Familien, einschließlich der Familie meiner Dolmetscherin, May Ying Xiong – mit amerikanischen Flugzeugen nach Thailand ausgeflogen. (Im Laufe des Monats vor dem Fall von Saigon am 30. April waren über 45 000 Südvietnamesen mit amerikanischen Luft- und Seetransporten evakuiert worden.) Die Hmong kämpften darum, an Bord eines Flugzeugs zu gelangen. Mehrfach waren die Flugzeuge so überladen, daß sie nicht abheben konnten und Dutzende von Leuten, die in der Nähe der Türen standen, zurück auf die Landebahn gedrängt werden mußten. Am 14. Mai erklärte Vang Pao den versammelten Menschen unter Tränen: »Lebt wohl, meine Brüder, ich kann nichts mehr für euch tun, ich wäre nur eine Plage für euch«, und bestieg einen Evakuierungshubschrauber. Nachdem das letzte amerikanische Frachtflugzeug verschwunden war, standen noch über

10 000 Hmong auf der Landebahn, überzeugt davon, daß weitere Flugzeuge kommen würden. Als es offensichtlich wurde, daß dem nicht so war, stieg ein einziges Wehklagen aus der Menge auf. Noch an demselben Nachmittag wurde Long Tieng unter Granatbeschuß genommen. Eine lange Schlange von Hmong, die ihre Kinder und Greise trugen, setzte sich über die Hochebene Richtung Thailand in Bewegung.

## Der grosse Anfall

Am 25. November 1986, einen Tag vor Thanksgiving, saßen die Lees beim Abendessen, Lia, die seit einigen Tagen ein Rotznäschen hatte, in ihrem üblichen Stuhl am runden weißen Küchentisch, umgeben von ihren Eltern, fünf ihrer Schwestern und ihrem Bruder. Obwohl sie sonst immer einen gesunden Appetit hatte, schien sie an jenem Abend wenig Hunger zu haben und nahm nur etwas Reis und Wasser zu sich. Als sie fertig gegessen hatte, nahm ihr Gesicht jenen sonderbaren und verängstigten Ausdruck an, der stets einem epileptischen Anfall vorausging. Sie lief zu ihren Eltern, umarmte sie und stürzte zu Boden, wobei Arme und Beine zunächst starr wurden und dann wild zuckten. Nao Kao hob sie auf und legte sie auf das blaue Steppkissen, das die Eltern auf dem Wohnzimmerboden für sie bereithielten.

»Wenn der Geist Lia packte und sie zu Boden stürzte«, sagte Nao Kao, »war sie meistens für zehn Minuten oder so krank. Danach war sie wieder normal, und wenn man ihr Reis gab, dann aß sie ihn auch. Doch diesmal war sie wirklich lange krank, so daß wir unseren Neffen anrufen mußten, denn der konnte Englisch und wußte, wie man einen Krankenwagen ruft.« Bei allen früheren Anfällen hatten Nao Kao und Foua sie zum Krankenhaus getragen. Ich fragte Nao Kao, warum er damals beschloß, einen Krankenwagen zu holen. »Wenn du sie in einem Krankenwagen einlieferst, schenken ihr die im Krankenhaus mehr Aufmerksamkeit«, sagte er. »Wenn man den Krankenwagen nicht holte, schauten diese *tsov tom*-Leute sie nicht einmal an.« May Ying zögerte mit der Übersetzung von *tsov tom*, was wörtlich »Tigerbiß« bedeutet. Tiger symbolisieren Niederträchtigkeit und Falschheit – in den Sagen der Hmong stehlen sie den Ehemännern die Frauen und fressen ihre eigenen Kinder. *Tsov tom* ist demnach ein sehr schlimmes Schimpfwort.

Es stimmt, daß man sich, ob Hmong oder Amerikaner, die übliche Wartezeit von zwei Stunden ersparen kann, wenn man per Notarztwagen in der Notaufnahme eintrifft. Allerdings wäre jeder Patient, der so katastrophal krank gewesen wäre wie Lia an jenem Abend, sofort an die Reihe gekommen, ganz egal, wie er in die Notaufnahme gelangt wäre. Tatsächlich hätten Lias Eltern, wenn sie die drei Blocks zum MCMC mit Lia auf dem Arm gelaufen wären, fast zwanzig Minuten gespart, die rückblickend vielleicht entscheidend waren. So dauerte es etwa fünf Minuten, ehe der Neffe bei ihnen eintraf und die Nummer 911 wählte; eine Minute, ehe der Notarztwagen auf den Anruf des Fahrdienstleiters reagierte; zwei Minuten, ehe der Notarztwagen die Wohnung der Lees erreichte; vierzehn Minuten (eine ungewöhnlich und in diesem Falle vielleicht verhängnisvoll lange Zeit), ehe er den Schauplatz verließ; und eine Minute, bis er das Krankenhaus erreichte.

Jahre später sah Neil Ernst den Bericht des Notarztes durch, seufzte und sagte: »Dieser Notarzt war echt überfordert. *Total* überfordert.« Seinem Bericht zufolge bot sich dem Notarzt, als er im Notarztwagen um 18.52 Uhr in der 37 East 12th Street ankam, folgendes Bild:

Alter: 4
Geschlecht: Weiblich
Krankheit: Anfall/Krämpfe
Atemwege: Verlegt
Atemtätigkeit: Keine
Puls: Fadenförmig
Hautkolorit: Zyanotisch
Pupillen: Starr
Brustkorb: Keine Atemexkursionen
Becken: Urinabgang
Blickreaktion auf Ansprache oder Schmerzreize: Nein
Verbaläußerungen: Keine

Lia war dem Tode nahe. Der Notarzt schob einen Plastiktubus über ihre Zunge, um ein Zurücksinken des Zungengrundes in den Rachenraum und den damit drohenden Verschluß der oberen Atemwege zu verhindern. Nachdem er Sekrete und Speichel abgesaugt hatte, preßte er eine Maske auf Lias Nase und Mund und pumpte, indem er mit der anderen Hand einen Beatmungsbeutel bediente, Sauerstoff in ihre Lungen. Darauf versuchte er, ihr in der Ellbeuge einen intravenösen Zugang zu legen, um über diesen Weg ein krampflösendes Mittel zu verabreichen. Es mißlang, und da er einsah, daß lebensentscheidende Minuten verrannen, wies er den Fahrer an, mit Höchstgeschwindigkeit und unter Stufe III (die höchste Notfallstufe, mit Blaulicht und Sirene) zum MCMC zu fahren. Unterwegs versuchte er verzweifelt, doch noch einen intravenösen Zugang zu legen, aber er scheiterte zwei weitere Male. Wie er später mit zittriger Hand notierte: »Die Anfälle der Pat. hörten nicht auf.«

Der Notarztwagen traf um 19.07 Uhr im MCMC ein. Lias Rollbahre wurde in Windeseile in Raum B geschoben. Von den sechs abgeteilten Räumen der Notaufnahme war dieser den schwierigsten Fällen vorbehalten, da es dort einen Rollwagen mit Notfallmedikamenten, einen Defibrillator und Intubationszubehör gab. Raum B ist eine 1,80 mal 1,80 Meter messende, anstaltsbeige gestrichene, leicht nach Desinfektionsmittel riechende Zelle, die von oben bis unten mit Kunststoff ausgekleidet ist, von dem sich leicht Blut, Urin und Erbrochenes abwaschen lassen: ein sauberer, nüchterner Hintergrund, vor dem sich Hunderte von verheerenden Dramen abgespielt haben. Lia schlug wild um sich, Lippen und Nagelbette blau verfärbt. Zum Auskleiden war keine Zeit. Eine Schwester riß die Decke, in die Lia gehüllt war, von ihr und schnitt mit einer Verbandsschere ein schwarzes T-Shirt, das Unterhemd und ihre Unterhosen auf. Ein Notarzt, zwei angehende Allgemeinpraktiker sowie die Schwester umringten Lia und versuchten, eine Infusion zu legen. Sie brauchten über zwanzig Minuten, ehe sie die mit einem dünnen Schlauch verbundene Butterfly in einer Vene auf Lias linkem Fußrücken befestigt hatten – und auch das war nur ein Notbehelf, denn mit jeder Bewegung drohte die in der Vene steckende Nadel die Venenwand zu durchstoßen und die Infusionslösung in das Gewebe statt in die Blutbahn abzugeben. Eine hohe Dosis Valium, ein Sedativum, das Anfälle durch eine Dämpfung des Zentralnervensystems für gewöhnlich zum Stillstand bringt, wurde durch den Zugang gejagt. Die Wirkung war gleich Null. »Wir gaben ihr Valium, mehr Valium und noch mehr Valium«, erinnerte sich Steve Segerstrom, einer der angehenden Fachärzte. »Wir unternahmen alles, aber Lias Anfälle wurden nur noch schlimmer. Meine Ruhe schlug sehr rasch in absolute Panik um.« Steve versuchte immer wieder, einen verläßlicheren Zugang zu legen, ohne Erfolg. Lia krampfte weiterhin in 20-Sekunden-Attacken. Erbrochener Reis quoll ihr aus Nase und Mund. Das aspirierte Erbrochene wie auch die beeinträchtigte Fähigkeit ihres Zwerchfells, Luft in ihre Lungen zu bringen, gefährdeten

Lias Atmung. Ein Atemtherapeut wurde hinzugezogen. Eine arterielle Blutgasanalyse ergab, daß Lias Blut seit etwa einer Stunde geradezu lebensbedrohlich niedrige Sauerstoffkonzentrationen aufwies: sie erstickte förmlich. Trotz ihrer Anfälle und ihres zusammengepreßten Kiefers gelang es einem der Assistenzärzte irgendwie, einen Beatmungstubus in ihre Luftröhre zu schieben, so daß Lia an ein manuell zu bedienendes Beatmungsgerät angeschlossen werden konnte.

Neils Piepser ging um 19.35 Uhr. Er saß mit Peggy und den beiden Söhnen gerade beim Abendessen. Sie hatten vor, den Abend zu Hause zu verbringen und zu packen, um am darauffolgenden Tag frühmorgens in die Thanksgiving-Ferien aufzubrechen, die sie in ihrer Hütte im Vorgebirge der Sierra Nevada verbringen wollten. Neil rief in der Notaufnahme an. Er erfuhr, daß sich Lia in einem anhaltenden Status epilepticus befand, niemand einen vernünftigen Zugang zuwege brachte und das Valium nicht anschlug. »Sobald ich das hörte«, erinnerte er sich, »wußte ich: das war er. Das war der große Anfall.«

Seit Monaten schon befürchtete Neil, ausgerechnet dann Bereitschaftsdienst zu haben, wenn dieser Moment eintraf, und so kam es dann auch. Er wies den Assistenzarzt an, Lia mehr Valium zu geben und, falls das nicht helfe, es mit Lorazepam zu versuchen, einem anderen Sedativum, das in höherer Dosierung beim Patienten seltener zum Atemstillstand führt als Valium. Darauf sprang er in seinen Wagen, fuhr so schnell es ging zum MCMC und betrat um 19.45 Uhr eiligen Schritts die Notaufnahme – so panisch er auch sein mochte, er hatte sich vorgenommen, in solchen Fällen niemals zu rennen.

»Es war ein unglaublicher Anblick«, sagte Neil. »Es war wie eine Szene aus *Der Exorzist*. Lia sprang buchstäblich vom Tisch. Sie war festgebunden, aber ihre motorische Aktivität war so immens, daß sie einfach sprang, einfach in die Luft hopste, immer wieder und wieder. Dieser Anfall war mit nichts zu vergleichen, das ich jemals erlebt hatte. Ich weiß noch, daß ich ihre Eltern draußen im Foyer stehen sah, unmittelbar vor der Notaufnahme. Die Tür stand offen, Menschen rannten rein und raus. Sie müssen alles gesehen haben. Unsere Blicke trafen sich ein paarmal, aber ich war in dem Moment zu beschäftigt, um mit ihnen zu reden. Wir mußten einen zuverlässigeren Zugang legen und hatten die üblichen Probleme – ihr Fett, ihre verhärteten Venen von vorangegangenen Infusionen –, nur war es dieses Mal viel schlimmer wegen ihrer absolut ungeheuerlichen Muskelaktivität. Steve Segerstrom sagte: ›Glaubst du, wir sollten es mit einer Freilegung der Saphena magna versuchen?‹« (Um eine solche »Freilegung« durchzuführen, macht der Arzt einen Hautschnitt, eröffnet mit einem Skalpell ein Gefäß – in diesem Fall eine große Vene an Lias rechtem Innenknöchel –, spreizt die Öffnung mit einer Zange, führt einen intravenösen Katheter ein und fixiert ihn mittels Naht an der Haut.) »Und ich sagte: ›Steve, momentan lohnt sich alles, mach schon und versuch's.‹ Die Atmosphäre im Raum war total *geladen*. Die Leute lagen buchstäblich auf Lias Beinen, während Steve die Freilegung in Angriff nahm. Und es klappte! Und dann gaben wir Lia eine Riesenladung Medikamente, und noch mehr, und noch mehr und noch mehr. Und endlich hörte sie auf zu krampfen. Endlich hörte sie auf. Es dauerte eine Ewigkeit, aber endlich hörte sie auf.«

Ich hatte Neil nie so außer sich erlebt wie in diesem Moment, da er sich an dieses Ereignis erinnerte. Als er zu sprechen aufhörte, konnte ich ihn atmen hören – nicht schwer, aber hörbar, als ob man ihn auf halber Strecke in seinem morgendlichen Dreizehn-Kilometer-Lauf angehalten hätte.

Es war Lias sechzehnte Aufnahme im MCMC. Jeder im Krankenhaus – die Pflegekräfte in der Notaufnahme, die angehenden Fachärzte, der Atemtherapeut, Neil – ging davon aus, daß Lia dasselbe fehlte, was ihr schon bei den fünfzehn vorangegangenen Aufnahmen gefehlt hatte, nur daß es diesmal weit schlimmer war. Alle Standarduntersuchungen wurden durchgeführt: kleines Blutbild, großes Blutbild, Blutdruck, Röntgenaufnahme der Lunge, um den Sitz des Trachealtubus zu kontrollieren. Natürlich wurde Lias Blut untersucht, um zu klären, ob die Eltern ihr die verschriebene Dosis Valproinsäure gegeben hatten. Wie bei jeder Untersuchung, die seit Lias Rückkehr aus der Pflegebetreuung durchgeführt worden war, stellte sich auch dieses Mal heraus, daß sie es getan hatten. Erst nachdem Neil wieder nach Hause gefahren war, dachte man daran, Lias Temperatur zu messen. Sie lag bei 38,4 °C. Zwei weitere ungewöhnliche Symptome – Durchfall und eine geringe Plättchenzahl – wurden kommentarlos in Lias Krankenakte eingetragen und blieben dort angesichts des gigantischen Ausmaßes ihrer Anfälle völlig unbemerkt. Da man keinen Verdacht auf eine Infektion hegte, wurden keine Antibiotika verabreicht.

Ein zwanzigminütiger Status epilepticus gilt als lebensbedrohlich. Lia hatte beinahe zwei Stunden lang ununterbrochen gekrampft. Als die Anfälle aufhörten, war sie bewußtlos, atmete aber noch. Da das MCMC über keine Kinderintensivstation verfügt, war klar, daß Lia wie alle anderen kritischen pädiatrischen Fälle von Merced ins Valley Kinderkrankenhaus nach Fresno verlegt werden mußte. Inmitten der Krise hatte niemand ein erklärendes Wort an Foua und Nao Kao gerichtet, denen im übrigen der Zutritt zu Raum B in der Notaufnahme verboten worden war. In Steve Segerstroms Eintrag zur Freilegung der Vena saphena heißt es knapp: »Einverständnis wird vorausgesetzt angesichts der Schwere der Erkrankung der Patientin.« Irgendwann übergab eine Schwester Foua die ruinierten Kleidungsstücke, aus denen man ihre Tochter herausgeschnitten hatte. Nachdem Lias Vitalfunktionen stabil waren, ging Neil langsam hinaus ins Foyer. Die Schweißflecken unter seinen Armen reichten bis zu seiner Hüfte hinab. Mit Hilfe des Englisch sprechenden Neffen als Dolmetscher erklärte er Foua die Situation. »Ich sagte ihr, dies sei der große Anfall gewesen«, erinnerte er sich später. »Dies sei der schlimmste Anfall, den Lia je gehabt habe, und es sei sehr, sehr schwierig gewesen, ihn zu beenden, aber wir hätten ihn beendet. Lia sei immer noch sehr, sehr krank. Ich erklärte der Mutter, daß es nötig sei, Lia nach Fresno zu verlegen, da sie Dinge brauche, die Peggy und ich ihr nicht geben könnten. Ich sagte ihr auch, daß wir die Stadt verlassen würden, aber in der darauffolgenden Woche wieder zurück seien. Und sie hat das verstanden.« In Lias Krankenakte kritzelte Neil: »Verlegung ins V. K., Int. Stat. arrangiert. Mit den Eltern gesprochen, die den Ernst der Lage verstehen.«

Tatsächlich stellte sich den Eltern die Wirklichkeit ganz anders dar, als Neil sie ihnen hatte vermitteln wollen. Als ich sie fragte, warum Lia ihrer Meinung nach hatte verlegt werden müssen, sagte Nao Kao: »Ihr Arzt fuhr in die Ferien, deshalb war kein Arzt mehr da. Also schickten sie sie weg.« Foua meinte: »Lias Arzt kümmerte sich sehr gut um Lia. Manchmal, wenn sie sehr, sehr krank war, brachten wir sie zu ihm, und er schaffte es, daß es ihr innerhalb von Tagen besser ging und sie umhersprang und herumlief. Doch dieses Mal ging er spielen, so daß sie Lia zu einem anderen Arzt schicken mußten.« Mit anderen Worten, die Lees glaubten, ihre Tochter habe nicht wegen ihres kritischen Zustands verlegt werden müssen, sondern wegen Neils Urlaubsplänen, und er hätte sie wie die Male zuvor wieder gesund gemacht, wenn Lia im MCMC geblieben wäre.

Neil organisierte den Krankenwagen, der Lia nach Fresno bringen sollte, instruierte das Pflegepersonal, wie es Lia für die Verlegung vorbereiten sollte, und besprach ihren Fall telefonisch mit den Kollegen auf der Intensivstation im Valley Kinderkrankenhaus. Anschließend fuhr er um 21.30 Uhr nach Hause. Zu Peggy sagte er: »Das war's. Diesmal hat sie's geschafft.« Fast bis Mitternacht sprachen die beiden darüber und gingen jeden Moment von Lias Krise und jede einzelne Entscheidung, die Neil getroffen hatte, durch. »Ich war so aufgedreht«, erinnerte er sich, »ich konnte überhaupt nicht abschalten.«

»In jener Nacht hatte ich gemischte Gefühle«, sagte Neil. »Es war wie in meinen Alpträumen gewesen – daß Lia den schrecklichsten Anfall ihres Lebens bekäme und es mein Fehler sein würde, weil ich sie nicht vor dem Tod würde bewahren können –, aber sie *war nicht* gestorben, und mit Hilfe einiger verdammt fähiger Helfer ist es mir gelungen, die Anfälle zu stoppen. Ich habe die Sache erledigt und mich der Herausforderung gewachsen gezeigt. Deshalb empfand ich auch eine gewisse Befriedigung. Doch war ich auch unsäglich traurig, weil ich nicht wußte, in welchem Zustand Lia aus dieser Krise hervorgehen würde. Ich war ziemlich sicher, daß sie nicht mehr dieselbe sein würde.«

Während des siebzigminütigen Krankentransports nach Fresno »knallten bei Lia einfach alle Sicherungen durch«, wie Neil sich ausdrückte, als er später die Krankenakte durchsah. Sie erreichte das Valley Kinderkrankenhaus kurz vor Mitternacht in den Fängen eines weiteren grand mal-Anfalls, bei dem Arme und Beine förmlich zu Dreschflegeln wurden. Ihre Finger und Zehen waren blau verfärbt, ihr Brustkorb fleckig und kalt, ihr Blutdruck gefährlich niedrig, die Zahl ihrer weißen Blutzellen gefährlich hoch, die Temperatur betrug 40,5 °C. In einem Bericht, der Neil Ernst zuging, hielt ein Intensivmediziner namens Maciej Kopacz fest, daß es noch eine ganze Stunde dauerte, ehe ein arterieller Zugang gelegt werden konnte, »da keinerlei Pulse zu tasten waren«. Dr. Kopacz vermerkte auch, daß, während er eine Lumbalpunktion durchführte (eine Prozedur, bei der seine Nase weniger als 30 Zentimeter von Lias Po entfernt war), »die Patientin eine explosionsartige Diarrhoe mit großen Mengen Wasser, faulig riechendem Stuhl und Eiterbeimengungen bekam«. Kaum läßt sich ein schwierigerer und unangenehmerer Fall denken als der, den Lia bei ihrer Aufnahme darstellte, die zu allem Übel auch noch in den ersten Stunden des Thanksgiving-Tages stattfand. Dessenungeachtet schloß Dr. Kopacz unter Verwendung des geradezu surreal höflichen Textbausteins eines Standardarztbriefes seinen Bericht – drei eng beschriebene Seiten, auf denen eine Katastrophe nach der anderen aufgelistet war – mit dem schönen Schlußsatz: »Vielen Dank für die Überweisung Ihrer Patientin auf die pädriatische Intensivstation. Unsere Intensivmediziner werden sich gern weiter um diese Patientin kümmern.«

Das Team der Intensivmediziner – verstärkt durch eine Hilfstruppe von Neurologen, Infektologen, angehenden Pädiatern, Atemtherapeuten, Radiologen, Medizintechnikern, Schwestern und Schwesternhelferinnen – behielt die Patientin tatsächlich im Auge. Ihre Technologie entsprach dem neuesten Stand, ihr klinisches Können war untadelig. Zunächst waren sie allerdings zu sehr damit beschäftigt, Lias Leben zu retten, um sich auf Dinge, die über das Pathologische hinausgingen, konzentrieren zu können. Dr. Kopacz etwa, der mehr als zwölf Stunden am Stück an Lia arbeitete, bemerkte nicht, ob sie Mädchen oder Junge war. »Seine metabolische Azidose ging nach einer Bolusinjektion von Natriumbikarbonat zurück«, schrieb er. »Seine periphere Perfusion verbesserte sich, und die Pulsoximetrie zeigte einen Wert, der mit der Sauerstoffsättigung der arteriellen Blutproben korrelierte.« Hier hatte amerikanische Medizin ihre Talsohle und ihren Gipfelpunkt gleichermaßen erreicht: Die Patientin wurde von einem Mädchen auf eine analysierbare Anzahl von Symptomen reduziert, wodurch der Arzt mit seiner Energie haushalten konnte und es ihm so gelang, sie am Leben zu halten.

Schon auf den ersten Blick diagnostizierte Dr. Kopacz Lias Zustand als »schweren Schock, vermutlich septischen Ursprungs«. Ein septischer Schock, der das Ergebnis einer bakteriellen Invasion des Blutkreislaufs ist, kommt einer systemischen Belagerung gleich, die den ganzen Körper überwältigt, dabei zunächst ein akutes Kreislaufversagen verursacht, dann den Ausfall eines Organs nach dem anderen nach sich zieht, falls die Toxine nicht unschädlich gemacht werden und das Blut nicht in der Lage ist, genügend Sauerstoff zu liefern. Die Lunge versagt gewöhnlich zuerst, dann die Leber, dann die Nieren. Die schlechte Gewebsdurchblutung versetzt auch den Gastrointestinaltrakt in Aufruhr: Lias Durchfall war ein typisches Symptom. Zum Schluß stirbt das Gehirn an Sauerstoffmangel, ganz so, als ob der Patient ertränkt oder erhängt würde. Die Sterberate liegt beim septischen Schock zwischen 40 und 60 Prozent.

Mit Lia ging so viel auf einmal schief, daß im Hinblick auf die angezeigte Therapie an sorgfältig abzuwägende Wahlmöglichkeiten nicht zu denken war. Was Lia brauchte, war eine unverzügliche, kontinuierliche, mehrgleisige, aggressive Therapie. Zunächst galt es, wie schon im MCMC, ihre Anfälle zum Stillstand zu bringen. Valium half nicht. In seiner Verzweiflung pumpte Dr. Kopacz sie mit Thiopental voll – einem so starken Barbiturat, daß sie praktisch in Vollnarkose versetzt wurde. So fiel Lia rasch von krampfender motorischer Aktivität in tiefste Bewegungslosigkeit. Von da an fällt das Wort »Epilepsie« nur noch selten in ihrer Krankenakte. Für die Ärzte gab es zuviel anderes, das Besorgnis erregte.

Um 11.00 Uhr am Morgen des Thanksgiving-Tages brach Lia zusammen. Infolge des septischen Schocks hatte sie eine Störung entwickelt, die man disseminierte intravasale Gerinnung nennt. Die Gerinnungsfähigkeit ihres Blutes ging zum Teufel, so daß sie aus beiden Einstichstellen der Infusionen blutete und auch innere Blutungen erlitt. Ihre niedrige Plättchenzahl war ein frühes Warnsignal gewesen, das man allerdings übersehen hatte. Dr. Kopacz entschied sich für eine Verzweiflungsmaßnahme: eine doppelte Volumenaustauschtransfusion. Über einen Zeitraum von 15 Stunden wurde Lias gesamter Blutvorrat entfernt und zweimal durch frisches Blut mit normalen Gerinnungseigenschaften ersetzt. Das alte Blut verließ den Körper über einen Katheter in der Femoralarterie, das neue strömte über einen zweiten in die Femoralvene ein. Obwohl ihr Blutdruck in der ersten halben Stunde in nahezu tödliche Gefilde absank, half die Transfusion am Ende doch. Zum ersten Mal seit 38 Stunden färbten sich ihre Lippen, Finger und Zehen rosa.

Während all dies geschah, lebten Foua und Nao Kao im Warteraum des Valley Kinderkrankenhauses, schliefen neun Nächte in Folge auf Stühlen. Verwandte kümmerten sich um ihre Kinder in Merced. Die Lees verstanden nicht, warum ihnen nicht erlaubt wurde, an Lias Bett zu bleiben, wie sie es stets im MCMC gedurft hatten. Hier war ihnen lediglich ein zehnminütiger Besuch pro Stunde gestattet: ein damals auf Intensivstationen übliches Verfahren. Sie konnten sich weder ein Motel noch das Essen in der Krankenhauscafeteria leisten. »Unsere Verwandten in Merced brachten uns Reis«, erzählte mir Nao Kao, »jedoch nur einmal am Tag, so daß wir Hunger hatten.« Während der kurzen Phasen, die sie bei ihrer Tochter verbrachten, sahen sie einen Beatmungstubus aus Plastik aus ihrem Hals ragen, der an ein Beatmungsgerät angeschlossen war; eine Nahrungssonde, die ihr zur Nase heraushing; Infusionen, durch die sich klare Flüssigkeit in ihre Arme und Beine schlängelte; Plastikschienen, die zur Stabilisierung der intravenösen Zugänge mit Pflaster an ihren Gliedmaßen befestigt wurden; eine Blutdruckmanschette um ihren Arm, die sich automatisch mit Luft füllte und wieder entleerte; Elektroden an ihrer Brust, die mit Drähten verbunden waren, die ihrerseits an einen Herzmonitor neben ihrem Bett angeschlossen waren. Das Beatmungsgerät zischte, die Infusionspumpe piepste, die Blutdruckmanschette knisterte und seufzte. Lias Eltern bemerkten, daß die Pobacken ihrer Tochter rot und eitrig vom Durchfall waren. Lias Hände und Füße waren geschwollen von Flüssigkeit, die aus den Kapillaren in das umgebende Gewebe eingedrungen war. Ihre Zungenspitze war voller Blutgerinnsel, weil sie sich während der Anfälle auf die Zunge gebissen hatte.

»Traf Vater im Warteraum der pädiatrischen Intensivstation in Gegenwart des Krankenhausdolmetschers Yee«, schrieb ein Sozialarbeiter des Krankenhauses in den ersten Tagen nach Lias Einweisung. »Bin nicht sicher, inwieweit der Vater begreift, wie ernst der Zustand ist, in dem sich seine Tochter befindet, weil er diesen Krankenhausaufenthalt immer wieder mit früheren gleichsetzt.«

An Lias siebtem Tag in Fresno versuchten die Ärzte, Foua und Nao Kao zu erklären, daß sie zwei weitere invasive diagnostische Tests durchführen wollten: eine Bronchoskopie, um abzuklären, ob Lias Infektion in der rechten Lunge ihren Ausgang genommen hatte, sowie eine Nebenhöhlenspülung, um die Nebenhöhlen als Infektionsherd auszuschließen. Auch wollten sie eine Tracheotomie durchführen, das heißt ein Loch durch den Hals in die Luftröhre unmittelbar unterhalb des Kehlkopfes schneiden, um Lias Beatmung zu erleichtern. »Eltern wurden über Risiken, Chancen, Alternativen via Dolmetscher aufgeklärt«, notierte einer von Lias Ärzten. »Scheinen zu verstehen und wollen, daß wir fortfahren.« Tatsächlich hatten ihre Eltern aber keine Ahnung, was diese für die beiden folgenden Tage angesetzten Prozeduren im einzelnen bedeuteten. Zudem verstanden sie nicht, warum Lia komatös war. Über einen Verwandten, der als Dolmetscher fungierte, fragte Foua eine Krankenschwester, ob die Ärzte Lia »Schlafmittel gespritzt« hätten.

Im weiteren Verlauf desselben Tages machten die Ärzte eine Computertomographie und ein EEG, um festzustellen, wie Lias Gehirn den anhaltenden Sauerstoffentzug vertragen hatte. Ein Neurologe hatte bereits zuvor festgehalten, daß bei Lia kein Würgereflex, keine Kornealreflexe und »keinerlei Reaktionen auf starke Schmerzreize« auszulösen waren. Solche Befunde konnten nichts Gutes bedeuten. Die neuen Untersuchungen bedeuteten vielmehr eine Katastrophe. »Die Computertomographie des Kopfes (...) ergab ein umschriebenes Hirnödem mit geringer Differenzierbarkeit zwischen weißer und grauer Gehirnsubstanz«, schrieb einer der angehenden Assistenzärzte. »Ein EEG wurde veranlaßt, das im Grunde keinerlei Hinweise auf noch vorhandene Hirnaktivität gab und sehr flache Wellen registrierte.« Lia war praktisch hirntod.

Jeanine Hilt, die Sozialarbeiterin, die sich so engagiert um die Lees kümmerte, erhielt eines Abends um 18.00 Uhr einen Anruf, der sie über Lias Verfassung ins Bild setzte. Sie lieh sich einen Lieferwagen des Sozialamts und fuhr mit einem halben Dutzend Verwandter der Lees nach Fresno. »Ich kannte die Leute nicht«, erinnerte sie sich. »Sie haben sich einfach in den Wagen gequetscht. Als wir in Fresno ankamen, waren die Ärzte gerade dabei, die Familie auf Lias Tod vorzubereiten.« An diesem Abend faßte Jeanine Hilt in ihrer winzigen, unleserlichen Schrift Lias Lage in ihrem Notizbuch in schmerzlicher Kürze zusammen: »Am 25.11.86 hatte Lia Anfälle. Verlegung ins Valley. Schwerste Sepsis. Transfusionen. Durchfall. Komatös. Hirnschaden. Vegetiert vor sich hin.«

Dee und Tom Korda, Lias ehemalige Pflegeeltern, fuhren ebenfalls nach Fresno. »Es war schrecklich«, erinnerte sich Dee. »Die Ärzte sahen Foua und Nao Kao noch nicht einmal an. Sie sahen immer nur uns und Jeanine an. Sie fanden, daß wir intelligent und weiß waren, und was die Lees betraf, so waren sie in ihren Augen weder das eine noch das andere.«

Zwischen Notaten über das Wenden, Säubern und Absaugen Lias findet sich folgender Eintrag einer Intensivschwester:

1.12.86, 17.00 Uhr: Nullinie im EEG.
18.00 Uhr: Dr. Sing [ein behandelnder Arzt] spricht im Warteraum mit der Familie, wobei der Sohn übersetzt. Familie im Krankenzimmer. Mutter ruft nach dem Vater. In Tränen aufgelöst.
20.00 Uhr: Familie besteht darauf, am Krankenbett bleiben zu dürfen. Sprachbarriere macht ein Gespräch unmöglich, doch wurde der Mutter TLC gegeben.
21.00 Uhr: Vater vorstellig mit einem Angehörigen als Dolmetscher, stellt Fragen.
21.15 Uhr: Familie sagt: »Will Medikamente, um Lias Gehirn in Ordnung zu bringen.«

Die Krankenschwester versuchte zu erklären, daß es kein Medikament gebe, mit dem sich Lias Gehirn in Ordnung bringen ließe. Am darauffolgenden Morgen trug sie um 3.00 Uhr ein: »Mutter an der Bettkante, sehr aufgeregt; weint und singt.«

Foua war bei ihrer Tochter, als eine der behandelnden Intensivmediziner Lias Zimmer betrat und die Infusionen abstellte. »Die Ärztin schien eine gute Ärztin zu sein«, erzählte mir Foua, »doch das war sie nicht. Sie war sogar ziemlich böse. Sie kam herein, sagte, Lia würde bald sterben, und dann nahm sie das ganze Gummizeug ab, und sie sagte, Lias Gehirn ist völlig kaputt und daß sie bald stirbt. Deshalb wollte sie Lia ihre Medikamente wegnehmen und jemand anderem geben. In diesem Augenblick hatte ich eine solche Angst, daß es so schien, als würde etwas meinen Körper hinauf- und hinabfahren, und ich dachte, ich würde auch gleich sterben.«

Diese Ärztin folgte lediglich den Anweisungen von Terry Hutchison, der davon ausgegangen war, daß die Eltern ihr Einverständnis gegeben hätten – alle lebenserhaltenden Maßnahmen zu beenden, damit Lia so natürlich wie möglich sterben könne. Dr. Hutchison sagte auch die Bronchoskopie, die Nebenhöhlenspülung sowie die Tracheotomie ab. Und schließlich traf er eine Entscheidung, die in dem erstaunlichsten Satz festgehalten wurde, der sich in Lias trostloser Krankenakte vom Valley Kinderkrankenhaus findet. »Die Antikonvulsiva wurden [in Anbetracht] des abnormen EEGs bei der Patientin abgesetzt.« Da es in Lias Hirnrinde keinerlei elektrische Aktivität mehr gab, gab es auch nichts mehr, das weitere Anfälle hätte verursachen können. Die Epilepsie, die Lias Leben seit ihrem dritten Lebensmonat beherrscht hatte, war vorüber.

Lias Ärzte rechneten mit einem baldigen Tod und gingen davon aus, daß Lia im Valley Kinderkrankenhaus bleiben würde, wo sie in Frieden die letzten Stunden oder Tage verbringen konnte. Eine Sozialarbeiterin, die hilfreich sein wollte, schlug ein Bestattungsinstitut am Ort vor, mit dem sich die Lees unter Umständen gern in Verbindung setzen würden. Nao Kao war außer sich. »Sie wollten sie da behalten, sie wollten sie nicht nach Merced zurückschicken und hatten schon ein Bestattungsinstitut in Fresno ausgeguckt«, erinnerte er sich. »Doch ich weigerte mich, zuzuhören, ich sagte nein, ich will, daß Sie sie nach Hause schicken. Ich wollte, daß sie sie nach Merced bringen, damit sie hier sterben kann und die anderen Kinder es mitkriegen. Also wollten sie, daß ich einige Papiere unterschreibe, weil sie sagten, sie werde sowieso sterben, wenn sie aus dem Krankenhaus kommt.«

Die Papiere waren eine gerichtliche Verfügung, die Jeanine Hilt mit der vollen Unterstützung des Valley Kinderkrankenhauses besorgt hatte, sobald sie von den Wünschen der Lees erfahren hatte. Obwohl Foua und Nao Kao ihre Tochter lieber in ihre Wohnung mitgenommen hätten, wurde entschieden, daß Lia aus pflegerischen Gründen ins MCMC zurückverlegt werden sollte. Das Oberste Bundesgericht des Staates Kaliforniens nahm folgende Erklärung zu den Akten, die Jeanine im Namen von Foua und Nao Kao unter der Überschrift »Betrifft Lia Lee, ein dem Jugendgericht unterstelltes Kind« aufgesetzt hatte:

> Lia Lee ist unsere Tochter und lebt, nachdem sie zehn Monate lang in Pflegschaft war, seit April 1986 wieder in unserem Haushalt. (...) Sie ist seither an Lungenentzündung [sic!] erkrankt und liegt mittlerweile mit einem irreparablen Hirnschaden im Koma. Das Valley Kinderkrankenhaus ist außerstande, zum jetzigen Zeitpunkt weitere medizinische Maßnahmen zu ergreifen. Wir beantragen daher, Lia per Krankenwagen ins Merced Kreiskrankenhaus zurückzuverlegen und uns zu überlassen, sobald Dr. Neil Ernst dazu die Genehmigung erteilt. Wir würden Lia gern nach Hause bringen, damit sie im Familienkreis ist, bevor sie stirbt.

Wir erklären eidesstattlich, daß das Vorstehende nach bestem Wissen wahrheitsgetreu und richtig ist. Unterzeichnet am 5. Dezember 1986 in Merced, Kalifornien.

Nao Kao Lee, Vater<br>
Foua Yang, Mutter

# Flucht

»Als ich dreieinhalb Jahre alt war, beschlossen meine Familie zusammen mit allen anderen Verwandten, nach Thailand zu ziehen«, schrieb Lias Schwester May in dem autobiographischen Aufsatz, den sie in der achten Klasse der Hoover Junior High-School von Merced in Englisch aufbekommen hatte.

Auf unserem Weg nach Thailand war etwas, das meine Eltern nie vergessen werden. Es war eine der schrecklichsten Zeit meines Lebens und vielleicht auch meine Eltern. Wir mußten auf Fuß gelaufen. Einige Familie lassen jedoch ihre Kinder zurück, töten oder prügeln sie. Einer der Verwandten, zum Beispiel, hat versucht, eines seiner Kind zu töten, aber glücklicherweise ist er nicht gestorben. Und schaffen, mit den anderen mitzukommen. Heute ist er in Amerika mit einer Narbe auf der Stirn.
Meine Eltern mußten mich und zwei meiner jüngeren Schwestern, True und Yer, tragen. Meine Mutter konnte nur mich getragen, und mein Vater konnte nur meine Schwester True, wegen den vielen anderen Sachen, die sie tragen mußten, wie zum Beispiel Reis (Essen), Kleiders und Decken für die Nacht. Meine Eltern bezahlen einen der Verwandten, damit er Yer trägt. Eine meine Schwester, die in Thailand starb, war so müde vom Laufen, daß sie sagte, sie kann nicht mehr weiter. Aber sie schleppte sich weiter und schaffte es bis nach Thailand.
Es gab Gewehrschuß und Soldat waren überall in der Nähe. Wenn wir einen Schuß hörten, sollten wir uns ein Versteck suchen. Auf unserer Reise nach Thailand gab es viele Schüsse, aber statt nach einem Versteck zu suchen, zerrten meine Eltern an unseren Händen oder nahmen uns auf den Rücken und rannten um ihr Leben. Wenn es zu schwer wird, haben meine Eltern etwas von ihren Sachen weggewerfen. Einige der Dinge, die sie weggewerfen hatten, sind wertvoll für sie, aber unsere Leben waren wichtiger für sie als all das Zeugs.

»Du hast ein aufregendes Leben gehabt!« schrieb Mays Lehrerin unter ihren Aufsatz. »Achte bei den Verben bitte auf die Vergangenheitsform.«

Die »Reise nach Thailand«, die die Lees 1979 unternahmen, war ihr zweiter Versuch nach dem Krieg, aus Laos zu fliehen. Bei ihrem ersten Versuch im Jahre 1976 waren sie mit den etwa vierzig anderen Familien, die ebenfalls aus ihrem Heimatort Houaysouy geflohen waren, am dritten Tag von vietnamesischen Soldaten aufgegriffen worden, als sie sich gerade in einem verlassenen Reisfeld versteckten. Unter vorgehaltener Waffe trieb man sie wieder in ihr Dorf zurück. »Selbst wenn unsere Kinder im Urwald zur Toilette mußten, richteten sie ein Gewehr auf sie, und die Gewehre waren so groß wie die Kinder«, erinnerte sich Nao Kao. Phua, eine der Lee-Töchter, erkrankte kurz nach ihrer Rückkehr und starb. »Damals gingen viele Leute zugrunde, und es gab keine Medizin, und so hatten wir keine acht Kinder mehr. Wir hatten sieben.«

Die Lees blieben noch drei weitere Jahre in Houaysouy und standen dabei ständig unter Bewachung. Wie in vielen anderen Hmong-Dörfern in der Provinz Sayaboury hatte es auch in Houaysouy während des Krieges weder Gefechte gegeben, noch waren die hier lebenden Männer von Vang Pao angeworben worden. Sayaboury ist die einzige Provinz in Laos, die westlich des Mekong liegt und dank dieser natürlichen Grenze von dem sich hinziehenden Kriegsgeschehen verschont blieb, das auf der anderen Seite des Flusses Hunderte von Dörfern zerstört hatte. Nach dem Krieg wurde Houaysouy jedoch von demselben politischen Strudel erfaßt wie der Rest des Landes. Weil sie Hmong waren, galten die Dorfbewohner als Verräter und wurden von den Besatzungstruppen des ehemaligen Nordvietnam systematisch terrorisiert.

»Wenn man irgend etwas tat«, erzählte Nao Kao, »wurde man von den Vietnamesen getötet. Wenn man ein Messer oder Essen stahl, riefen sie die Bürger zum Zuschauen zusammen, und dann erschossen sie einen gleich auf der Stelle. Wenn man dreihundert Eimer Reis im Jahr erntete, nahmen die Vietnamesen zweihundert davon. Wenn man fünf Hühner hatte, nahmen sie einem vier weg und ließen einem nur eins. Die Vietnamesen gaben einem nur knapp zwei Meter Material« – an dieser Stelle unterbrach ihn Foua und warf ein, »und es war nicht einmal gutes Material!« –, »um Kleidung für die ganze Familie zu machen. Ich frage dich, wenn das so ist, wie soll man so ein Stück Stoff unter zehn Leuten aufteilen?«

Im Frühjahr 1979 starb das jüngste Kind der Lees, ihr Sohn Yee, an Unterernährung. »Mein kleines Baby war kalt und hatte Hunger, und ich war auch hungrig«, erzählte Foua. »Ich hatte absolut nichts zu essen, und das Baby aß nur meine Milch, und ich hatte keine Milch mehr. Ich habe ihn einfach so gehalten, und er starb in meinen Armen.«

Im darauffolgenden Monat beschlossen die Lees zusammen mit etwa vierhundert anderen Mitgliedern der Lee-, Yang-, Vang- und Xiong-Clans, einen neuen Fluchtversuch zu wagen. Dies war die Reise, die May in ihrem Aufsatz beschrieb.

»Das Traurigste war, daß ich zwei wirklich wunderschöne Pferde hatte«, sagte Nao Kao, »und die mußte ich einfach losbinden und in den Urwald laufen lassen, und ich wußte nie, ob sie noch leben oder nicht. Dann sind wir einfach losgegangen. Wir hatten viele Waffen gekauft und versteckt, und die jungen Männer gingen vorne und neben uns und hielten die Waffen. Die Vietnamesen fanden heraus, daß wir dabei waren fortzulaufen. Sie begannen alles um uns herum abzubrennen, so daß wir nicht gehen konnten. Die Flammen waren so hoch wie unser Haus hier in Merced. Einige Feuer waren vor uns, und einige Feuer waren hinter uns, und die Kinder hatten große Angst. Aber einige Leute waren richtig mutig und sind einfach durch die Flammen gesprungen, und irgendwie haben wir überlebt. Nachdem wir das Feuer durchquert hatten, dachten die Vietnamesen, wir würden die übliche Route nehmen, die die meisten Hmong gingen, und sie legten Minen in den Boden. Aber wir nahmen einen anderen Weg, und die Vietnamesen liefen in ihre eigene Falle und verletzten sich. Wir trugen die Babys, und wenn wir an steile Berge kamen, banden wir den Kindern und alten Leuten Seile um und zogen sie hoch. Es war kalt, und die Kinder waren hungrig. Ich hatte große Angst, weil wir eine Menge Kinder bei uns hatten und es sehr leicht für die Soldaten sein würde, sie zu töten. Einige andere Leute aus unserem Dorf, die unmittelbar vor uns gingen – zwei ihrer kleinen Kinder liefen auf ein Reisfeld, und die Vietnamesen erschossen sie. Ich weiß nicht, wie oft sie auf sie geschossen haben, aber ihre Köpfe waren ganz zermatscht.«

Nach sechsundzwanzig Tagen Fußmarsch überquerten die Lees die Grenze zu Thailand, wo sie in zwei verschiedenen Flüchtlingslagern ein Jahr verbrachten, bevor ihnen die Einreise in die Vereinigten Staaten genehmigt wurde. Ihre Tochter Ge, von der May in ihrem Aufsatz gesagt hatte, sie sei »so müde vom Laufen« gewesen, »daß sie sagte, sie kann nicht mehr weiter«, starb in dem thailändischen Lager, in das die Lees zuerst gelangten.

Für die Lees kam nie in Frage, in Laos zu bleiben. Sie und die 150 000 Hmong, die nach dem Krieg nach Thailand flohen, bewiesen die seit jeher geltende Präferenz der Hmong, ihr Heil lieber in der Flucht, im Widerstand oder im Tod zu suchen, als sich der Verfolgung oder Assimilation auszusetzen. Die Hmong merkten rasch, daß die Demokratische Volksrepublik Laos sie als Staatsfeinde einstufte, weil sie die Vereinigten Staaten unterstützt oder neutral zu bleiben versucht hatten. (Die zwanzig Prozent, die für die Sache der Kommunisten gekämpft hatten, genossen eine Vorzugsbehandlung oder wurden gelegentlich auch mit Regierungsposten belohnt. Um den Hmong eine Lektion zu erteilen, wie wichtig es ist, die ethnische Zugehörigkeit der Parteidoktrin unterzuordnen, zwangen die Machthaber einige von ihnen, pro-amerikanische Hmong-Gefangene eigenhändig hinzurichten.) Drei Wochen nachdem General Vang Pao nach Thailand ausgeflogen worden war, waren beinahe 40 000 Hmong – Männer, Frauen und Kinder – nach Vientiane unterwegs. Es heißt, sie hätten den Mekong überqueren und sich wieder ihrem Führer anschließen wollen; es heißt aber auch, sie hätten vorgehabt, die Regierung in Vientiane um Schutzgarantien zu bitten. Vor der Stadt Hin Heup eröffneten Truppen der Pathet Lao das Feuer auf mehrere hundert dieser Hmong, die gerade eine schmale Brücke am Fluß Nam Lik überquerten. Mindestens vier von ihnen starben durch Gewehrkugeln oder ertranken. Dutzende wurden verletzt. Als der ehemalige Ministerpräsident von Laos, Souvanna Phouma, ein Neutraler, der der neuen Regierung weiterhin als »Berater« angehörte, von dem Massaker bei Hin Heup erfuhr, soll er zu einem ausländischen Diplomaten bemerkt haben: »Die Meo [Hmong] haben mir gute Dienste geleistet. Es ist bedauerlich, daß der Frieden in Laos nur um den Preis ihrer Ausrottung zu haben ist.«

In Merced war ich eines Nachmittags zum Tee in die kleine, spartanische Wohnung von Blia Yao Moua eingeladen, dem Hmong-Oberhaupt, das meine erste Begegnung mit den Lees arrangiert hatte. Blias Vater war das *chao muong*, das Verwaltungsoberhaupt der Stadt Xieng

Khouang, gewesen. Er wurde ermordet – vermutlich von der Pathet Lao –, als Blia neun Jahre alt war. Zwei von Blias Brüdern starben im Krieg. Ich fragte Blia, was mit den Hmong geschehen sei, nachdem der Krieg verloren war. In gepflegtem, aber ungewöhnlichem Englisch – das er, wie auch Jonas Vangay, erst lernte, nachdem er bereits Hmong, Laotisch, Thailändisch und Französisch fließend sprach – erwiderte er: »Die Menschen aus der westlichen Welt können nicht begreifen, wie es war. In der Vision eines neuen Laos gibt es keinen Grund, die Hmong am Leben zu lassen. Wenn du nicht mit der Pathet Lao übereinstimmst, können sie dich wie ein Schwein oder ein Huhn umbringen. Sie versuchen, dich zu zwingen, ins Flachland zu ziehen. Wenn du nicht gehst, töten sie die Tiere und verbrennen alles in deinem Dorf: dein Haus, deinen Reis, deine Maispflanzen. Sie trennen Hmong-Familien und schicken die Kinder weit weg von den Eltern. Sie zwingen einen, seinen Namen zu ändern, so daß es keine Clan-Namen mehr gibt. Sie befehlen dir, kein Hmong mehr zu sprechen. Man soll auch keine Hmong-Rituale mehr praktizieren. Als ich ein Junge war, rief meine Mutter den *txiv neeb*, wann immer wir krank waren, selbst wenn wir nur Kopfschmerzen hatten. Aber nach dem Krieg hörten die Sicherheitsleute davon, wenn jemand das tat, und einige Tage später kamen sie und nahmen dich zu einer Art Versammlung mit und fragten dich nach dem Grund, und wenn deine Erklärung zu »rechts« war, nahmen sie dich mit. Sie wollten die Hmong-Kultur zum Verschwinden bringen. Aber die Hmong lassen sich nicht assimilieren. Die Chinesen können die Hmong nicht assimilieren. Die Pathet Lao kann die Hmong nicht assimilieren. Nach zweitausend Jahren können wir immer noch behaupten, daß wir Hmong sind.«

Obwohl die Lebensumstände dort miserabel waren, halten es die Lees für einen Glücksfall, daß man ihnen nach der mißglückten Flucht von 1976 gestattete, wieder in ihr Dorf zurückzukehren. Viele Hochland-Hmong wurden zwangsweise ins Flachland umgesiedelt, wo man sie landwirtschaftlichen Kollektivbetrieben in staatlicher Hand zuwies. Die alte Angst der Hmong vor dem Flachland erwies sich als begründet. Umgesiedelte Familien erkrankten häufig an tropischen Krankheiten, denen sie zuvor nie ausgesetzt gewesen waren – besonders an Malaria, die von Mücken übertragen wird, die in großen Höhen nicht lebensfähig sind. In Hochland-Dörfern, die intakt blieben, wurde jeder Hmong verhaftet, der beim Brandrodungsfeldbau erwischt wurde. Die meisten Dörfer waren von Soldaten der Pathet Lao durchsetzt. »Sehr höflich wurde jede Hmong-Familie von einem, der der Anführer zu sein schien, gebeten, abwechselnd zwei seiner Genossen aufzunehmen, die ›euch nur dienen wollen‹«, schrieb der Hmong-Gelehrte Yang Dao.

Doch die Hmong merkten sehr bald, daß die einzige Mission der zwei Pathet Lao, die sich in ihrer Familie eingenistet hatten, darin bestand, sie Tag und Nacht zu überwachen. (...) Bald getraute sich der Ehemann nicht mehr, mit seiner Frau zu reden, und die Eltern redeten nicht mehr mit ihren Kindern. Die zwei Pathet Lao lauschten jedem Wort, das gesprochen wurde, und beobachteten jede Bewegung. Man konnte niemandem mehr trauen. Von Zeit zu Zeit wurden die Leute mitten in der Nacht aufgeweckt und die Häuser unter dem Vorwand durchsucht, ein »Reaktionär« halte sich dort versteckt. Daraufhin wurde der Ehemann oder Sohn mit unbekanntem Ziel abgeführt, die Gewehrmündung im Rücken.

Das unbekannte Ziel war häufig ein »Ausbildungslager« in der Nähe der laotisch-vietnamesischen Grenze. Umerziehungslager, in denen Zwangsarbeit und politische Indoktrination Hand in Hand gingen, wurden nicht nur für die Hmong eingerichtet, obwohl viele Hmong, die Regierungsposten innegehabt oder für amerikanische Institutionen gearbeitet hatten, dort manchmal auf Jahre interniert waren. Über 10 000 laotische Intellektuelle, Beamte, Lehrer, Geschäftsleute, Militär- und Polizeioffiziere und andere, die im Verdacht standen, mit dem Königshaus zu sympathisieren, wurden in Lager interniert, desgleichen der König, die Königin und der Kronprinz, die allesamt dort starben. Die Gefangenen rodeten Land, bestellten Felder, fällten Bäume, bauten Straßen und wurden wie Tiere vor den Pflug gespannt. Einige wurden auch unter vorgehaltener Waffe gezwungen, Splitterbomben, die noch nicht gezündet hatten, aufzuspüren und zu beseitigen.

Während zwei- bis dreitausend Hmong in den Pathet Lao-Lagern »umerzogen« wurden – eine Übung in Zwangsunterwerfung, die dem Naturell der Hmong völlig zuwider war –, konnten Zehntausende auf typischere Hmong-Art auf das neue Regime reagieren: mit bewaffnetem Widerstand. Nach Vang Paos Abflug organisierten ehemalige Mitglieder der Armée Clandestine eine Widerstandsbewegung, die im Phou Bia-Massiv, dem höchsten Gebirgszug in Laos, südlich der Hochebene der Tonkrüge, ihren Stützpunkt hatte. Nachdem Pathet Lao-Truppen Ende 1975 eine Gruppe Hmong – überwiegend Frauen und Kinder – angegriffen hatte, als diese auf einem der Felder am Phou Bia arbeitete, starteten die Hmong-Rebellen eine Serie wütender Vergeltungsschläge. Mit Waffen, die sie in Höhlen versteckt gehalten hatten, erschossen sie Soldaten der Pathet Lao, sprengten Brücken, errichteten Straßenblockaden, zerstörten Lebensmittelkonvois und wälzten Felsen von Steilhängen herab, als feindliche Truppen unten vorbeigingen – ganz so, wie schon 1772 Hmong-Krieger Felsbrocken auf die chinesischen Armeeangehörigen im östlichen Guizhon hatten herabrollen lassen. Obwohl nahezu 50 000 Hmong dabei umkamen, konnte Phou Bia bis 1978 gehalten werden. Doch auch danach lebten weiterhin Hmong-Guerillas im Urwald zu beiden Seiten der laotisch-thailändischen Grenze, pendelten zwischen den beiden Ländern hin und her und unternahmen sporadische Überfälle auf die laotische Volksarmee. Die meisten Rebellen gehörten einer messianischen Gruppe namens Chao Fa (Herren der Himmel) an, andere der Neo Hom (der Vereinten Nationalen Befreiungsfront von Laos), die in den Vereinigten Staaten gegründet worden war und an deren Spitze Vang Pao stand. Noch heute, über zwei Jahrzehnte nach dem offiziellen Kriegsende, leisten beide Gruppen sporadisch Widerstand – auch wenn sie von vormals Tausenden von Guerillakämpfern inzwischen auf drei- bis vierhundert Mann geschrumpft sind.

Die meisten Hmong reagierten jedoch auf den Nachkriegsterror in Laos mit Migration, mit derselben Problemlösungsstrategie also, die sie über drei Jahrtausende in China hatte umherziehen und schließlich, zu Anfang des neunzehnten Jahrhunderts, nach Laos gelangen lassen. Viele Hmong befürchteten Vergeltungsmaßnahmen, obwohl einige zunächst einmal vom Hunger getrieben wurden, der Folge einer landesweiten Ressourcenknappheit sowie einer gegen Ende des Krieges wachsenden Abhängigkeit der Hmong von amerikanischen Reisabwürfen, Zuteilungen in den Umsiedlungslagern und Soldatensold. Im Juni 1975 sendete die offizielle Rundfunkanstalt der Hauptstadt die Stellungnahme der Regierung zum massenhaften Exodus der Hmong:

»In Absprache mit der thailändischen reaktionären Clique haben die US-Imperialisten jetzt das Meo-Stammesvolk gezwungen, von Laos nach Thailand zu fliehen. Eine solche Evakuierung dient nicht humanitären Zwecken, sondern dazu, die Arbeitskraft der Hmong für wenig Geld auszubeuten und sie zu Gefolgsleuten zu machen, um sie später nach Laos zurückzuschicken und den Frieden in diesem Land sabotieren zu lassen.«

Jeder Hmong-Flüchtling hat seine eigene Fluchtgeschichte. Am besten davongekommen sind Leute wie May Ying Xiong und Familie, die zusammen mit den Familien anderer Militäroffiziere aus Long Tieng ausgeflogen wurden. Sie mußten lediglich sämtliche Verwandten, die nicht zu ihrer unmittelbaren Familie gehörten, sowie buchstäblich alles, was sie besaßen, zurücklassen und – sozusagen über Nacht – die privilegierte Stellung, die sie in Laos genossen hatten, gegen einen Gemeinschaftsschlafsaal in einem thailändischen Flüchtlingslager eintauschen. Dort wurde ihnen ein einziges Bett für die achtköpfige Familie zugewiesen, und sie mußten für jede Mahlzeit, die Schüsseln in der Hand, in langen Warteschlangen anstehen. Ein wenig schlechter davongekommen sind die – und das war eine Möglichkeit, die nur ganz wenigen privilegierten Familien offenstand –, die aus Vientiane oder einer anderen städtischen Gegend per »Taxi« fliehen konnten, was im Grunde bedeutete, die Ersparnisse eines ganzen Lebens einem laotischen Fahrer auszuhändigen, der dann zusammen mit seinen Fahrgästen die thailändische Grenze erreichte, ohne verhaftet zu werden, oder auch nicht.

Die meisten Hmong flüchteten jedoch zu Fuß. Einige marschierten in kleinen erweiterten Familienverbänden, andere in Karawanen mit bis zu 8000 Menschen. Ich habe von keinem Hmong gehört, der allein geflohen wäre. In den ersten acht Monaten nach dem Fall von Long Tieng, als die Anstrengungen der Pathet Lao, den Flüchtlingsstrom der Hmong einzudämmen, noch relativ desorganisiert waren, bestand für die Hmong bisweilen die Möglichkeit, ihr Vieh auf größeren Pfaden vor sich her zu treiben. »Diese Leute konnten ihre Tiere einfach unterwegs schlachten, so daß sie nicht verhungert sind«, sagte mir Nao Kao. »Sie haben's echt leicht gehabt.« Später flüchteten die Gruppen auf Pfaden, die von Tigern und Elefanten ausgetreten worden waren, oder hielten sich völlig von den gängigen Routen fern und marschierten, wenn irgend möglich, entlang der Bergkämme, um Tretminen aus dem Weg zu gehen und unentdeckt zu bleiben. Die meisten Familien brauchten, wie die Lees auch, etwa einen Monat, bis sie Thailand erreichten; einige lebten jedoch auch zwei Jahre oder länger im Dschungel, wechselten dort ständig ihren Aufenthalt, um nicht gefaßt zu werden, schliefen unter Bambusblättern und ernährten sich von Wild (das jedoch schon bald knapp wurde), Früchten, Wurzeln, Bambussprossen, Baummark und Insekten. Auf ihrer verzweifelten Suche nach etwas, womit sie ihren Magen füllen konnten, zerrissen einige Leute ihre schweißdurchtränkten Hemden, taten sie in Salzwasser und aßen sie. Sie zündeten nur nachts Feuer an, wenn man den Rauch nicht sehen konnte. Manchmal benutzten sie phosphoreszierendes Licht von faulem Holz, um sich im Dunkeln den Weg zu leuchten.

Viele Leute trugen Kinder auf dem Rücken. Die Babys stellten ein potentiell tödliches Problem dar: sie machten Krach. Dabei war Stillschweigen entscheidend. So berichtete eine Hmong, ihr Sohn, der einen Monat alt war, als die Familie ihr Heimatdorf verließ, habe kein einziges Wort sprechen können, als sie zwei Jahre später in Thailand ankamen, weil, abgesehen von gelegentlichem Flüstern, niemand während dieser ganzen Zeit gesprochen hatte. Beinahe jede Hmong-Familie, die ich in Merced kennenlernte, wußte von einem Baby – dem Kind einer Verwandten, einer Nachbarin, einer Frau innerhalb der Gruppe, in der sie geflohen war –, das mit Opium betäubt worden war. »Wenn die Babys weinten«, erzählte mir eine junge Mutter namens Yia Thao Xiong, »vermischten wir das Opium in einer Tasse mit Wasser und gaben es ihnen, damit sie still waren und die Soldaten uns nicht hörten, denn wenn sie die Babys hörten, brachten sie uns alle um. Meistens schliefen die Babys einfach ein. Aber wenn du aus Versehen zuviel gibst, dann stirbt das Baby. Das ist ganz, ganz oft passiert.« Als ich diese Geschichten hörte, erinnerte ich mich an einen Bericht über ein israelisches Kind, das in seinem Versteck vor palästinensischen Terroristen zu weinen begonnen hatte und daraufhin von seiner Mutter versehentlich erstickt worden war. Dieser Tod, so hieß es 1979, habe das ganze israelische Volk in Trauer gestürzt. Das Erschreckende an diesen Überdosen Opium war weniger die Tatsache, daß die Hmong so etwas erleben mußten, sondern vielmehr, daß derlei so häufig vorkam, daß es weder eine Nation in Trauer stürzte noch je Schlagzeilen machte, die Aufmerksamkeit der Weltöffentlichkeit auf sich zog oder gar über die betroffenen Familienverbände hinaus bekannt wurde, die es wie betäubt als Fakt ihres Lebens hinnahmen.

Die noch kräftigen Erwachsenen wechselten sich beim Tragen der Alten, Kranken und Verletzten in der Regel so lange ab, bis sie dazu nicht mehr in der Lage waren. War dieser Punkt erreicht, wurden diese Verwandten nach einem quälenden Auswahlverfahren am Wegesrand zurückgelassen – meistens mit ein paar Nahrungsmitteln und ein wenig Opium. Wer unterwegs starb, wurde der Verwesung preisgegeben. Es war zu gefährlich, sich die Zeit für ein Begräbnis zu nehmen. Um die Tragweite einer solchen Entscheidung ermessen zu können, muß man sich zum einen vor Augen halten, daß die Hmong ihre Alten verehren, zum anderen, daß die Seelen derjenigen, die nicht die angemessenen Bestattungsriten erfahren haben – das heißt also, die nicht gewaschen, in besondere Gewänder gekleidet, durch Tieropfer geehrt, mündlich an den Ort zurückgeleitet worden sind, an dem die Plazenta vergraben ist, mit Todestrommeln und der *qeej* betrauert und in einem handgezimmerten Sarg auf dem Vorsprung eines abschüssigen Berges zur Ruhe gebettet worden sind –, daß diese auf ewig zu ruheloser Wanderschaft verdammt sind. Jonas Vangay sagte: »Die Toten nicht zu begraben ist furchtbar. Die Verwandten nicht zu tragen ist furchtbar. Die Verantwortung zu haben, sich zwischen ihnen und einem selbst zu entscheiden, ist das Schlimmste von der Welt.«

Auf ihrem Weg nach Thailand kamen die Hmong durch verlassene Dörfer und Felder. Sie zogen an Bergen von Schmuck, Silberbarren und bestickten Kleidungsstücken vorbei – auch Foua entledigte sich ihrer ganzen *paj ntaub* Mitgift –, die Flüchtlinge vor ihnen abgeworfen hatten. Auch an zahlreichen verwesenden Leichnamen gingen sie vorüber. Dang Moua, ein Geschäftsmann aus Merced, der seine Familie während ihrer dreiwöchigen Reise mit Vögeln ernährte, die er mit einem selbstgemachten Bogen und vergifteten Pfeilen aus Bambus erlegte, sah Dutzende zerlumpter und verwaister Kinder im Urwald, die Blätter und Dreck aßen. Er gab ihnen etwas zu essen, zog aber weiter. Seine Frau fand ein Baby – kein Jahr alt –, das versuchte, an den Brüsten seiner toten Mutter zu saugen. Auch an diesem Kind zogen sie vorbei.

Da Houaysouy westlich vom Mekong lag, konnten die Lees die

Grenze zu Thailand zu Fuß überqueren. Etwas weiter südlich stellt der Mekong, der bis zu anderthalb Kilometer breit ist, über eine Strecke von mehr als achthundert Kilometern die Grenze zwischen Laos und Thailand dar. Die meisten Hmong-Flüchtlinge mußten ihn überqueren. »Der Mekong ist zehnmal größer als der Fluß Merced«, sagte Jonas Vangay. »Wie kommt man also rüber? Die meisten Hmong schwimmen nicht. Wenn man Geld hat, kann man vielleicht einen Lao für ein Boot bezahlen. Man kann sich am Ast eines Baums festhalten. Bambus schwimmt besser als Holz, so daß man den zusammenbinden kann, aber später ist sämtlicher Bambus verschwunden, weil die Leute ihn schon abgeschnitten haben, und man muß ihn den ganzen Weg aus den Bergen heruntertragen. Diesen Fluß zu überqueren, alle hier in den Vereinigten Staaten haben immer noch Alpträume deswegen.«

Die Leute versuchten, mit Hilfe von Bambusholz, das sie unter die Achseln klemmten, von Flößen aus Bananenholz oder aufgeblasenen Gummischläuchen, die sie von laotischen Händlern erwarben, über den Mekong zu gelangen. Die aufgeblasenen Gummischläuche waren schwer zu bekommen und sehr teuer, weil die Grenzstreife der Pathet Lao die betreffenden Händler umbrachte. Viele Babys und Kleinkinder, die die Reise bis dahin überlebt hatten, ertranken, festgebunden auf dem Rücken ihrer Eltern, bei der Überquerung des Flusses. Ihre Leichen blieben im Mekong zurück.

Ein Bewohner von Merced war sechzehn Jahre alt, als er und seine Großfamilie den Mekong erreichten. Es gelang ihnen, ein Boot zu besorgen, das groß genug war, um die Hälfte der Gruppe aufzunehmen. Zuerst setzten er und ein weiterer Erwachsener mit sämtlichen Kindern über. Der andere Mann ruderte das Boot an das laotische Flußufer zurück, um die restlichen Erwachsenen abzuholen. Als das Boot beim abermaligen Übersetzen bereits die Hälfte des Flusses überquert hatte, versenkte es die Grenzpatrouille und schoß auf die Passagiere. Vom thailändischen Ufer aus sahen der Teenager und die Kinder zu, wie ihre Eltern, Onkel und Tanten erschossen wurden oder ertranken.

Eines Nachmittags, als Blia Yao Moua und ich wieder einmal miteinander plauderten, ließ ich zufällig eine Bemerkung über den Zusammenhalt innerhalb der Hmong-Gesellschaft fallen. Er sagte: »Ja, wenn jemand von außen auf die Gemeinde der Hmong schaut, sieht das so aus. Aber innen drin haben sie Schuld. Viele Schuldgefühle. Du kommst vom Norden von Laos, und dann gehst du über den Mekong, und wenn die Soldaten der Pathet Lao schießen, denkst du nicht an deine Familie, nur an dich selbst. Wenn du die andere Seite erreichst, wirst du nicht mehr das sein, was du warst, bevor du durch den Mekong gekommen bist. Auf der anderen Seite kannst du deiner Frau nicht sagen, ich liebe dich mehr als mein Leben. Sie hat es gesehen! Du kannst das nicht mehr sagen! Und wenn du versuchst, die Sache zu flicken, ist es, als würde man Kleber auf ein zerbrochenes Glas tun.«

Ein nicht zu beziffernder Anteil der aus Laos geflohenen Hmong – einige Überlebende schätzen ihn auf die Hälfte, andere auf weit weniger – starb unterwegs, durch Kugeln oder Tretminen der Pathet Lao beziehungsweise Vietnamesen sowie durch Krankheit, Hunger, Kälte, Schlangenbisse, Angriffe von Tigern, giftige Pflanzen oder Ertrinken. Die meisten, die Thailand erreichten, fanden sich schließlich auf einer Polizeistation wieder, nicht ohne vorher von thailändischen Banditen ausgeraubt und gelegentlich auch vergewaltigt worden zu sein. Von dort aus wurden sie in die Flüchtlingslager geschickt. Achtzig Prozent von denen, die dort ankamen, litten an Unterernährung, Malaria, Blutarmut und Infektionen, besonders an den Füßen.

Zuerst wurden die Hmong in einer Reihe von provisorischen Lagern nahe der Grenze zu Laos untergebracht. Da Thailand die Genfer Flüchtlingskonvention von 1951 nicht unterzeichnet hatte, galten die Hmong – offiziell – als illegale Einwanderer. Die thailändische Regierung war jedoch bereit, ihnen eine vorübergehende Aufenthaltsgenehmigung zu erteilen, solange andere Nationen die Kosten übernahmen und ihnen dauerhaftes Asyl versprachen. Schließlich wurden die meisten Hmong, die bis Anfang der neunziger Jahre über die Grenze strömten, in einem großen Lager im Nordosten Thailands, etwa fünfundzwanzig Kilometer südlich des Mekong, zusammengezogen. Auf seinem Höhepunkt im Jahre 1986 zählte das Lager von Ban Vinai 42 858 Einwohner, von denen neunzig Prozent Hmong waren. Es war die größte Hmong-Siedlung aller Zeiten, größer noch als Long Tieng, das ehemalige militärische Hauptquartier von General Vang Pao. Ban Vinai war eigentlich eine wohltätige Einrichtung im großen Stil, die das zu Ende führte, was die Reisabwürfe während des Krieges so wirkungsvoll begonnen hatten, nämlich die wirtschaftliche Unabhängigkeit der Hmong zu unterminieren. Je nach Blickwinkel bedeutete das Leben dort entweder eine katastrophale Entwurzelung oder eine nützliche Generalprobe für das Leben in den Ballungszentren amerikanischer Städte, wohin viele der Lagerbewohner schließlich umgesiedelt wurden. Obwohl es im Lager weder Elektrizität noch fließendes Wasser oder Abwasserkanäle gab, war es so dicht besiedelt, daß es im Grunde einer Stadt glich. So kam auch eine katholische Hilfsorganisation 1986 in einem Gutachten zu dem Schluß, daß »Ban Vinai mit denselben Problemen konfrontiert ist wie viele arme Kommunen, nämlich mit schlechtem Gesundheitszustand der Bewohner, starker Besiedlung, Abhängigkeit von der Sozialhilfe, Arbeitslosigkeit, Drogenmißbrauch, Prostitution und Anomie (Selbstmord, Resignation und Einsamkeit).« Jonas Vangay erzählte mir: »In Ban Vinai hast du nicht das Recht, etwas anderes zu tun, als eine Ration Reis und Bohnen zu holen und in dein Zelt zu gehen. Das tust du fünf oder zehn Jahre lang. Es gab Leute, die wurden dort geboren und großgezogen. Die Jungen spielen Fußball und Volleyball. Die älteren Leute schlafen einfach nur Tag und Nacht, sie warten einfach und schauen und warten und essen und warten und sterben und warten und sterben.«

Der enthusiastische Anthropologe des Internationalen Hilfskomitees, Dwight Conquergood, der die Tollwut-Parade in Ban Vinai organisiert hatte, meinte, die Lagerleitung neige dazu, die Hmong für ihre Abhängigkeit, ihren schlechten Gesundheitszustand und ihre mangelhafte Hygiene selbst verantwortlich zu machen. »Statt die Hmong als ein Volk zu betrachten, das sich mit den Zwängen historischer, politischer und wirtschaftlicher Kräfte abplagt, die sie von stolzen, unabhängigen Bergleuten zu landlosen Flüchtlingen gemacht haben, wird den Hmong selbst die Schuld für ihren erbärmlichen Zustand gegeben.« Conquergood war überrascht, als er merkte, wie ausgeprägt die Abneigung der westlichen Lagerangestellten gegen die Hmong war, die er selbst sehr gern mochte. Er schrieb:

> Ich fing an, die Redewendungen zu sammeln, mit denen die Hmong am häufigsten von Amtsleitern, die in Ban Vinai arbeiteten, beschrieben wurden. Das Wort, das ich am häufigsten hörte, war »dreckig«, dicht gefolgt von »schmutzig« und häufig Teil einer Begriffskonstellation, zu der »Krätze«, »Abszesse«, »Kot« und »Müllberge« gehörten. Eine regelmäßig

gebrauchte Redewendung, mit der eine Reihe von Verhaltensweisen zusammengefaßt wurde, die als Hygienesünden galten, war die folgende: »Sie sind gerade erst der Steinzeit entwachsen, wissen Sie.« Ein bedeutungsschwangeres Wort, das man in bezug auf die Hmong nahezu jeden Tag hörte, war »schwierig«, einschließlich der untergliedernden Lehnformen »schwierig in der Zusammenarbeit«, »die schwierigste Gruppe«, »unflexibel«, »starrköpfig«, »dickköpfig«, »man dringt nicht zu ihnen durch«, »rückständig«.

Conquergood glaubt, daß diese Fixierung auf »Schmutz« und »Schwierigkeit« letztlich »Ausdruck des Unwohlseins westlicher Ausländer war, wenn sie auf das Abweichende, das andere stießen. Die Begegnung zwischen dem Leiter eines westlichen Hilfswerks und einem Hmong ist eine Konfrontation mit dem radikal Andersartigen – im Hinblick auf Kosmologie, Weltbild, Ethos, Lebensstruktur.«

Die meisten von denen, die diese abfälligen Bemerkungen über die Hmong machten, kamen aus den Vereinigten Staaten, aus dem Land, in das die Mehrzahl der Bewohner von Ban Vinai letztlich emigrierte. Etwa 10 000 Hmong ließen sich in Frankreich, Kanada, Australien, Argentinien, Französisch-Guyana und andernorts nieder. Doch wegen ihrer Verbindungen zum amerikanischen Militär und aufgrund der Tatsache, daß Vang Pao sich bereits in Montana niedergelassen hatte, wurde den USA bei weitem der Vorzug gegeben. Noch 1975 waren die USA lediglich bereit, weniger als 300 Hmong aufzunehmen – zumeist Armeeoffiziere und ihre Familien –, doch sowohl die Quoten als auch die Bewilligungskriterien wurden im Laufe der Jahre gelockert, so daß allein im Jahre 1980 etwa 25 000 Hmong einreisen durften. Wie auch im Fall der vietnamesischen und kambodschanischen Flüchtlinge kamen die gebildetsten Hmong und Laoten mit der ersten Einwanderungswelle nach Amerika, während die weniger gebildeten erst später ins Land strömten. Da sich die USA über Jahre hinweg weigerten, Großfamilien aufzunehmen, die mehr als acht Personen umfaßten, die Größe der Kleinfamilie jedoch nicht beschränkten, gewöhnten sich die Hmong, von denen niemand eine Geburtsurkunde besaß, das Lügen an, wenn sie von der Einwanderungsbehörde befragt wurden. Die zweiten Ehefrauen wurden Töchter oder Schwestern; Neffen und Nichten wurden Söhne und Töchter.

Laut dem Büro des UN-Hochkommissars für Flüchtlinge gibt es für jedes Flüchtlingsproblem drei mögliche »langfristige Lösungen«: Integration vor Ort, freiwillige Rückführung oder Umsiedlung in ein Drittland. Thailand, das mit Flüchtlingen aus Laos, Vietnam und Kambodscha gleichzeitig überschwemmt wurde, wehrte sich vehement gegen die erste Lösung. Die Hmong wehrten sich vehement gegen die zweite Lösung. Und ab 1981 begannen sie auch, sich gegen die dritte Lösung zu wehren, so daß Ban Vinai eine Art Lager ohne Ende wurde, beziehungsweise eine »nicht auf Dauer angelegte Nicht-Lösung«, wie ein US-Flüchtlingsbeamter sich ausdrückte. 1984 meinte Eric E. Morris, der stellvertretende Leiter für Flüchtlingsfragen der UN in Thailand, ziemlich verblüfft: »Dies ist geschichtlich gesehen eine einmalige Situation. Die Hmong sind die ersten uns bekannten Flüchtlinge, denen die Umsiedlung angeboten wurde, die sie aber mehrheitlich abgelehnt haben.« Einige Hmong fürchteten, die Widerstandsbewegung der Hmong in Laos, die in Ban Vinai Kämpfer rekrutierte und von dort aus gelenkt wurde sowie von Geldern profitierte, die Flüchtlinge in den USA schickten und die durch das Lager geschleust wurden, könne zusammenbrechen, wenn sie Asien verließen. Die meisten hatten jedoch von früheren Einwanderern Gerüchte über das Leben in Amerika gehört und darum schlichtweg Angst: vor Mietshäusern, Gewalt auf den Straßen, Sozialhilfeabhängigkeit, vor der Aussicht, nie wieder Land bebauen, keine Tiere opfern zu dürfen, ins Gefängnis zu wandern, wenn ihre Großväter Opium rauchten, vor Trollen, Dinosauriern und – wie das berüchtigte Treffen auf dem Fußballplatz in Ban Vinai gezeigt hatte – vor Ärzten, die Leber, Niere und Gehirn ihrer Hmong-Patienten verspeisten.

Allmählich sah Ban Vinai ganz passabel aus. Es mag dreckig, überfüllt und verseucht gewesen sein, aber kulturell gesehen war es noch stark hmonggeprägt. Die Frauen beschäftigten sich mit *paj ntaub* (wenn auch einige statt der alten Motive mit Elefantenfüßen und Widderhörnern lieber Soldaten mit Bajonetten auf den Stoff stickten); die Männer stellten Schmuck her (wenn auch einige in Ermangelung von Silber Aluminiumdosen aus dem Müll klaubten und sie einschmolzen); viele Familien züchteten Hühner oder bauten auf einem kleinen Stück Land Gemüse an. Am beeindruckendsten war jedoch nach Meinung Dwight Conquergoods, daß man, gleichgültig, wohin man im Lager geht, zu beinahe jeder Tages- und Nachtzeit zwei oder drei Zeremonien gleichzeitig hören kann, vom einfachen Geschichtenerzählen und Liedersingen bis hin zu komplizierten rituellen Gemeinschaftszeremonien für die Toten (...) einschließlich Trommeln, stilisierten Wehklagens, rituellen Sprechgesangs der Handhabung von Beerdigungsutensilien, nicht zu vergessen Weihrauch, Feuer, Tanz und Tieropfer. Beinahe jeden Morgen wurde ich vor Sonnenaufgang vom Trommeln und dem ekstatischen Gesang der praktizierenden Schamanen geweckt.

Thailand löste Ban Vinai 1992 auf. Seinen 11 500 Bewohnern wurde mitgeteilt, daß ihnen wirklich nur zwei Möglichkeiten blieben: einen Antrag auf Umsiedlung in ein anderes Land zu stellen, oder nach Laos zurückzukehren. Übergangsweise sollten Umsiedler und Rückkehrer in jeweils unterschiedliche Lager verlegt werden. Daraufhin brach Panik aus. Viele Hmong, die sich über ein Jahrzehnt gesträubt hatten, in die Vereinigten Staaten zu ziehen, beschlossen nun, daß dies von den beiden entsetzlichen Wahlmöglichkeiten die sicherere sei – und wurden prompt abgelehnt. Über 10 000 Hmong, die meisten davon Bewohner von Ban Vinai, erteilten beiden Optionen schlichtweg eine Absage und flohen – ob nun übergangsweise oder für immer, weiß niemand – auf das heilige Terrain von What Tham Krabok, einem buddhistischen Kloster nördlich von Bangkok. Scheinbar erdrückt von Entscheidungszwängen, gelang es den Hmong – wie schon häufig im Laufe ihrer von Unnachgiebigkeit zeugenden Geschichte – trotz allem auch dieses Mal, einen Ausweg zu finden, indem sie in eine Richtung auswichen, die keiner ihrer Bewacher hätte vorhersehen können.

Die thailändischen Behörden waren den Berichten nach erstaunt, daß es 10 000 Hmong gelungen war, ihnen durch die Lappen zu gehen. Sie hätten es besser wissen müssen. Denn solange es Hmong gibt, haben sie immer einen Ausweg aus der Not gefunden. In einem der schönsten Hmong-Volksmärchen gerät Shee Yee, ein Heiler und Magier, der als Vorläufer der heutigen *txiv neebs* gilt, in einen Hinterhalt von neun bösen *dab*-Brüdern, die Menschenfleisch fressen und das Blut ihrer Opfer trinken. Die Brüder lauern Shee Yee an einer Kreuzung in den Bergen auf, wo neun Wege in jeden Winkel der Welt führen und die Felsen wie Tiger und Drachen aussehen. Als sich die Brüder in Wasserbüffel verwandeln, tut es Shee Yee ihnen nach. Als sie ihn auf die Hörner nehmen, nimmt er wieder Menschengestalt an und hackt die Büffel mit seinem Zaubersäbel in Stücke. Als die Stücke wieder zusammenwachsen und zu neuem Leben erwachen, verwandelt er sich in eine Wolke und steigt hoch hinauf gen Himmel. Als die Brüder zum starken Wind werden, verwandelt sich Shee Yee in einen Wassertropfen. Als einer der Brüder sich in ein Blatt verwandelt, das den Wassertropfen auffangen könnte, nimmt Shee Yee die Gestalt eines Hirsches an und verschwindet im Urwald. Die Brüder werden daraufhin zu Wölfen und setzen Shee Yee nach, bis die Sonne tief am westlichen Himmel über dem Rand der Erde hängt. Von den Brüdern sind acht zu müde, um weiterzujagen, doch der älteste rennt weiter. Als Shee Yee ein verlassenes Rattenloch sieht, verwandelt er sich in eine Ratte. Der älteste Bruder nimmt die Gestalt eines Katers an und harrt vor dem Loch aus. Shee Yee schlüpft in die Gestalt einer Raupe mit einem stechenden Pelz, und der Kater scheucht ihn mit seinem Fauchen wieder zurück ins Loch. Während er in seinem Loch abwartet, wird Shee Yee immer wütender. Als der Kater schließlich einschläft, verwandelt Shee Yee sich in eine winzig kleine rote Ameise. Blitzschnell beißt er den Kater fest in den Hoden. Dann kehrt er nach Hause zu seiner Frau zurück.

# Code X

Ich erinnere mich, daß ich an jenem Abend, als mir die Lees von ihren Nachkriegserfahrungen erzählten, nichts anderes zu sagen wußte als: »Das muß furchtbar gewesen sein.« Foua warf mir einen kurzen, undurchdringlichen Blick zu und sagte: »Ja, es war sehr traurig. Aber als wir aus Laos flohen, hofften wir wenigstens, daß unser Leben besser würde. Es war nicht so traurig, wie nachdem Lia nach Fresno kam und krank wurde.«

Im ersten Moment glaubte ich, sie mißverstanden zu haben. In Laos hatten Foua und Nao Kao drei Kinder in drei Jahren verloren. Sie waren Kugeln, Landminen und Feuerwänden ausgewichen. Sie hatten erst ihr Dorf, dann ihr Land verlassen und wußten, daß sie weder das eine noch das andere je wiedersehen würden. Wie konnte die katastrophale Krankheit ihres Lieblingskindes schlimmer sein als all das? Aber ich hatte sie nicht mißverstanden. Gewalt, Hunger, Elend, Exil und Tod gehörten, so schrecklich sie auch waren, zu den vertrauten oder zumindest begreiflichen Tragödien des menschlichen Lebens. Was mit Lia geschehen war, lag außerhalb dieser Sphäre.

Nach elf Tagen auf der pädiatrischen Intensivstation im Valley Kinderkrankenhaus wurde Lia am 5. Dezember 1986 mit dem Krankenwagen ins MCMC verlegt. Dave Schneider, ein angehender Allgemeinmediziner, der ebenso für seine Klugheit wie für seine Nervosität bekannt war, nahm die Untersuchung an ihr vor. In seinem Protokoll beschrieb Dave »ein komatöses, übergewichtiges, laotisches Mädchen«, dessen Einweisungsdiagnosen folgendermaßen lauteten:

1. Schwerer hypoxämischer Hirnschaden.
2. Pseudomonas-Sepsis.
3. Schweres Anfallsleiden.
4. Zustand nach disseminierter intravasaler Gerinnung.
5. Zustand nach septischem Schock.

»Es war gerade meine pädiatrische Zeit«, erinnerte sich Dave, »und als ich hörte, daß Lia aus Fresno zurückkäme, praktisch hirntot, rutschte mir das Herz in die Hose. Ich kannte die Familie nicht sonderlich gut, aber ich hatte gehört, daß sie kooperationsunwillig und schwierig war. Jeder wußte das. Ich sehe Lia noch hier ankommen, wie sie da im Bett lag und völlig anders aussah als früher. Sie war sehr heiß und fiebrig, ihre Augen waren ein Stück weit nach oben in die Augenhöhlen gerollt, und ihr Atem ging unregelmäßig und viel zu schnell. Sie hatte eine Menge Speichel und Schleim in ihrem Schlund, aber man konnte es praktisch nicht absaugen, weil ihre Kiefermuskulatur den Mund fest verschloß. Sie tat nichts, was nach willkürlichen Bewegungen ausgesehen hätte. Ihre Beine waren gestreckt, während ihre Arme entweder gestreckt oder über ihrem Brustkorb angezogen waren, was auf sehr seltsame und ungute Vorgänge in den motorischen Bahnen der Hirnrinde hindeutet. Allerdings reagierte sie auf starke Schmerzreize und zog ihren Finger zurück, wenn ich zum Beispiel fest auf ihr Nagelbett drückte.«

Lia wurde in die pädiatrische Abteilung aufgenommen. »Ich kann mich noch an das erste Mal erinnern, als ich sie oben besuchen ging«, sagte Peggy Philp. »Sie war in einem schrecklichen Zustand. Lia war ein wirklich süßes Kind gewesen – klar, sie hatte schlimme Anfälle, aber sie war so *lebendig* – und nun war sie einfach ... na ja, da. Aber nicht friedlich und wie im Schlaf, wie man es bei einem Koma erwartet. Ich meine, es wäre etwas anderes, wenn sie dagelegen hätte wie Dornröschen, einfach nur schön und entspannt, aber so war es nicht. Sie schien Schmerzen zu haben. Sie versteifte sich, wenn man sie berührte. Sie *kämpfte*. Sie gab schrecklich laute Geräusche von sich, wenn sie atmete« – Peggy ahmte ihren rasselnden und pfeifenden Atem nach –, »und ich dachte immerzu, mein Gott, so kann sie nicht weitermachen, das macht sie fertig, sie wird sich kaputtmachen und jeden Augenblick sterben. Ich kann mich noch erinnern, daß ich richtig wütend auf Hutch war« – Terry Hutchison, Lias Neurologe in Fresno – »nach dem Motto, um Himmels willen, *das* schickst du mir?«

Als Peggy innehielt, wandte ich mich Neil zu und fragte ihn, was sein Eindruck gewesen sei. »Nun ja, ich habe sie nicht gleich gesehen. Ich wußte, daß sie zu uns zurückverlegt worden war, um zu sterben. Da war sie, und das war es, wovor ich immer Angst gehabt hatte – ich meine, diese Geschichte in der Notaufnahme hat mir einfach den Rest gegeben, das hat mich emotional völlig ausgelaugt, und Lia gegenüberzutreten war zu diesem Zeitpunkt wirklich schwer für mich.«

»So habe ich mich um sie gekümmert«, warf Peggy ein.

»Das hast du. Du hast dich vielleicht sogar ausschließlich um sie gekümmert. Ich hab mich womöglich ein wenig davor gedrückt. Mehr als ein wenig. Ich habe mich davor gedrückt. Ich muß gestehen, ich hab gekniffen.«

Neil brauchte drei Tage, an denen er unzählige Male an Lias Zimmer vorbeilief, ehe er sich überwinden konnte, jene Patientin anzusehen, die über vier Jahre sein Berufsleben und sein persönliches Denken so sehr beschäftigt hatte. Ich fragte ihn, was er vorfand, als er sie endlich sah.

»Sie vegetierte nur noch vor sich hin. Doch auf eine zornige Art.«

Lias Zustand als Vegetieren zu bezeichnen kam mir wie eine weitere Vermeidungsstrategie vor. Bei der Beschreibung dessen, was ihr passiert war, bedienten sich Neil und Peggy gleichermaßen eines galgenhumorigen Slangs, zu dem man in extremen Streßsituationen greift, in der Hoffnung, daß etwas, worüber man lacht, einem nicht das Herz brechen kann. »Lia ist durch die Mühle gedreht worden.« – »Bei Lia knallten alle Sicherungen durch.« – »Keiner zu Hause, alle Lichter aus.«

Der erste Pflegeeintrag nach Lias Wiederaufnahme lautete: »Rascher Puls von 130 & Fieber von 38,5 °C. Keinerlei Zeichen des Wiedererkennens, keine Reaktion. Lage der Magensonde regelrecht.« Danach kommentarlos: »Familie im Zimmer, Schamane hält eine Zeremonie ab.«

Als ich Gloria Rodriguez, Lias Krankenschwester während dieser Schicht, nach diesem Eintrag fragte, sagte sie: »O ja, sie ließen einen Medizinmann kommen. Er brachte eine Art weiße Salbe mit, und sie sangen und rieben Lias ganzen Körper mit der Salbe ein. Sie roch nach Wodka und Kräutern. Ich weiß noch, daß ihre Mutter uns nicht erlauben wollte, Lia zu baden, weil dabei das weiße Zeugs abgehen würde.«

Foua zog es ohnehin vor, sich selbst um ihre Tochter zu kümmern. Sie saß rund um die Uhr an Lias Bett. »Mutter ermuntert, das Kind während des Bettenabziehens zu halten«, hielt eine Pflegekraft fest. »Mutter streichelt das Kind und singt dazu.« Die Pflegekräfte zeigten ihr, wie man Vaseline auf Lias rissige Lippen aufträgt, ihre windelbedingten Hautreizungen mit Desitin-Salbe behandelt, ihr die Stirn mit einem feuchten Waschlappen kühlt, sie absaugt und ihr die Medikamente über eine Magensonde gibt. Einmal brachten Foua und Nao Kao ein Kräutermittel mit – »eine dicke, zähflüssige, klebrige, widerliche, grüne Flüssigkeit«, wie Peggy sich erinnerte – und versuchten, sie Lia zu geben. Als sie merkten, daß Lia nicht schlucken konnte, beschlossen sie, sie über die Magensonde einzuflößen, und da Peggy sicher war, daß Lia ohnehin sterben würde, ließ sie sie gewähren.

Das Neujahrsfest der Hmong, ein mehrtägiges Fest, das traditionell im zwölften Monat des Jahres begangen wird und mit dem ersten Hahnenschrei am ersten Tag des zunehmenden Mondes beginnt, fiel zufällig mit Lias Aufenthalt im MCMC zusammen. Es ist das höchste und fröhlichste Fest der Hmong, die passende Zeit, um schädliche *dabs* zu vertreiben, wohlgesinnte Hausgeister um Beistand zu bitten, die Seelen der verstorbenen Vorfahren heimwärts zu rufen und Glück für das kommende Jahr zu sichern. Es ist zudem eine Zeit, in der man tanzt, singt, flirtet und sich mit der bestickten Kleiderpracht herausputzt, die viele Hmong-Frauen, selbst wenn sie in Amerika leben, schon Monate vorher herzustellen beginnen. Es heißt, daß jeder, der an Neujahr alte Kleider trägt, seiner Familie Armut beschert. In jenem Jahr hatte Foua für all ihre Töchter neue *paj ntaub* genäht und dabei thailändischen Stoff, amerikanischen Zwirn und zur Dekoration alte indochinesische Münzen verwendet. Einmal zeigte sie mir diese Kleidungsstücke. Lias Rock war der bei weitem phantasievollste, mit bestickten rosafarbenen, grünen und schwarzen Streifen und so vielen feinen Falten, daß sie aussahen wie die Lamellen eines Pilzes. »Dies sind die Kleider, die Lia tragen sollte«, sagte sie zu mir. »Es waren die schönsten Kleider, weil wir sie so sehr liebten. Kein anderer darf sie tragen, weil sie Lia gehören und nur Lia. Ich habe sie gemacht, weil ich dachte, Lia würde an Neujahr wieder munter sein, aber statt dessen wurde sie krank, und es war das einzige Mal in unserem Leben, daß wir das Neujahrsfest nicht gefeiert haben.« May Lee sagte: »Wir haben an Neujahr nichts gemacht, nicht einmal die Seelenanrufungszeremonie, da die Ärzte uns sagten, Lia würde sterben. Meine Familie weinte einfach die ganze Zeit.«

Statt dessen brachte Foua ein anderes Kleidungsstück ins Krankenhaus: ein Begräbnisgewand. »Es gehört zur Hmong-Kultur, so etwas zu tun«, erläuterte Nao Kao. »Für uns Hmong, wenn du sie nicht ordentlich anziehst, dann träumst du, nachdem sie sterben, immer von ihnen, daß sie nackt sind. Es ist nicht wirklich gut, eine Person nackt zu sehen, deshalb ziehen wir ihnen besondere Kleider an. Lias Mutter nähte sie ihr.« Die besonderen Kleider bestanden aus einem schwarzen Hut, einer schwarzen Jacke und einem hochtaillierten, bestickten Rock. Das Pflegepersonal erklärte Foua, daß Lia die Jacke nicht gleich tragen könne, da man sonst nicht an ihren Oberkörper ran käme. Also legte Foua sie zunächst über das Krankenhaushemd ihrer Tochter. Als das Personal später den Raum verlassen hatte, setzte sie sich über die Anweisungen hinweg und zog Lia vernünftig an.

Lias Zimmer war stets bevölkert von Geschwistern, Cousins und Cousinen, Onkeln, Tanten und Mitgliedern des Lee- und Yang-Clans, die von außerhalb angereist waren, um an der »Krankenwache« teilzunehmen. Dee Korda kam ebenfalls häufig zu Besuch – Peggy erinnert sich daran, sie weinend an Lias Bett gesehen zu haben –, und Jeanine Hilt war jeden Tag da. »Normalerweise gab es keine Dolmetscherin«, erinnerte sich Jeanine, »aber, wissen Sie, Foua und ich verständigten uns ohnehin eher über die Seele. Wir hielten einander oft im Arm. War jemand zum Dolmetschen da, sprachen Foua und Nao Kao immer davon, wie sehr sie Lia liebten und wie besonders dieses Kind für sie war. Ich sagte ihnen, daß sie auch für mich etwas Besonderes sei. Ich war sehr froh, daß es nicht bei den Pflegeeltern passiert ist. Das war meine schlimmste Befürchtung, daß sie während der Pflegestellenunterbringung einen schweren Anfall haben würde. Mein Gott, es hätte so leicht dazu kommen können, und wenn, dann hätten sie mir auf ewig die Schuld gegeben. Es hätte Auswirkungen auf die gesamte Hmong-Gemeinschaft gehabt: Das Jugendamt stiehlt Kinder, und die Kinder sterben.«

An Lias zweitem Tag nach der Rückverlegung ins MCMC verlangte Nao Kao, Lias Subclavia-Katheter – einen zentralen, intravenösen Zugang, den man mit viel Mühe im Valley Kinderkrankenhaus gelegt hatte – zu entfernen und sämtliche Medikamente abzusetzen.

»Ich hatte den Eindruck«, erinnerte sich Peggy, »sie wollten, daß Lia Frieden findet und sich nicht mehr bedrängt fühlt. Im Grunde wollten sie sie mit Würde sterben lassen.« Peggy irrte sich. Sie glaubte, Foua und Nao Kao wollten die Medikamente absetzen, da sie Lias Leben künstlich verlängerten. Tatsächlich aber wollten die Lees, die Lia für so krank hielten, daß ihr Tod *nicht auszuschließen* war, die Behandlung nur abbrechen, weil sie dachten, daß es die Medikamente seien, die sie umbrächten.

Nachdem der intravenöse Zugang entfernt worden war, erklärten Foua und Nao Kao, sie wollten Lia mit nach Hause nehmen. Wegen Lias Hirnschaden war der homöostatische Mechanismus gestört, der ihre Körpertemperatur regulierte, so daß sie Temperaturgipfel von 41,8 °C erreichte, die tödlich sein können. Daher informierte Peggy die Lees, daß Lia einige Tage zur Beobachtung im MCMC bleiben müsse. »Ich war sicher, daß sie sterben würde«, erinnerte sie sich, »doch das ist das Dilemma der westlichen Medizin, daß man Menschen nicht sterben lassen kann.« Aus Sorge um Lias Lebensqualität während ihrer letzten Lebenstage schrieb Jeanine folgende Mitteilung:

> An:       Ernst – Philp
> Von:      Hilt
> Betrifft: Lias Entlassung
> Bevor wir Lia nach Hause gehen lassen, lassen Sie uns den diesbezüglichen Wunsch der Familie noch einmal durchdenken. (…) Sind sie von ihrer körperlichen, seelischen und wirtschaftlichen Verfassung her in der Lage, so etwas auf sich zu nehmen? Haben sie ein Bett, Bettwäsche, die verordneten Nahrungsmittel, ein Stethoskop, Pampers usw. usw. zur Hand? Sie müssen all dies haben, zuzüglich einer Kraft für die häusliche Pflege, ehe ich bereit bin, zuzustimmen. Sind Sie sicher, daß sie Lia angemessen werden füttern können? Haben sie wirklich bewiesen, daß sie verstanden haben und es praktisch umsetzen können? Werden sie sie alle vier Stunden füttern?

Bis zum 9. Dezember hatten Jeanine und Peggy die häusliche Pflege und den erforderlichen Pflegebedarf organisiert, einschließlich einer Absaugmaschine, um Lias Sekrete zu entfernen und, wie Dave Schneider festhielt, »einer großen Menge Windeln, da das Kind inkontinent ist und zur Zeit Diarrhoe hat«. Eine Pflegekraft schrieb verschiedene detaillierte Anweisungen bei der Entlassung nieder.

> 1. Der Glassrock Pflegedienst wird heute abend gegen 20 Uhr da sein. Geben Sie denen die Verordnung.

2. Denken Sie daran, nächsten Donnerstag, den 11. Dezember, um 8 Uhr in das Ärztehaus zu kommen.
3. Lassen Sie die Anti-Dekubitus-Matratze stets aufgeblasen.
4. Lagern Sie sie alle zwei Stunden um, damit sie keine Dekubitalgeschwüre bekommt.
5. Saugen Sie sie so oft ab wie nötig.
Ernährungsempfehlung: Geben Sie die [vorgeschriebene] Nahrung tagsüber alle vier Stunden (5 Mahlzeiten pro Tag) – 280 g 5mal am Tag. Sämtliche Nahrung und Arzneimittel müssen über die Sonde gegeben werden.

Foua verstand die Instruktionen nicht und hatte sowieso nicht die Absicht, Lia Medikamente oder irgend etwas sonst über die Magensonde zu geben (die Lias gestörte Saug- und Würgreflexe umgehen und damit verhindern sollte, daß Nahrung in die Luftröhre geriet). Dennoch unterschrieb sie die Zeile, in der es hieß: »Diese Anweisungen wurden mir dargelegt, und ich verstehe sie.«

Im Verlauf desselben Tages wurde auch Nao Kao gebeten, etwas zu unterschreiben. Dieses Formular findet sich nicht in Lias Krankenakte, so daß niemand genau weiß, worum es sich dabei handelte. Es hatte vielleicht mit der Entscheidung der Lees zu tun, Lia aus dem MCMC mitzunehmen. Wahrscheinlich erklärte man Nao Kao, er könne Lia erst in zwei Stunden, wenn die Entlassungspapiere fertig seien, nach Hause zum Sterben mitnehmen. Er jedoch verstand die Dinge etwas anders: »Eine Person gibt Lia Medizin« – vermutlich Tylenol gegen ihr Fieber, das laut Eintragung der Pflegekraft »vom Vater abgelehnt wurde« –, »und dann kommt eine andere Person und hat ein Papier auf dem Klemmbrett und bringt mich dazu, es zu unterschreiben, und sagt, daß Lia in zwei Stunden sterben wird. Sie haben sie nicht in Ordnung gebracht. Ich dachte, auch wenn sie sie in Ordnung bringen, wird sie hier sterben, und wenn sie sie nicht in Ordnung bringen, wird sie hier sterben, so daß ich sie ebensogut gleich nach Hause bringen konnte, so daß die älteren Kinder sie sehen können. Ich bin nicht zufrieden. Ich bin sehr enttäuscht von dem Krankenhaus. Ich bin wütend. Ist das ein Krankenhaus, das Leute in Ordnung bringt, oder läßt es sie sterben?«

Dies war nicht das erste Mal, daß den Lees gesagt wurde, Lia werde sterben, doch aus irgendeinem Grund – vielleicht weil Nao Kao glaubte, die Nachricht enthalte eine zeitlich so präzise Vorhersage – war diese die beleidigendste. Im Moralkodex der Hmong ist die Voraussage des Todes streng tabu. Es kommt einer unverzeihlichen Beleidigung gleich, einem Großelternteil in vorgerücktem Alter zu sagen:»Nach deinem Tod ...« Statt dessen sagt man:»Wenn deine Kinder 120 Jahre alt sind ...« Ich fragte verschiedene Hmong, die ich kannte, wie sie es empfänden, wenn ein Arzt ihnen sagte, daß ihr Kind bald sterben würde.»Ein Arzt sollte so etwas nie, nie sagen!« rief Chong Moua aus, eine Mutter dreier Kinder.»Es läßt den *dab* näher an das Kind herankommen. Es ist, als ob man sagt, ist ja gut, ist ja gut, nimm sie dir.« Koua Her, ein Dolmetscher, der für das Gesundheitsamt arbeitet, sagte: »In Laos bedeutet es, daß man einen Menschen umbringen wird. Vielleicht mit Gift. Denn wie kannst du sicher sein, daß er sterben wird, es sei denn, du tötest ihn?«

Einmal erzählte ich Bill Selvidge, daß die Lees die Kommentare der Ärzte nicht als ehrliche Prognosen, sondern als Bedrohungen aufgefaßt hätten.»Das überrascht mich gar nicht«, sagte er.»All diese Verbformen! Lia wird sterben, Lia könnte sterben, Lia wird mit 95prozentiger Wahrscheinlichkeit sterben. Solche Nuancen dürften durch die Übersetzung ziemlich verwischt worden sein. Und wenn die Eltern der Ansicht waren, die Leute im MCMC sagten, Lia *solle* sterben, hatten sie vielleicht sogar recht. Ich könnte mir vorstellen, daß es eine ganze Reihe von Leuten gab, die dachten, daß es für Lia, die im Koma lag, nicht kommunizieren und nur noch Schmerzreize spüren konnte, besser sei, wenn sie stürbe.«

Als Nao Kao sich genötigt sah, ein Papier zu unterschreiben, das besagte, daß seine Tochter binnen zwei Stunden sterben würde, tat er, was jeder Hmong in aussichtsloser Lage wahrscheinlich getan hätte: er floh. Er schnappte sich Lia, die in dem Beerdigungsgewand in ihrem Bett auf der pädiatrischen Station im dritten Stock lag, und rannte die Treppe hinunter. Eine der Pflegekräfte rief den Code X. (Jedes Krankenhaus verfügt über eine Reihe von Notfallcodes, die über die offizielle Lautsprechanlage gebrüllt werden: den blauen Code für Patienten, die im Sterben liegen und wiederbelebt werden müssen; den roten Code im Falle eines Brandes; den Code X für Verstöße gegen die Sicherheitsbestimmungen.) Nao Kao erinnert sich:»Sie jagten hinter mir her. Sie riefen zwei Polizisten« – Sicherheitskräfte des Krankenhauses –

»und wollten, daß ich ins Krankenhaus zurückgehe. Als sie die Polizei riefen, kam die Dame, die mir sagte, daß Lia sterben würde, um mich auszuschimpfen, und sagte: ›Was machen Sie denn?‹ Da war ich so wütend, ich stieß diese Schwester, und ihr Kopf machte Quatsch.«

Dave Schneider wurde angepiepst, *stat* – das heißt dringend und auf der Stelle. Es war am späten Freitag nachmittag, am Ende einer Woche, die schon anstrengend genug gewesen war und nun noch schlimmer werden sollte. Erschöpft vom streßreichen Dasein eines Assistenzarztes in der Facharztausbildung – mit all den Dreiunddreißig-Stunden-Diensten, der permanenten Belästigung durch verärgerte Patienten, der Furcht vor einem fatalen Fehler –, hatte Dave um eine dreimonatige Dienstbefreiung im MCMC gebeten. Er hatte gehofft, daß die paar Tage, die ihm bis dahin noch blieben, ruhig verlaufen würden. »Ich war so erschöpft wie noch nie zuvor in meinem Leben«, erzählte er mir, »und ich war ganz und gar nicht in der Verfassung, irgendeinen Scheiß mit einem Vater mitzumachen, selbst wenn er ein fürsorglicher, besorgter Vater war, dessen Sitten und Gebräuche sich von den meinen unterschieden. Mir stand wirklich nicht der Sinn nach einer Debatte über kulturelle Unterschiede.«

Als Dave im Laufschritt auf der Kinderstation eintraf, hatten die Sicherheitskräfte Nao Kao und Lia bereits zu deren Zimmer zurückgeführt. »Ich habe ihn nicht angeschrien, doch ich war sehr wütend. Was mich wirklich tierisch ärgerte, war, daß er ihre Magensonde rausgezogen hatte. Er stritt es ab, aber sie war auf die Treppenstufen geworfen worden. Offensichtlich wollten sie Lia nach Hause bringen und sterben lassen, und wir wollten das ja auch zulassen, aber es mußte doch auf medizinisch vertretbare Art und Weise geschehen, nicht indem man sie verhungern läßt, was passieren würde, wenn sie keine Magensonde hätte. Deshalb hatten wir ihnen gezeigt, wie man sie benutzt und das alles. Und dann reißt der Vater sie an sich, rennt die Treppe hinunter und entfernt die Magensonde. Ich meine, ein paar Minuten, höchstens ein oder zwei Stunden später hätten sie ihre Tochter ohnehin mit nach Hause nehmen können, aber sie *konnten verflucht noch mal einfach nicht warten.*«

In scharfem Ton erklärte Dave Nao Kao immer wieder, daß Lia bald hätte gehen können, wenn er Geduld gehabt hätte, aber nun bleiben müsse, da die Magensonde von neuem geschoben und eine Röntgenaufnahme zur Lagekontrolle gemacht werden müsse. Tatsächlich wurde die neue Magensonde nicht richtig eingeführt, so daß ihre Lage korrigiert und ein zweites Mal durch eine Röntgenaufnahme kontrolliert werden mußte. Das dauerte mit den Formalitäten beinahe vier Stunden. Das Krankenhauspersonal einschließlich der Krankenschwester, die Nao Kao gegen die Wand gestoßen hatte – sie war unverletzt –, gingen ihrer Arbeit nach, als ob der Zwischenfall, den sie später »die Entführung« nannten, ein alltägliches Ereignis gewesen wäre. Obwohl sie alle wütend waren, dachte niemand daran, Nao Kao wegen Körperverletzung anzuzeigen oder ihn daran zu hindern, seine Tochter zu einem Zeitpunkt, den sie für den passenden hielten, mit nach Hause zu nehmen.

Lia verließ das MCMC um 22.15 Uhr auf dem Arm ihrer Mutter. Zu diesem Zeitpunkt hatte sie 40 °C Fieber. Ihre Eltern trugen sie in ihre Wohnung, zogen ihr das Beerdigungsgewand aus und legten sie auf einen Duschvorhang, den sie auf dem Wohnzimmerboden ausgebreitet hatten. »Lia wäre gestorben, wenn sie im Krankenhaus geblieben wäre«, sagte Nao Kao, »aber wir kochten ein paar Kräuter und wuschen ihren Körper. Im Krankenhaus war sie so krank, daß sie, wenn sie auf dem Bett schlief, so sehr schwitzte, daß ihr Bett ganz naß wurde. Sie hatte zuviel Medizin, und ihr Körper gab einfach nach. Aber dann kochten wir die Kräuter, und wir wuschen sie, und ihr Schweiß hörte auf, und sie starb nicht.«

# Der Schmelztiegel

Am 18. Dezember 1980 traf die Familie Lee – Nao Kao, Foua, Chong, Zoua, Cheng, May, Yer und True – in den Vereinigten Staaten ein. Ihr Gepäck bestand aus einigen Kleidungsstücken, einer blauen Decke und einem Holzmörser mit Stößel, den Foua in Houaysouy aus einem Holzblock geschnitzt hatte. Von Bangkok waren sie nach Honolulu geflogen, von dort weiter nach Portland, Oregon, wo sie zwei Jahre blieben, bevor sie nach Merced übersiedelten. Andere Flüchtlinge hatten mir erzählt, daß sie auf den Flügen – eine Art zu reisen, die mit der üblichen Hmong-Wanderschaft nur schwer in Einklang zu bringen war – unter Beklemmung und Scham gelitten hatten: Sie wurden reisekrank, wußten nicht, wie sie die Toilette benutzen mußten, hatten aber gleichzeitig Angst, sich zu beschmutzen; sie meinten, sie müßten für das Essen bezahlen, hatten aber kein Geld; sie dachten, man könne die Erfrischungstücher essen. Trotz der vielen Überraschungen meisterten die Lees die ungewohnte Art zu reisen spielend. In Nao Kaos Erinnerung war das Flugzeug »wie ein großes Haus«.

Die erste Woche in Portland war für die Lees jedoch sehr verunsichernd. Bevor die Flüchtlingsbehörde vor Ort ihnen ein kleines Miethaus zuwies, schliefen sie eine Woche bei Verwandten auf dem Fußboden. »Wir wußten überhaupt nichts, unsere Verwandten mußten uns erst alles erklären«, sagte Foua. »Sie kannten sich aus, denn sie lebten hier mittlerweile seit drei oder vier Monaten. Unsere Verwandten erklärten uns den elektrischen Strom und sagten, daß die Kinder nicht in die Steckdosen fassen dürften, da sie sich dabei verletzen könnten. Sie erklärten uns, daß der Kühlschrank eine kalte Kiste ist, in die man das Fleisch tut. Sie zeigten uns, wie man den Fernseher einschaltet. Wir hatten vorher noch nie eine Toilette gesehen, und wir dachten, daß man das Wasser darin vielleicht zum Trinken oder Kochen verwendet. Sie erklärten uns dann, wozu sie gut war, aber wir wußten nicht, ob wir darauf sitzen oder stehen sollten. Sie nahmen uns in den Supermarkt mit, doch hatten wir keine Ahnung, daß die Dosen und Schachteln Lebensmittel enthielten. Das Fleisch konnten wir erkennen, aber Huhn, Rind und Schwein waren kleingeschnitten und in Plastik verpackt. Sie erklärten uns, der Herd ist zum Essenkochen, aber ich hatte Angst, ihn zu benutzen, weil er beim Kochen explodieren könnte. Unsere Verwandten sagten, in Amerika wirft man das Essen, das nicht gegessen wird, einfach weg. In Laos fütterten wir die Tiere damit, und diese Verschwendung wunderte uns. Es gab hier eine Menge merkwürdiger Dinge, und noch immer gibt es vieles, was ich nicht weiß, und meine Kinder müssen mir helfen. Dieses Land ist mir immer noch fremd.«

Siebzehn Jahre später benutzen Foua und Nao Kao zwar amerikanische Haushaltsgeräte, sie sprechen aber immer noch ausschließlich Hmong, feiern ausschließlich Hmong-Feste, praktizieren ihre Religion, kochen Hmong-Gerichte, singen nur Hmong-Lieder, spielen Hmong-Instrumente, erzählen Hmong-Geschichten und wissen über aktuelle politische Ereignisse in Laos und Thailand bedeutend besser Bescheid als über amerikanische Politik. Bis ich sie zum ersten Mal traf – es war ihr achtes Jahr in diesem Land –, war die einzige amerikanische Person, die sie je zu sich nach Hause eingeladen hatten, Jeanine Hilt. Man kann sich kaum etwas vorstellen, was dem vielgerühmten amerikanischen Ideal der Assimilierung weniger entspräche: Von den Einwanderern erwartet man, daß sie ihre kulturellen Unterschiede einer gemeinsamen nationalen Identität unterordnen. *E pluribus unum.* Aus vielen eines.

In den Jahren um 1920 mußten die in die Vereinigten Staaten immigrierten Arbeiter der Fordautomobilwerke in Dearborn, Michigan, an dem von der Firma angebotenen kostenlosen Unterricht in »Amerikanisierung« teilnehmen. Außer Englisch wurden sie in Arbeitsmoral, Hygiene und Tischmanieren unterwiesen. Der erste Satz, den sie sich einprägen mußten, lautete: »Ich bin ein guter Amerikaner.« Bei ihrer Abschlußfeier versammelten sie sich neben einem riesigen hölzernen Topf, in dem ihre Lehrer mit gut drei Meter langen Suppenkellen rührten. Dann betraten die Studenten in der Tracht ihrer Länder durch eine Tür den Topf und sangen Lieder in ihrer Muttersprache. Ein paar Minuten später öffnete sich die Tür wieder, und die Studenten traten hinaus – in Anzug und Krawatte –, schwenkten amerikanische Flaggen und sangen die amerikanische Nationalhymne »The Star-Spangled Banner«.

Die europäischen Immigranten, die aus dem Schmelztiegel des Ford-

Unternehmens auftauchten, waren mit der Hoffnung in die Vereinigten Staaten gekommen, sich in die amerikanische Mainstream-Gesellschaft integrieren zu können. Die Hmong kamen aus dem gleichen Grund in die USA, aus dem sie im neunzehnten Jahrhundert China verlassen hatten: Sie versuchten, sich jeder Assimilierung zu *entziehen*. Wäre ihre Hmong-Identität in Laos nicht bedroht gewesen, so hätten sie ihr Land nicht verlassen, genauso, wie ihre Vorfahren – die in der Auswanderung immer nur eine Problemlösungsstrategie, nicht aber eine freie Entscheidung gesehen hatten – lieber in China geblieben wären. Im Gegensatz zu den Ford-Arbeitern, die mit Begeisterung oder zumindest ohne Protest die amerikanische Nationalhymne hinausschmetterten (deren Text Foua und Nao Kao bis heute völlig unbekannt ist), waren die Hmong das, was Soziologen als »unfreiwillige Migranten« bezeichnen. Und unfreiwillige Immigranten vermischen sich eben nicht, egal in welchen Topf man sie wirft.

Die Hmong in Amerika wollten nichts weiter, als Hmong bleiben: Sie wollten in Hmong-Enklaven leben, geschützt vor staatlicher Einmischung, autark und landwirtschaftlich orientiert. Manche hatten eine Hacke im Gepäck gehabt. General Vang Pao hatte gesagt: »Schon seit vielen Jahren, gleich von Beginn an, erkläre ich der amerikanischen Regierung, daß wir ein Stück Land brauchen, wo wir Gemüse anbauen und unsere Häuser errichten können, so wie in Laos. (...) Es muß nicht das beste Land sein, einfach nur ein Stück Land, wo wir leben können.« Dieser Vorschlag wurde niemals ernsthaft in Erwägung gezogen. »Er kam überhaupt nicht in Frage«, kommentierte ein Sprecher vom Flüchtlingsprogramm des Außenministeriums. »Er wäre viel zu teuer, nicht umsetzbar und vor allem würde er bei [anderen Amerikanern] und den übrigen Flüchtlingen, die selbst kein Land erhalten haben, wilden Protest auslösen.«

So wie neu eingetroffene Flüchtlinge früher als »FOBs« (*Fresh Off the Boat*) bezeichnet wurden, gaben Sozialarbeiter den Hmong und anderen Flüchtlingen aus Südostasien, die nach dem Ende des Vietnamkrieges in die USA gekommen waren, den Spitznamen »JOJs« (*Just Off the Jet*). Im Unterschied zu den ersten Flüchtlingswellen von Vietnamesen und Kambodschanern, von denen die Mehrzahl in regionalen »Auffangzentren« einige Monate lang Berufsausbildung und Sprachunterricht erhalten hatten, trafen die Hmong-JOJs erst ein, nachdem diese Zentren bereits geschlossen worden waren, und wurden daher direkt zu ihrem neuen Wohnort gesandt. In den ersten Wochen in den Vereinigten Staaten mußten sich die meisten neu eingetroffenen Familien mit Einwanderungsbehörden, Gesundheitsämtern, Sozialarbeitern, Arbeitsämtern und der staatlichen Fürsorge auseinandersetzen. Bekanntlich halten die Hmong nicht besonders viel von Bürokraten. Eines ihrer Sprichwörter besagt: »Wer einem Tiger begegnet, stirbt; wer einem Beamten begegnet, wird arm.« In einer Untersuchung über die Anpassungsprobleme der Indochina-Flüchtlinge nannten die Hmong »Schwierigkeiten mit amerikanischen Behörden« ein weitaus belastenderes Problem als »Kriegstraumata« oder »Trennung von der Familie.« Da die meisten Flüchtlingshilfen religiös ausgerichtet waren, wurden die JOJs häufig mit christlichen Priestern konfrontiert, die dem schamanistischen Animismus logischerweise ablehnend gegenüberstanden. Einer der Sponsoren, ein Pastor aus Minnesota, vertrat in einer Lokalzeitung die Auffassung, daß »es niederträchtig wäre, diese Menschen bloß hierher zu holen, sie mit Essen und Kleidung zu versorgen und ihre Seele der Hölle zu überlassen. Unser Herrgott, der uns erschaffen hat, möchte, daß sie zum richtigen Glauben übertreten. Jeder, der denkt, eine Kirche, die das Evangelium predigt, würde sie hierher holen, ohne ihnen etwas von unserem Herrn zu erzählen, kann nicht ganz bei Trost sein.« Doch sollte die Bekehrung fatale Folgen haben. Eine Untersuchung über den seelischen Zustand der Hmong ergab, daß Flüchtlinge, die von der religiösen Organisation dieses Pastors unterstützt wurden, im Vergleich zu anderen Flüchtlingen weitaus häufiger psychiatrische Behandlung benötigten.

Die Hmong waren an ein Leben in den Bergen gewöhnt, und Schnee war den meisten von ihnen unbekannt. Die ihnen zugewiesenen Orte lagen vorrangig im Flachland, wo die Winter eisig kalt waren. Die Mehrzahl landete in Städten wie Minneapolis, Chicago, Milwaukee, Detroit, Hartford und Providence, denn dort befanden sich die meisten Flüchtlingseinrichtungen – Gesundheitsämter, Sprachinstitute, Berufsbildende Einrichtungen, Sozialwohnungen. Um die Assimilierung zu fördern und um zu vermeiden, daß eine Gemeinde mehr als die »ihr zumutbare« Flüchtlingsquote erhielt, verteilte die INS, die amerikanische Einwanderungs- und Einbürgerungsbehörde, die Hmong auf über viele unterschiedliche Orte, statt sie in ihrem Clan zu belassen.

Die soeben erst Eingetroffenen wurden in fünfundfünfzig Städten in fünfundzwanzig Bundesstaaten angesiedelt: Sie wurden in kleinen, überschaubaren Gruppen in den Schmelztiegel geworfen oder, wie John Finck es ausdrückte, der mit den Hmong im Rahmen seiner Arbeit im Umsiedlungsamt für Flüchtlinge von Rhode Island zu tun hatte, »wie eine dünne Butterschicht über das ganze Land verteilt, und so zum Verschwinden verurteilt«. In manchen Gegenden wurden Clans auseinandergerissen. In anderen wurden nur Mitglieder eines einzelnen Clans angesiedelt, so daß die jungen Leute keinen Partner in der Umgebung finden konnten, da die Ehe innerhalb desselben Clans tabu ist. Die Gruppensolidarität, seit über zweitausend Jahren das Kernstück der sozialen Ordnung der Hmong, wurde völlig mißachtet.

Die meisten Hmong siedelte man in Städten an. Mitunter geschah es, daß Kleinfamilien ohne ihre entfernteren Verwandten in isolierte ländliche Gebiete gebracht wurden. Diese Familien litten außergewöhnlich häufig an Angstzuständen, Depressionen und Paranoia, da sie die traditionell gewohnte Unterstützung der Familienbande verloren hatten. So versuchte beispielsweise der verzweifelte, an Wahnvorstellungen leidende Vater der Yang-Familie, sich im Keller seines Bungalows gemeinsam mit seiner Frau und den vier Kindern zu erhängen. Seine Frau besann sich im letzten Augenblick eines Besseren und holte die Familie wieder herunter, doch für den einzigen Sohn kam jede Rettung zu spät. Ein Geschworenengericht in Iowa weigerte sich, die Eltern zu verurteilen, mit der Begründung, daß der Vater an einem posttraumatischen Streßsyndrom litt und die Mutter sich keine eigene Sicht der Dinge hatte bilden können, weil sie auf ihn als einzige Informationsquelle angewiesen gewesen war.

Die Hmong, die in den Vereinigten Staaten Asyl suchten, stellten natürlich keine homogene Gruppe dar. Ein kleiner Prozentsatz von ihnen, zumeist hochrangige Offiziere, die als erste aufgenommen wurden, sprachen mehrere Sprachen und waren welterfahren. Eine größere Anzahl hatte während des Krieges oder in thailändischen Flüchtlingslagern ziemlich wahllos Bekanntschaft mit einzelnen Aspekten der amerikanischen Kultur und Technologie gemacht. Doch viele Zehntausende von Hmong machten ähnliche Erfahrungen wie die Lees. Um eine Vorstellung davon zu vermitteln, wie gewaltig die Anpassungsaufgabe tatsächlich war, genügt ein Blick auf einige Flugblätter, Kassetten und Videos, die die Flüchtlingshilfsorganisationen für die JOJs aus Südostasien konzipiert hatten. Das vom *Language and Orientation Resource Center* in Washington veröffentlichte Handbuch »*Your New Life in the United States*« enthielt die folgenden Hinweise:

> Lernen Sie die Bedeutung der grünen und der roten Männchen auf den Ampeln für das Überqueren einer Straße.
> Wenn Sie Post versenden, brauchen Sie Briefmarken.
> Bedienungsanleitung für ein Telefon:
> 1. Nehmen Sie den Hörer ab.
> 2. Warten Sie auf den Piepton.
> 3. Wählen Sie eine Zahl nach der anderen.
> 4. Warten Sie, bis der gewählte Teilnehmer antwortet.
> 5. Jetzt können Sie sprechen.
> Schließen Sie immer die Tür Ihres Kühlschranks.
> Stecken Sie nie Ihre Hand in den Müllschlucker.
> Steigen und hocken Sie sich nicht auf die Toilette, sie könnte beschädigt werden.
> Werfen Sie weder Steine noch andere harte Gegenstände in die Badewanne oder in den Ausguß, das führt zu Beschädigungen.
> Pflücken Sie keine Blumen, Obst oder Gemüse aus dem Garten Ihres Nachbarn, ohne ihn vorher zu fragen.
> In kälteren Regionen müssen Sie Schuhe, Socken und entsprechende Oberbekleidung tragen. Andernfalls könnten Sie erkranken.
> Benutzen Sie stets ein Taschentuch oder Kleenex, wenn Sie sich an öffentlichen Plätzen oder in öffentlichen Gebäuden die Nase putzen.
> Urinieren Sie nie auf der Straße. Der dabei entstehende Geruch wirkt auf Amerikaner abstoßend. Zudem glauben sie, daß dies Krankheiten hervorrufen könnte.
> Das Ausspucken an öffentlichen Plätzen gilt als unhöflich und ungesund. Verwenden Sie ein Kleenex oder ein Taschentuch.
> Vor anderen in der Nase oder in den Ohren zu bohren wird in den Vereinigten Staaten mißbilligt.

Die Sitten, die sie respektieren sollten, schienen so sonderbar, die Regeln und Verordnungen so zahlreich, die Sprache so schwer zu erlernen und die Bedeutung, die man dem Lesen und Schreiben sowie dem Entziffern anderer unbekannter Symbole beimaß, so groß, daß viele Hmong schier überwältigt waren. Jonas Vangay meinte einmal: »Hier in Amerika sind wir blind, denn obwohl wir Augen haben, sehen wir nicht. Wir sind taub, denn obwohl wir Ohren haben, hören wir nicht.« Manche der Neuankömmlinge gingen im Pyjama auf die Straße, gossen Wasser auf den Elektroherd, um ihn auszumachen, entzündeten Holzkohlefeuer im Wohnzimmer, bewahrten Decken in den Kühlschränken auf, wuschen den Reis in den Toiletten, wuschen Kleider in den Schwimmbädern, wuschen ihre Haare mit Öl, verwendeten Motoröl und Möbelpolitur zum Kochen, tranken Bleichmittel, aßen Katzenfutter, bauten landwirtschaftliche Produkte in öffentlichen Parks an, erlegten und aßen Stinktiere, Stachelschweine, Spechte, Rotkehlchen, Reiher, Spatzen und einen kahlen Adler und machten in den Straßen von Philadelphia mit der Armbrust Jagd auf Tauben.

Die Amerikaner fanden die Hmong ebenso unbegreiflich wie die Hmong die Amerikaner. Journalisten stürzten sich mit Begeisterung auf ein Stereotyp, das noch heute mit schöner Regelmäßigkeit strapaziert wird: »die primitivste Flüchtlingsgruppe in den USA«. (In einem bösen Brief an die *New York Times*, die 1990 diese Bezeichnung in einem Artikel verwendet hatte, bemerkte ein Hmong-Computerexperte: »Offenbar waren wir nicht zu primitiv, einen Stellvertreterkrieg für die Amerikaner in Laos zu führen.«) Zu den typischen Phrasen in Zeitungs- und Zeitschriftenberichten der späten siebziger und der achtziger Jahre zählten »Bergstamm der niedrigen Kaste«, »Steinzeitalter«, »aus dem Nebel der Vergangenheit aufgetaucht«, »wie Alice, die in ein Kaninchenloch gefallen war«. Mit Ungenauigkeiten wurde nicht gespart. Ein Artikel aus dem Jahre 1981 bezeichnete die Hmong-Sprache als »höchst simpel«, behauptete, die Hmong, die seit Jahrhunderten ihre *paj ntaub* mit organischen Motiven versehen, könnten keinen »Zusammenhang zwischen dem Bild eines Baumes und einem wirklichen Baum erkennen«, und stellte fest, daß »die Hmong keine mündlich tradierte Literatur besitzen. (...) Offensichtlich haben sie keine eigenen Volksmärchen.« Manche Journalisten schienen alle Hemmungen und ihren gesunden Menschenverstand zu verlieren, wenn sie sich über die Hmong ereiferten. Ich zitiere hier meine Lieblingspassage aus dem Leitartikel aus der *New York Times* von 1981, wo von einer Reihe männlicher Hmong berichtet wird, die plötzlich im Schlaf verstarben, angeblich von ihren eigenen Alpträumen dahingerafft. Nachdem der Autor erläuterte, daß die Hmong »natürlichen Gegenständen Bewußtsein« zuschrieben, fragte er sich:

> Um welche Art von Alpträumen mag es sich gehandelt haben? Verwandelte sich ein Palmwedel in bedrohliche Finger? Bewegte sich ein Wald mit der Unversöhnlichkeit der Zeit auf sie zu? Sollte eine Rose ihren Stiel gestreckt und den Schlafenden erdrosselt haben?
> Oder hat sich ein Benzinschlauch um ihn gerollt und ihn gleich einer Pythonschlange erdrückt? Wurde einer der Schläfer von einem wandernden Briefkasten plattgewalzt? Oder von einer amoklaufenden Schere niedergestochen?

»Oder hatte etwa der Verfasser des Leitartikels LSD genommen?« schrieb ich an den Zeitungsrand.

Timothy Dunningan, ein Sprachwissenschaftler und Ethnologe, der an der Universität von Minnesota ein Seminar über die Darstellung von Hmong und Indianern in den Medien gab, bemerkte einmal mir gegenüber: »Die metaphorische Sprache, mit der wir die Hmong beschreiben, sagt weit mehr über uns und unser Verhaftetsein in Denkmustern und Bezugssystemen aus als über die Hmong.« Dunnings Kommentar stimmt mit Dwight Conquergoods Beobachtung überein, wie unbehaglich wir Westler uns fühlen, wenn wir mit dem anderen konfrontiert werden – denn die Hmong stellen die Quintessenz des anderen dar. Nicht nur, daß sie sich auf die Toilette hockten, Stinktiere aßen, den Gong schlugen und Kühe opferten – sie zeigten auch in ihrer Wahl der Dinge, die sie von der dominierenden Kultur übernahmen, ein für viele Menschen verletzendes selektives Interesse. So lernten etwa viele Hmong sehr rasch, wie man ein Telefon benutzt und Auto fährt, zumal diese Fähigkeiten den Umgang mit anderen Hmong erleichtern. Sie lernten jedoch kein Englisch.

Es läßt sich nicht leugnen, daß die Hmong äußerst fremd anmuteten – weitaus fremder als beispielsweise die Vietnamesen oder Kambodschaner, die zur gleichen Zeit in die USA strömten. Kaum jemand wußte, wie man das Wort »Hmong« richtig aussprach. Kaum jemand wußte, welche Rolle die Hmong während des Krieges gespielt hatten oder um welchen Krieg es sich überhaupt handelte. Kaum jemand wußte, daß die Hmong eine reiche historische Vergangenheit besaßen, eine komplexe Kultur, ein effizientes Gesellschaftssystem und Familienwerte, um die man sie beneiden konnte. Aus diesem Grunde gaben sie eine ideale weiße Fläche ab, auf die sich fremdenfeindliche Phantasien projizieren ließen.

Die beliebteste Form der Projektion war immer schon das Gerücht, und die Hmong bekamen davon mehr ab als alle anderen. Das war nicht weiter verwunderlich. Schließlich hatten die Chinesen den Hmong schon Flügel in den Achselhöhlen und kleine Schweife angedichtet. Die amerikanischen Gerüchte über die Hmong sind – was ihre Verbreitung und Boshaftigkeit angeht – den Gerüchten der Hmong über Amerika mindestens ebenbürtig. Ein paar Kostproben: Die Hmong betreiben weißen Sklavenhandel. Die Hmong bekommen Autos von der Regierung. Die Hmong zwingen ihre Kinder, vor Autos zu laufen, und kassieren dann enorme Versicherungssummen. Die Hmong verkaufen ihre Töchter und kaufen sich ihre Frauen. Hmong-Frauen halten Straßenschwellen für Waschbretter und werden dann prompt von großen Lastwagen überfahren. Die Hmong essen Hunde.

Viele von denen, die den Hmong vermitteln wollten, daß sie unerwünscht seien, beließen es nicht bei Verleumdungen. Der Präsident eines Jugendzentrums in Minneapolis bezeichnete Mitte der achtziger Jahre seine Hmong-Nachbarn als »leichtes Spiel für Diebe«. Die Häuser der Hmong in Laos besaßen keine Schlösser und mitunter nicht einmal Türen. Die kulturelle Tabuisierung von Diebstahl und Gewalt innerhalb des Clans waren eine denkbar schlechte Vorbereitung für das Leben in den armen innerstädtischen Ghettobezirken mit ihrer hohen Kriminalitätsrate, in denen die Mehrzahl der Hmong angesiedelt wurde. Manche Vergehen waren nicht gegen die Hmong als Volk gerichtet. Hmong boten sich schlicht als Zielscheibe an. Doch ein Gutteil der Übergriffe, insbesondere in den Städten, war auf Ressentiments zurückzuführen, die durch die vermeintliche Bevorzugung der Hmong bei der Zuteilung der Sozialhilfe entstanden.

In Minneapolis wurden Reifen aufgeschlitzt und Fenster eingeschlagen. In Milwaukee wurden Gartenparzellen mutwillig beschädigt und ein Auto angezündet. In Eureka, Kalifornien, stellte man zwei brennende Kreuze in den Vorgarten eines Hauses. In Philadelphia waren gegen Hmong gerichtete gewalttätige Ausschreitungen wie Straßenraub, Raubüberfälle, Prügel, Steinewerfen und Vandalismus in den frühen achtziger Jahren so sehr an der Tagesordnung, daß die *Commission on Human Relations* öffentliche Anhörungen zu den Ursachen der Gewalt veranstaltete. Ein Grund für die Aggressionen dürften die 100 000 Dollar Beihilfe für Hmong bei der Arbeitsplatzsuche gewesen sein, die die amerikanischen Mitbürger, die größtenteils selbst arbeitslos waren, in Rage brachte. In ihren Augen sollte das Geld für amerikanische Staatsbürger, nicht für ausländische Bürger verwendet werden. Bei einem der schlimmsten Vorfälle wurde Seng Vang, ein Hmong aus Quebec, der seine Mutter und seine Geschwister in Westphiladelphia besuchte, mit Stahlstangen und einem großen Stein attackiert und mit gebrochenen Beinen und einer Hirnverletzung auf der Straße liegen gelassen. Vang wurde in der Universitätsklinik von Pennsylvania behandelt, wo er eine vermutlich verseuchte Bluttransfusion erhielt. Er laborierte mehrere Monate an einer seltenen und gefährlichen Form von Hepatitis und wurde von der nicht unberechtigten Angst erfaßt, daß auch die Ärzte versucht hätten, ihn zu töten.

Eines haben all diese Berichte gemeinsam: die Hmong haben sich nie gewehrt. Ich mußte über dieses Phänomen nachdenken, als ich eines Tages das Register von Charles Johnsons *Myths, Legends and Folk Tales from the Hmong of Laos* durchblätterte, in dem sich folgende Einträge fanden:

Kampf
  Kampf gegen Feinde ... 29–46, 52–58, 198, 227, 470 f.
Rache
  Ein Ermordeter wird wiedergeboren, um seinen Tod zu rächen ... 308 f.
  Einem grausamen neunzüngigen Adler werden die Zungen abgeschnitten ... 330
  Ngao Njua kocht die Königin, die ihren Ehemann weggeschickt hat ... 362
  Eine Familie tötet einen Tiger, der die Tochter, den Ehemann und Kinder ermordete ... 403
  Hahn foltert und tötet Wildkatze, die seine Frau ermordete ... 433, 436 f.

Eine Frau bestraft und versklavt ein chinesisches Paar, das ihren Ehemann als Sklave verkaufte ... 456 f.
Ya Yee Leng ermordet einen tyrannischen grausamen Lehrerkönig ... 470 f.
Vergeltung
Bestrafung eines Bösewichts durch Blitzschlag ... 11, 20
Wildkatze wird gequält und getötet, um den Mord an einer Frau zu rächen ... 436 f.

Ich zitiere eine Passage aus dem zuletzt genannten Volksmärchen: »Der Hahn stürzte sich herab, packte die Katze, zog sie durch den Stampftrog einer Reismühle und begann unverzüglich, sie mit dem schweren Stößel zu zerstampfen: DA DUH NDUH! DA DUH NDUH! Er schlug so lange, bis er alle Knochen der Wildkatze vollständig zertrümmert hatte. Und so verstarb die Wildkatze, und so endet die Geschichte.« Offensichtlich entsprachen die Hmong nicht dem Klischee der sanften, passiven Asiaten. Wieso war dann aber den Amerikanern, die die Hmong gequält hatten, nicht das gleiche Schicksal wie der Wildkatze beschieden?
Der Kommentar Charles Johnsons zu einer anderen Erzählung in *Dab Neeg Hmoob* liefert einen Erklärungsansatz:

Die Interviews deuten darauf hin, daß die Hmong nicht häufig kämpfen. Und wenn, dann mit Fäusten und Füßen. (Im Gegensatz zu manchen Nachbarvölkern [in Laos], bei denen zwar häufiger, nicht jedoch so intensiv gekämpft wird und man sich anschließend wieder rasch versöhnt, werden zwei Hmong, wenn sie denn miteinander in Streit geraten, den Kampf wahrscheinlich als eine ernste Angelegenheit ansehen. Sie vergessen den Streit nicht und bleiben mitunter auf ewig verfeindet.)
(...) Bei den Hmong gibt es durchaus das Ideal der Geduld und stoischer Selbstkontrolle, das sich in der Redewendung widerspiegelt, die sie häufig verwenden, wenn sie jemanden ermahnen, der ungeduldig oder impulsiv agiert, oder ihren Kindern gutes Benehmen beibringen: »*Ua siab ntev*« (wörtlich: Schaffe, handle oder agiere mit einer langen Leber, sprich: mit einer Gesinnung oder Haltung ausdauernder Leidtoleranz und geduldigen Durchhaltevermögens gegenüber Unrecht und Schwierigkeiten).

Waren die Hmong auf dem Schlachtfeld eher für ihre Kampflust als für ihre lange Leber bekannt, so zeigten sich viele von ihnen in den USA zu stolz, um sich auf das Niveau der kleinen Kriminellen herabzulassen, denen sie dort begegneten, oder um zuzugeben, daß sie deren Opfer geworden waren. Der Ethnologe George M. Scott jr. fragte einmal einige Hmong in San Diego, die allesamt Opfer von Eigentumsdelikten oder Körperverletzungen geworden waren, warum sie sich nicht gewehrt oder gerächt hatten. Scott schrieb: »Zahlreiche Hmong-Opfer, junge wie alte, antworteten, daß sie nicht nur Angst vor nachfolgenden Vergeltungsmaßnahmen gehabt, sondern sich für ein solches Verhalten auch ›geniert‹ hätten. (…) Wie der gegenwärtige Vorsitzende der *Lao Family* [einer Hilfsorganisation der Hmong] auf die Frage, warum seine Leute, wenn sie angegriffen wurden, nicht wie in Laos ›zurückgeschlagen hätten‹, schlicht meinte, gab es hier zudem nichts (…), was sich zu verteidigen lohnt‹.«

Natürlich gab es auch Ausnahmen. Wenn es sich um einen *poob ntsej muag* (Gesichtsverlust) handelte, der in den Augen eines Hmong unerträglich war, galt ein Nichtzurückschlagen als noch größere Schmach und Schande. Als einige Hmong in Fresno von dem Gerücht erfuhren, daß ihre Sozialleistungen eingestellt werden sollten, weil sie Autos besaßen, sandten sie Morddrohungen an das Kreissozialamt. Zur Bekräftigung legten sie ihren Briefen Kugeln und Bilder von Schwertern bei – die Unterstützungen wurden nicht eingestellt, die Kugeln und Schwerter kamen nie zum Einsatz. In Chicago schlugen ein älterer Hmong und sein Sohn einem Autofahrer, der sie durch sein hartnäckiges Gehupe beleidigt hatte, mit einer Lenkradsperre auf den Kopf. Als Ching und Bravo Xiong wegen schwerer Körperverletzung vor Gericht kamen, baten sie den Richter, jede Seite ihre Sicht der Dinge darlegen und danach ein Gemisch aus Wasser und Blut eines geopferten Hahns trinken zu lassen. Die Hmong glauben, daß jeder, der lügt und dann das Blut eines Hahns trinkt, innerhalb eines Jahres stirbt. Wenn also ein Mensch aus freien Stücken einwilligt, spricht er höchstwahrscheinlich die Wahrheit. Der Richter lehnte diesen Antrag ab. Er verurteilte den jüngeren Xiong zu zwei Wochenenden Gefängnis und sechshundert Stunden gemeinnütziger Arbeit. Zudem verpflichtete er die beiden Männer, Englisch zu lernen und sich mit den amerikanischen Sitten zu befassen.

Dabei handelte es sich jedoch um Einzelfälle. Die Mehrzahl der Hmong wahrte ängstliche Distanz zum amerikanischen Strafsystem, das sich radikal von dem ihren unterschied. In ihren Dörfern in Laos gab es keine Gefängnisse. Der Gerechtigkeitssinn der Hmong war pragmatischer und persönlicher Natur: Welchen Nutzen hätte das Opfer, wenn man den Täter einsperrte? Körperliche Züchtigung war ebenfalls unbekannt. Statt dessen gab es verschiedene Formen der öffentlichen Erniedrigung – eine wirkungsvolle Abschreckung in einer Gesellschaft, für die Gesichtsverlust schlimmer war als der Tod. So konnte ein Dieb, der vier Silberbarren gestohlen hatte, gezwungen werden, dem Opfer fünf Barren zurückzuzahlen, und wurde dann gefesselt an der versammelten, ihn verhöhnenden Gemeinde vorbei zum Dorfvorsteher geschleppt. Das Opfer erhielt eine großzügige Entschädigung, dem Verbrecher wurde die verdiente Schande zuteil, seiner unschuldigen Familie blieb er als Hauptemährer erhalten, und das schmachvolle Schauspiel hatte abschreckende Wirkung auf potentielle Diebe. Die Hmong hatten gehört, daß sie in einem amerikanischen Gefängnis landen würden, wenn sie jemanden verletzten – aus welchen Gründen auch immer. Die meisten von ihnen wollten diese unvorstellbare Katastrophe um beinahe jeden Preis vermeiden. Chao Wang Vang, Einwohner von Fresno, der nach einem schweren Autounfall des Totschlags beschuldigt wurde, erhängte sich vor der Verhandlung im Kreisgefängnis, denn er wußte nicht, daß er das Recht auf einen Prozeß hatte, und befürchtete, den Rest seines Lebens im Gefängnis verbringen zu müssen.

Hmong, die von ihren Nachbarn verfolgt wurden, konnten sich einer altbewährten Alternative zur Gewalt bedienen: der Flucht. Zwischen 1982 und 1984 kehrten drei Viertel der Hmong-Bevölkerung von Philadelphia der Stadt einfach den Rücken und gesellten sich zu ihren Verwandten in anderen Städten. Ungefähr zur gleichen Zeit wechselte ein Drittel aller Hmong der Vereinigten Staaten den Wohnort. Sobald die Familien beschlossen hatten, sich anderswo anzusiedeln, brachen sie auf, häufig ohne ihre Förderer zu benachrichtigen, die ausnahmslos beleidigt reagierten. Wenn sie Teile ihrer Habe, etwa einen Fernsehapparat, nicht mehr im Auto, Bus oder Lastwagen unterbringen konnten, ließen sie sie einfach zurück, ohne sich noch einmal umzudrehen. Manche Familien reisten allein, doch die Mehrzahl zog in

Gruppen weiter. Als es in Portland, Oregon, zu einem regelrechten Exodus kam, bewegte sich eine lange Karawane vollbepackter Autos über die Fernstraße Nr. 5 in Richtung kalifornisches Central Valley. Dieses von den Soziologen als »sekundäre Migration« bezeichnete Phänomen vereitelte endgültig das Projekt der Regierung, die Hmong im »Melting Pot« einzuschmelzen.

Obgleich lokale Gewaltakte oft das auslösende Moment darstellten, so gab es auch andere Gründe für diese Migration. Als im Jahre 1982 allen Flüchtlingen, die länger als achtzehn Monate in den USA lebten, die Flüchtlingshilfe gestrichen wurde, zogen viele Hmong, die weder Arbeit noch Aussicht auf eine solche hatten, in Staaten, die auch Familien Sozialhilfe gewährten, in denen beide Elternteile zu Hause blieben. Die ursprünglichen Gaststaaten waren zumeist froh, sie loszuwerden. Tausende Hmong zogen nach Kalifornien, auch weil sie gehört hatten, es sei ein Agrarland und sie könnten dort möglicherweise als Bauern arbeiten. Das weitaus stärkste Motiv stellte jedoch die Aussicht auf Wiedervereinigung mit Mitgliedern des eigenen Clans dar. Die verschiedenen Hmong-Clans sind zwar gelegentlich untereinander zerstritten, doch innerhalb eines Clans, dessen Tausende von Mitgliedern gleichsam als Geschwister gelten, kann man immer mit Mitgefühl und Unterstützung rechnen. Ein Hmong, der die Anerkennung eines fremden Clans zu gewinnen sucht, wird *puav* oder Fledermaus genannt. Die Vögel lehnen ihn ab, weil er ein Fell, die Mäuse, weil er Flügel hat. Nur ein Hmong, der unter den Seinen lebt, muß nicht mehr von Gruppe zu Gruppe flattern, getrieben von der Scham, nirgendwo dazuzugehören.

Mochten die Hmong sich auch an ihr altbewährtes Sprichwort »Einen anderen Berg gibt es immer« gehalten haben, so hatte doch in der Vergangenheit jeder andere Berg die Möglichkeit geboten, den eigenen Lebensunterhalt zu erwirtschaften. Leider verzeichneten die Gegenden, wohin die Hmong während ihrer sekundären Migration am liebsten übersiedelten, hohe Arbeitslosenquoten, die zudem noch steigen sollten. Im Central Valley – wo 1976 keine Hmong lebten, nur sieben Jahre später jedoch mehr als 20 000 – zwang die Wirtschaftsrezession von 1982 zahllose Fabriken und Unternehmen zur Schließung, wodurch die Arbeitslosigkeit in der Region in die Höhe schnellte und die Hmong sich gezwungen sahen, mit arbeitslosen Amerikanern um die

Stellen als Hilfsarbeiter zu konkurrieren. Für die Hmong – mit Ausnahme einiger hundert – zerrann der Traum von der Landarbeit rasch. Um 1985 lebten mindestens 80 Prozent der Hmong in den Kreisen Merced, Fresno und San Joaquin von der Sozialhilfe.

Das konnte die Migranten jedoch nicht abschrecken: Bei der Familienzusammenführung kam es gelegentlich zum Schneeballeffekt. Je mehr Thaos oder Xiongs es an einem Ort gab, desto größer war die gegenseitige Hilfe, desto stärker waren die kulturellen Traditionen, die sie gemeinsam pflegen konnten, und desto stabiler war die Gemeinschaft.

Ein Sprichwort der Hmong besagt: »Mit nur einem Ast kann man keine Mahlzeit kochen und auch keinen Zaun bauen.« Um eine Mahlzeit zu kochen oder einen Zaun zu errichten, müssen sich die einzelnen Äste zusammenfinden.

Als das Bundesamt für Flüchtlingsumsiedlung registrierte, daß die Hmong nach eigenem Gutdünken umzogen und eine wirtschaftliche Belastung für jene Gegenden darstellten, in die sie kamen, startete es einen Versuch, die Migrationswelle einzudämmen. Die Berglaoten-Initiative aus dem Jahre 1983, ein 3 Millionen Dollar teures »Notprogramm« zur Sicherung von Arbeitsplätzen und Stabilität der Hmong-Gemeinden außerhalb Kaliforniens, war der Versuch, den Hmong mit Berufsausbildung, Englischunterricht und ähnlichem Anreize zu bieten, an Ort und Stelle zu bleiben. Diese Initiative verzeichnete zwar einige bescheidene Erfolge, doch konnte die Migration nach Kalifornien nicht gestoppt werden. Damals wurde die Mehrzahl der Hmong-JOJs von Angehörigen in Amerika unterstützt, nicht aber von freiwilligen Hilfsorganisationen, wodurch die Regierung keine Kontrolle mehr über die geographische Streuung besaß. Der Zustrom kam – und kommt immer noch in geringerem Maße – aus Thailand, aber auch aus anderen Teilen Amerikas. Darum bemühte man sich nicht nur, die Hmong an einer Abwanderung in Staaten mit hoher Sozialhilfe zu hindern, sondern auch darum, jene, die bereits an Ort und Stelle waren, zur Abwanderung zu motivieren. Im Zuge des 1994 ausgelaufenen *Planned Secondary Resettlement Programs*, das pro Familie durchschnittlich 7000 Dollar für Umsiedlungskosten, Arbeitsplatzbeschaffung und ein bis zwei Monate Wohn- und Lebensmittelhilfe vorsah, wurden ungefähr 800 arbeitslose Hmong-Familien aus sogenannten »überbevölkerten Gebieten« in Gemeinden mit »günstigen Aussichten auf einen Arbeitsplatz« umgesiedelt – das heißt mit Aussicht auf unqualifizierte Jobs mit Löhnen, die für die Amerikaner vor Ort zu niedrig waren.

Soweit es die wirtschaftlichen Möglichkeiten eines Hilfsarbeiters zulassen, erging es diesen 800 Familien recht gut. 95 Prozent von ihnen können mittlerweile für sich selbst aufkommen. Sie arbeiten in Industriebetrieben in Dallas, an elektronischen Fließbändern in Atlanta, in Möbel- und Textilfabriken in Morganton, North Carolina. Mehr als ein Viertel von ihnen hat genügend Geld gespart, um sich ein eigenes Haus zu kaufen. Andernorts arbeiten die Hmong als Lebensmittelhändler, Schreiner, in der Hühnerfleischverarbeitung, als Maschinisten, Schweißer, Automechaniker, Werkzeug- und Gußformmacher, Lehrer, Krankenpfleger, Dolmetscher und Kontaktperson zur Gemeinde. In einer Studie wurden Arbeitgeber in Minnesota befragt: »Wie schätzen Sie die Hmong als Arbeiter ein?« 86 Prozent stellten ihnen ein »sehr gutes Zeugnis« aus.

> Dies galt insbesondere für Betriebe, in denen die Hmong am Fließband oder im Akkord arbeiteten. (...) Insgesamt sind die Arbeitgeber von der Produktivität der Hmong beeindruckt. Anfänglich gibt es, bedingt durch die mangelnden Englischkenntnisse, Schwierigkeiten bei der Einweisung. Sind diese erst einmal überwunden, hält man die Hmong im Vergleich zum amerikanischen Durchschnitt für die besseren Arbeiter.

Manche der jüngeren Hmong wurden Anwälte, Ärzte, Zahnärzte, Ingenieure, Programmierer, Steuerberater oder gingen in den öffentlichen Dienst. *Hmong National Development*, eine Vereinigung zur Förderung der wirtschaftlichen Unabhängigkeit der Hmong, ermutigt diese kleine Berufsgruppe, sich als Mentoren und Sponsoren für die anderen Hmong einzusetzen und ihnen so möglicherweise als Vorbild zu dienen. Das kulturelle Erbe der gegenseitigen Unterstützung erwies sich als erstaunlich flexibel. Hunderte Hmong-Studenten unterhalten sich mittels elektronischer Medien, verbreiten mit Hilfe des Hmong-Kanals im Internet Relay Chat System Information und Klatsch – über die Bedeutung traditioneller Bräuche, Ratschläge für den Eintritt ins College, persönliche Anzeigen. (Auch Lia Lees ältere

Schwester True verbringt zum völligen Unverständnis ihrer Eltern täglich zwei Stunden am Computerterminal ihrer Schule.) Zudem gibt es auch eine Hmong-Homepage im World Wide Web (http://www. stolaf.edu/people/cdr/hmong/) und mehrere Hmong-Mailinglisten wie Hmongnet, Hmongforum und Hmong Language Users Group.

Die Ärzte, Juristen und Computerexperten unter den Hmong stellen eine kleine, doch wachsende Minderheit dar. Obwohl die jüngeren, in den USA aufgewachsenen englischsprechenden Hmong über bessere Beschäftigungsaussichten als die ältere Generation verfügen, liegen sie gegenüber der Mehrzahl der anderen Asiaten immer noch im Hintertreffen.

Für Hmong, die in Gebieten mit hoher Arbeitslosenrate lebten, stellt sich die Frage der Beförderung erst gar nicht. Sie haben überhaupt keine Arbeit. Deshalb werden die Hmong gemeinhin als die »am wenigsten erfolgreichen Flüchtlinge« des Landes bezeichnet. Die amerikanischen Standardtests zum Nachweis für Erfolg, die sie nicht bestanden, konzentrierten sich allerdings beinahe ausschließlich auf das Wirtschaftliche. Würde man gesellschaftliche Kriterien anwenden – etwa Verbrechensraten, Kindesmißbrauch, uneheliche Kinder und Scheidung –, so würden die Hmong vermutlich besser abschneiden als die meisten anderen Flüchtlingsgruppen (und sogar besser als die meisten Amerikaner), doch diese Formen des Erfolgs genießen in der amerikanischen Kultur nicht gerade höchste Priorität. Statt dessen richtet sich der Blick starr auf den Mißerfolgsindikator namens Sozialhilfe. Der Zyklus der Abhängigkeit, der mit dem Abwurf von Reis in Laos begann und mit den täglichen Lieferungen in Thai-Flüchtlingslagern verstärkt wurde, ist in den USA vollendet worden. Die unvereinbaren Strukturen der Hmong-Kultur und des amerikanischen Wohlfahrtssystems verhinderten fast automatisch, daß die Durchschnittsfamilie selbständig werden konnte. In Kalifornien müßte beispielsweise ein Mann mit sieben Kindern – das entspricht einer typischen Hmong-Familie – 10,60 Dollar pro Stunde bei einer 40-Stunden-Woche erhalten, um so viel zu verdienen, wie er an Sozialhilfe und Lebensmittelmarken bekommt. Doch mit seinen wenigen Qualifikationen und seinen geringen Englischkenntnissen würde er wohl kaum für Stellen in Betracht kommen, die über dem Mindeststundenlohn von 5,15 Dollar liegen. Somit müßte er die ziemlich unrealistische Zahl von 82 Wochenstunden arbeiten, um mit seinem Gehalt auf die Summe seiner Sozialhilfe zu kommen. Und sollte er über 100 Stunden im Monat arbeiten – etwa in Teilzeit, um eine Berufsqualifikation zu erhalten, oder als Bauer in der Anfangsphase –, dann würden seiner Familie in den meisten Staaten und bis Mitte der neunziger Jahre jede Unterstützung, sämtliche Lebensmittelmarken sowie die Krankenversicherung gestrichen.

Die Reform des Sozialgesetzes von 1996, das in seiner derzeitigen Fassung legalen Einwanderern jede Unterstützung abspricht, löste bei den Hmong Panik aus. Die Aussicht, ihre Unterstützung zu verlieren, trieb manche dazu, die amerikanische Staatsbürgerschaft zu beantragen, für viele Hmong mittleren Alters stellten jedoch die geforderten Englischkenntnisse ein unüberwindliches Hindernis dar. (Für ältere Hmong, die kurz nach dem Ende des Laos-Krieges in die USA kamen, liegen die Anforderungen niedriger. Die Forderung nach Sprachkenntnissen wurde für »Personen mit legalem, ständigem Wohnsitz« ab 50 Jahren, die in diesem Lande seit mindestens zwanzig Jahren leben und für Personen ab 55 Jahren, die sich hier seit mindestens fünfzehn Jahren aufhalten, aufgehoben. Die Lees, die einen Antrag auf die amerikanische Staatsbürgerschaft in Betracht ziehen, fallen unter diese Ausnahmeregelung.) Manche Hmong machten sich auf in Staaten mit besseren Chancen auf eine Arbeit. Andere sind auf ihre Angehörigen angewiesen. Da einige Staaten wahrscheinlich bereit sind, legale Einwanderer aus dem eigenen Etat zu unterstützen, werden viele Hmong weiterhin von der Sozialhilfe leben, allerdings unter veränderten, erschwerten und unsicheren Bedingungen.

Es gibt wenig, was die Hmong mehr verärgert als der Vorwurf, sie lebten von der Sozialhilfe. Denn zunächst einmal sind sie der Meinung, daß ihnen die Mittel zustehen. Jeder Hmong hat seine eigene Version von dem, was gemeinhin »Das Versprechen« genannt wird: ein schriftlicher oder mündlicher, von CIA-Angehörigen in Laos aufgesetzter Vertrag, der ihnen als Gegenleistung für ihren Einsatz auf seiten der Amerikaner Hilfe zusichert, falls die Pathet Lao den Krieg gewinnen sollte. Nachdem sie unter Einsatz ihres Lebens abgeschossene amerikanische Piloten gerettet hatten, mit ansehen mußten, wie ihre Dörfer von fehlgegangenen amerikanischen Bomben dem Erdboden gleichgemacht worden waren, und sie wegen der Unterstützung des »amerikanischen Krieges« zur Flucht aus ihrem Land gezwungen worden waren, hatten die Hmong erwartet, daß man sie als Helden empfängt. Der erste Verrat bestand in den Augen vieler darin, daß die Amerikaner nur die Offiziere aus Long Tieng ausflogen und alle anderen zurückließen. Der zweite Verrat erfolgte in den thailändischen Lagern, als die Hmong, die in die USA einwandern wollten, nicht automatisch von den Vereinigten Staaten aufgenommen wurden. Der dritte Verrat traf sie, als sie hier ankamen und erfuhren, daß sie keinen Anspruch auf Sozialleistungen für Kriegsveteranen hatten. Der vierte Verrat, als die Amerikaner sie dazu verdammten, »Sozialhilfe zu essen«, wie die Hmong sagen, und der fünfte Verrat, als die Amerikaner die Einstellung der Sozialhilfe ankündigten.

Abgesehen von einigen älteren Menschen, die Sozialhilfe als Rente betrachten, würden die meisten Hmong beinahe jede andere Lösung vorziehen – wenn es eine solche gäbe. Was könnte schon einen vernünftigen Hmong veranlassen, sich einer der bürokratischsten Institutionen Amerikas zu unterwerfen? Was könnte einen Hmong veranlassen, sich in die Abhängigkeit eines Lebensentwurfs zu begeben, den so manches Clan-Oberhaupt mit dem eines Opiumabhängigen verglichen hat? Und was könnte einen Hmong veranlassen, sich zu einem *dev mus nuam yaj*, einem Hund, der auf Brosamen wartet, zu erniedrigen? Dang Moua, der Geschäftsmann aus Merced, der seine Familie auf der Flucht nach Thailand vor dem Verhungern bewahrte, indem er mit einem selbstgemachten Bogen Vögel jagte, sagte einmal zu mir: »Als ich neu in Amerika bin, sagt ein Koreaner zu mir, daß wenn jemand faul ist und nicht arbeitet, die Regierung ihn doch bezahlt. Ich sag zu ihm, Sie sein verrückt! Das geht mir völlig gegen meinen Strich! Ich habe keine Angst zu arbeiten! Meine Eltern haben mich zum Mann erzogen! Ich arbeite bis zum letzten Tage meines Lebens!« Und in der Tat: Dang übt gewissermaßen drei Vollzeitbeschäftigungen aus: als Lebensmittelhändler, Dolmetscher und Schweinezüchter. Früher hatte er einmal als Schreibkraft an der amerikanischen Botschaft in Vientiane gearbeitet. Er spricht fünf Sprachen. Nur die wenigsten Hmong in Merced können darauf hoffen, seinen Erfolg eines Tages zu wiederholen. Repräsentativer ist dagegen die Einstellung zweier Männer mittleren Alters, die im Rahmen einer Studie zur Anpassung von Flüchtlingen in San Diego interviewt wurden. Der erste antwortete:

Früher einmal war ich ein ganz normaler Mann, das ist jetzt vorbei. (…)
Wir leben hier nur von einem Tag zum anderen, wie die kleinen Vögelchen, die immer nur im Nest bleiben und auf ihre Mutter warten, daß sie ihnen Würmer in die offenen Schnäbel steckt.

Der zweite antwortete:

Wir sind nicht auf die Welt gekommen, damit uns jemand zu essen gibt; wir schämen uns zutiefst für diese Abhängigkeit hier. In unserer Heimat haben wir nie jemanden um eine solche Hilfe gebeten. (…) Ich habe mich wirklich angestrengt, Englisch zu lernen, und gleichzeitig nach einer Stelle gesucht. Egal welcher Job, selbst Toiletten von anderen Leuten putzen, doch die Leute vertrauen dir nicht. Ich bin weniger wert als Hundekot. Wenn ich jetzt darüber spreche, möchte ich am liebsten gleich sterben, dann bliebe mir die Zukunft erspart.

Beide Männer litten unter allgemeiner Verzweiflung, wobei ihre wirtschaftliche Abhängigkeit nur einer von zahlreichen Gründen dafür war. In der oben zitierten Studie, die Teil einer Langzeitstudie über die Hmong, kambodschanische, vietnamesische und chinesisch-vietnamesische Flüchtlinge ist, erzielten die Hmong die niedrigsten Werte bei der Frage nach »Glück« und »Zufriedenheit mit dem Leben«. In einer Untersuchung von Flüchtlingen aus Indochina in Illinois lagen die Hmong in puncto »Entfremdung von ihrer Umwelt« vorn. Am entmutigsten erschien mir eine landesweite epidemiologische Untersuchung aus Kalifornien, die vom Bundesamt für Flüchtlingsumsiedlung und vom Nationalen Institut für Psychische Gesundheit finanziert wurde. Schockierend war der Blick auf die Diagramme, in denen die Hmong den Vietnamesen, chinesischen Vietnamesen, Kambodschanern und Laoten gegenübergestellt wurden – denen es im Vergleich zur übrigen Bevölkerung ohnehin ziemlich schlecht ging. Es war erschreckend, zu sehen, wie es um die Hmong bestellt war: die höchste Depressionsrate; die höchste Rate an psychosozialen Störungen; der größte Behandlungsbedarf im Hinblick auf seelische Störungen; das niedrigste Bildungsniveau; die niedrigste Alphabetisierungsquote; der geringste Prozentsatz an Berufstätigen; ein hoher Prozentsatz, bei dem »Angst« als Motiv für die Immigration angeführt wird; der niedrigste Prozentsatz, bei dem »ein besseres Leben« als Motiv genannt wurde.

Bevor ich nach Merced kam, hatte Bill Selvidge mir seinen ersten Hmong-Patienten beschrieben. »Mr. Thao war ein Mann in den Fünfzigern«, erzählte Bill. »Durch einen Dolmetscher teilte er mir mit, daß er Rückenbeschwerden hatte, nachdem ich ihm aber eine Weile zugehört hatte, wurde mir klar, daß es sich in Wirklichkeit um Depressionen handelte. Tatsächlich litt er an einer Agoraphobie. Er hatte Angst, sein Haus zu verlassen, denn er fürchtete, wenn er mehr als ein paar Blocks ginge, würde er sich verirren und niemals mehr nach Hause finden. Was für eine Metapher! Er hatte in Laos den Tod all seiner nahen Angehörigen miterlebt, er hatte den Zusammenbruch seines Landes gesehen, und er würde tatsächlich niemals einen Weg nach Hause finden. Ich konnte ihm lediglich Antidepressiva verschreiben.«

Mr. Thao war der erste von zahlreichen depressiven Hmong-Patienten, die Bill in den folgenden drei Jahren behandeln sollte. Bill brachte es auf den Punkt, als er den schweren Verlust von Heimat dieses Mannes beschrieb. Für einen Hmong in Amerika – wo nicht nur das gesellschaftliche Miteinander, sondern auch das Lied eines jeden Vogels, die Gestalt jedes Baums und jeder Blume, der Duft der Luft und selbst die Beschaffenheit der Erde unbekannt sind – kann Heimweh absolut lähmend wirken. Im »Klagelied beim Verlassen unseres Landes« schrieb der Hmong-Dichter Doua Her:

> Wir erinnern uns an den Gesang der Vögel bei Sonnenaufgang.
> Wir erinnern uns an das Schillern der Grashüpfer bei Sonnenuntergang.
> Wir erinnern uns an das Geräusch der schweren Regentropfen auf den Blättern.
> Wir erinnern uns an das Lied des männlichen Gibbon.
> Wir erinnern uns an die Obstbäume (…) die Ananas, Banane, Papaya.
> Wir hören noch immer den Ruf der Eulen, die so weinen wie wir.

Dang Moua, der energische Lebensmittelhändler-Dolmetscher-Schweinezüchter, hatte einmal erwähnt, daß er nach dreizehn Jahren in den USA jede Nacht von Laos, niemals jedoch von Amerika träumte. »Ich spreche mit mehr als hundert Hmong darüber«, sagte er. »Ich spreche mit General Vang Pao. Es geht allen so.« In einem heroischen Akt der Selbstverleugnung antworteten laut einer Minnesota-Studie nur 10 Prozent der befragten Hmong-Flüchtlinge, daß sie davon überzeugt seien, den Rest ihres Lebens in den USA zu verbringen; die übrigen glaubten fest daran oder hofften zumindest, in Laos zu sterben. John Xiong, ein Hmong-Oberhaupt in Merced, sagte mir: »Alle älteren Menschen, sie sagen: Wir möchten zurück. Wir da drüben geboren, wir kommen hierher. Sehr nettes Land, doch wir nicht sprechen die Sprache, wir nicht können Auto fahren, wir bleiben einfach isoliert zu Hause. Drüben können wir ein kleines Stück Land zum Bebauen haben, Hühner, Schweine und Kühe halten, nicht vergessen, früh aufstehen, ernten zur richtigen Zeit, verdienen in einem Jahr genug für das nächste. Mehr nicht. Dann fühlen wir uns mit Frieden. Machen wir hier was richtig, sagen die – falsch. Machen wir was falsch, so sagen die – richtig. Welchen Weg sollen wir gehen? Wir möchten zurück nach Hause.«

Die Heimat, von der die älteren Hmong träumen – sie nennen sie *peb lub tebchaws*, »unsere Felder und Länder« –, ist das Laos vor dem Krieg. Die Erinnerungen an den Krieg in Laos sind beinahe unerträglich traumatisch: eine »Überfülle an Leid«, die all ihren sonstigen Streß gefährlich verstärkt.

»Voll« von Traumata der Vergangenheit ist es für die Hmong besonders schwierig, mit aktuellen Bedrohungen ihrer alten Identität fertig zu werden. Auf einer Konferenz über die psychische Gesundheit der Südostasiaten, die ich einmal besuchte, bat Evelyn Lee, eine auf Macao geborene Psychologin, sechs Leute aus dem Publikum zu einem Rollenspiel auf die Bühne. Eine Person stellte den Großvater dar, andere den Vater, die Mutter, den achtzehnjährigen Sohn, die sechzehnjährige Tochter und die zwölfjährige Tochter. »Okay«, sagte sie dann, »stellen Sie sich jetzt auf, wie es Ihrem Status in Ihrer alten Heimat entspricht.« In Übereinstimmung mit den traditionellen Konzepten von Alter und Geschlecht stellten sie sich in der von mir eben beschriebenen Reihenfolge auf – der Großvater stolz an der Spitze. »Nun kommen Sie nach Amerika«, sagte Dr. Lee. »Der Großvater bekommt keine Stelle, der Vater kann bloß Gemüse schneiden. Die Mutter hat in der alten Heimat nicht gearbeitet, doch hier hat sie eine Stelle in einer Kleiderfabrik. Die älteste Tochter findet auch Arbeit. Der Sohn bricht die High-School ab, er packt das Englische nicht. Die jüngste Tochter ist diejenige in der Familie, die am besten Englisch lernt, sie schafft's an die Uni. Und jetzt stellen Sie sich bitte nochmals auf.« Als die Familie sich neu formierte, bemerkte ich, daß sich die Machtstruktur komplett verändert hatte. Jetzt nahm das junge Mädchen die erste Stelle ein, der Großvater stand verloren am Ende.

Dr. Lees Übung stellt ein anschauliches Beispiel dessen dar, was Soziologen als »Rollenverlust« bezeichnen. Von all den Spannungen innerhalb der Hmong-Gemeinde war Rollenverlust – das Gefühl scheinbaren Unvermögens, das Lias Mutter zu der Überzeugung brachte, sie sei dumm – derjenige Faktor, der sich am katastrophalsten auf das Ego auswirkte. Jede und jeder Hmong weiß Geschichten zu erzählen von Generälen, die Hausmeister wurden, von Fernmeldeoffizieren, die Hühner verarbeiteten, von Flugpersonal, das überhaupt keine Arbeit finden konnte. Major Wang Seng Khang, einstmals Bataillonsführer, der in seinem Flüchtlingslager von 10 000 Hmong als Oberhaupt angesehen worden war, fand erst nach fünf Jahren einen Teilzeitjob. Und selbst da war er noch auf das Gehalt seiner Frau, die in einer Schmuckfabrik arbeitete, angewiesen, um die Miete bezahlen zu können, und auch auf seine Kinder, die für ihn übersetzen mußten. Über sich und die anderen Oberhäupter meinte er: »In diesem Lande sind wir zu Kindern geworden.«

Und die wahren Kinder haben in diesem Lande einiges von der Macht übernommen, die früher bei den Älteren lag. Der Statuswechsel, der dadurch erfolgte, daß die Kinder Englisch sprachen und die amerikanischen Konventionen zu deuten wußten, ist unter den meisten Einwanderergruppen ein bekanntes Phänomen, aber die Hmong, deren Identität sich immer auf ihre Tradition gründete, haben damit besonders große Probleme. »Tiere sind ihren Herren verantwortlich und Kinder ihren Eltern«, besagt ein altes Sprichwort der Hmong, das unhinterfragt über zahllose Generationen Gültigkeit besaß. Im Vorkriegslaos, wo Familien den ganzen Tag auf dem Feld arbeiteten und nachts gemeinsam in einem Raum schliefen, war es nicht ungewöhnlich, daß Kinder und Eltern den ganzen Tag miteinander verbrachten. Die abgeschiedene Höhenlage schützte ihre Dörfer vor der dominierenden Kultur. In den USA dagegen verbringen Hmong-Kinder sechs Stunden in der Schule, häufig viele weitere Stunden frei umherstreunend in ihrer Gemeinde und saugen dabei die amerikanische Kultur in sich auf. »Meine Schwestern fühlen sich überhaupt nicht mehr als Hmong«, erzählte mir einmal meine Dolmetscherin May Ying. »Eine von ihnen trägt eine Punkfrisur. Die jüngste spricht fast nur Englisch. Sie zeigen nicht den Respekt, den ich meinen Eltern in diesem Alter gezollt habe.« Lias Schwester May sagte: »Ich weiß, wie man *paj ntaub* herstellt, aber ich hasse Nähen. Meine Mutter fragt mich, warum machst du kein *paj ntaub*? Ich antworte ihr, Mama, wir sind in Amerika.«

Obwohl die Amerikanisierung gewisse Vorteile mit sich bringt – bessere Arbeitsmöglichkeiten, mehr Geld, weniger kulturelle Verwirrung –, empfinden Hmong-Eltern jedes Anzeichen von Assimilation als eine Beleidigung und eine Bedrohung. »Unsere Kinder essen Hamburger und Brot«, sagte Dang Moua traurig, »die Eltern essen lieber heiße Suppe mit Gemüse, Reis und Fleisch wie Innereien, Leber oder Nieren, was die Jungen nicht mögen. Die Alten haben keinen Führerschein und sie bitten die Jungen, sie wohin zu fahren. Manchmal sagen das Kind, ich hab zu viel zu tun. Das ist eine schlimme Sache, wenn die Kinder uns nicht gehorchen. Die Alten sind wirklich gekränkt.« Aufbegehrende junge Hmong lehnen mitunter nicht nur ab, ihre Eltern zu chauffieren, sie lassen sich auch auf Drogen oder Gewalt ein. 1994 raubte Xou Yang, ein Neunzehnjähriger aus Banning, Kalifornien, der die Schule abgebrochen hatte, einen deutschen Touristen aus und ermordete ihn. Sein Vater, ein Veteran des Laos-Krieges, sagte zu einem Reporter: »Wir haben jede Kontrolle verloren. Unsere Kinder behandeln uns nicht mit Respekt. Am schlimmsten ist es für mich, wenn ich meinen Kindern etwas erzähle und sie mir sagen: ›Das weiß ich eh schon.‹ Wenn meine Frau und ich meinem Sohn etwas über die Hmong-Kultur erzählen, kriege ich zu hören, die Leute hier wären anders, und er hört mir nicht zu.«

Sukey Waller, die gewiefte Psychologin von Merced, erinnert sich an eine Versammlung der Hmong-Gemeinde, an der sie teilnahm. »Ein alter Mann von ungefähr siebzig, achtzig Jahren in der ersten Reihe stand auf und stellte eine der ergreifendsten Fragen, die ich je gehört habe. ›Warum bricht all das, was bei uns zweihundert Jahre so gut funktioniert hat, auf einmal zusammen?‹« Als Sukey mir dies erzählte, konnte ich zwar nachvollziehen, warum der Mann diese Frage gestellt hatte, konnte ihm aber nicht ganz zustimmen. Vieles war zusammengebrochen, doch nicht alles. Jacques Lemoines Analyse der Flucht nach dem Krieg – die Hmong seien demnach in den Westen gekommen, nicht nur um ihr Leben, sondern um ihre ethnische Identität zu retten – hatte sich zumindest teilweise in den Vereinigten Staaten bestätigt. Ich kenne keine andere Gruppe von Einwanderern, deren Kultur in ihren wichtigsten Bestandteilen von der Assimilierung so wenig in Mitleidenschaft gezogen wurde. Tatsächlich heiraten alle Hmong immer noch andere Hmong, sie heiraten sehr jung, halten sich an das Tabu des Heiratsverbots innerhalb des eigenen Clans, zahlen Brautpreise und haben große Familien. Die Clan- und Familienstrukturen sind intakt geblieben, ebenso das Gebot der Gruppensolidarität und der gegenseitigen Unterstützung. An den meisten Wochenenden kann man in Merced die Todestrommel auf einem Hmong-Begräbnis schlagen hören oder den Gong und die Rassel eines *txiv neebs* bei einer Heilungszeremonie vernehmen. Babys tragen Bänder um ihre Armgelenke, damit ihre Seelen nicht von *dabs* entführt werden können. Mit Hilfe ihrer Träume deuten die Hmong ihr Schicksal. (Wer von Opium träumt, dem wird ein Unglück widerfahren; wer träumt, er sei von Exkrementen bedeckt, dem wird Glück zuteil; wer von einer Schlange auf dem Schoß träumt, wird schwanger.) Noch immer werden Tiere geopfert, selbst bei christlichen Konvertiten. Dies erfuhr ich zum ersten Mal, als May Ying Xiong mir mitteilte, sie könne am Wochenende nicht dolmetschen, da ihre Familie eine Kuh opferte, um für ihre Nichte wegen einer bevorstehenden Operation am offenen Herzen um Schutz zu bitten. Als ich daraufhin meinte: »Ich wußte gar nicht, daß deine Familie so religiös ist«, antwortete sie: »O ja, wir sind Mormonen.«

Was noch entscheidender ist: Die typischen Wesenszüge der Hmong – ihre unabhängige, abgesondert lebende, antiautoritäre, mißtrauische, eigensinnige, stolze, cholerische, energische, vehemente, gesprächige, humorvolle, gastfreundliche Art – waren bisher nicht unterzukriegen. Tatsächlich reagierten die Hmong auf die Beschwerlichkeiten ihres Lebens in den USA, indem sie, wie George M. Scott jr. feststellte, »noch mehr Hmong wurden«. Der französische Missionar François Marie Savina meinte 1924, als er seine Eindrücke über die Hmong zusammenfaßte, daß sie den Fortbestand ihrer ethnischen Identität sechs Faktoren verdankten: der Religion, der Freiheitsliebe, den traditionellen Sitten, der Weigerung, Menschen aus anderen Ethnien zu heiraten, dem Leben in kalten, trockenen gebirgigen Gegenden und der Abhärtung durch Kriege. Obwohl ihre Erfahrungen hier von Verlusten und Verzweiflung geprägt waren, haben die 180 000 Hmong, die in den Vereinigten Staaten leben, die ersten vier Werte relativ gut oder sogar besser als erwartet bewahren können.*

Bei einem meiner Aufenthalte in Merced konnte ich beobachten, wie der gesamte Anpassungszyklus an den amerikanischen Lebensstil wieder von neuem begann. Als ich in der Wohnung der Lees eintraf, wimmelte es zu meinem Erstaunen von Menschen, die ich noch nie zuvor gesehen hatte. Es handelte sich dabei um Joua Chai Lee, einen Cousin von Nao Kao, seine Frau, Yeng Lor, und ihre neun Kinder im Alter von acht Monaten bis fünfundzwanzig Jahren. Sie waren zwei Wochen zuvor mit einem einzigen Gepäckstück für elf Personen aus Thailand eingetroffen. Darin befanden sich einige Kleidungsstücke, ein Sack Reis und, da Joua ein *txiv neeb*-Lehrling ist, ein Paar Rasseln, eine Trommel, ein Paar Wasserbüffelhörner, die zum Wahrsagen dienen. Die Cousins wohnten bei Foua und Nao Kao, bis sie eine eigene Wohnung fanden. Die beiden Familien hatten einander mehr als ein Jahrzehnt nicht gesehen, und in der kleinen Wohnung herrschte Feststimmung. Die kleinen Kinder sausten in ihren neuen amerikanischen Turnschuhen umher, und die vier barfüßigen Erwachsenen warfen häufig den Kopf zurück und lachten. Joua sagte mir durch May Ying: »Wir sind zwar schon viele, aber Sie können gerne bei uns übernachten.« May Ying erklärte mir später, Joua habe nicht wirklich erwartet, daß ich mit zwanzig Familienangehörigen auf dem Boden schlafen würde. Er wollte bloß – obwohl er in einem fremden Land war und beinahe nichts besaß – den Schein der Hmong-Gastfreundschaft wahren.

Ich fragte Joua, was er von Amerika hielt. »Es ist hier wirklich nett, aber ganz anders«, antwortete er. »Es ist hier sehr flach. Man kann einen Ort nicht vom anderen unterscheiden. Viele Dinge habe ich noch nie gesehen, wie das« – einen Lichtschalter – »und das« – ein Telefon –

* Etwa 150 000 Hmong, von denen einige in Länder außerhalb der USA zogen, andere in Thailand blieben, flohen aus Laos. Die Zahl der in den USA lebenden Hmong ist aufgrund der hohen Geburtenrate stetig gestiegen.

»und das« – eine Klimaanlage. »Gestern haben uns unsere Verwandten mit dem Auto spazierengefahren, und ich habe eine Frau gesehen, die ich für lebendig hielt, doch sie war nicht echt.« Er meinte eine Schaufensterpuppe im Einkaufszentrum von Merced. »Auf der Fahrt nach Hause konnte ich gar nicht mehr aufhören zu lachen«, sagte er. Und als er sich seinen komischen Irrtum ins Gedächtnis rief, mußte er wieder lachen.

Dann fragte ich Joua, was er sich für seine Familie erhoffte. »Wenn ich kann, werde ich hier arbeiten«, sagte er, »aber wahrscheinlich werde ich keine Arbeit finden. So alt, wie ich schon bin, werde ich wohl kein Wort Englisch mehr lernen können. Wenn sich meine Kinder richtig anstrengen, werden sie Englisch lernen und richtig klug werden. Aber für mich selbst habe ich keine Hoffnungen.«

# Gold und Tand

Als ich Nao Kaos Cousin mit seiner Familie in der Wohnung der Lees traf, gab es natürlich ein Kind, das nicht mit den wiedergefundenen Cousins spielte oder vor der Eingangstür saß und die Autos beobachtete, die die East 12th Street in der Frühlingsdämmerung hinunterfuhren, zu einer Stunde, die die Lees »Schweinefütterungszeit« nannten. Lia war auf dem Rücken ihrer Mutter in ein knallrosa *nyias* eingewickelt, ein schürzenförmiges Babytragetuch, das Foua mit schwarzen, gelben und grünen Kreuzstichen versehen und mit achtzehn flauschigen rosa Pompons verziert hatte. Wahrscheinlich war dies das größte *nyias* in der Geschichte der Hmong, denn Lia war beinahe einen Meter groß und wog etwa sechzehneinhalb Kilo. Foua verwendete es lieber als den pädiatrischen Rollstuhl vom Kreisgesundheitsamt in Merced, der in einer Ecke des Wohnzimmers stand. Die beiden waren in einen Schal gehüllt, so daß sie wie eine Person aussahen, denn Lias Körper lag steif und regungslos an den der Mutter gelehnt.

Lia war beinahe sieben Jahre alt. Seit über zwei Jahren warteten die Ärzte darauf, daß sie starb, und seit über zwei Jahren verblüfften Lias Eltern sie mit ihrer Fähigkeit, Lia am Leben zu erhalten. Lia war zwar nicht tot, doch sie war an allen vier Gliedmaßen gelähmt, spastisch, inkontinent und konnte keine zielgerichteten Bewegungen ausführen. Ihren Zustand nannte man »Dauerkoma«.

Die meiste Zeit über hielt sie die Arme eng vor der Brust gekreuzt, die Fäuste zusammengeballt, was auf einen Schaden der motorischen Hirnzentren hindeutet. Manchmal zitterten ihre Beine. Manchmal nickte sie mit dem Kopf – nicht ruckartig, sondern langsam, als ob sie unter Wasser eine Frage bejahte. Manchmal wimmerte sie oder stöhnte. Sie atmete weiterhin, schluckte, schlief, erwachte, nieste, schnarchte, ächzte und weinte, denn diese Funktionen wurden vom unversehrten Hirnstamm gesteuert, doch hatte sie keinerlei Ich-Bewußtsein, das vom Vorderhirn abhängt. Das auffälligste Zeichen, daß etwas mit ihr nicht stimmte, waren ihre Augen, die trotz ihrer Klarheit mitunter ins Leere starrten oder zu einer Seite irrten, als ob sie Angst hätte. Wenn ich sie ansah, konnte ich mich nicht des Gefühls erwehren, daß ihr etwas abhanden gekommen war, das über die Funktionstüchtigkeit der Neurotransmitter ihrer Hirnrinde hinausging, und daß die Bezeichnung ihrer Eltern für dieses Etwas – *plig* oder Seele – so zutreffend wie jede andere war.

Einmal bemerkte ich zu Terry Hutchison, Lias Neurologen im Valley Kinderkrankenhaus von Fresno: »Aber sie muß doch wenigstens *die Spur* eines Bewußtseins haben. Sie kann weinen, und wenn ihre Mutter sie auf den Arm nimmt und wiegt, beruhigt sie sich.« Dr. Hutchison erwiderte: »Schauen Sie sich eine Venusfliegenfalle an. Überlegt sie, bevor sie sich eine Fliege schnappt, die ihre Fühlborsten berührt, oder tut sie es einfach? Ich meine, sie tut es einfach. Lia gleicht einer Venusfliegenfalle. Alles an ihr sind Reflexe. Obwohl man Menschen wie sie nicht nach ihren Empfindungen fragen kann, glaube ich zumindest an die theoretische Möglichkeit, daß sie keine Gedanken, keine Erinnerungen, kein bewußtes Leben hat und doch auf die Berührungen ihrer Mutter reagiert.« Ich fragte Lias Eltern, was Lia ihrer Meinung nach spüren könne. Nao Kao antwortete: »Wenn wir sie halten, weiß sie es und lächelt.« Foua sagte: »Manchmal, wenn ich sie rufe, scheint sie mich zu erkennen, ich weiß es aber nicht genau, denn es kommt mir so vor, als ob Lia mich nicht sehen kann. Mein Baby hat nichts Schlimmes getan. Sie ist ein liebes Mädchen, doch weil sie so verletzt ist, ist es so, als wäre sie tot. Es gibt keinen Tag, an dem sie mich sehen kann.«

Als Lia am 9. Dezember 1986 aus dem MCMC nach Hause entlassen worden war, hatte sie 40 °C Fieber, ihr Atem ging unregelmäßig, sie konnte ihre eigenen Sekrete nicht abhusten und auch nicht schlucken. Die Ärzte hatten ihren unmittelbar bevorstehenden Tod prognostiziert. Innerhalb weniger Tage normalisierte sich die Temperatur, Schluck- und Würgreflex kehrten zurück. Die Ärzte waren verblüfft und führten diese Besserungen auf den Rückgang der Schwellungen im Rückenmark und Hypothalamus zurück. Die Eltern dagegen schrieben sie den Kräuteraufgüssen zu, in denen sie ihre Tochter gleich nach der Ankunft zu Hause und an den darauffolgenden Tagen gebadet hatten. »Sie breiteten einen Duschvorhang auf dem Wohnzimmerboden aus und legten Lia darauf«, erinnerte sich Jeanine Hilt. »Foua badete sie in diesem Heiltee, den sie gebraut hatte, sie betupfte ihren ganzen Körper, ihr Haar und den Kopf damit. Es war wirklich etwas sehr Beruhigendes. Etwas sehr Liebevolles.«

In den ersten Tagen nach Lias Heimkehr besuchte Jeanine die Lees täglich. Ihr zuliebe ließen Foua und Nao Kao die verhaßte Magensonde, die sie laut Anweisung der Ärzte für den Rest von Lias Leben benutzen sollten, eine ganze Woche an ihrem Platz. Unter Jeanines Anleitung gossen sie alle zwei Stunden die Babynahrung durch die Sonde, überprüften, ob sie richtig lag, indem sie Luft durch eine Nadel injizierten und mit einem Stethoskop dem Blubbern lauschten. »Es ging wirklich langsam«, erinnerte sich Nao Kao, »und ich wußte nicht genau, wie man das benutzt. Die Sonde hatte zwei Plastikdinger, und wenn die Nahrung steckenbleibt, kann man nicht mehr füttern.« Schließlich zogen sie die Sonde aus Lias Nase und flößten ihr die Nahrung mit einem Babyfläschchen in den Mund. Das funktionierte wunderbar, obwohl die Ärzte prophezeit hatten, daß Lia ohne Schlauch ersticken würde. Das einzige Problem bestand darin, daß Medi-Cal sich weigerte, für die Nahrung aufzukommen, weil der vorgeschriebene Schlauch nicht mehr verwendet wurde, so daß Neil und Peggy der Familie ganze Packungen Similac mit Eisen gaben, die als Gratisproben für Mütter von Neugeborenen gedacht waren.

Als Lia zum ersten Mal zur Kontrolle in die Klinik zurückkehrte, hatte Neil Dienst. Während ihres letzten Aufenthalts im MCMC hatte er sich so erfolgreich von diesem Fall distanziert, daß er seit ihrer Rückkehr aus Fresno zwar Lia selbst, nicht jedoch Foua und Nao Kao gesehen hatte. Jahre später verweilte er beim Durchblättern von Lias Krankenakte lange Zeit bei der Eintragung zu diesem Besuch. »Dieser erste Besuch war für mich von großer Bedeutung«, sagte er. »Er ging mir sehr zu Herzen. Ich erinnere mich, Jeanine Hilt war auch im Zimmer. Und eine Dolmetscherin. Ich erinnere mich, daß ich der Mutter sagte, daß es mir sehr schwer fiele, Lia in diesem Zustand zu sehen oder auch nur mit ihr in demselben Raum zu sein, und daß ich das, was passiert war, immer befürchtet hatte, und daß es mir sehr leid täte. Und was mich vollends umhaute, war, daß ich, also ich hatte Angst, sie würden mir die Schuld geben für das, was passiert war, aber die Mutter schenkte mir ihr Mitgefühl. Sie verstand – irgendwie hat sie es – sie, na ja« – Neil rang nach Worten, entschlossen, es herauszubringen –, »ich glaube, es lag auch daran, daß ich weinte. Und sie, sie dankte mir. Und sie umarmte mich. Und ich umarmte sie.« Er räusperte sich nochmals. »So war's.«

Als ich Foua nach dieser Begegnung fragte, sagte sie: »Lias Doktor litt mit ihr.« Nao Kaos Miene verfinsterte sich, und er schwieg. Sein Ärger auf das MCMC und das gesamte Personal war nie gewichen. Foua, die umgänglicher ist als ihr Mann, hatte alle Schuld auf die Ärzte in Fresno gewälzt, die Lia »zuviel Medizin« verabreicht hatten, und Neil und Peggy damit teilweise entlastet. In ihren Augen hatten sich »der Mann und die Frau Doktor« nicht einer Todsünde – das Leben der Tochter zerstört zu haben – schuldig gemacht, sondern lediglich einer weniger schweren Unterlassungssünde, weil sie in den Urlaub gefahren waren und Lia in den falschen Händen zurückgelassen hatten.

Im Laufe der Monate entwickelte sich Lia in einem einigermaßen absurden Sinn zu einem erstaunlich vitalen Kind. Obwohl auf jeder Seite ihrer Krankenakte »Hypoxisch-ischämische Enzephalopathie, keine Veränderung« – irreparabler Hirnschaden – vermerkt war, verzeichnete ein klinischer Bericht:

BESCHWERDE: Anfallsleiden unter Valproinsäure: behoben
BESCHWERDE: Fettleibigkeit: behoben

Mit anderen Worten, Lias Hirnschaden hatte ihre Epilepsie geheilt, während die obligatorische Breidiät ihre Fettleibigkeit in dem Maße kuriert hatte, indem sie allmählich immer größer, vielmehr länger wurde, denn aufrecht stehen sollte sie nie wieder können. »Sie war wirklich gesund«, meinte Peggy mit heiterem Sarkasmus. »Sie war so gesund wie nie zuvor. Sie war einfach perfekt. Ein perfektes, vor sich hin vegetierendes Wesen.«

Lia wurde plötzlich, wie Bill Selvidge einmal trocken bemerkte, »die Art von Patient, wie Krankenschwestern sie lieben«. Aus dem hyperaktiven Kind mit einem erschreckenden Anfallsleiden und unzugänglichen Venen war ein träger Körper geworden, der nicht klagte und vermutlich nie wieder eines Venenzugangs bedurfte. Gleichzeitig hatten ihre Eltern in den Augen des Ärztehauspersonals eine wundersame Verwandlung durchgemacht, von Leuten, die ihr Kind mißhandeln, zu solchen, die es vorbildlich umsorgen. Teresa Callahan, eine angehende Fachärztin für Allgemeinmedizin, die Lia in beiden Phasen erlebt hatte, sagte mir: »Ihre Eltern müssen wunderbar für sie gesorgt haben, weil sie so stark gewachsen ist. Die meisten Kinder, die so durch die Mühle gedreht worden sind, schrumpfen irgendwie zusammen, bis sie nur noch Haut und Knochen sind. Ich habe Siebzehnjährige gesehen, die so groß wie Vierjährige waren.« Neil sagte: »Jedesmal, wenn sie Lia im Babytragetuch in die Klinik brachten, war sie gepflegt, ordentlich gekleidet und makellos. Einfach *makellos*. Sehr beeindruckend.« Peggy fügte hinzu: »Sie machten es besser als die meisten weißen Familien. Die meisten weißen Familien hätten sie nämlich sofort in ein Heim gesteckt.«

Foua und Nao Kao fanden nie heraus, warum das Heilpersonal des Ärztehauses sie so viel besser behandelte als das Krankenhauspersonal. Aus ihrer Sicht hatte sich ihre Tochter völlig verändert, doch ihr Verhalten als Eltern war gleich geblieben. Die einzige Erklärung, die Nao Kao finden konnte, war: »Lia geht nicht sehr häufig auf die Toilette, sie ist sauber, und daher mögen sie sie.« (Als ich hörte, daß er Lias neue Beliebtheit ihrer Verstopfung zuschrieb, erinnerte ich mich an die Bemerkung, die er einst gemacht hatte, als ich ihm sagte, ich würde gerne eines Tages nach Laos fahren. Nachdem er den Technologie- und Hygienewahn der Amerikaner zur Genüge kennengelernt hatte, meinte er: »Es wird dir nicht gefallen. Dort gibt's keine Autos. Aber du würdest Chiang Mai in Thailand sehr schön finden.« Auf meine Frage, warum, antwortete er: »Dort gibt es jede Menge Müllmänner.«)

Da die antiepileptischen Mittel nun nicht mehr verschrieben wurden und die Kooperationsbereitschaft der Eltern kein Thema mehr war, verstummten auf einen Schlag sämtliche Ärzte, Krankenschwestern, Sozialarbeiter vom Jugendamt, Vertreter des Gesundheitsamts und des Jugendgerichts in Merced – eben jene lautstarke Phalanx von Autoritätspersonen, die den Lees vier Jahre lang zu verstehen gegeben hatten, sie würden nicht gut für ihre Tochter sorgen. Am 5. März 1987 wurde der Bewährungsstatus der Lees als Lias Vormund, der seit der Entlassung ihrer Tochter aus der Pflegschaft in Kraft war, aufgehoben.

Foua und Nao Kao fürchteten allerdings weiterhin, ihre Tochter könnte irgendwann wieder einmal zum Regierungseigentum erklärt werden. Foua, die nie vergessen konnte, daß sie auf Verwandtenbesuch war, als Lia abgeholt wurde, um zu den Pflegeeltern gebracht zu werden, blieb mehrere Jahre lang rund um die Uhr bei ihrer Tochter, um sicherzustellen, daß diese nicht wieder von der »Polizei« entführt würde.

Der Anthropologe George M. Scott jr. schrieb, daß in Laos

Kinder im allgemeinen vergöttert werden. (...) Selbst jene mit körperlichen oder geistigen Gebrechen werden mit Liebe überschüttet, mit mehr Liebe sogar als normale Kinder, was teilweise aus dem Glauben heraus geschieht, daß, ähnlich wie bei Fehl- und Totgeburten, die Mißbildung die Folge früherer Vergehen der Eltern ist und daher im Sinne einer Sühne mit Gleichmut ertragen und mit Freundlichkeit hingenommen werden muß.

Foua und Nao Kao waren ziemlich, wenngleich nicht absolut sicher, daß die Vergehen der amerikanischen Ärzte, nicht aber ihre eigenen an Lias Zustand Schuld trugen. Doch Schuldgefühle waren gar nicht erforderlich. Sie überschütteten Lia mit Liebe, denn etwas anderes konnten sie sich gar nicht vorstellen. Sie hatten in ihr immer die Gesalbte, die Prinzessin gesehen. Jetzt, da Lia permanent von ihren Eltern und Geschwistern umsorgt wurde, nahm sie innerhalb der Familie eine noch erhabenere Stellung ein. Lia war die ruhende Mitte, um die sich das Familienleben konzentrierte. Wenn sie in ihrem Rollstuhl saß, war immer jemand in ihrer Nähe; wenn sie im *nyias* festgeschnallt war, wurde sie ohne Unterlaß von ihrem jeweiligen Träger – der Mutter, dem Vater oder einer der älteren Schwestern – geschaukelt, was sie beruhigen sollte. Von ihr hingen mehr Photographien als von jedem anderen ihrer acht Geschwister an den Wänden. Jahrelang hing dort auch der Tagesplan, den Jeanine einst für sie geschrieben hatte – »Aufwachen«, »Medikamente«, »In die Schule«, »Spielen« –, obwohl sie keine Medizin mehr nahm, geschweige denn zur Schule ging oder spielte. Ob sie morgens aufwachte, war eher eine Frage der Auslegung.

Lia war das einzige Kind der Lees, zu dessen Geburtstag es eine Party gab. Jedes Jahr am 19. Juli war der Gehsteig vor der Wohnung in der East 12th Street mit Verwandten und Hmong-Kindern bevölkert. Jeanine Hilt brachte Frisbees, Strandbälle und Spritzpistolen mit. Foua reichte Doritos sowie Hmong-Eierrollen, die mit gehacktem Schweinefleisch und Zwiebeln gefüllt waren, gedämpfte Bananen mit Reis und Hühner, die am Morgen geopfert und deren Schädel und Zungen vor dem Kochen auf Vorzeichen hin untersucht wurden. Und immer gab es eine amerikanische Geburtstagstorte. Jeanine entzündete die

Kerzen und schnitt die Torte an. Das Geburtstagskind konnte natürlich weder die Kerzen ausblasen noch sein Kuchenstück essen. Lia saß unbeweglich und ausdruckslos in ihrem Rollstuhl, während die Kinder, die in der Schule ein Standardrepertoire amerikanischer Lieder gelernt hatten, »Happy Birthday« sangen.

Lia war noch immer ein schönes Kind. Sie glich in nichts den vor sich hin vegetierenden Patienten, die ich in Krankenhäusern gesehen hatte, bleiche Kadaver mit schlaffen Mündern, struppigem Haar, Körpern, die selbst nach einem Bad noch nach Urin rochen. Lias schwarzes Haar glänzte nach wie vor, sie hatte eine zarte, weiche Haut, rosa Lippen, einen richtigen Kußmund und roch wunderbar. Daher war es nicht verwunderlich, daß ihre Familie sie wie ein besonders reizendes Baby behandelte: ein etwas nervöses Baby, das gewickelt und mit dem Fläschchen gefüttert wurde, nur eben etwa einen Meter groß. Foua liebkoste und streichelte sie, wiegte sie, ließ sie auf den Knien reiten, sang ihr Lieder vor, beschnüffelte ihren Hals, schnupperte an ihrem Haar, spielte mit ihren Fingern und machte schmatzende Geräusche gegen ihre Brust. Manchmal erinnerte Lia mehr an ein Haustier. Ihre jüngere Schwester Pang umarmte sie gern fest, zerrte an ihren Ohren und legte sich dann gemeinsam mit Mai und True auf sie drauf: drei sich windende, kichernde Kinder und ein stilles.

In Laos hatte Foua ihre Kinder auf dem Erdboden gebadet und ihnen mit einer kleinen Schale das Wasser übergegossen, das sie auf dem Feuer erwärmt hatte. Jetzt badete sie Lia jeden Tag in der Badewanne – an heißen Tagen zweimal. »Meistens steige ich mit ihr in die Wanne«, sagte sie, »denn wenn wir fertig sind, bin ich sowieso naß.« Nach dem Bad beugte und streckte sie Lias Arme und Beine wie ein Kind die Glieder einer Barbiepuppe, in einer Reihe von passiven Bewegungsübungen, wie sie sie vom Gesundheitsdienst gelernt hatte, um bleibenden Kontrakturen vorzubeugen. Sie fütterte Lia mit dem Löffel oder mit einer 170-Milliliter-Flasche mit einem weiten, flachen Sauger, der speziell für Babys mit Wolfsrachen gedacht war. Ein angehender Allgemeinmediziner im MCMC vermerkte: »Die Eltern füttern sie mit Babynahrung plus Reis.« Tatsächlich aß Lia auch Schweine- oder Hühnerfleisch, das ihre Mutter mit dem handgeschnitzten Mörser und Stößel aus Laos zerkleinerte. Manchmal kaute Foua das Huhn wie ein Muttervogel einfach vor und stopfte es in Lias Mund. Foua kochte jeden Tag Unmengen von *zaub*, einem spinatähnlichen Gemüse, das sie speziell für Lia auf dem Parkplatz anpflanzte, und flößte ihr dann die Brühe ein. Lia saß zumeist mit gespreizten Beinen auf Fouas Schoß, die langen Beine hingen auf beiden Seiten herab, während Foua, die mit den Lippen erst prüfte, ob die Nahrung nicht zu heiß war, ihr winzige Bissen sanft in den Mund schob. Lias Speichel wischte sie immer mit ihrer Hand statt mit einer Serviette oder einem Handtuch weg.

Manchmal dachte ich: Das ist gar nicht so furchtbar. Lia wohnte zu Hause, nicht in einer Einrichtung für chronisch Kranke. Sie wurde geliebt, nicht geächtet. Die Hmong-Gemeinde akzeptierte sie vorbehaltlos. Ihre Mutter war nicht selbstmordgefährdet wie damals, als Lia in Pflege kam. Wohl ließen Foua und Nao Kao mitunter die anderen Geschwister ein wenig zu kurz kommen, vor allem Pang, die niemals den Platz einnehmen konnte, der ihr als der Jüngsten zugestanden hätte. Doch schien sich trotzdem keiner von den Lees, nicht einmal die Teenager, für Lia zu schämen, wie dies die meisten amerikanischen Kinder, die ich kenne, getan hätten. Da nun Lias ständige epileptische Anfälle der Vergangenheit angehörten, war May als älteste zu Hause lebende Tochter weitgehend der Aufgabe enthoben, den Eltern als medizinische Dolmetscherin zu dienen. »Ich mußte meine Eltern ins Krankenhaus zum Dolmetschen begleiten«, schrieb sie in der achten Klasse in ihrem autobiographischen Aufsatz und bezog sich dabei auf das Jahr nach Lias Rückkehr aus der Pflegefamilie. »Ich hatte nie Zeit für mich, weil die meisten meiner Cousins, die meine Eltern am nötigsten gebraucht hätten, immer schwer mit diesem und jenem beschäftigt waren. Ich war ihre Dolmetscherin, wohin sie auch gehen.« Die Schwester in ihrem *nyias* zu tragen, sie mit Babynahrung zu füttern, die Einkäufe für die Familie im Supermarkt zu erledigen waren weitaus leichtere Verpflichtungen.

Doch sobald ich mich von diesem relativ rosigen Bild einlullen ließ, holte mich ein Wutausbruch von Nao Kao in die Realität zurück (»Mein Kind ist verloren wegen dieser Ärzte!«), oder, noch häufiger, ein plötzlicher Traueranfall von Foua. Foua konnte lachen und im nächsten Augenblick in Tränen ausbrechen. Wochenlang kam keine Klage über ihre Lippen, doch dann rief sie aus: »Lia ist so schwer! Sie zu tragen ist so anstrengend! Andere Menschen lernen schöne Orte kennen, aber ich komme nie dazu.« Zwei Jahre lang war die einzige *paj ntaub*-Arbeit, die sie anfertigte, Lias riesiges *nyias*. »Lia ist zu krank«, sagte sie, »und ich bin zu traurig. Ich habe mit ihr so viel zu tun, daß ich nichts weiß, außer daß ich lebe.« Einmal sah ich, wie sie sich hockend hin und her wiegte und leise jammerte. Als ich sie nach dem Grund fragte, sagte sie bloß: » Ich liebe Lia zu sehr.«

Foua und Nao Kao verabreichten Lia das, was sie »Hmong-Medizin« nannten. »Wir können ihr keine Medizin aus dem Krankenhaus geben«, erklärte Nao Kao, »sonst wird sie ganz steif, und ihr Körper krümmt sich zu einem festen Knoten zusammen.« Sie gaben ihr Tees aus pulverisierten Wurzeln – Importware aus Thailand –, die sie in einem Hmong-Geschäft erstanden, sowie aus Kräutern, die sie auf dem Parkplatz anpflanzten. Eine rostfreie Schüssel mit geweihtem Wasser, die mit zwei Bögen ausgefranstem Papier zugedeckt war, hing an einem Bindfaden von der Decke ihres Schlafzimmers. Ein *txiv neeb* hatte sie dort aufgehängt, als Köder für Lias herumirrende Seele. Etwa zweimal im Jahr, oder häufiger, wenn sie es sich leisten konnten, kam ein *txiv neeb* in ihre Wohnung und hielt eine Zeremonie ab, bei der ein Schwein geopfert wurde. Danach trug Lia mehrere Wochen Bänder um ihre Handgelenke, die ihre Seele an sie binden sollten.

Da die verhaßten antiepileptischen Medikamente nicht mehr eingenommen werden mußten und Foua seit dem Tag, an dem sie Neil umarmt hatte, die Ärzte ihrer Tochter fast ins Herz geschlossen hatte, brachten sie Lia einmal im Jahr ins MCMC-Ärztehaus, nicht aber in das Krankenhaus gleich daneben. Lias Probleme – Verstopfung, Bindehautentzündung, Rachenkatarrh – konnten nun ambulant behandelt werden. Wenn Lia einen Termin versäumte, sandte ihr der Computer der Klinik, der unbeirrbar seiner bürokratischen Routine folgte, folgende Aufforderung:

Liebe Lia Lee!
Du hattest am 29. 2. 88 einen Termin bei Dr. Philp, den Du nicht eingehalten hast. Deine Ärztin möchte Dich gern sehen. Ruf bitte das Ärztehaus für Allgemeinmedizin in Merced unter der Nummer 385-7060 an, damit wir einen neuen Termin vereinbaren können.

Lia rief nie zurück.

Der Kontakt der Lees zu den medizinischen Einrichtungen beschränkte sich nun im wesentlichen auf die Kontrollbesuche – die zunächst wöchentlich, dann monatlich, später zwei- bis dreimal jährlich stattfanden. Sie wurden von einer Pflegekraft des öffentlichen Gesundheitsdienstes abgestattet, der wie ein *txiv neeb* Hausbesuche machte. Der Krankenpfleger hieß Martin Kilgore. Martin war ein großer, freundlicher, exzentrischer Mann. Er war liberal eingestellt, sein IQ (wie er einmal mit selbstironischem Grinsen gestand) lag bei 150, und seine Reden waren voller Anspielungen auf klassische Literatur. Er sprach von Lias *Daimon* und ihrer *Moira* ebensooft wie von ihrer hypoxisch-ischämischen Enzephalopathie.

Martin war Lia und ihrer Familie zum ersten Mal im Frühjahr 1985 begegnet, bevor Lia in die Pflegefamilie kam. Er war zu ihnen gesandt worden, um herauszufinden, ob sie ihr die richtige Dosis Tegretal und Phenobarbital verabreichten (was sie nicht taten). Ohne zu wissen, worauf er sich eingelassen hatte, schrieb er eine Notiz an das MCMC, die er mit den Worten »Danke für die interessante Überweisung« abschloß. Der Stapel tadellos getippter, formell gehaltener Briefe, den er seitdem an Neil und Peggy geschickt hatte, dokumentierte Jahr für Jahr seine eigenen tapferen Bemühungen. Mittlerweile galt seine Hauptsorge Lias Verstopfung, die Teil einer allgemeinen gastrointestinalen Verlangsamung war und durch ihre neurologischen Beeinträchtigungen hervorgerufen wurde. Im Februar 1988, als Lia schon ungefähr ein Jahr vor sich hin vegetierte, informierte er Peggy darüber, daß »Lia einmal pro Woche harten Stuhlgang« habe. Sein nächster Satz war ein typisches Beispiel für sein Taktgefühl: »Die Mutter sagt, sie verabreiche gewissenhaft Metamucil, doch die Flasche ist voll und mit Staub bedeckt.«

Martin nahm mich einmal mit zu einem der Hausbesuche. Ich war neugierig, wie er und die Lees miteinander auskamen, da Martin sich im Gegensatz zu der Mehrzahl des medizinischen Personals in Merced lautstark für die Hmong einsetzte. Er hatte eine klarere Vorstellung von der Rolle der Hmong im Laos-Krieg als sonst jemand, dem ich in Merced begegnet war, und hatte Dutzende Briefe an Lokalzeitungen geschrieben, in denen er die Intoleranz der Leserschaft anprangerte. Martin konnte die Lees gut leiden, zumindest mochte er sie lieber als manche seiner weißen amerikanischen Patienten, die seiner Meinung nach zur Elternschaft weniger befähigt waren als Schimpansen. Wenn jemand mit den Lees zurechtkommen konnte, dann war es Martin.

Als Martin und sein Dolmetscher Koua Her bei den Lees eintrafen, kniete Foua auf dem Boden und gab Lia gerade mit dem Fläschchen etwas Wasser, Nao Kao saß neben ihr und hielt Pang auf seinem Schoß.

»GUTEN TAG, MR. LEE!« dröhnte Martin. Nao Kao fixierte den Teppichboden und blieb stumm. »Nun, Mr. Lee«, frage er, »was ißt Ihre Tochter? Vor allem flüssige Nahrung?« Mit Erstaunen stellte ich fest, daß die Lees ihm nie von dem Huhn und Schweinefleisch erzählt hatten, das Foua mit Mörser und Stößel zerrieb. Koua Her, ein kleiner pflichtbewußter, zurückhaltender Mann, gab Martins Fragen mit kaum vernehmlicher Stimme weiter, wenn er übersetzte beziehungsweise versuchte, Martins Fragen in die Hmong-Sprache und die Antworten der Lees ins Englische zu übertragen.

Foua murmelte etwas. »Sie sagt, es ist sehr weiches Essen«, sagte Koua.

»Na ja«, meinte Martin, »empirisch gesehen nimmt Lia weder zu noch ab. Ich denke, womit sie sie auch füttern, es ist völlig richtig.«

Ohne eine Erklärung abzugeben, begann er, Lias Füße zu kitzeln. Er bemerkte ihren Babinski-Reflex, eine Streckung ihres großen Zehs, die eine Schädigung des Zentralnervensystems anzeigt. Danach hielt er sein Stethoskop an ihren Bauch. Lia begann wie ein Wolf zu heulen. Foua schmiegte ihr Gesicht an das von Lia und machte leise »Tsch, tsch, tsch«.

»Ich achte auf Darmgeräusche«, sagte Martin. »Ich höre kaum Darmgeräusche, deshalb horche ich jetzt ihren Brustkorb ab. Ihre Lungen sind in Ordnung. Als ich das letzte Mal hier war, habe ich ihnen erklärt, warum es fein wäre, wenn wir jeden Tag die Temperatur messen könnten, nur, um eventuelle Probleme frühzeitig zu erkennen. Erinnern sie sich daran?«

Koua antwortete: »Sie sagt, ja, sie machen das, jeden Tag.«

Martin zeigte sich erfreut. »Welche Temperatur hat sie im allgemeinen?«

»Sie sagt 30 oder 40.«

Das brachte Martin für einen Augenblick aus dem Konzept, doch dann machte er unverdrossen weiter: »Ah, na ja, gut, dann schauen wir uns jetzt den Puls an.« Er fuhr mit den Fingern zwischen die seelenbindenden Bänder um Lias Handgelenk. »Ich messe jetzt ihren Puls. Sie hat einen Puls von 100. Es wäre gut, wenn die Mama jeden Tag ihren Puls messen würde.«

»Sie sagen, sie wissen nicht, wie man das macht«, meinte Koua.

»Nun, man legt einen Finger an diese Stelle, nimmt eine Uhr und zählt eine Minute lang.« Foua besaß keine Uhr, und sie wußte auch nicht, was eine Minute war.

In diesem Augenblick lief die damals dreijährige Pang auf Lia zu und begann auf ihren Brustkorb zu trommeln.

»Laß das, sei ein lieber Junge«, wandte sich Martin beruhigend auf englisch an das kleine Mädchen, das kein Wort verstand. »Koua, sagen Sie ihnen bitte, sie sollen die anderen kleinen Kinder im Auge behalten. Lia ist keine Puppe.« Er hustete. »So, und nun zur Ausscheidung. Hat Lia eigene Darmbewegungen oder kriegt sie erst eine Tablette?«

»Sie sagt, sie verwenden eine Tablette, damit es rauskommt.«

»Nun, es ist besser, diese Tabletten nicht regelmäßig einzunehmen. Besser wären Ballaststoffe, etwa Metamucil, denn wenn sie ihr weiterhin Medizin geben, wird Lia verlernen, ihren Darm von alleine zu bewegen, und sie wird auf die Medizin angewiesen sein, und das ist nicht gut.« Als Koua übersetzt hatte, starrten ihn Foua und Nao Kao fassungslos an. Vier Jahre lang hatte man ihnen gesagt, sie sollten Lia ein Medikament geben, das sie ihr nicht geben wollten. Jetzt sagte man ihnen, sie sollten ihr das Medikament, das sie ihr geben *wollten*, *nicht* geben.

»Nun, Koua«, sagte Martin, »bevor wir aufbrechen, habe ich aus reiner Neugier noch eine Frage. Ich habe bemerkt, daß Lia um ihre Handgelenke Bänder trägt, und vor kurzem habe ich ein Buch über die Hmong und ihre Religion gelesen, und ich frage mich, welche Erklärung ihre Religion für das hat, was mit Lia passiert ist.«

Die Mienen der Lees verschlossen sich so abrupt wie eine Tür, die ins Schloß fällt.

»Er sagt, sie wissen darüber gar nichts«, sagte Koua.

Ich dachte bei mir: Aber sie haben doch das letzte Mal eine ganze Stunde darüber gesprochen, wie *dabs* Seelen stehlen! Wenn May Ying nicht nach Hause gemußt hätte, hätten sie noch eine weitere Stunde darüber geredet. Was ist heute mit ihnen los? Mir schien, daß meine offenen, lebhaften, redseligen Freunde gegenüber jemandem, den sie als Autoritätsperson betrachteten – obwohl Martin wohl eher seine Stelle gekündigt hätte, als die Lees zu irgend etwas zu zwingen –, selbst dazu übergegangen waren, vor sich hin zu vegetieren. Seit Martins Ankunft hatten sie kaum zwanzig Worte gesprochen. Sie hatten nicht gelacht, gelächelt oder ihm in die Augen geblickt. Und auf einmal dachte ich mir: Mit *diesen* Menschen also hatten Neil und Peggy all die Jahre zu tun. *Kein Wunder*, daß alle außer Jeanine sie für undurchschaubar und dumm halten. Doch auch Martin selbst hatte eine Verwandlung durchgemacht – vom Gelehrten zum unbeholfenen Stotterer. Es war, als habe jede Partei in dieser verhängnisvollen Beziehung auf geradezu alchimistische Weise das Gold des jeweils anderen in Tand verwandelt.

»Gut«, sagte Martin und erhob sich mühsam vom Boden, »scheint so, als könnten wir heute nicht mehr tun. Sie haben meine Karte« – die ebensogut in Keilschrift hätte geschrieben sein können –, »und sie sollen nicht vergessen, daß ich da bin, um ihnen zu helfen. Auf Wiedersehen, Mr. Lee, auf Wiedersehen, Mrs. Lee.«

Während wir zu Martins Wagen gingen und Koua still zehn Schritte hinter uns her trottete, runzelte Martin die Stirn. Er wußte, daß der Besuch schlecht verlaufen war, aber er hatte keine Ahnung, warum. War er nicht höflich gewesen? Hatte er nicht seinen Respekt vor der Hmong-Kultur gezeigt, als er sein Interesse für die Religion der Lees bekundete? Hatte er sich nicht mit seiner Kritik zurückgehalten, sogar noch, als er meinte, daß sie unrecht hatten?

»Ich habe mein Bestes getan«, sagte er. »Sie haben gesehen, wie geduldig ich ihnen alles erklärt habe.« Er stieß einen langen, tiefen Seufzer aus. »Ich tu, was ich kann. Mitunter kommt mir Lia vor wie eine Gestalt aus einer griechischen Tragödie. Von Euripides vielleicht. Aber gelegentlich denke ich eben nur an Metamucil.«

## Warum ausgerechnet Merced?

Mehrere Monate bevor ich die Familie Lee kennenlernte, kam ich zum ersten Mal nach Merced. Ich fuhr in meinem Mietwagen herum und hielt nach Hmong Ausschau, konnte aber nicht einen einzigen entdecken. Mein Freund Bill Selvidge hatte behauptet, ein Sechstel der Einwohner von Merced seien Hmong. Ich war sicher, daß er sich geirrt hatte. Die Leute, die ihre Kinderwagen durch die Platanenalleen nördlich des Bear Creek schoben und in ihren Lieferwagen die urig-altmodische Hauptstraße hinunterdonnerten, sahen alle so bodenständig aus wie in *American Graffiti*, das in Modesto spielt, der nächstgrößeren Stadt am Highway 99. Schließlich machte ich an der Exxon-Tankstelle Halt, weil ich Benzin brauchte, und fragte Frank, der meine Windschutzscheibe putzte, ob er wisse, wo die Hmong lebten.

»In dem Viertel auf der anderen Seite der Eisenbahn wimmelt es von ihnen«, sagte er. »Vor lauter Hmong kann man sich kaum rühren. Wir haben hier sehr viele von ihnen, das ist sicher. Warum sie hier sind, weiß ich allerdings nicht. Ich meine, warum ausgerechnet Merced?« Dann erzählte er mir die Geschichte von einigen Hmong, die an einem öffentlichen See des Kreises beim Fischen ohne Angelschein erwischt worden waren. »Als die Polizei kam, fielen sie vor ihnen auf die Knie. Sie dachten, sie würden auf der Stelle hingerichtet!« Er warf den Kopf zurück und lachte.

Martin Kilgare erzählte mir später, daß Geschichten von den dummen Hmong in der ländlichen Bevölkerung von Merced, deren Familien zum Teil schon seit hundert Jahren im Central Valley ansässig waren, leider gang und gäbe seien. »In Fresno machen die Aggies Witze über die Armenier«, sagte er. »In Stanislaus sind es die Portugiesen. Hier sind es die Hmong.« Es gab die Geschichte von der Hmong-Mutter, der ein Polizist sagte, sie könne ihr Kind ja an den Fernseher ketten, wenn es sich nicht benehme, woraufhin die Frau ihn beim Wort nahm. Außerdem ging das Gerücht, daß Hmong-Bauern ihre Felder mit menschlichen Exkrementen düngten, und manche Hmong-Mieter Löcher in die Wand bohrten, um mit ihren Verwandten nebenan zu sprechen. Eine andere Geschichte erzählt von einer großen Familie, die in ihrer Zweizimmerwohnung nur das Schlafzimmer bewohnte und im Wohnzimmer eine 30 Zentimeter dicke Schicht Erde ausgebreitet hatte, auf der sie Gemüse zog.

Wer weiß, ob diese Geschichten stimmten? In dem Klima, in dem Franks leutselige Borniertheit gediehen war, spielte das wohl kaum eine Rolle. Ein Hmong-Sprichwort besagt: »Alle Gefäße kann man verschließen, aber nicht den Mund eines Menschen.« Im Laufe der letzten hundertfünfzig Jahre hatte das Central Valley etliche Wellen von Siedlern aufnehmen müssen, die aus dem Ausland kamen: Mexikaner, Chinesen, Chilenen, Iren, Holländer, Basken, Armenier, Portugiesen, Schweden, Italiener, Griechen, Japaner, Filipinos, Jemeniten und Inder. Jede dieser Welle hatte eine neue, auf die jeweils jüngste Siedlergruppe zugeschnittene Aufwallung von Fremdenhaß hervorgebracht, und die Geschichten von den dummen Hmong waren nur sein neuestes Gewand.

Ich folgte der Wegbeschreibung, die Frank mir gegeben hatte, und überquerte die Gleise der *Southern Pacific Railroad*, die parallel zur 16th Street im Süden von Merced verläuft. Bis 1950 befand sich hier das Chinesenviertel, das dann abgerissen wurde, um dem Highway 99 Platz zu machen. Frank hatte recht gehabt. Auf der anderen Seite der Eisenbahn waren nur Hmong: die ersten Hmong, die ich zu Gesicht bekam. Vor den heruntergekommenen zweigeschossigen Wohnblöcken spielten Kinder Fangen, Fußball und *txwv*, ein Spiel, bei dem kleine Steine geworfen und aufgefangen werden. Auf den Parkplätzen standen mehr Blumentöpfe mit Kräutern als Autos, und es gab zwei Gemeinschaftsgärten, die so grün und üppig waren wie Regenwälder im Westentaschenformat: Bok Choy, Bittermelonen und Zitronengras wuchsen hier in säuberlichen Reihen. In einem Lebensmittelgeschäft in der Nähe verkauften Soua Her und seine Frau Yia Moua Reis in Halbzentnersäcken, Wachteleier, kleingehackten Tintenfisch, Kassetten mit Musik von Hmong-Gruppen aus der Gegend, Glasperlen zum Dekorieren der *paj ntaub*, mentholhaltiges Band gegen Kopfschmerzen, klebrige Salben gegen Prellungen, Kampferbalsam gegen Fieber und aromatische Holzspäne für einen Tee, der, wie mir Yia Moua erklärte, »schlechtes totes Blut ausspült, wenn Frau Baby bekommen haben«.

Damals hatte ich keine Ahnung davon, aber ich war an dem Ort gelandet, wo es proportional mehr Hmong gab als an jedem anderen

Ort der USA. Fresno und Minneapolis-St. Paul haben zwar größere Hmong-Gemeinden, aber in Merced bilden die Hmong einen weitaus größeren Bevölkerungsanteil. Als ich zum ersten Mal nach Merced kam, belief sich dieser Anteil auf ein Sechstel (wie Bill Selvidge angekündigt hatte), inzwischen liegt er bei einem Fünftel. In Merced lebten Vertreter von vierzehn Hmong-Clans – Cheng, Fang, Hang, Her, Kong, Kue, Lee, Lor, Moua, Thao, Vang, Vue, Xiong und Yang –, so daß junge Leute keine Probleme hatten, Ehepartner außerhalb ihres eigenen Clans zu finden. Auch kurzfristig konnte man problemlos einen *txiv neeb* finden, um ihn mit einem schädlichen *dab* verhandeln zu lassen, einen Kräuterkundigen, der einen Heiltee zuzubereiten wußte, einen Clanältesten, der Streit schlichten konnte, oder einen *qeej*-Spieler, der mit dem geisterhaften Klang seines Bündels aus sechs Bambusröhren die Seele eines Toten durch die zwölf Himmel zurückgeleiten konnte. (In Merced ist Bambus nicht leicht aufzutreiben, deshalb werden *qeejs* manchmal auch aus Kunststoffheizungsrohren hergestellt. Angeblich kann die Seele auch den Anweisungen aus dem Plastikrohr problemlos folgen, solange der *qeej*-Spieler gut ist.*)

---

\* Die Vorstellung, daß ein *qeej*, ganz gleich ob aus Bambus oder Plastik, zu seinem Publikum »sprechen« kann, indem es zum Beispiel einer toten Seele eine Wegbeschreibung gibt, ist keine Metapher. Vier der sechs Rohre des Instruments stehen für die Tonlagen der Hmong-Sprache, und Hmong, die gelernt haben, das *qeej* zu verstehen, können einzelne Wörter entziffern, die von den klingenden Rohren »gesungen« werden. Ebenso wie ihnen die herkömmlichen westlichen Unterscheidungen von Geist und Körper oder Medizin und Religion fremd sind, unterscheiden die Hmong auch nicht wie wir zwischen Sprache und Musik: Ihre Sprache ist Musik, und ihre Musik ist Sprache. Alle Dichtung der Hmong wird gesungen. Andere Musikinstrumente, die sogenannten »sprechenden Schilfrohre«, verwischen auch die Grenze zwischen Worten und Melodie. Ein *nplooj*, ein Blatt – meistens ein kleines Stück eines Bananenblatts –, wird zusammengerollt in den Mund gelegt und geblasen, wobei es in Schwingung gerät und mit seinen verschiedenen Tonlagen die unterschiedlichen Tonlagen der Worte darstellt. Das poetischste Instrument der Hmong ist das *ncas*, eine Mundorgel aus Messing, die zwischen die Lippen gesetzt und mit dem Finger gezupft wird. Traditionsgemäß ist dieses Instrument Liebenden vorbehalten. In Laos war es üblich, daß ein Junge sein *ncas*, das nicht lauter als ein Flüsterton war und von lauschenden Eltern nicht wahrgenommen wurde, dicht an der Hauswand seiner Liebsten spielte. Manchmal begann er seine Werbung flüsternd

Der Ethnologe Eric Crystal erklärte einem Reporter des *Merced Sun-Star* einmal, was es für ein außerordentliches Erlebnis sei, die Sprache der Hmong, die man vor fünfzehn Jahren nirgendwo in der westlichen Welt hören konnte, im Supermarkt auf der J Street zu vernehmen. Crystal hat sich mit der Hmong-Gemeinde in Merced befaßt und eine Ausstellung von Volkskunstobjekten der Hmong betreut, in der Gemüsekörbe aus Bambus, Messer zur Opiumernte und Schamanenzubehör gezeigt wurden. Als ich Crystal in seinem Büro an der Universität von Berkeley besuchte und ihm erzählte, daß ich in Merced lebte, wurde er so aufgeregt, daß er auf seinem Stuhl auf und ab hüpfte. »Sie haben ja solches Glück!« rief er aus. »Wenn ich dorte lebte, würde ich jede Minute mit den Hmong verbringen. Ich *liebe* Merced einfach! Nicht daß die Hmong problemlos sind. Sie sind sogar ein Riesenproblem. Als ich zum ersten Mal in Merced war, waren sie gegen jedermann irgendwie feindselig. Wissen Sie, dieses ›Was zum Teufel willst du hier? Wofür zum Teufel hältst du dich? Hau ab!‹. Die Mien sind so entzückt, wenn ihnen jemand Beachtung schenkt, daß sie dich zwei Minuten, nachdem du dich hingesetzt hast, einladen, bei ihnen einzuziehen. Die Kambodschaner freuen sich offen, wenn man Interesse an Kambodscha zeigt. Aber die Hmong prüfen dich durch und durch. Wenn du die Prüfung bestehst, sind sie großartig. Die Hmong gehören zu den am besten organisierten, zielstrebigsten Gruppen, die man auf der Welt finden kann. Sie haben die beste Führung, sie kooperieren untereinander besser als jede andere Gruppe, sie sind am aktivsten bei der Bewahrung ihrer ethnischen Identität – keine andere Gruppe ist sich ihres eigenen Platzes in der Welt so bewußt. All das bekommt man dort in Merced vorgeführt. Diese Hmong wollen wirklich das sein, was sie sind: Hmong.«

Je mehr Zeit ich in Merced verbrachte, desto öfter stellte ich mir die Frage: Wieso um alles in der Welt war es ausgerechnet *hier* zu dieser

mit gesprochenen Worten, aber wenn er an den Punkt gelangte, wo es um seine innersten Gefühle ging, nahm er in einer Mischung von Scheu und Emotionalität sein *ncas* zur Hand. Wenn das Mädchen ihn liebte, antwortete sie mit ihrem eigenen *ncas*. Doch wenn sie nicht antwortete, wurde die Verletzung für den zurückgewiesenen Jungen durch das Wissen gemindert, daß nicht er selbst, sondern nur sein *ncas* um sie geworben hatte. Es gibt heute viele *ncas*-Spieler in Merced, aber der Gebrauch des *ncas* als Instrument zur Liebeswerbung stirbt langsam aus.

Ballung von Hmong gekommen? Wie kam es, daß 10 000 Dorfbewohner aus den laotischen Bergen in einem Ort leben, der den Lächelwettbewerb des Yosemiter Zahnpflegeverbands und die Volkstanzveranstaltung der *Romp 'n' Stompers* ausrichtet, der an Neuankömmlinge Begrüßungsmappen mit Werbeblättern für die *Sweet Adeline Singers* und den Schnitzkurs für Senioren verschickt (um die nie ein Hmong gebeten hat) und der bei der jährlichen Kreisausstellung Auszeichnungen für die besten Babyschühchen, den besten Zitronenkuchen und den besten Euter verleiht?

Kurz, ich stellte mir dieselbe Frage wie Frank: »Warum ausgerechnet Merced?«

Die Antwort auf diese Frage reduzierte sich, wie ich nach und nach herausfand, auf zwei Worte: Dang Moua. Als ich zum ersten Mal Dangs Büro in der von ihm begründeten Vermittlungs- und Dolmetscheragentur »California Custom Social Services« betrat, telefonierte er gerade. Er sprach rasend schnell auf hmong, aber ab und zu stieß er auf Begriffe, für die es in Hmong keine Entsprechung gab, und streute englische Worte ein wie »Kommunikationsprobleme«, »Eidesstattliche Erklärung«, »Bewerbung«, »Bankangestellter« oder »Interessenkonflikt«. Dang war ein untersetzter Mann mit einem runden Gesicht, und er strahlte die Autorität und Selbstbeherrschung eines leitenden Direktors aus. Er trug eine große Casio-Uhr und einen dicken Goldring mit eingraviertem »D«. Seine Visitenkarte war rot, weiß und blau. Die Verbindung von Geschäftsinteresse und Patriotismus war offensichtlich eine Familieneigenschaft. Sein Cousin Moua Kee, der sein Büro neben dem von Dang hatte, verdiente den Lebensunterhalt für sich und seine Familie hauptsächlich damit, daß er Hmong mit Vorträgen über Christoph Kolumbus, Betsy Ross und die Vorzüge des parlamentarischen Zweikammernsystems auf die Einbürgerungsprüfungen vorbereitete. Dang züchtete zwar Opferschweine, was aber seine religiösen Dogmen betraf, war er wählerisch, und aus praktischen Gründen kamen *dabs* für ihn nicht in Frage. »Ich würde sagen, ich bin multi-religiös«, erklärte er. »Ich glaube nicht an Geist, weil ich der Boß von dem Geist sein will, und wenn man vor Geist Angst hat, ist der Geist der Boß.« Es lag auf der Hand, daß Dangs Boß immer nur Dang selbst sein konnte.

Dang Moua und seine Familie hatten früher in Richmond, Virginia, gelebt, wo sie die einzigen Hmong waren. Kurz nach ihrer Ankunft aus Thailand Anfang 1976 sahen sie dort zum ersten Mal Schnee, und Dang dachte, jemand hätte über Nacht die Bäume mit Salz bestreut. Er arbeitete achtzehn Stunden am Tag – von 9 bis 18 Uhr und von 21 bis 6 Uhr – und faltete Zeitungen, eine Tätigkeit, bei der er die fünf Sprachen, die er beherrscht, kaum nutzen konnte, und die ihn »tief schläfrig« machte. Er verdiente 2,90 Dollar pro Stunde. In seiner Freizeit – ich habe mich immer gefragt, wann er die wohl hatte – ging er in die Bücherei von Richmond und sammelte Informationen über Klima- und Bodenbedingungen und Ernteerträge in anderen Bundesstaaten. Sein Bruder lebte in Südkalifornien und hatte ihm vom Central Valley erzählt, wo das Wetter gut war und viele verschiedene Volksgruppen lebten. Unter den Hmong ging das Gerücht um, General Vang Pao wolle eine große Obstplantage in der Nähe von Merced kaufen; Dang hörte ebenfalls davon, und das spielte bei seiner Entscheidung auch eine Rolle. »Dann kaufe ich weißen siebziger Hornet mit Knüppelschaltung für 550 Dollar«, erinnerte er sich. »Ich sage zu meinem Förderer von der amerikanischen Kirche: Morgen gehe ich nach Kalifornien. Er war sehr überraschen! Er sagt, du weißt, da ist Überfall, da ist Erdbeben, aber ich sage, mein Entschluß ist gemacht. Dann sagt er: Du gibst den Wagen zurück, und wir geben dir V-6 Cherokee. Nein danke, sage ich, denn wenn ich euren Wagen nehme, schulde ich etwas. Sie waren so böse! Am nächsten Morgen ich brenne Räucherstäbchen und bete zu meinem Ahnen, er soll mich auf eine gute Reise führen. Mein Förderer sagt: Das brauchst du nicht zu tun, besser betest du zum Herrgott! Ich sage: Euer Herrgott macht mir zuviel Schwierigkeiten hier in Amerika. Ich stelle also einen Topf mit Wasser heraus mit ein wenig Reis, um zum Gott der Berge zu beten, und dann kommen meine Tränen. Ich weine nie in meinem Leben, nicht einmal, als ich nach Thailand ging, und das war die Hölle, aber jetzt weine ich. Ich sage: Ich bin klein, aber ich bin ein erwachsener Mensch, ich muß meinen eigenen Plan verfolgen.«

Zwei Tage und zwei Nächte lang fuhr Dang mit seiner Familie nach Westen, immer der Sonne nach. Hinten schleifte sein Hornet unter der Last von Kleidern, Töpfen, Pfannen, Geschirr und einem Fernsehgerät fast auf dem Boden, und vorne ragte er so weit hoch, daß Dang kaum über die Motorhaube blicken konnte. Mit 34 Dollar kam er in Merced an. Das war Mitte April 1977. Der Himmel war so klar, daß er das

Küstengebirge im Westen und die Sierras im Osten sehen konnte. Die Luft roch süß nach Mandelblüten. Im Hochsommer ist Merced ein Backofen, und im Winter weht dort ein eisiger Nebel. Aber im Frühling ist das Central Valley wunderschön. Kilometerweit erstrecken sich die Pfirsich- und Feigenplantagen, und Dang fand Arbeit als Obstpflücker. Außerdem gab es Eselshasen und Eichhörnchen, die er leicht in Fallen fangen konnte und zum Abendessen mit nach Hause brachte. Die Stadt selbst war sauber und ruhig, mit einem ordentlichen Straßennetz, das die *Central Pacific Railroad* 1872 angelegt hatte. Weder Bettler noch Obdachlose. Flach wie ein Fußballfeld und wenig mehr als 50 Meter über dem Meeresspiegel war Merced in mancherlei Hinsicht eine seltsame Adresse für einen ursprünglichen Bergbewohner, aber es war besser als Richmond und unvergleichlich besser als die Slums von Hartford und Detroit, wo mehrere Mitglieder von Dangs Clan lebten. Die meisten Leute kommen nur auf der Durchfahrt durch Merced, aber Dang, der nach seiner Reise von Laos über Thailand und Virginia nach Kalifornien erschöpft war, hatte hier den ersehnten Hafen erreicht. Vang Paos Plan, die Obstplantage zu kaufen, scheiterte. Das lag zum Teil daran, daß die Kreisverwaltung ihre Befürchtungen hinsichtlich der Flüchtlinge, die dadurch angezogen werden könnten, öffentlich laut werden ließ, zum anderen an einem unheilverheißenden Traum, den der General in der Nacht vor der geplanten Unterzeichnung des Kaufvertrags hatte. Inzwischen hatten sich die Vorzüge von Merced und dem gesamten Central Valley allerdings schon in allen verdrossenen Hmong-Gemeinden der USA herumgesprochen. Erst war es ein Rinnsal, dann ein ganzer Strom von schrottreifen Autos, die sich von Osten her nach Merced in Bewegung setzten.

»Es war wahnsinnig!« erinnerte sich Eric Crystal. »Überall sah man auf einmal Nummernschilder aus Arkansas und dergleichen, es war eine richtige Flut! Merced ist ein toller Ort, aber damals war es ganz besonders toll.« Natürlich läßt sich ein Ethnologe auf Besuch leichter für die Hmong von Merced begeistern als ein ansässiger Steuerzahler. Anfangs behandelte der *Merced Sun Star* die Neuankömmlinge wie exotische Besucher, obwohl man die Bezeichnung Hmong, die in keinem Atlas oder Wörterbuch zu finden ist, vorsichtshalber nicht druckte. (Lokalreporter bezeichneten die Hmong als »Laoten«, Dang Mouas fünf Sprachen waren »ein regionaler Dialekt, Laotisch, Thai, Französisch und Englisch«.) Bald aber machten die Hmong – für die inzwischen »Flüchtling« zum Kennwort geworden war – Schlagzeilen: »Flüchtlinge überstrapazieren Sozialhaushalt«, »Flüchtlingskinder lähmen den Schulbetrieb«, »Kreisverwaltung erzürnt über die spärlichen Zuwendungen des Staates für lokale Flüchtlingshilfe«, »Mehr Dollars für Flüchtlinge benötigt«.

Der Grund für den dringenden Bedarf an Dollars war eine wirtschaftliche Katastrophe, die Anfang der achtziger Jahre in Merced einsetzte und bis heute anhält. Merced war nie eine reiche Stadt gewesen. Es ging jedoch noch verhältnismäßig gut, bis die Hmong kamen – was zufällig mit einer landesweiten Rezession und immer drastischeren Kürzungen der Sozialleistungen zusammentraf. 79 Prozent der Hmong im Kreis Merced erhalten Sozialhilfe – im Vergleich zu 18 Prozent der übrigen Einwohner des Kreises. 1995 hatte es Merced zu dem traurigen Ruhm gebracht, den höchsten Anteil an Sozialhilfeempfängern im ganzen Staat zu haben. Die Bundesregierung bestreitet die Hälfte der Sozialkosten, der Staat 47,5 Prozent und der Kreis 2,5 Prozent. Diese 2,5 Prozent hören sich nach einem kleinen Betrag an, aber in den letzten Jahren beliefen sie sich jährlich auf fast zwei Millionen Dollar – zweieinhalbmal soviel wie 1980. Hinzu kommen noch die Verwaltungskosten in Höhe von fast einer Million. Kaum fähig, seine sonstigen finanziellen Verpflichtungen zu erfüllen, konnte der Kreis diese Millionen nur aufbringen, indem drei Büchereien geschlossen und nur noch drei der vierundzwanzig bestehenden Parks gewartet wurden, fünf Sheriffstellen unbesetzt blieben, was die Belastung der sechs Richter erhöhte, und die Belegschaft der Bewährungsabteilung verkleinert wurde. Außerdem wurden die Ausgaben für Straßenwartung, Kunst, Kultur, Freizeit, Seniorenprogramme und Veteranenhilfe gekürzt und alle Feuerwehrabteilungen dem bundesstaatlichen Forstamt unterstellt. Wenn die Sozialgesetzreform verabschiedet wird, wird sich die Lage noch verschlimmern, da dann der Kreis, der seine Einwohner kaum wird verhungern lassen, gezwungen ist, zumindest einen Teil der auslaufenden Regierungsgelder selbst aufzubringen.

Natürlich sind die Hmong nicht alleine, ja nicht einmal in erster Linie für die Steuerkrise verantwortlich. In Merced gibt es viele weiße und hispanische Sozialhilfeempfänger. Sie erfahren jedoch weniger Aufmerksamkeit und zugleich weniger Ablehnung als die Hmong, weil sie zwar zahlreich sind, ihr prozentualer Anteil aber gering ist, das heißt, die meisten Hmong bekommen Sozialhilfe, die meisten Angehörigen anderer ethnischer Gruppen aber nicht.

Der wesentliche Punkt dabei ist, daß man eine Einkommenssteuerreform nicht sehen kann, aber auf fast jeder Straße in der Südstadt den Hmong begegnet. In einem Kreis, in dem sieben von zehn Leuten für die »*Proposition 187*« stimmten – die 1994 in Kalifornien durchgeführte Volksabstimmung über die Streichung öffentlicher Leistungen für illegale Einwanderer –, wird man auch legale Einwanderer kaum mit offenen Armen empfangen. Das soll nicht heißen, daß sich jeder in Merced über die Hmong beschwert. Die hiesigen Kirchen waren immer sehr großzügig ihnen gegenüber. Und eine kleine, aber sehr engagierte Berufsgruppe von Gebildeten – zum größten Teil Liberale, die aus anderen Städten zugezogen sind – stimmen mit Jeff McMahon überein, einem jungen Reporter beim *Sun-Star*, der mir sagte: »Was Merced von allen anderen staubigen kleinen Städten im Central Valley unterscheidet, ist die Tatsache, daß hier so viele Südostasiaten sind. Ihre Kultur ist ein Segen für die Gemeinde. Wie würde sich Merced sonst jemals einen Platz in der Geschichte verdienen?« Der *Sun-Star* hat jetzt eine regelmäßige Seite über kulturelle Vielfalt, und die Fremdenverkehrsbroschüre, die die Handelskammer von Merced herausbringt, enthält neben Bildern des Kreisgerichts und des ausgestopften Eisbären im hiesigen Naturkundemuseum auch das Foto einer lächelnden Hmong (allerdings im Lacoste-Polohemd) mit einem Armvoll Kopfsalat und Strauchbohnen. Insbesondere in den achtziger Jahren, als die Hmong noch neu und interessant waren, setzten sich viele Frauen in Merced für sie ein. Freiwillige im Flüchtlingsfreundschaftsprogramm gingen mit Hmong-Familien in den Zoo in Applegate und luden sie zu Gartengrillfesten ein. Dan Murphys Frau Cindy brachte Hmong-Frauen bei, wie man mit Nähmaschinen und selbstreinigenden Backöfen umgeht. Jan Harwood, eine Jugendberaterin im *4-H Club*, organisierte einen Kursus, in dem Hmong-Frauen hauswirtschaftliche Fähigkeiten erlernten, mit denen sie eine Stellung finden konnten.

Die freundlichste Behandlung der Hmong, die ich je gesehen habe, war bei einer Einbürgerungsfeier, die im Vorstandszimmer der Kreisverwaltung von Merced abgehalten wurde, und bei der achtzehn Hmong – sowie zwei Laoten vom Flachland, neun Mexikaner, fünf

Portugiesen, drei Filipinos, zwei Vietnamesen, zwei Inder, ein Thailänder, ein Koreaner, ein Chinese, ein Österreicher und ein Kubaner – amerikanische Staatsbürger wurden. Jeder bekam eine Ausgabe der Verfassung, eine Geschichte des Fahneneids, ein Bild der Freiheitsstatue, einen Glückwunschbrief vom Präsidenten der Vereinigten Staaten, eine kleine amerikanische Flagge und unbegrenzte Mengen alkoholfreier Getränke. Neben einer gerahmten Niederschrift des Heimatliedes des Kreises Merced (»Wir sind bekannt für Süßkartoffeln/ und auch für Huhn und Milch/Tomaten und Lupinen/und knackige Mandeln«) stand Richter Michael Hider und hielt den Versammelten – von denen viele kein Wort verstanden, aber trotzdem respektvoll zuhörten – die folgende Ansprache: »Wir sind aus den unterschiedlichsten Orten der Welt hier zusammengekommen, um ein großes Land zu bilden. Ich selbst gehöre auch dazu, denn mein Vater war ein eingebürgerter amerikanischer Bürger, der aus dem Libanon stammte. In Amerika braucht ihr keine Angst zu haben, daß die Polizei bei euch die Tür eintritt. Hier könnt ihr jede Religion ausüben, die euch gefällt. Die Pressefreiheit bei uns ist so groß, daß unsere Zeitungen sogar unsere Regierung angreifen können. Die Regierung hat keinen Zugriff auf euren Grund und Boden. Und was am wichtigsten ist: Jeder einzelne von euch hat die gleichen Chancen wie die Person, die neben euch sitzt. Mein Vater hätte es sich nie träumen lassen, daß sein Sohn Richter würde. *Eure* Kinder können Ärzte werden! Ich bin immer wieder ganz überwältigt, wenn ich davon spreche, wie wunderbar es ist, ein Bürger der Vereinigten Staaten zu sein. Herzlichen Glückwunsch! Ihr gehört zu uns!«

Während ich Richter Hiders Ansprache zuhörte, mußte ich an ein Gespräch denken, das ich einige Zeit zuvor mit Dr. Robert Small geführt hatte, einem unbeirrbar voreingenommenen Gynäkologen, dessen Ansichten von einem großen Teil der Bevökerung in Merced geteilt werden. »Meine Freunde und ich waren empört, als die Hmong hier nach und nach ankamen«, sagte er mir. »*Empört*. Ohne jede Beratung oder Zustimmung brachte unsere Regierung diese arbeitsscheuen Gesellen in unsere Gemeinde. Warum sollen wir sie nehmen, und nicht eine andere Gemeinde? Ich habe einen jungen Freund aus Irland, der in den Vereinigten Staaten eine Ausbildung bekommen und arbeiten will. *Er* darf nicht ins Land. Aber diese Hmong kommen in

Scharen daher und lassen sich hier nieder wie die Heuschrecken. Sie kriegen Arbeitslosengeld und schämen sich nicht. Sie sind zufrieden damit!« Als ich von der hohen Rate an Depressiven unter den Hmong-Flüchtlingen sprach, sagte Dr. Small: »Was soll das denn heißen? Die haben hier doch das Paradies auf Erden! Sie haben eine Toilette, in die sie kacken können. Sie können aus einem richtigen Wasserhahn trinken. Sie bekommen regelmäßig ihr Geld und brauchen nicht zu arbeiten. Das ist doch das Paradies für diese Leute, die armen Seelen!«

Ich hatte auch mit John Cullen gesprochen, dem Leiter des Sozialamts in Merced, der etwas gemäßigter war.»Merced ist jahrelang eine ziemlich konservative WASP-Gemeinde gewesen«, erklärte er. »Die anderen Nationalitäten, die zu unserer Gemeinde gehören, sind vor vielen Jahren gekommen, aber die Hmong kamen plötzlich in einem großen Schwall. Sie versetzten dem ganzen System einen Schock. Darauf reagiert man natürlich stärker. Und sie bekommen mehr von den Geldern des Kreises, als ihnen zusteht. Sie können nicht leugnen, daß ihre Anwesenheit auf den Kreis sehr, sehr ernste Auswirkungen hat. Meiner Meinung nach hat die Reaktion in Merced auf die Hmong nichts mit Rassismus zu tun, sondern mit Panik auf einem sinkenden Schiff.«

Gelegentlich hat es allerdings sehr wohl etwas mit Rassismus zu tun. Eines Tages kam Dang Moua aus seinem Geschäft, dem Moua Oriental Food Market, als ein ihm völlig unbekannter Mann vorbeifuhr und anfing, ihn zu beschimpfen. »Er ist vielleicht vierzig Jahre alt«, erinnerte sich Dang. »Er fährt '84 Datsun. Er sagen zu mir Scheißmann, warum du kommst in dies Land? Warum bist du nicht gestorben in Vietnam? Und mein Vater sagt mir immer: wenn jemand wie ein Tier zu dir ist, mußt du wie ein Mensch zu ihm sein. Deshalb ich lächle und bin freundlich. Ich sage: Ich bin ein Bürger wie du. Ich sage: Gib mir deine Telefonnummer, dann kommst du zu Besuch, wir essen Hmong-Speisen und sprechen zwei oder drei Stunde. Aber er laufen weg. Vielleicht ist er Veteran und meint, ich bin Feind.«

Dangs Vermutung ist nicht so abwegig, wie sie vielleicht klingt. Viele Leute in Merced verwechseln die Hmong mit den Vietnamesen. Dazu gehört auch der ehemalige Bürgermeister Marvin Wells, der bei einem Arbeitsessen der Handelskammer erklärte, die »vietnamesischen Flüchtlinge« in Kalifornien seien »ein Problem«. Nicht selten hört man, daß die Hmong als »boat people« bezeichnet werden, obwohl Laos von Land umgeben ist, und das einzige Boot, das die Hmong wohl jemals zu Gesicht bekommen haben, ein Bambusfloß war, auf dem sie unter Beschuß den Mekongfluß hinuntertrieben. Die richtigen »boat people«, die früheren Südvietnamesen, waren wenigstens Verbündete der Vereinigten Staaten. Eine noch beunruhigendere Äußerung machte ein Hausmeister im MCMC, der die Hmong mit den Vietkong in einen Topf warf und zu Dave Schneider sagte, im Krankenhaus würden »zu viele von diesen Scheißschlitzaugen« behandelt.

Immer wieder geben sich die Hmong die größte Mühe zu erklären, daß sie für und nicht gegen die Vereinigten Staaten gekämpft haben. Dang Moua ist ein einsamer PR-Mann in Sachen Hmong: Ständig zieht er eine alte Ausgabe des *National Geographic* hervor, in der sein Onkel in Soldatenuniform abgebildet ist, oder er schiebt ein Video über die Armée Clandestine in seinen Videorecorder.

1994 kam es in Fresno zu einer Demonstration von Hmong-Sozialhilfeempfängern, von denen viele ehemalige Soldaten waren. Sie protestierten gegen eine neue Verordnung, nach der sie sechzehn Stunden wöchentlich gemeinnützige Arbeit verrichten sollten, was sie als »Sklaverei« bezeichneten. Wie ältere Hmong im ganzen Land, die noch immer an »Das Versprechen« – den angeblichen Entschädigungsvertrag der CIA – glaubten, waren sie der Meinung, daß finanzielle Unterstützung ohne weitere Verpflichtungen für sie nur recht und billig war. Sie erwarteten von den Amerikanern Dankbarkeit für den Militärdienst, den sie geleistet hatten, die Amerikaner erwarteten von ihnen Dankbarkeit für das Geld, das sie bekamen, und jeder hegte Groll auf den anderen, weil der sich nicht seiner Verpflichtung entsprechend verhielt.

Im Konferenzzimmer des Direktors des Sozialamts von Merced hängt ein riesiger *paj ntaub*, der die Geschichte vom Ende des Krieges in Laos erzählt. In einer Reihe gestickter und aufgenähter Bilder drängen sich Hmong-Familien in Long Tieng in vier amerikanische Flugzeuge, wandern mit gewaltigen Lasten auf dem Rücken nach Thailand, versuchen, einen breiten Fluß zu durchschwimmen, lassen sich in Ban Vinai nieder und laden schließlich ihr Hab und Gut in einen Bus, der sie zu einem Flugzeug mit dem Ziel Amerika bringt. Gegenüber dem *paj ntaub* steht ein Computer, über den man Zugang zu den Unterlagen von Tausenden Hmong hat. Wie viele Hmong-Familien, deren Unterlagen hier aufbewahrt werden, sind auch die Lees mit all dem Unglück, von dem der *paj ntaub* erzählt, zutiefst vertraut, haben aber keine Ahnung von dem Zorn, den die im Computer gespeicherten Unterlagen wecken. Als ich Foua und Nao Kao fragte, wie sie zu der Sozialhilfe standen, sagte Foua: »Ich habe Angst, daß die Sozialhilfe verschwindet. Ich habe Angst, nach einer Arbeit zu suchen, weil ich Angst habe, daß ich es nicht schaffe. Ich habe Angst, daß wir nicht genug zu essen haben.« Und Nao Kao sagte: »In Laos hatten wir unsere eigenen Tiere und unser eigenes Haus, und dann mußten wir in dieses Land hier kommen, und wir sind arm und wir müssen Sozialhilfe bekommen, und wir haben keine Tiere und keinen Bauernhof, und deshalb denke ich viel an unsere Vergangenheit.« Keiner der beiden sagte ein Wort darüber, was die Amerikaner wohl davon halten, daß sie nicht arbeiten. Diese Frage stellte sich für sie gar nicht. Für sie stellte sich die Frage, warum der amerikanische Krieg sie gezwungen hatte, Laos zu verlassen, um nach stockenden Etappen einer Reise, die für ihre Eltern oder deren Eltern unvorstellbar gewesen wäre, ausgerechnet in Merced zu landen.

Manchmal hatte ich das Gefühl, die Hmong von Merced seien eine Art Vexierbild: Wenn man es aus dem einen Blickwinkel betrachtet, sieht man eine Vase, aus einem anderen Winkel sieht man zwei Gesichter, und je nachdem, welches Muster man zuerst sah, scheint es unmöglich, das andere zu erkennen. Aus dem einen Blickwinkel betrachtet, sah die Statistik des Sozialamts erschreckend aus. Aus einem anderen wiederum ließen sich kleine, aber meßbare Fortschritte ausmachen: Obwohl in regelmäßigen Abständen neue JOJs aus Thailand eintrafen, war der Anteil der Sozialhilfe um fünf Prozent gesunken; über 300 Absolventen staatlich finanzierter Ausbildungsprogramme bedienten jetzt Nähmaschinen, bauten Möbel, montierten Elektroteile und arbeiteten in anderen Zweigen der regionalen Industrie; nach Änderungen in den staatlichen Sozialhilfebestimmungen im Jahre 1995, die verlangten, daß in intakten Familien, in denen kein Kind unter drei Jahren und kein behindertes Familienmitglied war, beide Elternteile eine Ausbildung absolvierten oder einer Arbeit nachgingen, hatten etliche Hmong-Frauen in der Gegend angefangen, Englischkurse zu besuchen.

Auch wenn man sich das Schulsystem in Merced ansah, hing das, was man sah, ganz vom eigenen Blickwinkel ab. Einerseits waren die Hmong-Kinder – die sich in einem Tempo vermehrten, daß Dr. Small nur den Kopf schütteln und das Wort »Verhütungsmittel« murmeln konnte – eine Katastrophe. Um Überfüllung und Rassentrennung in den Schulen zu vermeiden, die sonst fast ausschließlich asiatische Klassen gehabt hätten, mußten in Merced fast 2000 der Grund- und Mittelstufenschüler mit Bussen in andere Schulen gebracht und drei neue Grundschulen, eine Mittelschule und eine neue Oberschule gebaut werden.

Andererseits bereiteten die Hmong-Kinder kaum disziplinarische Probleme und waren regelmäßig scharenweise auf den Auszeichnungslisten vertreten.

Einmal besuchte ich eine Veranstaltung zur College- und Berufsplanung für Hmong-Jugendliche. Unter einem Schild mit der Aufschrift »BILDUNG – DER SCHLÜSSEL ZU EURER ZUKUNFT« stand Jonas Vangay und hielt eine Ansprache an sein fast unnatürlich ruhiges Publikum. »In Amerika denken die Mütter schon über Stifte und Bücher nach, wenn das Kind noch im Bauch ist. *Eure* Eltern sind mit Messer, Hammer oder Werkzeug aufgewachsen. Sie können euch nicht helfen. Eure Bücher sollen eure besten Freunde sein. Wessen Schuld ist es denn, wenn ihr in der Schule nicht lernt? Wer ist daran schuld?«

Keiner sagte ein Wort.

»Antwortet!« donnerte Jonas.

Schließlich sagte ein Junge mit leiser Stimme: »Wir selbst.«

»Richtig!« sagte Jonas. »Habt keine Angst! Wenn ihr ängstliche Jungen und Mädchen seid und den Mund haltet, kommen die Prüfungen, *und ihr fallt durch!* Wer nicht lernen kann, kann auch nicht erfolgreich sein. Wir wollen, daß ihr im Jahr 2000 erfolgreich seid!«

Im Raum herrschte Schweigen. Schließlich spendeten die Schüler verhaltenen Applaus.

Viele Hmong-Jugendliche sind so gesund und respektvoll wie Jonas' Zuhörer, aber es gibt auch solche, die sich Gangs wie den *Men of Destruction, Blood Asian Crips, Oriental Locs* und dergleichen angeschlossen haben. Diese Gangs, die sich durch eine krankhafte Verzerrung der Gruppenethik auszeichnen, kamen Mitte der achtziger Jahre im Central Valley auf und greifen seither um sich. In Merced gibt es auch Gangs schwarzer und hispanischer Jugendlicher, aber die Polizisten am Ort sagen einhellig, daß es die Hmong-Gangs sind, die am ehesten Schußwaffen bei sich haben, und diese auch benutzen.

Ich hörte hie und da Gerüchte über Hmong-Gangs, aber hiesige Einwohner, die die Hmong nicht mochten, schienen auf weniger schwerwiegende und merkwürdigere Vergehen viel stärker fixiert zu sein. Unzählige Male bekam ich zu hören, die Hmong entführten minderjährige Mädchen. Angeblich schmuggelten sie auch Drogen. Auf der Polizeistation von Merced bestätigte man, daß in Axtgriffen, Bilderrahmen, Bambusstühlen, Teebeuteln und Nudelpackungen Opium gefunden worden war. Es gab auch etliche Geschichten von Verstößen gegen Jagd- und Fischereigesetze. Keine dieser Geschichten war erlogen, aber sie waren alle sehr voreingenommen. Sämtliche mildernden Umstände wurden bei der Berichterstattung ausgelassen: die Hochzeitsbräuche der Hmong standen in einem kulturellen Kontext, der den Amerikanern völlig fremd war.* Der Opiumschmuggel kam nur selten vor, und in den meisten Fällen war das Schmuggelgut zum medizinischen Gebrauch für ältere Leute bestimmt; in Laos hatte es für die Bergstämme beim Jagen und Fischen nie Vorschriften und jahreszeitliche Beschränkungen gegeben, und die Kriminalität unter den erwachsenen Hmong war hier wie in anderen Teilen des Landes im Vergleich zu anderen Menschen, die unterhalb der Armutsgrenze leben, sehr gering.

---

\* Im *Loyola of Los Angeles International and Comparative Law Journal* erschien ein Artikel über einen Fall in Fresno, und die *zij poj niam*, die sogenannte Eheschließung durch Gefangennahme, die dort folgendermaßen definiert wird:
Eine legitime Form der Eheschließung, die von den Hmong-Stämmen betrieben wird und mit einem ritualisierten Flirt seitens des Mannes beginnt. Die Frau erwidert dies, indem sie dem Mann durch ein Zeichen zu verstehen gibt, daß sie seine Werbung annimmt. Dann muß der Mann die Frau in das Heim seiner Familie bringen, um die Vereinigung zu vollziehen. In der Tradition der Hmong muß die Frau Einspruch erheben: »Nein, nein, ich bin noch nicht bereit!« Wenn sie nicht offen, mit Weinen und Klagen Einspruch erhebt, gilt sie als nicht tugendhaft genug und nicht begehrenswert. Der Hmong-Mann darf ihre gespielten Einwände nicht beachten, muß sie mit fester Hand ins Schlafzimmer führen und die Vereinigung vollziehen. Wenn

Der häufigste Vorwurf, den ich hörte, lautete, die Hmong seien entsetzliche Autofahrer. Ich hatte nicht diesen Eindruck, deshalb ging ich zum Straßenverkehrsamt und fragte den Leiter John McDoniel, was er von dieser Anschuldigung hielt. »In vielerlei Hinsicht habe ich diese Leute als Nachbarn gern«, sagte er, »aber was ihre Fahrkünste angeht – das steht auf einem anderen Blatt. Sie mißachten Fußgänger, überfahren Stoppschilder, schätzen ihre Geschwindigkeit völlig falsch ein. Außerdem mogeln manche von ihnen in der schriftlichen Führerscheinprüfung.«

»Wie machen sie das denn?« fragte ich.

»Mit Nadel und Faden«, sagte Mr. McDoniel.

»Mit *Nadel und Faden?*«

McDoniel öffnete die obere Schreibtischschublade. »Diejenigen, die kein Englisch können, antworten aufs Geratewohl. Dann nehmen sie die korrigierten Antwortbögen mit nach Hause und sehen sie sich mit ihren Freunden zusammen an. Manche lernen einfach die Punkte auf der Seite auswendig. Fünf verschiedene Tests, 46 Fragen mit jeweils drei Antworten – lassen Sie mich rechnen, 46 mal 15, das sind 690 Punkte. Sie können sehr gut auswendig lernen, aber das ist ein ganzer Haufen Punkte, deshalb bringen sich viele Spickzettel mit.«

Er holte ein Brillenetui aus der Schublade heraus. In makellosem Kreuzstich – und einer anderen Farbe für jeden Test – hatte eine *paj ntaub*-Künstlerin mikroskopisch kleine X gestickt, die für jede Frage angaben, ob die erste, zweite oder dritte Antwort die richtige war.

> der Freier nicht nachdrücklich genug die Initiative ergreift, gilt er als zu schwach, um ihr Mann zu werden.
> »Wenn man Leute meiner Generation nach ihrer Hochzeit fragt, würden neunzig Prozent der Männer als Kidnapper dastehen«, sagte Blia Yao Moua dazu. »Ich selbst bin keine Ausnahme.« In der jüngeren Generation der Hmong in diesem Land allerdings hat es Fälle gegeben, in denen der Mann die Reaktion der Frau als Pro-Forma-Einwände verstand, obwohl sich die Frau ernsthaft sträubte. Solche Mißverständnisse haben gelegentlich zu Anschuldigungen von Vergewaltigung und Entführung Anlaß gegeben, insbesondere dann, wenn es sich um eine minderjährige Frau handelte. Die meisten Fälle dieser Art sind von den entsprechenden Familienoberhäuptern oder in Jugendgerichten geschlichtet worden. Der oben zitierte Fall kam bis ins Oberlandesgericht in Fresno, wo die »kulturelle Verteidigung« des Angeklagten anerkannt wurde und dieser auf ein geringeres Strafmaß plädieren konnte.

Dann zeigte er mir einen karierten Mantel. Auf beiden Revers waren bestimmte Karos mit Steppstichen eingefaßt.

Als nächstes kam ein gestreifter Pullover mit kaum sichtbaren weißen Steppstichen auf der Vorderseite und jedem Ärmel zum Vorschein.

Dann holte er ein weißes Hemd mit winzigen blauen Stichen auf den Manschetten hervor.

»Gute Arbeit, nicht wahr?« sagte er bewundernd.

Ich mußte zustimmen.

»Und was passiert, wenn Sie einen dabei erwischen, wie er auf diese Weise mogelt?«

»Er fällt durch, und wir konfiszieren den Spickzettel.«

Viele Hmong mußten um mindestens ein Kleidungsstück leichter sein, wenn sie das Straßenverkehrsamt wieder verließen.

An diesem Abend lag ich auf dem Boden im Arbeitszimmer von Bill Selvidge, wo ich einquartiert war. Neben meinem Schlafsack hatte ich Bilder der Hmong an der Wand befestigt: Hmong-Kinder aus dem *National Geographic*, die *paj ntaub* trugen; Hmong-Teenager in Jeans aus dem *Merced Sun-Star*; die Familie Lee in amerikanischer Kleidung, die nicht ganz richtig paßte, auf Fotos, die ich selbst gemacht hatte. Ich fand sie alle schön und betrachtete sie manchmal stundenlang, wenn ich nicht schlafen konnte. An diesem Abend ging mir immer wieder der Ausdruck »*differently abled*« durch den Kopf: »Anders befähigt«, ein Ausdruck, der das Wort »behindert« ersetzen sollte und sich kurzfristig bei Journalisten der linksliberalen Szene großer Beliebtheit erfreut hatte. Ich hatte diese Bezeichnung nie gemocht, sie war mir immer schönfärberisch und überheblich vorgekommen. Mit einem Mal ging mir auf, warum mich diese Gedanken nicht zur Ruhe kommen ließen: Den ganzen Tag hatte ich darüber nachgedacht, ob die Hmong nun ein Ethos hatten oder nicht, und jetzt begriff ich, daß sie einfach ethisch »anders befähigt« waren. In diesem Zusammenhang paßte der Ausdruck genau.

Die Hmong schienen sich scharenweise nach E. M. Forsters berühmtem Ausspruch zu richten, wonach es besser sei, sein eigenes Land zu verraten als seinen Freund. Die Hmong hatten nie ein eigenes Land gehabt und waren von jeder Nation, in deren Mitte sie gelebt hatten, verfolgt worden. Deshalb durfte man von ihnen kaum besonderen

Respekt für nationale Gesetze erwarten. Regeln und Bestimmungen konnten vor allem dann gebrochen werden, wenn sie mit dem Gruppenethos in Konflikt gerieten – denn das ist ja schließlich auch ein Ethos und nicht nur ein Vorwand, um gegen ein anderes Ethos zu verstoßen. In den Volksmärchen der Hmong wimmelt es von offensichtlich tugendhaften Menschen, die Könige, Drachen, *dabs* und andere Autoritäten anlügen, um Familienangehörige oder Freunde zu schützen. Ich hatte unzählige moderne Versionen gehört, in denen irgendeine für die Regierung der Vereinigten Staaten stellvertretende Person die Rolle des zu Recht hintergangenen *dab* spielte. In den Lagern in Thailand hatten die Hmong ihre Kinder älter gemacht, als sie waren, damit sie größere Lebensmittelzuweisungen bekamen, ihren Eltern hatten sie ein paar Jahre abgezogen, weil das Gerücht umging, ältere Menschen seien in den Vereinigten Staaten unerwünscht, und den Einwanderungsbehörden gegenüber hatten sie entfernte Verwandte als Mitglieder der unmittelbaren Familie angegeben. In den Vereinigten Staaten dann machten sie ihre Kinder jünger, als sie waren, damit sie länger zur Schule gehen konnten, sie belogen Ärzte, um Invalidenunterstützung zu bekommen, behaupteten, sie lebten vom Ehepartner getrennt, um mehr Sozialhilfe für die Familie zu bekommen, und bei den jüngeren Hmong war es durchaus üblich, daß sie Freunde Hausaufgaben abschreiben ließen. Nicht alle Hmong, die ich kannte, hatten solche Vergehen auf dem Kerbholz; die meisten hatten in der Tat nichts dergleichen getan. Aber diejenigen, die sie begangen hatten, schämten sich nicht. Diejenigen, die die Einwanderungsbehörden belogen hatten, waren bei ihrer Ankunft in Amerika sogar erstaunt, daß ihre Gönner, mit denen sie darüber sprachen, ihr Benehmen unmoralisch fanden. In ihren Augen wäre es unmoralisch, ja unverzeihlich gewesen, Familienangehörige zurückzulassen.

Nao Kao Lee, der kein einziges Wort Englisch lesen konnte, hatte seine Führerscheinprüfung genauso bestanden, wie John McDoniel es beschrieben hatte: Er hatte auswendig gelernt, wo er was auf dem Fragebogen ankreuzen mußte. Für ihn bestand die Aufgabe darin, mit dem Bleistift bestimmte vorgeschriebene Stellen anzukreuzen, und das hatte er getan. Sein Erfolg in diesem Test – der in seinen Augen eine rein technische Herausforderung war und keine Bewertung seiner Fähigkeit, sicher Auto zu fahren – war ein Triumph der Intelligenz über die Bürokratie. Wenn er jedoch mit herkömmlichen Methoden hätte bestehen können, wäre es ihm nie in den Sinn gekommen, sich solchen Mühen zu unterziehen. (Kurz nach meinem Gespräch mit John McDoniel führte das Straßenverkehrsamt von Kalifornien mündliche und schriftliche Tests in Hmong ein, und der Anteil der Mogeleien bei den Hmong-Kandidaten sank auf das gleiche Niveau wie das der anderen Volksgruppen in Merced.) Nao Kao betrachtete seinen Führerschein als eine praktische Notwendigkeit – wie sollte er sonst seine Verwandten besuchen? Die Familie kam immer zuerst, dann der Clan, dann die Hmong als Volk. Alle anderen standen an so untergeordneter Stelle, daß es geradezu blasphemisch gewesen wäre, sie in einem Atemzug mit diesen drei Prioritäten zu nennen. Ich glaube, Nao Kao wäre, wie die meisten Hmong, lieber gestorben, als ein Mitglied seiner Familie oder seines Clans zu betrügen.

Das Gruppenethos verhalf Nao Kao nicht nur dazu, die Führerscheinprüfung zu bestehen, es gab ihm auch die Möglichkeit, in jedem Lebensbereich eindeutige Entscheidungen zu treffen, sich ein selbständiges Urteil über den Charakter anderer Personen zu bilden und sein Leben fast ausschließlich in der Geborgenheit der Hmong-Gemeinde zu führen und nicht in der größeren und raueren Welt Amerikas. In größerem Zusammenhang betrachtet, war es der zwingende Sog der ethnischen Solidarität, der die Hmong so großzügig, warmherzig und teamfähig machte. Aber ich hatte den Eindruck, daß die Verpflichtung, die Gruppe immer über das eigene Interesse zu stellen, insbesondere für die gebildeteren und führenden Personen in der Gemeinde, auch Nachteile hatte: Streß, Verlust der Privatsphäre und ein Verantwortungsbewußtsein, das auf Dauer sehr anstrengend war. Nao Kaos Alter und seine Unkenntnis des Englischen bewahrten ihn vor den Konflikten und dem Zwiespalt, die sich einstellen, wenn man mit den Beinen in unterschiedlichen Kulturen steht. Sein Leben war zwar nicht vergnüglich, aber wenigstens war es *klar*. Auf die Hmong, die in ihrer eigenen wie in der amerikanischen Gemeinde großes Ansehen genossen, traf das nicht zu.

Dang Moua war eine Ausnahme. Er preschte immer voran, und Streß und Zweifel prallten an ihm ab. Dang verbrachte zwar viele Stunden mit den gleichen Dingen wie fast alle lese- und schreibkundigen Hmong seiner Generation, die Englisch sprachen – er las Reklamebriefe anderer Leute, füllte ihre Steuerformulare aus, telefonierte für sie mit Behörden und übersetzte Mitteilungen aus der Schule –, aber er nahm Geld dafür. Die meisten Hmong taten diese Dinge umsonst.

Anfang der siebziger Jahre gab es nur vierunddreißig – ausschließlich männliche – Hmong-Studenten aus Laos (wo 300 000 Hmong lebten), die an ausländischen Universitäten studierten. Zwei von ihnen, Blia Yao Moua und Jonas Vangay, ließen sich später in Merced nieder. Beide hatten am Lycée Nationale, dem besten Gymnasium von Vientiane, Stipendien gehabt und an französischen Universitäten Grund- und Magisterstudium absolviert. 1983 gab Jonas seine Arbeit als Computeranalytiker in einer Pariser Vorstadt auf, um in die Vereinigten Staaten auszuwandern. Das war kurz nachdem die größte Welle der Hmong-Flüchtlinge – vorwiegend lese- und schreibunkundige Bauern wie die Lees – die Einreisegenehmigung erhalten hatte. Blia kam im selben Jahr, er gab dafür seine leitende Stellung in einem internationalen Verpackungsunternehmen auf. »Ich bin hierher gekommen, um zu helfen, weil es meine moralische Pflicht war«, erzählte er mir. »Wenn meine Generation in Frankreich geblieben wäre, würden wir uns schuldig fühlen.« Blia und Jonas waren intellektuell weltläufiger als alle Hmong, aber auch als alle Amerikaner, die sie kannten, meine Person inbegriffen. Die führenden Rollen, die sie in Merced spielten, hatten beiden viel Ansehen, aber wenig Geld und, soweit ich es beurteilen konnte, auch keine Seelenruhe gebracht.

Am besten kannte ich Blia Moua. Ein paar Monate lang saß ich fast jeden Nachmittag in seinem Büro – einem fensterlosen Kabuff mit holzgemaserter Kunststoffvertäfelung – und fragte ihn über Religion, Militärgeschichte, praktische Medizin, Verwandtschaftsformen, Hochzeiten, Beerdigungen, Musik, Kleidung, Architektur und Küche der Hmong aus. Von Blia erfuhr ich zum Beispiel, daß man, wenn man einem Menschen Schaden zufügte, im nächsten Leben als Büffel des Opfers wiedergeboren werden könne und Landarbeit verrichten müsse. Er erklärte mir, daß das, was amerikanische Ärzte als »Mongolenfleck« bezeichnen – ein bläuliches Muttermal auf den Gesäßbacken vieler asiatischer Babys –, in Wirklichkeit daher kam, daß die Babys an dieser Stelle in der Gebärmutter von einem *dab* gezüchtigt worden seien. Von ihm lernte ich auch, daß die Hmong-Leichen bei der Beerdigung Schuhe tragen, in denen ihre Zehen hochstehen. Mit seiner hohen, gewölbten Stirn und den feinen Gesichtszügen sah Blia aus wie ein verarmter Adliger. Obwohl er in meinem Alter war – Mitte Dreißig, als wir uns kennenlernten –, fühlte ich mich in seiner Anwesenheit immer wie ein Kind. Zum Teil lag das daran, daß ich in seinem Büro wie in der sechsten Klasse auf einem Stuhl mit einem winzigen, daran befestigten Schreibpult saß, zum Teil aber auch daran, daß er so viel mehr wußte als ich und mit meiner Unwissenheit so viel Geduld hatte. Ich kann mich daran erinnern, daß er oft sanft den Kopf schüttelte, wenn ich ihn um eine rationale Erklärung für einen irrationalen Brauch bat, und sagte: »Anne, ich muß es dir noch einmal sagen: die Kultur der Hmong ist *nicht kartesisch*.«

Blia war der leitende Direktor der *Lao Family Community*, einer Hilfsorganisation, die die Hmong-Gemeinde in Merced dabei unterstützte, sich im Labyrinth der Sozialhilfen zurechtzufinden, sich für Ausbildungsprogramme anzumelden, Konflikte innerhalb der Gemeinde zu lösen und sie über Nachrichten aus Laos und Thailand auf dem laufenden hielt. (Ich habe an anderer Stelle erwähnt, daß in den neunziger Jahren gegen einige Zweigstellen der *Lao Family Community* ermittelt wurde, weil sie angeblich Spenden für die Widerstandsgruppe Neo Hom unter General Vang Pao erpreßt hatten. Auch gegen die Zweigstelle in Merced wurde ermittelt, aber es ließen sich keine Verstöße dieser Art nachweisen.) Ihren Sitz hatte sie in einem alten Lastwagendepot in der Nähe des Supermarkts. Neben kostenlosen Hmong-Broschüren über faire Mietgesetze und Berufsunfähigkeitsversicherung standen Schilder: HILF DIR SELBST und WENN SIE NACHRICHTEN WOLLEN. Die Hmong-Gemeinde mag den Erwartungen der Amerikaner nicht in jeder Hinsicht entsprechen, aber sie verstanden sehr viel von Selbstorganisation. Einmal zeichnete Blia ein Flußdiagramm für mich auf – das war übrigens eindeutig kartesisch –, um zu erklären, wie seine Organisation funktionierte. »An der Spitze stehen der Präsident und ein Beratungsausschuß von acht Leuten«, erklärte er. »Dann der Vorstand mit elf. Dann siebzehn Kreisleiter. Dann unsere 6000 Mitglieder. Nehmen wir an, wir brauchen hundert Dollar, um jemandem zu helfen, der seine Wohnung räumen soll. Die siebzehn Kreisleiter verbreiten die Nachricht, und jeder gibt fünf oder zehn Cent. Morgen bekommen wir das Geld. Oder wenn eine Person sterben, fließt morgen wieder Geld ein, um der Familie zu helfen. Wenn es Veränderungen in den Sozialgesetzen gibt, bekommen wir unsere Informationen genauso. Wenn jemand Problem mit seinem Kind haben, können wir in der Hmong-Gemeinde Problem lösen, bevor sie zur Polizei damit gehen. So können wir mit vier oder fünf Leuten in unserem Büro 6000 Leuten dienen. Kein Problem.«

Kein Problem – vorausgesetzt, diese vier oder fünf Leute hatten kein eigenes Privatleben. Blias Augen waren oft verquollen und blutunterlaufen, weil er zuwenig geschlafen hatte. Einmal kam er zur Arbeit, nachdem er die ganze Nacht zwischen der Polizei in Merced und einer Hmong-Familie vermittelt hatte. Letztere hatte einen Unfall gehabt, bei dem Teile des Opferschweins, das sie aus Fresno mitgebracht hatten, über die Autobahn verteilt worden waren. Ein anderes Mal war er die ganze Nacht mit dem Fall von drei jungen Mädchen beschäftigt, die in Fresno von zu Hause weggelaufen waren und bei einem Onkel in Merced Geld gestohlen hatten. Blia überredete den Onkel, die Polizei aus dem Spiel zu lassen, dann nahm er die Mädchen mit nach Hause, weckte seine schwangere Frau und bat sie, ihnen etwas zu kochen, während sie auf ihre Eltern warteten. Die Eltern waren ihm nicht dankbar. »Sie waren böse, weil ich hätte strenger sein sollen«, sagte er. »Bis sie ankamen, wußte ich nicht, daß ich durch meinen Clan und den meiner Frau mit all diesen Familien verwandt war. Das ist schrecklich! In unserer Kultur heißt das, daß ich genauso wie die Eltern die Pflicht habe, ihnen eine Lektion zu erteilen. Ich hätte sie prügeln sollen. Ich habe nicht meine Pflicht getan.«

Blias Gesicht hellte sich nur einmal auf, nämlich als er mir ein ehrgeiziges Projekt im sozialen Wohnungsbau beschrieb, das er sich ausgedacht hatte. »Ich will dir erzählen, wovon wir für die Zukunft träumen«, sagte er. »Einige von uns möchten gerne auf der anderen Seite von Childs und Gerald Avenue ein Hmong-Viertel gründen. Wenn wir das Finanzpaket machen können, um das Land zu kaufen, können wir zwei-, dreihundert Häuser kaufen. Die Häuser der Hmong in Laos hat ein Kreuz wie ein X an der Spitze. Das können wir hier auch machen. Jede Familie kann einen kleinen Garten haben. Wir können unser eigenes Hmong-Einkaufszentrum haben. Unser Hmong-Viertel wird moralisch Auftrieb geben, denn die Leute werden sich gut darum kümmern. Wir verlieren das Gesicht, wenn Weiße sehen, daß das Hmong-Viertel schmutzig ist. Unser eigenes Viertel hilft den Hmong-

Leuten, wirtschaftlich unabhängiger zu werden. Wenn dieser Traum wahr wird, wird das sehr gut für den Ruf von Hmong!«

Als ich ein Jahr darauf nach Merced zurückkam, wußte allerdings keiner etwas von dem Hmong-Viertel, Blia hatte seine Arbeit an der *Lao Family Community* aufgegeben und zog als Versicherungsvertreter von Haus zu Haus. Ein amerikanischer Bekannter von ihm sagte mir einmal, Blia sei der ausgebrannteste Hmong, den er je gesehen habe. Später zog Blia nach St. Paul in Minnesota, wo er seitdem asiatische Studenten berät und an der Metropolitan State University Kurse zur Kultur der Hmong gibt. Seine Telefonnummer steht nicht mehr im Telefonbuch.

Wie Blia war auch Jonas Vangay rund um die Uhr auf Abruf bereit zu übersetzen, zu vermitteln, zu beraten und sich für andere einzusetzen. Zum Abschluß seiner Ansprache bei der College- und Berufsplanungskonferenz hatte Jonas seinem jugendlichen Publikum gesagt: »Ihr könnt mich zu jeder Tages- und Nachtzeit anrufen.« Ich wußte, daß man ihn beim Wort nehmen würde. Dabei hatte er auch viele familiäre Verpflichtungen. Einmal erklärte er mir, warum seine Familie mit zweien seiner Brüder zusammenlebte, von denen einer neun Kinder hatte. »Ich habe noch einen älteren Bruder, der jetzt sehr amerikanisch ist«, sagte er. »Er weigert sich, unsere Brüder bei sich leben zu lassen. Er sagt: Hier in den Vereinigten Staaten ist jeder für sich selbst verantwortlich. Ich sagte: *Ich bin Hmong.* Bei den Hmong ist *niemals* jeder für sich selbst verantwortlich.«

Jonas war dünn, drahtig und gutaussehend, allerdings sah er – wie fast jeder gebildete Hmong, den ich kenne – immer hundemüde aus. Sein richtiger Name war Vang Na. In Frankreich hatte er beschlossen, sich Jonas Vangay zu nennen, weil er dachte, mit einem weniger asiatisch klingenden Namen würden vielleicht seine Aussichten auf einen guten Job steigen. Jetzt hatte er zwei Stellen: Eine als Experte für zweisprachige Erziehung bei der Schulbehörde in Merced und eine als Hmong-Lehrer am College von Merced. Meistens traf ich mich mit ihm in einem Klassenzimmer der Grundschule. Auch hier saß ich wieder an einem Kinderpult, während ich mich in einer Mischung aus Englisch und Französisch mit ihm unterhielt. Es gab keine Frage zur Geschichte oder Sprache der Hmong, die er nicht beantworten konnte.

Wie Blia war auch Jonas immer beschäftigt, lehnte es aber nie ab, mir zu helfen. Ich wollte ihm für seine Hilfe danken. Sollte ich ihm etwas schenken? Das erschien mir riskant, er könnte sich verpflichtet fühlen, ein Gegengeschenk zu machen. Ich traute mir auch nicht zu, ein passendes Geschenk auszusuchen. In dem Bemühen, die Distanz zwischen Laos, Merced und New York City zu überbrücken, hatte ich Foua und Nao Kao einmal einen kleinen Globus aus Plastik geschenkt – und dann erfahren, daß sie glaubten, die Erde sei eine Scheibe. Sollte ich Jonas und seine Frau zu Bill Selvidge nach Hause einladen? Das könnte sie in Verlegenheit bringen: für platonische Freunde, die miteinander lebten, gab es in der Sozialstruktur der Hmong keinen Platz.

Bill schlug vor, sie in ein nettes Restaurant einzuladen.

Und so saß ich eines Abends um sieben Uhr in der Bar des Steakrestaurants Cask 'n Cleaver in Merced. Seine Frau könne nicht kommen, hatte Jonas mir schon gesagt. Sie müsse die Kinder hüten. Ich nehme an, daß er sich auch ihres gebrochenen Englisch schämte.

Die Empfangsdame fragte mich, wen ich erwartete.

»Einen Hmong, der mir bei meiner Arbeit behilflich ist«, sagte ich.

Sie machte ein überraschtes Gesicht.

»Ich wohne erst seit ganz kurzer Zeit in Merced«, sagte sie. »Ich weiß gar nichts über die Hmong. Heute habe ich zum ersten Mal einen gesehen. ›Das ist ein Hmong‹, hat mein Freund gesagt. Ich fragte: ›Woran siehst du das? Für mich sehen sie aus wie Chinesen.‹ Mein Freund behauptet, sie sind die schlechtesten Autofahrer, die es gibt. Wenn er einen sieht, jagt er ans andere Ende der Stadt, um ihnen nicht in die Quere zu kommen! In Restaurants wie dieses hier kommen sie wahrscheinlich nur selten.« (*Allerdings*, dachte ich, *und du bist es nicht wert, Jonas die Schuhe zu putzen.*)

Jonas kam eine Dreiviertelstunde zu spät. Er sagte, ein Schüler habe ihn aufgehalten. Ich wußte nicht, ob er schon von vornherein gewußt hatte, daß er es bis sieben Uhr nicht schaffen würde, und der Zeit nur zugestimmt hatte, weil er meinte, ich erwarte das von ihm, oder ob – wie so oft in seinem Leben – zwei nicht zu vereinbarende Verpflichtungen an ihm gezerrt hatten.

Das Abendessen war kein Erfolg. Trotz seiner fünf Sprachen hatte Jonas Probleme, die Kellnerin zu verstehen, ein junges Mädchen, das rasend schnell im hiesigen Akzent sprach, und er mußte mich mehrmals fragen, was sie gesagt hatte. Aus reiner Höflichkeit bestellte er die billigste Vorspeise auf der Karte. Gewiß tat er das nicht aus Unerfahrenheit, denn er hatte in Paris in vielen Restaurants gegessen, die das Cask 'n Cleaver wie ein Fast-Food-Restaurant aussehen ließen. Die Unterhaltung war steif und förmlich. Jonas war offensichtlich erleichtert, als wir das Restaurant verließen. Danach standen wir in der Dunkelheit auf dem Parkplatz und unterhielten uns.

»Weißt du, Anne«, sagte er, »ob ich mit Hmong, mit Franzosen oder mit Amerikanern zusammen bin, ich bin immer der letzte, der über einen Witz lacht. Ich bin das Chamäleon. Egal wo man mich hinsteckt, ich werde überleben, aber ich gehöre nicht dazu. Ehrlich gesagt, gehöre ich nirgendwo dazu.«

Dann fuhr Jonas nach Hause zu seiner Frau, seinen drei Kindern, seinen Brüdern, deren Frauen und deren zehn Kindern und seinem Telefon, das immer klingelte.

# Die acht Fragen

Lia starb nicht, aber sie wurde auch nicht wieder gesund. Oft träumte Foua, ihre Tochter könne wieder laufen und sprechen, doch wenn sie aufwachte, lag Lia zusammengerollt neben ihr im Bett, ein schmächtiger, stiller, leerer Körper, kaum groß genug für all die Erinnerungen, die Wut, die Verwirrung und die Trauer, die er den Lees bereitete. Lia war der Zeit enthoben, wuchs nur wenige Zentimeter, legte kaum Gewicht zu und sah stets weit jünger aus, als sie tatsächlich war. Dagegen wurden ihre Geschwister, die noch im Elternhaus lebten, allmählich erwachsen – sechs athletische, zweisprachig aufwachsende Kinder, die problemlos zwischen den Welten der Amerikaner und der Hmong hin und her pendelten. Cheng trat in die Marine Reserves ein und wurde für den Golfkrieg eingezogen. Zu Fouas Erleichterung endete der Krieg jedoch zwei Tage bevor Cheng nach Saudi-Arabien geflogen werden sollte. May ging an die Fresno State University und studierte Gesundheitswissenschaften, eine Wahl, die von den positiven wie auch negativen Erfahrungen beeinflußt wurde, die sie in ihrer Kindheit als Vermittlerin zwischen ihren Eltern und dem medizinischen Establishment gemacht hatte. Yer, eine sagenhafte Volleyballspielerin, die den Preis als Beste Athletin an der Oberschule von Merced gewonnen hatte, folgte May zwei Jahre später an die Fresno State University, um Sport zu studieren. True wurde Schatzmeisterin und Präsidentin des Jugendkulturclubs an der High-School von Merced, einer Organisation der Hmong, die im sozialen und Dienstleistungsbereich tätig ist und über 200 Mitglieder hat. May entwickelte sich zu einer herausragenden Fußballspielerin und galt als eines der schönsten Mädchen in Merced, weswegen sie von Jungs umworben und von anderen Mädchen beneidet wurde. Pang wuchs von einem Wildfang zu einem gelassenen Schulmädchen heran und entwickelte eine Vorliebe für traditionelle Hmong-Tänze. Als die Lee-Kinder die Pubertät durchmachten, sorgte das für einige Mißtöne innerhalb der Familie, führte jedoch nie zu den Zerreißproben, die in amerikanischen Familien akzeptiert werden, als lägen sie in der Natur der Sache. »Meine Eltern sind die coolsten Eltern der Welt«, schrieb True mir einmal. »Wir haben nicht alles in der Welt, aber wir haben doch die Verbundenheit unter uns acht Schwestern, mit unserem Bruder und unseren Eltern. Wir sind die coolste Familie, die es gibt, und ich würde sie gegen nichts in der Welt eintauschen.«

Nao Kao nahm zu und litt unter Bluthochdruck. Foua war die meiste Zeit müde. Als Jeanine Hilt sah, daß die Kräfte der Lees nachließen, schlug sie vor, Lia wieder jeden Tag ins Schelby-Zentrum für geistig und körperlich behinderte Kinder zu schicken. Dort sollte sie nicht etwa erzogen werden – das hatte sich endgültig erledigt –, sondern lediglich ein paar Stunden am Tag verbringen, um ihren Eltern etwas Erholung zu gönnen. Da sie nach wie vor Angst hatten, Lia könne ihnen wieder von der Regierung gestohlen werden, zögerten die Lees anfänglich, stimmten jedoch letztlich zu, weil sie Jeanine vertrauten.

Dee Korda, die unter anderem ein schwer behindertes Pflegekind hatte, das sie ebenfalls ins Schelby-Zentrum brachte, sah Lia häufig dort auf dem Boden liegen, ihre Hände an Klötzchen festgeschnallt, um zu verhindern, daß sich ihre Finger zu Klauen versteiften. Sie konnte diesen Anblick kaum ertragen. Lias neurologische Katastrophe hatte die ganze Familie Korda so schwer getroffen, daß sie alle eine Therapie in der psychologischen Beratungsstelle des Kreisgesundheitsamtes von Merced machten, um besser mit dem umgehen zu lernen, was Dee »Lias lebendigen Tod« nannte. Auf Vorschlag der Therapeutin malten die Kinder – die eigenen, die Pflegekinder wie auch die adoptierten – ein Bild. »Wendy malte eine Mama und ein Baby, weil Lia jetzt bei ihrer Mutter war«, erzählte Dee. »Julie malte einen Regenbogen mit Wolken und Vögeln, weil Lia jetzt nicht mehr weinen mußte. Maria ist ein sehr zurückhaltendes Kind, doch als wir ihr von Lia erzählten, hat sie geweint. Lia hat sie berührt! Sie hat ein gebrochenes Herz gemalt, mit einem Zaun und einem Auge, das von außen darauf schaut. Das Herz war der Kummer. Der Zaun war die Mauer, die Lia überwunden hatte, indem sie in unser Leben trat. Das Auge war mein Auge, das auf den Kummer gerichtet war und dabei eine Träne vergoß.«

Während ihres Urlaubs in Disneyland im Jahre 1993 bekam Jeanine Hilt einen akuten Asthmaanfall, erlitt einen Atemstillstand und einen derartig gravierenden Sauerstoffmangel, daß sämtliche Gehirnfunktionen aussetzten. Mit anderen Worten: sie litt an hypoxisch-ischämischer Enzephalopathie, demselben Schicksal, das auch Lia getroffen hatte. Sie starb drei Tage darauf im Beisein ihrer Lebensgefährtin, Karen Marino, mit der sie seit achtzehn Jahren zusammenlebte. »Als ich hörte, daß Jenny tot war, ist mir das Herz gebrochen«, sagte mir Foua. »Ich habe geweint, weil Jenny mir gesagt hatte, sie würde nicht heiraten, und sie würde nie eigene Kinder haben, und deshalb würde sie mir helfen, meine großzuziehen. Aber sie starb, und so konnte sie das nicht tun, und ich hatte das Gefühl, ich hätte meine amerikanische Tochter verloren.«

Neil Ernst wurde Fakultätslehrer des Jahres, eine Auszeichnung, die im Rahmen des Facharztausbildungsprogramms im MCMC erstmals verliehen wurde. Peggy Philp wurde Mercds Kreisgesundheitsrätin, ein Posten, den ihr Vater über vierzig Jahre zuvor ebenfalls innegehabt hatte. Sie teilten sich weiterhin ihre pädiatrische Praxis sowie die Hausarbeit und die Kindererziehung, erledigten gewissenhaft all das, was sie einmal in einem Weihnachtsbrief als einen »Wust von Wäsche, Mittagessen, Saubermachen, Patientenbehandlung, Wiederbelebung von Säuglingen und Ausbildung der angehenden Fachärzte« beschrieben hatten. Ihr Verständnis für die Lees und umgekehrt vertiefte sich enorm, als auch sie bei einem ihrer Kinder eine schwere Krankheit miterleben mußten. Im letzten Monat seines dritten Schuljahres wurde bei ihrem älteren Sohn Toby akute lymphatische Leukämie diagnostiziert. Als Neil versuchte, Dan Murphy von dieser Diagnose zu erzählen, mußte er so heftig weinen, daß er nicht sprechen konnte. Nach einer von Lias Kontrolluntersuchungen schrieb mir Neil:

> Mrs. Lee hatte gehört, daß unser Sohn Leukämie hat. Es war wirklich erstaunlich, wie schnell sie davon erfahren hatte. Als Peggy Lia in unserer Klinik untersuchte, zeigte sich Mrs. Lee sehr besorgt um Tobys Gesundheit, wie es ihm ginge etc. Ihre Fragen und ihr Gesichtsausdruck zeigten, daß sie wirklich besorgt um ihn war. Gegen Ende dcs Besuchs umarmte Mrs. Lee Peggy, und zusammen vergossen sie ein paar Tränen. Der Kummer einer Mutter durchbricht jede kulturelle Schranke.

Toby unterzog sich einer dreijährigen Chemotherapie. Seitdem scheint er mit einer dauerhaften Remission zu leben. »Lias Mutter nimmt nach wie vor einen besonderen Platz in unserem Leben ein«, schrieb

Neil in einem späteren Brief. »Sie fragt immer nach Toby. Wir treffen uns sehr selten, weil Lia von ihrer Familie so wunderbar versorgt wird, aber unsere Treffen sind dennoch etwas Besonderes.«

Seit Lias Hirntod war das bißchen Vertrauen, das Foua und Nao Kao in die amerikanische Medizin gehabt hatten, nahezu völlig verloren. (Ich sage »nahezu«, weil Foua Neil und Peggy von ihrem Mißtrauen ausschloß.) Als sich ihre Tochter May den Arm brach und die Ärzte in der Notaufnahme ihr den Arm in Gips legen wollten, führte Nao Kao May sofort nach Hause, badete ihren Arm in Kräutern und legte ihr eine Woche lang eine Breipackung um. Mays Arm heilte wieder gut zusammen. Als ein Topf siedendes Öl vom Elektroherd auf Fouas Rock fiel, diesen in Brand setzte und Foua an der rechten Hüfte und am rechten Bein Verbrennungen erlitt, opferte sie zwei Hühner und ein Schwein. Als Foua mit ihrem sechzehnten Kind schwanger war und eine frühe Fehlgeburt hatte, unternahm sie gar nichts. Als sie mit ihrem siebzehnten Kind schwanger war und eine komplizierte Fehlgeburt im vierten Monat erlitt, rief Nao Kao erst nach drei Tagen, nachdem Foua einen Blutsturz gehabt hatte und im Wohnzimmer bewußtlos zu Boden gefallen war, einen Krankenwagen. Einer Ausschabung stimmte er erst nach mühseliger – vielmehr verzweifelter – Überzeugungsarbeit des diensthabenden Arztes zu. Außerdem opferte Nao Kao ein Schwein, als Foua noch im Krankenhaus war, und ein zweites, nachdem sie nach Hause zurückgekehrt war.

Bevor Lia im Schelby-Zentrum wieder aufgenommen wurde, erhielt sie Routineimpfungen gegen Diphtherie, Keuchhusten und Tetanus. Etwa zur gleichen Zeit begann sie, gelegentlich krampfähnliche Zuckungen zu haben. Da diese jedoch nur selten und nie lange auftraten, außerdem ungefährlich waren – vielleicht aber auch, weil er aus bitterer Erfahrung gelernt hatte –, beschloß Neil, kein antiepileptisches Mittel zu verschreiben. Foua und Nao Kao waren davon überzeugt, daß die Impfungen Lias Zuckungen verursacht hatten. Sie erklärten Neil, daß sie Lia nie wieder – gegen was auch immer – impfen lassen wollten.

Dan Murphy, der Leiter der allgemeinmedizinischen Facharztausbildung im MCMC wurde, meinte einmal zu mir, wenn man bei Hmong-Patienten versagte, dann versagte man in den Augen der ganzen Gemeinde. Ich mußte zugeben, daß er recht hatte. Niemand wußte, wie viele Hmong-Familien einen großen Bogen um das Krankenhaus machten, weil sie nicht wollten, daß ihren Kindern dasselbe geschah wie der zweitjüngsten Tochter der Lees. Alle Angehörigen des Lee- und Yang-Clans in Merced wußten, was mit Lia passiert war, ebenso das Personal auf der pädiatrischen Station im MCMC. Lias Fall hatte die schlimmsten Vorurteile der Hmong-Gemeinde gegenüber der medizinischen Welt und die schlimmsten Vorurteile der medizinischen Welt gegenüber den Hmong bestätigt.

In dem Ärztehaus für Allgemeinmedizin staunte das Personal immer wieder über die Qualität der Pflege, die die Lees ihrer sauberen, duftenden und gepflegten Tochter zukommen ließen. Doch nebenan im Krankenhaus, wo die Pflegekräfte seit 1986 keinen Kontakt mehr zu der Familie hatten, wurden die Vorwürfe mit jedem verstreichenden Jahr schärfer. Warum waren die Lees so undankbar für die kostenlose medizinische Versorgung ihrer Tochter? (Neil, der den Groll der Krankenschwestern nicht teilte, hatte einmal ausgerechnet, daß Lia die Regierung der Vereinigten Staaten im Laufe der Jahre 250 000 Dollar gekostet hatte – die Gehälter ihrer Ärzte, Krankenschwestern und Sozialarbeiter nicht mitgerechnet.) Warum hatten die Lees stets darauf bestanden, alles auf *ihre* Art zu machen? Warum – und das war immer noch die schwerste Verfehlung – waren sie nicht kooperativ gewesen? Wie Sharon Yates, eine Schwesternhelferin, mir gegenüber äußerte: »Wenn die Eltern Lia doch nur die Medikamente gegeben hätten, dann wäre sie jetzt nicht so. Ich wette, daß die Eltern ihr einfach keine Medikamente gegeben haben, als sie aus dieser Pflegefamilie zurückkam.«

Ich hingegen wußte, daß Foua und Nao Kao Lia ihre Medikamente sehr *wohl* gegeben hatten, nachdem sie von den Pflegeeltern heimgekehrt war, und zwar genau wie verordnet. In der Hoffnung, einige Fragen über Lias Antiepileptika klären zu können, fuhr ich nach Fresno, um dort mit Terry Hutchison, dem pädiatrischen Neurologen, zu sprechen, der ihre Behandlung am Valley Kinderkrankenhaus überwacht hatte. Mir war aufgefallen, daß er Lia in den Entlassungspapieren, die er neun Monate vor ihrem neurologischen Zusammenbruch geschrieben hatte, als »ein sehr hübsches Hmong-Kind« bezeichnet und ihre Eltern als »sehr interessiert und sehr gut mit Lia« beschrieben hatte. In Lias MCMC-Akte bin ich nie auf einen solchen Eintrag gestoßen.

Bill Selvidge hatte mir gesagt, Dr. Hutchison sei ein »bekannter Exzentriker«, der von den angehenden Fachärzten für sein Mitgefühl verehrt, zugleich aber auch gefürchtet werde, weil er darauf bestand, die Visite morgens um 4 Uhr anzusetzen. Er hatte schütteres kurzes Haar und trug an dem Tag, an dem ich ihn traf, eine Krawatte mit großen knallgelben Giraffen. Im Flur vor seinem Büro hing in Kinderaugenhöhe ein Schild, auf dem stand:

KINDERZONE
MIT FÜRSORGE UND LIEBE ZU BETRETEN

Als ich ihn nach dem Zusammenhang zwischen Lias Medikamenten und ihrem letzten Anfall fragte, sagte er: »Die Medikamente hatten wahrscheinlich gar nichts damit zu tun.«
»Wie bitte?« sagte ich.
»Lias Hirn wurde durch den septischen Schock zerstört, der wiederum von einem *Pseudomonas aeruginosa*-Stamm verursacht wurde. Ich weiß nicht, wie Lia sich damit infiziert hat, und ich werde es nie wissen. Aber ich weiß, daß der septische Schock den Krampfanfall ausgelöst hat, und nicht umgekehrt. Die Tatsache, daß sie schon vorher ein Anfallsleiden hatte, hat den Status epilepticus vielleicht verschlimmert oder wahrscheinlicher gemacht, aber die Krampfanfälle waren nebensächlich und unwichtig. Wenn Lia keine Anfälle gehabt hätte, wäre sie im Koma oder im Schock eingeliefert worden, und das Ergebnis wäre vermutlich dasselbe gewesen, außer daß das Problem vielleicht leichter zu erkennen gewesen wäre. Es war bereits zu spät, als sie ins Valley Kinderkrankenhaus kam. Es war womöglich auch zu spät, als sie ins MCMC kam.«
»Hatte die mangelnde Kooperation ihrer Eltern, die all dem vorangegangen war, irgend etwas damit zu tun?«
»Absolut gar nichts. Es ist höchstens möglich, daß Lias Immunsystem durch die von uns verschriebene Valproinsäure beeinträchtigt wurde und sie dadurch anfälliger für *Pseudomonas* gemacht haben könnte.« (Valproinsäure verursacht gelegentlich einen Abfall der weißen Blutkörperchen, was die Fähigkeit des Körpers zur Infektabwehr beeinträchtigen kann.) »Ich glaube immer noch, daß Valproinsäure das Mittel der Wahl war, und ich würde es auch wieder verschreiben. Aber falls die Familie Lia die Valproinsäure nach Vorschrift verab-

reichte, ist es tatsächlich möglich, daß sie dem septischen Schock dadurch den Weg ebnete.«

»Lias Eltern glauben, daß das Problem durch zu viele Medikamente verursacht wurde.«

»Nun«, sagte Dr. Hutchison, »damit liegen sie vielleicht gar nicht so falsch.«

Ich starrte ihn an.

»Gehen Sie nach Merced zurück«, sagte er, »und sagen Sie diesen Leuten am MCMC, daß es nicht die Familie war, die dem Kind dies angetan hat. Das waren wir.«

Auf der Rückfahrt nach Merced befand ich mich in einem Schockzustand. Ich hatte von Lias Sepsis gewußt, aber ich hatte immer angenommen, daß ihre Krampfanfälle die Ursache des Problems gewesen waren. *Die Lees hatten doch recht*, dachte ich. *Lias Medikamente haben sie tatsächlich krank gemacht!*

An jenem Abend erzählte ich Neil und Peggy von Dr. Hutchisons Äußerungen. Wie üblich war ihr Bedürfnis, die Wahrheit herauszufinden, größer als ihr Wunsch – wenn es diesen überhaupt gab –, ihren Ruf der Unfehlbarkeit aufrechtzuerhalten. Sie baten mich auch gleich um eine Kopie von Lias Krankenakte, setzten sich zusammen auf Bill Selvidges Sofa und durchkämmten Band 5 nach Hinweisen auf eine bereits im MCMC bei Lia bestehende Sepsis, die während der Notfallsituation damals übersehen worden war. Wie sie so die Köpfe zusammensteckten und in ihrer Geheimsprache miteinander murmelten (»Kalzium 3,2«, »Thrombozyten 29 000«, »Hämoglobin 8,4«), schienen sie, nein, waren sie tatsächlich ein Liebespaar, das hochemotionale Vertraulichkeiten austauschte.

»Ich habe immer gedacht, Lia habe dort im Kinderkrankenhaus die Sepsis bekommen, als sie all diese invasiven Zugänge gelegt haben«, sagte Peggy. »Aber vielleicht auch nicht. Es gibt hier ein paar Hinweise.«

»Das dachte ich auch«, sagte Neil. »Wenn ich geglaubt hätte, die Sepsis habe sich schon hier im MCMC abgezeichnet, hätte ich eine Lumbalpunktion gemacht. Ich habe keine Antibiotika verordnet, weil Lia niemals zuvor eine Sepsis gehabt hatte. Bei allen anderen Malen waren die Krampfanfälle das Problem, und dies war offensichtlich der schlimmste Anfall ihres Lebens. Ich habe sie stabilisiert, habe ihre Verlegung organisiert, und dann bin ich nach Hause gegangen, bevor alle Laborergebnisse zurück waren.« Das klang nicht defensiv. Das klang neugierig.

Nachdem Neil und Peggy sich verabschiedet hatten, fragte ich Bill Selvidge, ob er – ungeachtet der Ansicht Dr. Hutchisons, Lias Schicksal sei wahrscheinlich schon besiegelt gewesen, bevor sie die Notaufnahme des MCMC erreichte, und ungeachtet der Wahrscheinlichkeit, daß die Verschlimmerung ihrer Epilepsie über kurz oder lang ohnehin zu einem Gehirnschaden geführt hätte, auch wenn es nicht zur Sepsis gekommen wäre – fand, daß Neil ein Fehler unterlaufen war, als er Lias Sepsis nicht erkannt und behandelt hatte.

»Neil läßt nichts unversucht«, sagte Bill. »Wenn Neil ein Fehler unterlaufen ist, dann deswegen, weil jeder Arzt Fehler macht. Wenn es ein völlig neues Kind gewesen wäre, frisch von der Straße, hätte es Neil garantiert auf Sepsis untersucht, und er hätte so etwas auch entdeckt. Aber das hier war Lia. *Keiner* im MCMC hätte außer den Anfällen irgend etwas anderes wahrgenommen. Die Anfälle – das *war* Lia.«

Für die angehenden Fachärzte im MCMC war Lia auch weiterhin gleichbedeutend mit ihren Anfällen – die Erinnerung an jene beängstigenden Nächte in der Notaufnahme, in denen sie gelernt hatten, zu intubieren, Venenzugänge zu legen oder eine Venasectio vorzunehmen. Von Lia sprachen sie immer in der Vergangenheitsform. Auch Dr. Hutchison tat dies. Er hatte mich gefragt: »War Lia bei ihren Pflegeeltern, als sie starb?« Und obwohl ich ihn darauf hinwies, daß Lia lebte, meinte er fünf Minuten später: »Mangelhafte Kooperation hatte nichts mit ihrem Tod zu tun.« Das war keineswegs nur Gedankenlosigkeit. Es war das Eingeständnis einer Niederlage.

Ich fragte Neil einmal, ob er wünschte, irgend etwas anders gemacht zu haben. Er antwortete, wie erwartet, indem er sich auf die Auswahl der Medikamente und nicht auf sein Verhältnis zu den Lees bezog. »Ich wünschte, wir hätten schon eher Valproinsäure benutzt«, sagte er. »Ich wünschte, ich hätte akzeptieren können, daß die Kooperation der Familie bei einem einzigen Medikament leichter gefallen wäre als bei dreien, auch wenn drei, medizinisch gesehen, optimal schienen.«

Dann fragte ich: »Würdest du dir wünschen, Lia nie getroffen zu haben?«

»Oh, nein, nein, nein!« Seine Entschiedenheit überraschte mich.

»Früher hätte ich vielleicht ja gesagt, aber rückblickend nicht. Lia hat mir beigebracht, daß man, wenn es eklatante kulturelle Unterschiede gibt, sein Bestes versuchen muß, und daß man sich, wenn trotzdem etwas passiert, mit kleinen Erfolgen zufriedengeben muß und nicht nur mit Erfolgen auf ganzer Linie. Man muß ein wenig Kontrolle abgeben. Das fällt mir sehr schwer, aber ich gebe mir Mühe. Ich glaube, Lia hat mich zu einem etwas nachgiebigeren Menschen gemacht.«

Als ich Foua das nächste Mal sah, fragte ich sie, ob sie aus dem, was geschehen war, irgendeine Lehre gezogen habe. »Nein«, sagte sie. »Ich habe nicht gelernt. Ich bin einfach nur verwirrt.« Sie war gerade dabei, Lia mit dem pürierten *zaub*, dem spinatähnlichen Gemüse, das sie auf dem Parkplatz anbaute, zu füttern und dabei Babygeräusche zu machen. »Ich verstehe nicht, wie die Ärzte sagen können, daß sie für den Rest ihres Lebens so bleiben wird, und sie trotzdem nicht in Ordnung bringen können. Wie können sie die Zukunft kennen, aber nicht wissen, wie man sie ändert? Das verstehe ich nicht.«

»Nun, und wie, glaubst du, sieht Lias Zukunft aus?« fragte ich sie.

»Ich weiß so etwas nicht«, erwiderte Foua. »Ich bin keine Ärztin. Ich bin kein *txiv neeb*. Aber vielleicht bleibt Lia so krank wie jetzt, und deshalb muß ich weinen, wenn ich daran denke, was passieren wird. Ich habe Lia zur Welt gebracht, und so werde ich mich immer von ganzem Herzen um sie kümmern. Aber was, wenn ihr Vater und ich sterben, wer wird sich dann um Lia kümmern? Lias Schwestern lieben sie sehr, aber vielleicht werden sie nicht in der Lage sein, sie zu pflegen, obwohl sie sie lieben. Vielleicht werden sie zuviel studieren und zuviel arbeiten müssen. Ich weine, wenn ich daran denke, daß sie Lia einfach weggeben werden zu den Amerikanern.« Foua weinte, ohne einen Laut von sich zu geben. May Ying umarmte sie und streichelte ihr Haar.

»Ich weiß, wo die Amerikaner Kinder wie Lia hintun«, fuhr sie fort. »In Fresno habe ich einmal so einen Ort gesehen, wo Lia vor langer Zeit hingebracht worden ist.« (Foua erinnerte sich an eine Dauerpflegestation für zurückgebliebene und behinderte Kinder, in der Lia, bevor sie für das eine Jahr zu den Pflegeeltern kam, übergangsweise untergebracht worden war, um ihre Medikamentengabe zu überwachen und einzustellen.) »Es war wie ein Haus für die Toten. Die Kinder waren so arm und so traurig, daß sie einfach nur weinten. Sie weinten überall. Ein Kind hatte einen großen Kopf und einen wirklich kleinen Körper. Andere Kinder hatten Beine, die irgendwie vertrocknet waren, und sie fielen einfach zu Boden. Ich habe das gesehen. Wenn die Amerikaner Lia dorthin bringen, wird sie sterben wollen, doch statt dessen wird sie leiden.«

Mit dem Handrücken wischte sich Foua rasch und unwirsch die Tränen von der Wange. Dann tupfte sie wesentlich zarter Lias Mund ab und fing an, sie zu schaukeln. »Ich bin sehr traurig«, sagte sie, »und ich denke oft, daß, wenn wir noch in Laos wären und nicht in den USA, Lia vielleicht nicht so wäre. Die Ärzte hier wissen sehr, sehr viel, eure großen Ärzte, eure besten Ärzte, aber vielleicht haben sie einen Fehler gemacht, indem sie ihr die falsche Medizin gegeben haben, die sie dann so verletzt hat. Wenn es ein *dab* wäre, der Lia in Laos so krank gemacht hätte, dann wüßten wir, wie man in den Urwald geht und Kräuter holt, um sie zu heilen, und vielleicht könnte sie sprechen. Aber dies ist hier in den Vereinigten Staaten passiert, und die Amerikaner haben ihr das angetan, und das kann unsere Medizin nicht heilen.«

Tatsache ist auch, daß Lia wahrscheinlich noch als Kleinkind an einem Daueranfall bei unbehandeltem Status epilepticus gestorben wäre, wenn die Lees in Laos gelebt hätten. Die amerikanische Medizin hatte Lias Leben zwar erhalten, aber auch beeinträchtigt. Ich war mir nicht sicher, was ihrer Familie mehr zugesetzt hatte.

Seit jenem Abend mit Foua bin ich diese Geschichte immer wieder durchgegangen, weil ich mich gefragt habe, ob sie nicht anders hätte ablaufen können. Trotz Dr. Hutchisons Berichtigung der Umstände ihres letzten Anfalls war nicht zu leugnen, daß Lia, wenn die Lees ihr von Anfang an die Antiepileptika gegeben hätten, so etwas wie ein normales Leben hätte führen können beziehungsweise nach wie vor führen könnte. Unklar blieb, ob überhaupt jemand dafür verantwortlich gemacht werden konnte, daß dem nicht so war. Was wäre gewesen, wenn Neil *tatsächlich* gleich Valproinsäure verschrieben hätte? Was wäre gewesen, wenn er, anstatt Lia zu den Pflegeeltern zu geben, für die Verabreichung der Medikamente eine Krankenschwester organisiert hätte, die Hausbesuche macht? Was wäre gewesen, wenn er sich an Blia Yao Moua oder Jonas Vangay oder an ein anderes Hmong-Oberhaupt gewandt hätte, das beide Kulturen überblickt, und einen von ihnen gebeten hätte, sich in den Fall der Lees einzumischen, so daß sich die Frage der Kooperation aus einer weniger verdächtigen Richtung gestellt hätte? Was wäre gewesen, wenn das MCMC bessere Dolmetscher gehabt hätte?

Als ich mich eines Tages mit meiner »Was-wäre-wenn«-Liste zu Dan Murphy in die MCMC-Cafeteria setzte, zeigte er sich weniger an der Frage nach der Valproinsäure als an der nach den Dolmetschern interessiert. Dennoch fand er, daß die Kluft zwischen den Lees und ihren Ärzten unüberbrückbar sei und es nichts gebe, was man hätte tun können, um das Ergebnis anders ausfallen zu lassen. »Bis ich Lia traf«, sagte er, »dachte ich, daß man jedes Problem lösen kann, indem man sich hinsetzt und lange genug darüber spricht. Aber wir hätten uns mit den Lees den Mund fusselig reden können; wir hätten sie sogar eine *medizinische Ausbildung* machen lassen und ihnen den besten Dolmetscher der Welt zur Seite stellen können – sie wären immer noch davon überzeugt, daß ihre Methode die richtige und unsere die falsche war.« Dan rührte nachdenklich in seiner Tasse mit lauwarmem Kakao. Er hatte gerade einen Nachtdienst hinter sich. »Lias Fall hat meine idealistische Weltsicht zunichte gemacht.«

War die Kluft *wirklich* unüberbrückbar? Geradezu besessen kehrte ich immer wieder zu den ersten Begegnungen der Lees mit dem MCMC zurück, als Lia noch ein Baby war, es keine Dolmetscher gab und ihre Epilepsie als Lungenentzündung fehldiagnostiziert wurde. Was wäre gewesen, wenn der angehende Facharzt in der Notaufnahme gleich zu Anfang das Vertrauen der Lees gewonnen oder es zumindest nicht verspielt hätte, indem er herausgefunden hätte, was *sie* glaubten, befürchteten und hofften? Jeanine Hilt hatte die Lees nach ihrer Version der Dinge gefragt, aber kein Arzt hatte das je getan. Martin Kilgore hatte es zwar versucht, aber da war es bereits viele Jahre zu spät.

Natürlich werden die Ansichten der Lees für die Ärzte wohl ebenso unverständlich gewesen sein wie umgekehrt. Lia und ihre Familie verstehen zu wollen, indem man ihre Krankenakte las (womit ich Hunderte von Stunden zubrachte), war so, als würde man ein Liebesgedicht dekonstruieren, indem man es auf eine Reihe von Syllogismen reduziert. Und doch gab es für die angehenden Allgemeinmediziner und Kinderärzte, die sich seit Lias drittem Lebensmonat um sie bemüht hatten, gar keinen anderen Zugang zu Lias Welt *außer* über die Krankenakte. Während jeder von ihnen mühselig versuchte, eine Reihe von Problemen zu verstehen, für die es in der ihnen vertrauten Sprache keine Wörter gab, wurde die Akte einfach immer größer, bis sie über 400 000 Wörter umfaßte. Jedes dieser Wörter spiegelte die Intelligenz, die Ausbildung und die guten Absichten ihrer Verfasser wider, doch kein einziges befaßte sich mit Lias Krankheit aus der Sicht ihrer Eltern.

Wann immer von interkultureller Medizin die Rede ist, wird ein Katalog von acht Fragen zitiert, der dazu dient, das »Erklärungsmodell« des Patienten zu ermitteln. Dieser Fragenkatalog wurde von Arthur Kleinman entwickelt, einem Psychiater und medizinischen Ethnologen, der dem Institut für Sozialmedizin an der medizinischen Hochschule in Harvard vorsteht. Als ich diese Fragen zum ersten Mal las, schienen sie mir so banal, daß ich sie kaum zur Kenntnis nahm; erst als ich sie rund fünfzig weitere Male durchgelesen hatte, wurde mir klar, daß diese Fragen, wie so viele offensichtliche Dinge, das Werk eines Genies waren. Kürzlich beschloß ich, Kleinman anzurufen. Ich wollte ihm sagen, wie Lias Eltern nach den ersten Anfällen und vor dem Hin und Her mit den Medikamenten meiner Meinung nach seine Fragen beantwortet hätten, wenn sie eine gute Dolmetscherin gehabt und sich wohl genug gefühlt hätten, um ehrlich zu antworten.

1. *Wie bezeichnen Sie das Problem?*
*Qaug dab peg.* Das heißt, der Geist packt dich, und du stürzt zu Boden.
2. *Was ist Ihrer Meinung nach die Ursache des Problems?*
Verlust der Seele.
3. *Warum trat das Problem Ihrer Meinung nach gerade in dem Moment auf?*
Lias Schwester, Yer, hat die Tür zugeknallt, womit sie Lias Seele erschreckt und aus ihrem Körper verscheucht hat.
4. *Wie wirkt sich die Krankheit Ihrer Meinung nach aus? Wie funktioniert sie?*
Wenn Lia krank ist, zuckt sie und fällt hin. Die Krankheit funktioniert, weil ein Geist namens *dab* sie packt.
5. *Wie schlimm ist die Krankheit? Wird sie einen langen oder einen kurzen Verlauf nehmen?*
Warum stellen Sie solche Fragen? Wenn Sie ein guter Arzt sind, sollten Sie die Antworten selbst wissen.
6. *Welche Behandlung sollte der/die Patient/in Ihrer Meinung nach erhalten? Welche Ergebnisse erhoffen Sie sich am meisten von dieser Therapie?*

Sie sollten Lia eine Woche lang Medizin geben, aber nicht länger. Wenn es ihr wieder gut geht, sollten Sie die Medikamente absetzen. Sie sollten sie nicht behandeln, indem Sie ihr Blut oder Flüssigkeit aus ihrem Rücken entnehmen. Lia sollte auch zu Hause mit Hmong-Medizin behandelt werden sowie durch die Opferung von Schweinen und Hühnern. Wir hoffen, daß Lia wieder gesund wird, aber wir sind nicht sicher, ob wir wirklich wollen, daß sie nie wieder zuckt, weil dieses Zucken sie in unserer Kultur auszeichnet, und vielleicht wird sie Schamanin, wenn sie erwachsen ist.

7. *Was sind die größten Probleme, die die Krankheit verursacht hat?*
Es macht uns traurig, Lia leiden zu sehen, und es hat uns wütend auf Yer gemacht.

8. *Wovor haben Sie bei dieser Krankheit am meisten Angst?*
Daß Lias Seele nie wieder zurückkehrt.

Ich hatte erwartet, daß Kleinman auf diese Antworten völlig verständnislos reagieren würde. (Als ich Neil und Peggy einmal ähnliches Material zeigte, hatten sie gesagt: »Mr. und Mrs. Lee haben *was* gedacht?«) Doch nach jeder Antwort sagte er voller Enthusiasmus: »Ja, richtig!« Nichts konnte ihn überraschen; alles freute ihn. Aus seiner Sicht konnte es für Ärzte kaum eine fesselndere Patientin als Lia und kaum ein besseres Elternpaar als die Lees geben.

Dann erzählte ich ihm, was später geschehen war – von der mangelhaften Kooperation der Lees bei Lias antiepileptischer Arzneimitteltherapie über die Zeit bei den Pflegeeltern bis hin zur neurologischen Katastrophe –, und fragte ihn, ob er rückblickend irgendwelche Ratschläge für Lias Kinderärzte habe.

»Ich habe drei«, sagte er energisch. »Erstens, vergessen Sie den Begriff ›mangelhafte Kooperation‹. Es ist ein furchtbarer Begriff. Er impliziert Anspruch auf moralische Überlegenheit. Was Sie wollen, ist kein Generalsbefehl, sondern ein Gespräch. Zweitens, verfahren Sie statt nach einem Zwangsmodell lieber nach einem Vermittlungsmodell. Suchen Sie sich jemanden aus der Hmong-Gemeinde oder einen medizinischen Ethnologen, die Ihnen bei den Verhandlungen helfen können. Vergessen Sie nicht, daß ein solcher Vermittlungsprozeß, wie bei einem Scheidungsverfahren, Kompromißbereitschaft von beiden Seiten erfordert. Überlegen Sie sich, was Ihnen wirklich wichtig ist, und seien Sie in allen anderen Fragen kompromißbereit. Drittens müssen Sie begreifen, daß die Kultur der Biomedizin, so einflußreich die Kultur der Hmong-Patientin und ihrer Familie in diesem Fall auch sein mag, selbst ebenfalls sehr einflußreich ist. Wenn Sie keinen Blick für die Interessen, Gefühle und Vorurteile Ihrer eigenen Kultur haben, wie können Sie dann erwarten, erfolgreich mit der Kultur anderer Menschen umzugehen?«

## Das Leben oder die Seele

Ich weiß nicht, ob Lia heute laufen und reden könnte, wenn sie von Arthur Kleinman anstatt von Neil Ernst und Peggy Philp behandelt worden wäre. Ich glaube allerdings, daß es weder der septische Schock noch die mangelhafte Kooperation der Eltern war, was ihr Leben ruiniert hat, sondern Mißverständnisse zwischen den Kulturen.

Lias Fall – oder »Geschichte«, wie Kleinman sagen würde, da er glaubt, daß sich Krankheit nicht auf eine Reihe pathologischer Befunde reduzieren läßt, sondern Teil einer persönlichen Geschichte ist – gehört zu den etwa einhundert medizinischen Fällen im Zusammenhang mit Hmong, die mir über die Jahre zu Ohren gekommen sind. Die meisten gingen schlecht aus. Die Auswahl ist wahrscheinlich etwas einseitig, da sich Ärzte und Patienten intensiver an Katastrophen erinnern als an Erfolge. Dennoch ist die Unausgewogenheit beunruhigend.

In San Diego wurde ein Mädchen mit einer Hasenscharte geboren. Ihre Ärzte baten die Eltern um Erlaubnis, die Scharte operativ zu korrigieren. Als Argument führten sie an, daß es sich um einen einfachen Eingriff handele und das Mädchen ansonsten gesellschaftlicher Ächtung ausgesetzt sein würde. Doch die Eltern verließen mit ihrem Säugling umgehend das Krankenhaus. Einige Jahre zuvor hatte der Vater auf der Flucht von Laos nach Thailand einen Vogel mit einem Stein getötet, allerdings auf eine Weise, daß der Vogel leiden mußte. Der Geist dieses Vogels war nach Ansicht der Eltern für die Hasenscharte verantwortlich. Sich dieser Strafe entziehen zu wollen wäre einer großen Beleidigung gleichgekommen.

In Michigan wurde bei einem Kind ein Retinoblastom festgestellt, ein bösartiger Tumor im Auge. Die behandelnden Ärzte baten die Eltern, das Auge des Jungen entfernen zu dürfen, um einer Metastasierung vorzubeugen. Daraufhin flohen die Eltern in einen anderen Staat, fest davon überzeugt, daß ihr Sohn auf ewig mit einem unvollständigen Körper wiedergeboren würde, wenn er sich der Operation unterzöge.

In Minnesota litt ein Kind an einer Wirbelsäulendeformität. Seine Ärzte sprachen sich für einen korrigierenden chirurgischen Eingriff aus. Nach der Geburt dieses Kindes hatte ein *txiv neeb* in einem thailändischen Flüchtlingslager den Eltern gesagt, der Junge sei als Hmong-Oberhaupt zu Großem berufen. Er hatte sie aber auch davor gewarnt, den Körper des Jungen jemals verändern zu wollen, da dies ihren Tod zur Folge hätte. Wenige Tage nachdem die Eltern der Operation widerstrebend zugestimmt hatten, diese aber noch nicht ausgeführt worden war, verstarb der Vater. Die Mutter floh mit ihrem Sohn in einen anderen Staat.

Natürlich gab es auch Fälle, die gut ausgingen, wie die folgenden drei Beispiele zeigen.

Ein eben erst in den Vereinigten Staaten eingetroffener Kriegsveteran versuchte, sich in der Dusche des kalifornischen Auffanglagers, in dem er vorübergehend untergebracht war, zu erhängen. Während der nächsten Tage hielt man ihn in einem Krankenzimmer fest, setzte ihm amerikanisches Essen vor und zwang ihn, sich einer medizinischen Gesamtuntersuchung zu unterziehen, bei der auch Blut abgenommen wurde. Der Mann aß nicht und schlief nicht. Schließlich brachen seine Ärzte die Blutuntersuchungen ab. Sie brachten ihm Hmong-Essen, und er aß. Sie ließen einen anderen Hmong mit ihm im Zimmer schlafen, und er schlief. Als sie herausfanden, daß er befürchtet hatte, seine Kinder nicht ernähren zu können, erklärten sie ihm, daß er eine finanzielle Soforthilfe für Flüchtlinge beantragen könne, und zeigten ihm Fotos seiner zukünftigen Wohnung. Seine Familie und er ließen sich später glücklich in Iowa nieder.

In Merced wurde ein Mann mittleren Alters wegen einer Infektion ins Krankenhaus eingeliefert. Ein Dolmetscher, der das übliche Aufnahmeformular ausfüllte, fragte ihn, ob er im Todesfall seine Organe spenden wolle. Daraufhin geriet der Mann, der dachte, seine Ärzte wollten ihn sterben lassen, um ihm das Herz herausnehmen zu können, in helle Aufregung und erklärte, er wolle das Krankenhaus sofort verlassen. Dem Dolmetscher gelang es, ihn zu beruhigen und davon zu überzeugen, daß die Ärzte keine derartigen Absichten hätten. Der Mann blieb bis zu seiner Genesung noch einige Tage im Krankenhaus. Ein mitfühlender Verwaltungsangestellter des Krankenhauses, der ähnliche Mißverständnisse bei künftigen Hmong-Patienten voraussah, setzte sich erfolgreich dafür ein, daß die Frage zur Organspende aus dem Formular gestrichen wurde.

Eine Sozialarbeiterin des Krankenhauses in San Francisco wurde vom Gesundheitsamt in Begleitung einer Dolmetscherin zu einer Frau geschickt, die an Tuberkulose litt und sich geweigert hatte, ihre Tabletten zu nehmen. Als sich Francesca Farr, die Sozialarbeiterin, an die hochschwangere Patientin wandte, sagte die Dolmetscherin: »Nein, nein. Sie sollten mit dem *Mann* reden.« Also fragte Farr den Mann, warum er nicht wolle, daß seine Frau die Tabletten nimmt. »Nein, nein«, sagte die Dolmetscherin wieder. »Fragen Sie ihn das noch nicht. Erst sollten Sie ihm Gutes wünschen.« Francesca Farr wünschte also dem Mann, daß seine Kinder nie krank würden, daß sie nie mit leeren Reisschüsseln dastünden, daß seine Familie immer zusammenbliebe und daß sein Volk nie wieder Krieg miterleben müßte. Während sie redete, entspannte sich der Mann zusehends. »Jetzt«, sagte die Dolmetscherin. »Jetzt können Sie ihn fragen, warum seine Frau die Medikamente nicht nimmt.« Auf Farrs Frage antwortete der Mann, wenn seine Frau die Tabletten nähme, würde ihr Baby ohne Arme oder Beine geboren werden. Farr legte ihre Hand auf den Bauch der Patientin und erklärte dem Mann, daß seine Frau nicht so dick wäre und das Baby nicht treten würde, wenn es nicht bereits Arme und Beine hätte. Der Mann nickte, ging in einen anderen Raum, kam mit einer riesigen Flasche zurück, leerte ihren Inhalt in Farrs Hände und sagte, daß seine Frau von nun an die Tabletten nehmen würde.

Diese letzte Geschichte verdient nähere Betrachtung, weil Francesca Farr auf eine Art und Weise vorging, die im MCMC grundsätzlich nicht und in Lias Fall schon gar nicht praktiziert wurde. Francesca Farr machte einen Hausbesuch. Sie nahm eine fähige und bestimmt auftretende Dolmetscherin mit, die sie als ihre Kulturvermittlerin betrachtete und nicht als ihre Übersetzerin. Sie achtete den weltanschaulichen Horizont der Familie. Sie brachte nicht *ihre eigene* Weltanschauung in die Verhandlungen mit ein – einschließlich ihres feministischen Widerwillens, mit dem Mann statt der Frau verhandeln zu müssen. Sie drohte nicht, sie kritisierte nicht, und sie war nicht herablassend. Sie verlor so gut wie kein Wort über die westliche Medizin und ließ sich völlig von ihrem Gefühl leiten.

Dazu kam, daß Francesca Farr die Hmong *mochte*, besser gesagt: sie sogar liebte. Damit hatte sie etwas mit all jenen Leuten in meinem Bekanntenkreis gemein, die erfolgreich mit den Hmong als Patienten,

Kunden oder Forschungsobjekten zusammengearbeitet hatten. Dan Murphy sagte mir einmal, daß von den zehn bewundernswertesten Menschen, die er in den letzten zehn Jahren getroffen hatte, sieben oder acht Hmong waren. Jeanine Hilt sagte, das erste, was sie im Falle eines Feuers in ihrem Haus retten würde, wäre die eingerahmte *paj ntaub*, die Foua ihr gestickt hatte. (Sie nimmt noch immer einen Ehrenplatz an der Wand über dem Eßtisch ihrer Lebensgefährtin ein.) Sukey Waller bemerkte, daß ihr die Amerikaner vergleichsweise trocken vorkämen, wenn sie etwas Zeit mit ihren Hmong-Kunden verbracht hätte. Die Ethnologen Eric Crystal und Dwight Conquergood waren von der Hmong-Kultur derartig berauscht, daß sich ihre ethnologischen Kommentare – obgleich sie wissenschaftlich tadellos waren – zum Teil wie Liebeserklärungen lesen.

Neil und Peggy fanden die Hmong zwar nett, aber sie liebten sie nicht. Sie hätten eine gutgehende Praxis mit Patienten der Mittelklasse haben können, die ihre Medikamente regelmäßig nahmen und deren Versicherungen pünktlich zahlten. Doch wegen ihrer Selbstlosigkeit war das Gegenteil der Fall. Ihre Wahl war moralisch befriedigend, doch sowie ein Patient die Kooperation verweigerte und damit ihre Bemühungen torpedierte, gute Ärzte zu sein, verlor die kulturelle Vielfalt ihren Reiz und wurde zum unerwünschten Hindernis. Neil und Peggy waren ausgezeichnete Mediziner, aber gemessen an Kleinmans Definition – wonach dem wahren Arzt die psychosozialen und kulturellen Komponenten ein Anliegen sein sollten, die der Krankheit erst Kontext und Bedeutung geben – waren die beiden, zumindest während ihrer ersten Jahre mit Lia, unvollkommene Heiler.

Doch Liebe kann im Gegensatz zur Ätiologie und Diagnostik der Krampfanfälle bei Kindern nicht erlernt werden. Und so stellt sich die Frage, was können Ärzte, die ihre Hmong-Patienten nun einmal nicht lieben, tun, um ihnen eine bessere gesundheitliche Versorgung zu bieten.

Bruce Thowpaou Bliatout, der Hmong-Beamte im öffentlichen Gesundheitswesen, hat dazu einige Vorschläge. Dabei überrascht kaum, daß sie sich zumeist auf das Kulturelle, nicht auf das Medizinische beziehen. Um die Gesundheitsversorgung der Hmong insgesamt zu verbessern, sollte dafür gesorgt werden, daß Patientinnen von Ärztinnen und Patienten von Ärzten behandelt werden. Die Familien der Patienten sollten in alle Entscheidungen einbezogen werden. Man sollte Dolmetscher einsetzen, die sowohl in beiden Sprachen als auch in beiden Kulturen zu Hause sind. Wenn man Hmong überreden will, notwendigen operativen Eingriffen zuzustimmen, und wenn man den weiteren Verlauf nach ihrer Einwilligung positiv beeinflussen möchte, sollte man sich der Unterstützung der Familie und der Gemeinde-Oberhäupter versichern. Blutabnahmen sollten auf ein Mindestmaß reduziert werden. Verwandte und Freunde sollten ihre Kranken rund um die Uhr besuchen dürfen. Schamanistische Zeremonien sollten im Krankenhaus erlaubt werden. Die seelische Gesundheit kann gefördert werden, indem man traditionelles Kunsthandwerk fördert, wie Weben, Musizieren, Tanzen und Silberschmieden. Die Mitwirkung der Hmong bei den militärischen Einsätzen der USA in Laos sollte gewürdigt werden. Familienzusammenführungen innerhalb des Clans sollten gefördert werden. Man sollte sich vorsehen, die Autorität des Vaters in Hmong-Familien zu untergraben. Die Flüchtlinge müßten mehr Möglichkeiten erhalten, sich selbst zu helfen.

Laut Bliatout – und vielen anderen – wäre das Wichtigste jedoch, westliche Medizin mit traditionellen Heilkünsten zu verbinden oder, wie Nao Kao es ausdrückte, »ein wenig Medizin und ein wenig *neeb*« zu verwenden. Kleinman, der einmal bemerkte, der Arzt behandele die Krankheit, der Heiler aber das Kranksein, glaubt, daß die kombinierte Medizin mehr bewirkt als eine Stärkung des Vertrauens zwischen Arzt und Patient; da das Kranksein entscheidend von psychosozialen Faktoren beeinflußt wird, kann eine kombinierte Medizin auch das Behandlungsergebnis selbst positiv beeinflussen. Obwohl die Lees ihre Tochter Lia mit Kräutern, Hauttherapien und Tieropfern behandelten, liefen diese Therapieformen lediglich neben den schulmedizinischen Heilmethoden her, ohne sich jemals mit ihnen zu verbünden. Neil und Peggy waren sich vage darüber im klaren, daß es diese alternativen Heilbemühungen gab (als sie beispielsweise die Male vom Münzreiben auf Lias Brustkorb bemerkten), aber sie interessierten sich nicht dafür, und noch viel weniger mochten sie sie empfehlen. Ihnen wäre es nie in den Sinn gekommen, Luis Estevez' Beispiel zu folgen, der als Kinderarzt am Lincoln Krankenhaus in der Bronx puertoricanische und dominikanische Patienten an einen Hohenpriester des Santeríaglaubens überwies, als überweise er sie an einen Augenarzt. Sie würden auch nie daran denken, sich an Yasmin Collazo zu orientieren, einer Psychiaterin am Elmhurst Krankenhauszentrum in Queens, die mexikanischen *curanderos*, Naturheilern also, erlaubte, für eine Patientin mit Schizophrenie eine Reinigungszeremonie im Krankenhaus abzuhalten. Dr. Collazo erzählte, daß die Patientin daraufhin wesentlich kooperativer bei der Einnahme ihrer antipsychotischen Medikamente gewesen sei, die der *curandero* ihrer Meinung nach geheilt hatte.

Bliatout schrieb: »Da die Behandlungsformen der Hmong niemandem schaden, möglicherweise aber einem Patienten nützen, sollten sie als Teil des regulären Therapieplans ernsthaft in Erwägung gezogen werden.« Leider geht er zumindest im ersten Punkt von einer falschen Voraussetzung aus. Einige der traditionellen Hmong-Mittel enthalten Arsen, Blei oder Opium. Allerdings ist die Behandlung durch einen *txiv neeb*, der ausschließlich auf der metaphysischen Ebene operiert, nie gesundheitsgefährdend und in den Augen vieler Leute geradezu prädestiniert, den Heilungsprozeß fördernd zu begleiten, da die westliche Geist-Körper-Dichotomie der Kultur der Hmong fremd ist und Kranksein bei den Hmong-Flüchtlingen auch psychosomatisch ist. Tatsächlich glaubt Conquergood, daß niemand die Kluft zwischen dem Medizinischen und dem Spirituellen besser überwinden kann als ein *txiv neeb*:

> Schamanen sind zunächst und ausschließlich die geborenen Vermittler. Sie sind Grenzgänger, begabte Wesen, die zwischen Himmel und Erde hin und her wandern können. Eloquent, wie er ist, liegen die besondere Fähigkeit und Mission eines Schamanen darin, Gegensätze miteinander zu versöhnen – die Dingwelten und die moralischen Welten sinnvoll miteinander zu verbinden. Deshalb werden sie auch mit archetypischen Verbindungselementen assoziiert, wie Leitern, Brücken, Seilen und kosmischen Bäumen, deren Wurzeln im Erdreich verankert sind, während ihre Kronen himmelwärts streben. (…)
> Es liegt in der besonderen Verantwortung des Schamanen, die Verbindungen zwischen diesen beiden Königreichen zu feiern und zu erneuern und den Widerhall der Welten in der jeweils anderen zu verstärken. Das mag einer der Gründe sein, weshalb Schamanen sich der Rezeptmedizin und körperlichen Behandlungsformen nicht widersetzen. Diese Formen der Medizin rivalisieren nicht direkt mit der schamanistischen Manipulation von Symbolen beziehungsweise der Lenkung des Glaubens. So sah

ich im Lager Ban Vinai in strohgedeckten Hütten verschreibungspflichtige Medikamentenfläschchen unbeanstandet auf Altären von Schamanen stehen. (...)
Ihrer Meinung nach sind die beiden Formen des Heilens, die natürliche und die übernatürliche, komplementär und nicht widersprüchlich.

Conquergood muß es wissen, da er selbst Patient eines *txiv neeb* war, als er an Denguefieber erkrankt war. Er hat seine Seeleneinholungszeremonie, die von den meisten seiner Freunde in Ban Vinai besucht wurde – und die er als außerordentlich belebend empfand –, einmal als ein festliches und freundschaftliches Schauspiel bezeichnet, »durch und durch Anteilnahme und Menschlichkeit«.

Lemoine meinte, daß ein *txiv neeb* eher die Aufgaben eines Psychiaters als die eines Priesters erfüllt. Es gebe jedoch einen gravierenden Unterschied:

> Als ich seine Arbeit mit der eines Psychiaters verglich, bemerkte ich, daß ein Hmong-Schamane im Gegensatz zum Analytiker, der die Selbstanalyse provoziert, indem er an der Wunde des verletzten Selbst kratzt, eine Erklärung bietet, die jegliche Beteiligung des Patienten vermeidet. Der Patient wird stets als Opfer eines Angriffs feindlicher Mächte oder einer versehentlichen Trennung von einem Teil seines Selbst betrachtet. Wenn diese Situation von dem Schamanen erkannt und bewältigt worden ist, wird er gesund. Zu keiner Zeit treten irgendwelche Schuldgefühle auf, die mit dem Leiden in Verbindung gebracht werden.

Als ich das las, fiel mir auf, wie oft die Hmong auf Drohungen oder Schuldzuweisung mit Kampf oder Flucht reagieren, was im medizinischen Bereich verschiedenen Formen mangelnder Kooperation entspricht. Indem der *txiv neeb* das Thema Schuld völlig aus dem Spiel läßt, steht er in Einklang mit der Wesensart der Hmong. Die regelmäßig vermittelte Botschaft der Ärzte (»Wenn Sie sich weigern, diese Tabletten zu nehmen/sich operieren zu lassen/nächsten Dienstag wieder in meine Sprechstunde zu kommen, wird es Ihnen noch leid tun!«) tut dies nicht.

Mitte der achtziger Jahre erhielt der Nationalities Service von Mittelkalifornien, der seinen Sitz in Fresno hat, über einen befristeten Zeitraum Bundesfördermittel in Höhe von 100 965 Dollar, die dazu bestimmt waren, einen sogenannten »integrierten Rettungsdienst für psychisch Kranke« einzurichten, »der das Wissen von Hmong-Heilern wie westlichen, im psychotherapeutischen Bereich Tätigen gleichermaßen nutzt«. Acht *txiv neebs* wurden als Berater angestellt. Sie behandelten 250 Patienten, von denen die meisten unter Beschwerden litten, die weit über das hinausgingen, was man unter »seelischen Erkrankungen« versteht. Der Abschlußbericht des Projekts – in dem unter anderem achtzehn Heilzeremonien beschrieben werden, etwa die »Zeremonie zur Austreibung menschenfressender Geister«, die »Zeremonie zur Abtrennung der diesseitigen von der jenseitigen Welt« oder die »Zeremonie zur Beschwichtigung des Geistes über dem großen Herd« – ist ein erstaunliches Dokument. »Gelegentlich reichte die bloße Zeremonie als solche aus«, lautete das Fazit. »In anderen Fällen wurden Kranke im Anschluß an die Zeremonie aufgeschlossener gegenüber empfohlenen medizinischen Verfahren, wie operativen Eingriffen oder Medikamenten, deren Verordnung in den Händen approbierter Ärzte lag.« Im folgenden zitiere ich aus dem Bericht zwei Fallschilderungen mit unterschiedlichem, wenn auch in beiden Fällen gutem Ausgang:

Fall Nr. 3

*Beschwerde/Symptomatik – Probleme mit der Gallenblase (mob tsib)*: Der Klient litt an einem scharfen Schmerz in der rechten Brust, der bis in den Rücken ausstrahlte. Er erklärte, er sei zu keiner Aktivität mehr in der Lage, außer zu passiver Erholung.

*Beurteilung*: Ein zugelassener Arzt diagnostizierte eine Gallenblasenstörung, deren Behebung einen operativen Eingriff erfordere. Der Neng [*txiv neeb*] wurde im Anschluß an diese Diagnose zu Rate gezogen.

*Therapieplan*: Der Neng hielt eine Zeremonie ab, bei der Heilkräfte auf Wasser übertragen wurden, mit dem dann die schmerzhafte Stelle gewaschen wurde, um den Schmerz zu mildern. Der Schmerz hielt jedoch weiter an, und der Klient akzeptierte, daß es sich nicht um ein spirituelles Problem handelte. Er ging daraufhin wieder zum Arzt und ließ sich operieren.

*Ergebnis*: Die Operation war erfolgreich, und der Klient erklärte seine Krankheit für geheilt.

Fall Nr. 9
*Beschwerden/Symptome*: Der Penis des Klienten ist seit einem Monat geschwollen. Er gibt an, er sei von approbierten Ärzten behandelt worden, doch habe die Therapie nur vorübergehend gegen die Schmerzen und die Schwellung geholfen.
*Beurteilung*: Der Neng entschied, der Klient habe die Flußgötter beleidigt.
*Therapieplan*: Der Neng rief die Nenggeister herbei, damit sie eine Heilung bewirken und die Schmerzen wegnähmen. Der Neng benutzte eine Schale mit Wasser, das er über das infizierte Glied sprühte. Den beleidigten Göttern wurde eine Zahlung von fünf Räucherstäbchen angeboten als Gegenleistung für Schmerzfreiheit und Abschwellung.
*Ergebnis*: Der Zustand des Patienten besserte sich nach der Zeremonie.

Nach vierzehn Monaten waren die Mittel für das Projekt erschöpft, und damit war dies, soweit ich weiß, der erste und letzte Penisexorzismus, der je vom Ministerium für Gesundheit und Soziales gefördert wurde. Es gibt sicher weniger abstruse Wege, aber immerhin scheint das medizinische Establishment aufzuwachen und zu realisieren, daß seit 1990 mehr als die Hälfte des Bevölkerungswachstums in den Vereinigten Staaten auf das Konto der Einwanderer und ihrer Kinder geht – und daß viele von diesen Einwanderern, selbst wenn sie ins Krankenhaus gehen und sich die Behandlung leisten können, diesen gängigen Weg der Gesundheitsversorgung aus kulturellen Gründen ablehnen.

Vor zehn Jahren gab es an kaum einer medizinischen Hochschule und in keiner Facharztausbildungsordnung der Vereinigten Staaten eine interkulturelle Ausbildung. 1995 wurde in den staatlichen Richtlinien für die Facharztausbildung zum Psychiater erstmals festgelegt, daß die angehenden Psychiater lernen sollen, die kulturellen Einflüsse auf die Problematik ihrer Patienten zu beurteilen. 1996 verabschiedete der Amerikanische Fachverband der Allgemeinmediziner eine Reihe von »Richtlinien zu einer in kultureller Hinsicht einfühlsamen und kompetenten Gesundheitsversorgung im Rahmen des empfohlenen Kernunterrichts«. Zu den Materialien, die von den Verfassern jener Richtlinien vorgeschlagen wurden, gehörte auch ein Simulationsspiel namens BaFá BaFá, bei dem die Teilnehmer in zwei Gruppen aufgeteilt werden, die jeweils eine mythische Kultur mit unterschiedlichen Verhaltensweisen, Konventionen und Tabus repräsentieren. Dabei nehmen beide Gruppen sich gegenseitig zwangsläufig verzerrt wahr, da sie ihre je eigenen Kulturstandards aufeinander übertragen; sie beleidigen einander und glauben sich der jeweils anderen Kultur überlegen, bis sie sich am Ende des Spiels zusammensetzen und über die Tücken des Ethnozentrismus diskutieren.

Mittlerweile beschäftigen sich die meisten Medizinstudierenden zumindest oberflächlich mit interkulturellen Themen. Die Universität von Wisconsin entwickelte kürzlich ein »integriertes, multikulturelles Curriculum«, das Podiumsdiskussionen und Gruppengespräche, Fallkonferenzen, Studentenbefragungen, Rollenspiele und Hausbesuche einschließt. In Harvard müssen alle Studierenden in ihrem ersten Studienjahr einen Kurs belegen, der »Patient-Arzt I« heißt (bezeichnenderweise nicht »Arzt-Patient I«), in dem sie lernen, mit Dolmetschern zu arbeiten, Kleinmans acht Fragen behandeln und Fragen nachgehen wie »Kann ein amerikanischer Kinderarzt erst vor kurzem eingetroffenen Eltern eines südostasiatischen Babys wirklich erklären, was eine Einverständniserklärung zu einem operativen Eingriff ist?« oder »Ist es ethisch vertretbar, eine Psychotherapie vorzunehmen, wenn Therapeut und Patient verschiedenen Ethnien angehören?« Einige Ausbildungsprogramme für Fachärzte schlagen dieselbe Richtung ein.

Im Jahr 1996 lud das Kreisgesundheitsamt von Merced Personalentwickler eines interkulturellen Fortbildungsprogramms, das in Seattle beheimatet ist und den Namen »Brücken über Gräben« trägt, nach Merced ein, um die Betreuungskompetenz und die »kulturelle Kompetenz« des dort tätigen Pflegepersonals, der Verwaltungsangestellten und Dolmetscher zu verbessern. Das Gesundheitsamt produziert inzwischen einen Teil des lokalen Fernsehprogramms für Hmong, in dem ein Rundgang durch das MCMC ausgestrahlt wird und häufig gestellte Fragen auf hmong beantwortet werden, wie zum Beispiel »Warum sind Ärzte so unhöflich?«. Im MCMC wäre kürzlich beinahe ein fünfundfünfzig Jahre alter Hmong an einem Darmdurchbruch gestorben, weil seine Familie erst nach drei Tagen die Einwilligung zur Operation gab. Da er länger als zwei Monate im Krankenhaus bleiben mußte und jeder angehende Facharzt ihn entweder persönlich behandelte oder seinen Fall auf den Fluren erörterte, weckte er Interesse an allerlei Fragen, wie zum Beispiel: Könnte man *txiv neebs* wie Geistlichen offiziell den Zugang zu Patienten im MCMC genehmigen? Könnten Hmong als Kulturvermittler dienen? Wenn das MCMC Diplomdolmetscher anstelle von Laborassistenten und Schwesternhelferinnen, die nur nebenher dolmetschten, beschäftigte – ein Plan, der zuvor als zu kostspielig verworfen worden war –, würden die Liegezeiten dadurch vielleicht verkürzt und damit die Kosten *reduziert*? (Diese letzte Frage gehörte durchaus zur Sache, da die staatlich regulierte Versorgung die Anzahl der Überweisungen und Krankenhausaufnahmen hatte sinken lassen, und der Kreis so nervös wegen des dadurch entstehenden Defizits war, daß er plante, das Krankenhaus an ein großes Privatunternehmen für Gesundheitsversorgung zu verpachten.)

Doch jede Veränderung braucht ihre Zeit. Im Medizinstudium zu lesen, daß die ideale »Sitzordnung« für die Arzt-Patient-Dolmetscher-Trias das gleichschenklige Dreieck ist, in dem der Patient und die Dolmetscherin die Hypotenusen bilden, ist etwas anderes, als sich dieser geometrischen Figur in einem Raum voller gestikulierender Hmong gegen Ende eines Vierundzwanzig-Stunden-Dienstes zu entsinnen.

Diese Denkweise hat zu der Karikatur des Arztes, jenem formalistischen Kopfmenschen ohne Herz, geführt, der jedem medizinischen Problem, das man ihm präsentiert, lieber mit Medikamenten, Computertomographie, Naht, Schiene, operativer Entfernung, Narkose oder Autopsie begegnet, als darüber zu sprechen. Zum Glück sind die meisten Ärzte im wirklichen Leben, einschließlich der am MCMC arbeitenden, keine Automaten. Allerdings scheinen sie oft allzu kurzsichtig auf das zu vertrauen, was Kleinman die »Kultur der Biomedizin« nennt (was aus seinem Mund ebenso exotisch klingt wie die Kultur der Ainu oder der Waiwai). Daß sie viel in diese Kultur investieren, macht sie nicht prinzipiell unempfänglich für Veränderungen, im Gegenteil. Sie übernehmen begierig neue Medikamente, Technologien und Verfahren, sobald klinische Studien deren Wirksamkeit erwiesen haben. Und doch reagieren sie anders auf die acht Fragen von Kleinman (»Aber Krankheiten *werden einfach nicht* von Geistern verursacht. Warum sollte ich einem Irrglauben anhängen?«) oder auf seinen Vorschlag, ethnographische Methoden in jede Arbeitsplatzbeschreibung eines Arztes aufzunehmen (»Aber ich bin doch kein Ethnologe, ich bin Gastroenterologe!«). Dieselben Ärzte, die im Auto medizinischen Fortbildungskassetten lauschen, die mit jeder Neuerung, die ihre Erfolgsquote verbessern könnte, Schritt zu halten versuchen, halten interkulturelle Medizin womöglich eher für eine Art politischen Trick, einen Anschlag auf ihre Vernunft als für eine unter Umständen lebensrettende Therapie.

An der Wand über meinem Schreibtisch, flankiert von Fotos, die Lia und ihre Familie zeigen, hängen zwei kopierte Textpassagen, die ich einmal in bitterer Stimmung DIE HMONG-ART und DIE AMERIKANISCHE ART überschrieb. DIE HMONG-ART ist die Seite aus dem Fresno-Bericht über die seelische Gesundheit der Hmong, in dem die erfolgreiche Behandlung des Patienten mit dem geschwollenen Penis durch den *txiv neeb* zusammengefaßt ist. DIE AMERIKANISCHE ART ist eine Seite aus dem *Journal of the American Medical Association*. Sie ist einem Artikel mit dem Titel »Auch Ärzte haben Gefühle« entnommen. Sein Verfasser, ein Dozent an der Medizinischen Fakultät von Harvard namens William M. Zinn, stellte fest, daß Ärzte Gefahr liefen, ihre eigenen Gefühle zu übersehen, da sie damit beschäftigt seien, »alle möglichen anderen Aufgaben zu erledigen«, »eine gewisse klinische Distanz zu wahren« oder »wegen etwaiger negativer Reaktionen auf ihre Patienten Schuldgefühle zu hegen«. Also, wenn Sie ein Arzt sind, wie können Sie erkennen, daß sie ein Gefühl haben? Hier ein paar Ratschläge von Dr. Zinn:

> Die meisten Emotionen finden im Körperlichen ihre Entsprechung. Angst kann mit einem Zusammenziehen des Magens und exzessiver Diaphorese einhergehen; Ärger kann in allgemein erhöhter Muskelspannung oder im Zusammenbeißen der Kiefer Ausdruck finden; sexuelle Erregung kann durch Prickeln in den Lenden oder Piloerektion erkannt werden; und Traurigkeit kann durch eine Kongestion der Bindehaut oder ein Schweregefühl im Brustraum bemerkt werden.

Ich befand mich in Bill Selvidges Haus, als ich den Artikel zum ersten Mal las. Die Abende, an denen ich darauf wartete, daß er vom MCMC nach Hause käme, verbrachte ich damit, mich in seine alten ethnologischen Texte beziehungsweise in die Stapel medizinischer Fachzeitschriften zu vertiefen, und darüber nachzudenken, welcher Lesestoff wohl obskurer war. Ich erinnere mich, wie mir damals auf dem zerschlissenen Sofa durch den Kopf ging, daß meine Hmong-Freunde wohl nie mehr ins MCMC gingen, wenn sie erführen, daß amerikanische Ärzte aus einem Artikel lernen mußten, woran sie erkennen, wann sie ärgerlich sind. Da kam Bill zur Tür herein, beinahe taumelnd vor Müdigkeit nach einem Dreiunddreißig-Stunden-Dienst. Ich las ihm die Stelle vor, die jetzt an meiner Wand hängt. Wir lachten beide so laut, daß wir womöglich seine fundamentalistischen Nachbarn aufweckten, jene, die ihr Fernsehgerät zerstört und dabei einen Freudentanz veranstaltet hatten.

Bill versicherte mir, er stehe mit seinen Gefühlen in so außerordentlicher Verbindung, daß er auch ohne Diaphorese oder konjunktivale Kongestion sagen konnte, ob er ängstlich oder traurig war. Ich glaubte ihm. Bill war ein Allgemeinmediziner der alten Schule, einer jener Ärzte, die ihren Streß dadurch abbauen, daß sie auf die Neugeborenenstation gehen, sich ein schreiendes Baby aussuchen und mit ihm solange auf und ab gehen, bis es sich beruhigt. Und dennoch fürchtete ich, daß Dr. Zinn nicht ganz daneben lag. Medizin, wie sie in den Vereinigten Staaten gelehrt wird, schafft es tatsächlich hervorragend, die Studierenden ihren Gefühlen zu entfremden. Die Entsensibilisierung beginnt bereits am ersten Tag des Medizinstudiums, wenn nämlich jede(r) Studierende ein Skalpell in die Hand gedrückt bekommt, mit dem er/sie in einen Leichnam hineinschneiden soll: in »den idealen Patienten«, wie die Leiche auch gern genannt wird, da sie nicht getötet werden kann, sich niemals beklagt und niemals Klage einreicht. Der erste Schnitt ist immer schwer. Drei Monate darauf werfen die Studenten die Stücke abgeschnittenen Leichenfetts so selbstverständlich in einen Mülleimer, als sei es der Fettrand eines Steaks. Sich ein dickes Fell zuzulegen ist nötig – so jedenfalls will es eine Binsenweisheit –, weil Ärzte sonst von ihrem ständigen Umgang mit Leid und Verzweiflung überwältigt würden. Die Spaltung gehört zum Beruf. Daher behandeln Ärzte ihre eigenen Verwandten nicht (Gefühle würden die Effizienz beeinträchtigen); daher werden die Köpfe von Patienten, die am offenen Herzen operiert werden, über die üblichen Sterilitätsvorkehrungen hinaus gegen den Operateur abgeschirmt (Individualisierung bedeutet Ablenkung); daher ging Neil Ernst seiner Patientin Lia Lee aus dem Weg, nachdem sie mit einem irreparablen Hirnschaden aus Fresno zurückgekehrt war. An der Medizinischen Fakultät von

Stanford begegnet man diesem Trend auf bewundernswerte Weise, indem man den Studierenden bereits im ersten Semester mitteilt, daß ihr Einfühlungsvermögen unter Umständen schon sein Höchstmaß erreicht habe; daß es, falls sie unter die Norm fallen, während der vier Studienjahre und des ersten Jahres der Facharztausbildung stetig sinken werde. »Und was ändert sich danach?« fragte einmal ein entsetzter Student. Sein Professor antwortete: »Mit zunehmender Berufserfahrung blickt man auf die Ideale, die man vor dem Studium hatte, geringschätzig herab.«

Stanford versucht wie einige andere medizinische Fakultäten, zu einem Ganzheitsmodell zurückzukehren, in dem der Arzt sein ganzes Menschsein ins Krankenhaus einbringt (nicht nur den Teil, der in den Examina brilliert) und der Patient als ganzer Mensch betrachtet wird (und nicht als der Blinddarm in Zimmer 416). Ein solches Modell ist keineswegs neu; es entspricht vielmehr dem, was Ärzten früher beigebracht wurde. Wie William Osler einmal sagte: »Frage nicht, welche Krankheit die Person hat, sondern welche Person die Krankheit hat.« Gäbe es mehr Allgemeinmediziner vom Schlage eines Osler, wären die Hmong die ersten, die davon profitierten. Die Ethnologin Elizabeth Kirton bemerkte, daß ein ihr bekannter Hmong-Patient, der zur weiteren Behandlung an einen Spezialisten überwiesen wurde, den überweisenden Arzt nicht etwa bat, einen besonders guten oder berühmten Spezialisten auszusuchen, sondern ihn vielmehr fragte: »Kennen Sie jemanden, der sich um mich kümmern und mich lieben würde?«

Es war vielleicht unfair von mir, den Artikel von Dr. Zinn DIE AMERIKANISCHE ART zu betiteln. Vor einigen Jahren, als ich die Hmong noch stärker idealisierte als heute (sie aber auch weniger bewunderte), führte ich einmal am Rande einer Konferenz über die Gesundheitsversorgung ein Gespräch mit einer Epidemiologin aus Minnesota. Da ich wußte, daß sie mit Hmong gearbeitet hatte, begann ich über die mangelnde Sensibilität der westlichen Medizin zu klagen. Die Epidemiologin blickte mich scharf an. »*Die westliche Medizin rettet Menschenleben*«, sagte sie. Ja, richtig. Ich mußte mir das immer wieder vor Augen halten. Es war dieses kalte, lineare, cartesianische, nicht-hmongsche Denken, das meinen Vater von seinem Darmkrebs und meinen Ehemann und mich vor Unfruchtbarkeit gerettet hatte und vielleicht auch Lia von ihrem Hirnschaden gerettet hätte, wenn man ihr die Antiepileptika von Anfang an verabreicht hätte. Dwight Conquergoods Philosophie, nach der Gesundheitsversorgung eher ein Tauschhandel als eine einseitige Beziehung ist, verkennt die Tatsache, daß westliche Medizin einseitig *ist*, ob nun im Guten oder im Schlechten. Ärzte stehen ihr Medizinstudium und ihre Facharztausbildung durch, um Kenntnisse zu erwerben, über die ihre Patienten nicht verfügen. Solange die medizinische Kultur sich nicht ändert, wäre von den Ärzten zuviel verlangt, einmal in Betracht zu ziehen, daß, wie Francesca Farr es formulierte, »unser Wirklichkeitsverständnis nur ein Verständnis von Wirklichkeit, nicht die Wirklichkeit selbst ist«. Ich glaube jedoch, daß es nicht zuviel verlangt wäre, die Wirklichkeiten ihrer Patienten *anzuerkennen* – um jenen blinden Fleck zu vermeiden, der einst einen Angestellten des Gesundheitsamts von Merced zu folgendem Eintrag veranlaßte, und zwar über das Kind einer Familie, für die das ganze Universum heilig ist:

Name: Lee, Lia
Muttersprache: Hmong
Ethnie: Hmong
Religion: Keine

Dwight Conquergoods *txiv neeb* hatte wohl keine Probleme, die Schwelle zwischen Erde und Himmel, zwischen dem Natürlichen und dem Übernatürlichen, zwischen dem Medizinischen und dem Geistigen zu überschreiten. Normalsterblichen fällt dieser Brückenschlag schwer. *Wie* schwer, das wurde mir an jenem Abend bestätigt, an dem ich Bill Selvidge und Sukey Waller zum Abendessen ins Red Snapper Seafood Grotto einlud. Obwohl sie einander vom Hörensagen kannten, waren Bill und Sukey sich nie begegnet. Ich glaubte, sie hätten viele Gemeinsamkeiten, da sie beide Friedenskorpsveteranen waren und beide mit Hmong arbeiteten – Bill als Arzt und Sukey als Psychotherapeutin.

Während wir unseren Fisch aßen, sprachen wir über den Schamanismus bei den Hmong, worüber Sukey eine Menge wußte. Bereitwillig erzählte sie, daß sie einmal einem Arzt im MCMC gesagt habe, ein *txiv neeb*, mit dem sie bekannt sei, habe einen unmittelbaren Draht zu Gott. Der Arzt hatte geantwortet: »Und ich habe einen heißen Draht zur Biochemie.« Obwohl offensichtlich war, welcher Seite Sukeys Sympathien galten, schien Bill nicht beleidigt zu sein.

Beim Nachtisch waren wir bei Lias Fall im engeren und interkultureller Pädiatrie im weiteren Sinne angelangt.

»Du mußt im Interesse der Person handeln, die in der Situation am verletzlichsten ist«, sagte Bill, »und das ist das Kind. Das Wohlergehen des Kindes ist wichtiger als die religiösen Überzeugungen der Eltern. Du mußt tun, was für das Kind das Beste ist, auch dann, wenn die Eltern dagegen sind. Denn wenn das Kind stirbt, wird es in zwanzig Jahren nicht die Chance haben zu entscheiden, ob es die Überzeugungen der Eltern übernehmen möchte, oder nicht. Es wird dann nämlich tot sein.«

»Nun«, sagte Sukey scharf, »das ist es, was ihr euch in eurem Beruf zur Aufgabe gemacht habt.«

»Ich würde genauso denken, wenn ich kein Arzt wäre«, sagte Bill. »Ich würde mich als Hüter meines Bruders fühlen.«

»Das ist Tyrannei«, versetzte Sukey. »Was ist, wenn du eine Familie hast, die gegen Chirurgie ist, weil sie glaubt, eine Krankheit habe eine spirituelle Ursache? Was ist, wenn sie wirklich davon überzeugt ist, daß ihr Kind der ewigen Verdammnis anheimfällt, wenn es während der Operation stirbt? Verglichen damit scheint der Tod gar nicht so wichtig zu sein. Was ist wichtiger, das Leben oder die Seele?«

»Ich weiche nicht«, sagte Bill. »Das Leben hat Vorrang.«

»Die Seele«, sagte Sukey.

# Das Opfer

Lange bevor sich Shee Yee in eine kleine rote Ameise verwandelte und den bösen *dab* in den Hoden biß, hatte er eine dreijährige Lehre bei einem Zauberer absolviert. Dabei hatte er gelernt, sich zu verwandeln, in wen oder was auch immer er sich verwandeln wollte, hatte gelernt, *dabs* zu töten, mit dem Wind zu fliegen, Kranke zu heilen und Tote zum Leben zu erwecken. Shee Yees Heilkünste wurden dringend benötigt, weil es viel Leid in der Welt gab.

Das Leiden war folgendermaßen entstanden: Die Frau eines bösen Gottes namens Nyong legte ein Ei, das so groß wie eine Schweinehütte war. Nach drei Jahren war es immer noch nicht ausgebrütet. Nyongs Vater besang das Ei und hörte daraufhin die plappernden Stimmen zahlreicher übler *dabs* aus dem Ei tönen. Er befahl Nyong, das Ei zu verbrennen, doch Nyong weigerte sich. Schließlich brach das Ei auf, und die *dabs* schwärmten aus. Als erstes aßen sie Nyongs Frau bis auf den letzten Knochen, das Haar und die Wimpern auf. Dann setzten sie, hungrig, wie sie immer noch waren, Nyong nach. Nyong öffnete die Tür, die aus dem Himmel, wo er wohnte, zur Erde hinausführte. Durch diese Tür flogen mit einem wahren Funkenregen die *dabs*, groß wie Wasserbüffel und feuerrot. Nyong war in Sicherheit, aber seit jenem Tag kennen die Menschen auf der Erde Krankheit und Tod.

Shee Yee kämpfte viele Jahre mit den *dabs* und für die Heilung kranker Menschen. Ihm zur Seite standen ein geflügeltes Pferd, eine Schale heiliges Wasser, ein Satz magischer Heilutensilien und eine Schar von Hilfsgeistern. Eines Tages tötete Nyong Shee Yees kleinen Sohn und brachte den Vater durch eine List dazu, das Fleisch des toten Kindes zu essen. Als Shee Yee bemerkte, was er getan hatte, wurde er so von Trauer und Entsetzen erfaßt, daß er die Erde floh und die Leiter zur Himmelstür hinaufkletterte. Um den Tod seines Sohnes zu rächen, durchbohrte er beide Augen Nyongs. Blind und außer sich vor Wut lebt Nyong inzwischen am Fuße eines Berges im Himmel, während Shee Yee in einer Höhle auf dessen Gipfel inmitten seiner Hilfsgeister haust.

Shee Yee kehrte nie mehr zur Erde zurück, aber sein Volk blieb Krankheit und Tod nicht gänzlich auf Gedeih und Verderb ausgeliefert. Nachdem er die Himmelsleiter weiter emporgeklettert war, nahm er das heilige Wasser aus seiner Schale in den Mund und spie es mit großer Kraft über seine Heilutensilien: ein Schwert, einen Gong, eine Klapper und ein Paar Fingerschellen. Die Utensilien brachen entzwei und fielen zur Erde herab. Wer von dem heiligen Sprühregen oder den herabfallenden Bruchstücken der Heilwerkzeuge etwas abbekam, war zum *txiv neeb*, zum Wirt für einen Heilgeist, bestimmt. Mittlerweile ist die Himmelstür wieder für jedermann verschlossen, außer für *txiv neebs*. Wenn sie die Verfolgung einer krankheitshalber abhanden gekommenen Seele aufnehmen, rufen sie Shee Yees Hilfsgeister herbei und reiten auf seinem fliegenden Pferd die Leiter hinauf, die durch den Himmel führt. Um üble *dabs*, die sie womöglich unterwegs treffen, hinters Licht zu führen, tun sie so, als seien sie Shee Yee, so daß etwas von der Klugheit, Courage und Größe dieses ersten Heilkundigen auf sie übergeht.

Der *txiv neeb*, der für Lia eine Heilungszeremonie veranstalten sollte, brachte seine eigenen Utensilien mit: Schwert, Gong, Klapper und Fingerschellen. Auch sein eigenes fliegendes Pferd brachte er mit. Das Pferd war ein Brett, das 3 Meter in der Länge und 25 Zentimeter in der Breite maß und zur Bank wurde, wenn man es auf zwei Böcke stellte, für die es im Brett eigens Schlitze gab. Für die Menschen, die das Wohnzimmer der Lees füllten, war diese Bank alles andere als ein Möbelstück. Für sie war die Bank ebenso wahrhaftig ein fliegendes Pferd wie für einen Katholiken Brot und Wein nicht bloß Symbole für Christi Fleisch und Blut darstellen, sondern vielmehr dieses Fleisch und Blut selbst sind.

Die Lees waren lange vor Morgengrauen aufgestanden. Foua erzählte mir: »Wir müssen die *neeb*-Zeremonie früh am Morgen machen, wenn es kühl ist, denn zu dieser Zeit kann die Seele am besten zurückkommen. Auch wird das Schwein müde und stirbt, wenn es heiß ist.« (Ich dachte: Aber das Schwein wird doch sowieso getötet! Dann fiel mir ein, daß man ein totes Schwein ja nicht opfern kann.) Als ich eintraf, war die Sonne soeben aufgegangen und warf matte Strahlen zur Tür herein. Zwei durchsichtige Abdeckfolien waren über die abgewetzte Auslegware gebreitet, um sie nicht mit dem Blut des Schweins – oder besser der Schweine, da für die ganze Familie ein kleines Schwein, für Lia ein großes Schwein geschlachtet werden sollte – zu ruinieren. Die Lees hatten die Tiere am Vortag auf einem naheliegenden Bauernhof für 225 Dollar erstanden. Das Geld hatten sie sich zum Teil von ihrer Sozialhilfe abgespart und zum Teil von Verwandten erhalten.

Auf dem Elektroherd waren drei große Aluminiumkochtöpfe mit Wasser aufgesetzt worden, mit dem die Borsten der Tiere abgesengt werden sollten. Neben Mörser und Stößel, die Foua aus Laos mitgebracht hatte, standen Tüten mit frischen Gemüsen und Kräutern bereit, die die Lees und ihre Verwandten gezogen hatten. Sie sollten bei der Zubereitung der traditionellen Festtagsspeisen verarbeitet werden: Schweinehack und Gemüse in Reispapier eingerollt; Schweineknochen und -fleisch mit selbstgezogenem grünem Gemüse gekocht; Feingehacktes aus Darm, Leber, Herz und Lunge (das Gericht, das May Ying »Ka-ka-Suppe« nannte); Gelee aus rohem Schweineblut; Hühnereintopf; zwei verschiedene scharfe Saucen; und schließlich gedämpfter Reis. Ein Hmong-Sprichwort lautet: »Mit Freunden schmeckt fades Gemüse genauso würzig wie Fleisch, mundet Wasser ebensogut wie Wein.« Um so besser, wenn Freunde und gutes Essen zusammenkommen. Das Fest, das sich der *neeb*-Zeremonie anschloß, sollte bis tief in die Nacht dauern.

Am frühen Morgen hatte Nao Kao mit Hilfe einer besonderen Papierstanze einen Haufen von Opfergeld zurechtgeschnitten, um das Schwein für seine Seele zu bezahlen und sonstige spirituelle Rechnungen zu begleichen. Das Opfergeld, dick und cremefarben, lag auf dem Teppich neben dem Altar des *txiv neeb*, der die Höhle von Shee Yee darstellen sollte. In Laos hätte man sich zwei nahezu identische Bäume gesucht, den einen mit einer Axt in Richtung der untergehenden Sonne gefällt und aus seinem Holz den Altar gefertigt, den anderen Zwillingsbaum hätte man stehen lassen. Bei den Lees war der Altar ein rustikaler Holztisch, auf dem der Sportteil des *Merced Sun-Star* gelegen hatte. Auf einer Kühlschrankanzeige, in der es hieß: »Erste Anzahlung erst nach 90 Tagen!«, waren die heiligen Utensilien des *txiv neeb* ausgebreitet, dieselben, die Shee Yee verwendet hatte: ein kurzes Schwert, das mit roten und weißen Bändern geschmückt war; ein alter Eisengong; ein Affenknochen mit einem gepolsterten und in schwarzes Tuch gewickelten Ende, mit dem der Gong geschlagen wurde; ein Eisenring von der Größe eines Tamburins, an dem rasselnde Metallscheiben hingen; und zwei Fingerschellen, die wie Berliner Pfannkuchen aus Bronze aussahen und kleine Schellen enthielten, die aus klingenden Metallkügelchen bestanden. Neben den Utensilien stand eine braune Plastikschale mit Reis und einem einzelnen, ungekochten Ei, Nahrung für die Hilfsgeister. Drei Styroportassen und eine weiße Porzellanschale waren mit heiligem Wasser gefüllt – ein See, in den die Seele des *txiv neeb* abtauchen könnte für den Fall, daß sie von bösen *dabs* verfolgt würde. Eine kleine Kerze vorn auf dem Altar, die noch nicht angezündet war, würde dem *txiv neeb* auf seiner Reise in das Reich des Unsichtbaren leuchten.

Ich hatte eine Reihe ethnographischer Kommentare über die Macht und den Einfluß von *txiv neebs* gelesen. Aber irgendwie hätte ich mir nie träumen lassen, daß in dem Moment, da ich dem obersten metaphysischen Unterhändler, dem großen Fürsprecher für die Seele, dem unangefochtenen Meister im Dämonenkampf – um nur drei der zahlreichen ehrfürchtigen Epitheta zu nennen, denen ich begegnet war – schließlich persönlich gegenüberstehe, der so Gepriesene vor einem Fernsehgerät sitzen und sich einen Zeichentrickfilm mit Puh der Bär ansehen würde. Der *txiv neeb*, der an jenem Tag die Zeremonien abhalten sollte, hieß Cha Koua Lee. Er trug blaue Gummilatschen, eine schwarze Hose und ein weißes, mit tanzenden Pandabären bedrucktes T-Shirt. May Ying hatte mir erzählt, daß alle *txiv neebs* schlank seien, weil sie das Schütteln auf ihrer Trancereise in das Reich des Unsichtbaren so viel Energie koste, und in der Tat war Cha Koua Lee, der Ende Vierzig sein mußte, dünn und drahtig, mit kantigen Gesichtszügen und strengem Gesichtsausdruck. Es verstieß gegen seinen Ehrenkodex, seine Dienste in Rechnung zu stellen – insbesondere bei den Lees, die demselben Clan angehörten wie er –, und obwohl einige Familien ihm freiwillig Geld gaben, lebte er gezwungenermaßen von Sozialhilfe. Er erhielt jedoch regelmäßig eine gewisse Vergütung in Gestalt der Köpfe und rechten Vorderläufe der Schweine, deren Opferung er vorstand. Nach dem Verzehr des Fleisches ließ er die Unterkiefer der Tiere außerhalb seiner Wohnung trocknen und nahm sie dann in die Sammlung auf, die er auf seinem Regal aufbewahrte und die am Ende des Hmong-Jahres nach einem bestimmten Ritual verbrannt wurde. Dann erst waren die Seelen der Schweine ihrer Pflicht enthoben, als Stellvertreter für die Seelen der Menschen zu dienen, für die sie ihr Leben hatten hingeben müssen, und konnten wiedergeboren werden. In Laos hatte Cha Koua Lee seine Schweinekiefer in einer Feuergrube verbrannt. In Merced verbrannte er sie in einem Wegwerftruthahnbräter. Darauf deponierte er die verkohlten Überbleibsel in den Zweigen eines Baumes außerhalb der Stadt, unter dem Himmel, den sie bereits durchreist hatten.

Nachdem das kleinere Schwein, ein hellbraun und weiß geschecktes Weibchen, ins Wohnzimmer getragen und auf die Plastikfolie gelegt worden war, nahm der *txiv neeb* die erste Amtshandlung des Tages vor: eine Zeremonie, die Gesundheit und Wohlergehen der gesamten Familie für das kommende Jahr sicherstellen sollte. Die Lee-Familie stand dicht gedrängt inmitten des Wohnzimmers. Der *txiv neeb*, der sich ein schwarzes Tuch um den Kopf gewickelt hatte, schlang eine Schnur um den Kopf des Schweins. Das Schwein gab ein leises Grunzen von sich. Dann rollte er die Schnur zu den Lees aus und wickelte die ganze Gruppe fest damit ein. Die Seele des Schweins war auf diese Weise mit den Seelen derjenigen Menschen verbunden, die es beschützen sollte. Der *txiv neeb* hielt jede menschliche Seele für eine Dreieinigkeit, wobei ein erster Seelenteil nach dem Tod am Grab Wache steht, ein zweiter Teil in das Reich des Todes wandert und der dritte Teil wiedergeboren wird. Alle drei Seelenteile galt es heute zu retten. Nun wurde dem Schwein die Kehle durchschnitten – von einem Cousin der Lees, nicht vom *txiv neeb*, der immer auf gutem Fuß mit den Tieren stehen muß, denen er eine so kostbare Gabe abverlangt.

In Laos hätte diese Zeremonie im Haus der Lees stattgefunden, das Nao Kao und Foua nicht nur als Obdach für ihre Familie, sondern auch als Herberge für gute Hausgeister gebaut hatten: für den Haupthausgeist, der im Zentralpfosten lebt, über der Stelle, an der die Plazenten der Lee-Söhne begraben waren; für die Ahnengeister, die in den vier Außenpfosten leben; für die Gesundheitsgeister, die nahe der bergwärts gelegenen Wand hausen; für die Geister, die das Vieh beschützen; für die Geister, die in der talwärts gelegenen Tür wohnen; sowie für die Geister, die über die beiden Feuerstellen wachen. Die Gegenwart dieser Geister hätte jedermann im Hause gespürt. Mir schien, daß im Apartment A auf der 37 East 12th Street – wo es keine Pfosten, keine Feuerstellen und nach Meinung der Lees überhaupt keine guten

Geister gab, da es gemietet sei – die Aufrechterhaltung einer sakralen Atmosphäre ein hoffnungsloses Unterfangen war. Der Fernseher lief immer noch, wenn auch der Ton abgedreht war. Anderthalb Meter vom Altar entfernt, wenn auch auf der anderen Seite der Wand, brummte ein Kühlschrank, in dem ein Pack Budweiser stand, aus dem sich der *txiv neeb* später eine Flasche genehmigen sollte. Links von der Eingangstür, durch die die freundlichen Geister eintreten sollten, stand ein großer Karton mit Windeln. Die Tür war offen, und das beunruhigte mich. Was würde geschehen, wenn ein Amerikaner zufällig vorbeikäme und ein totes Schwein auf dem Fußboden und neun mit einer Schnur aneinandergefesselte Menschen sähe?

Während der *txiv neeb* sich für die nächste Zeremonie vorbereitete, trugen ein paar männliche Verwandte der Lees das geschlachtete Schwein zum Parkplatz, der zum Glück hinter dem Wohnblock lag und von der Straße nicht eingesehen werden konnte. Zunächst gossen sie siedend heißes Wasser über den Kadaver und schabten ihm mit Messern das Fell ab. Dann nahmen sie das Schwein gekonnt aus, warfen den Abfall in einen Putzeimer, zogen die Gedärme auseinander und rollten sie wieder auf und spülten die Bauchhöhle mit einem Gartenschlauch aus. Rinnsale von blutigem Wasser, in dem Schweineborsten und Fleischbröckchen schwammen, ergossen sich über den Parkplatz. Cheng, May, Yer, True und May schauten interessiert, aber nicht im mindesten überrascht zu. Wie Kinder, die auf einem Bauernhof groß geworden sind, war ihnen der Umgang mit dem Tod vertraut, und wahrscheinlich hätten sie die Arbeit auch selbst erledigen können. Sie alle hatten schon vor ihrem achten Lebensjahr gelernt, wie man Hühner tötet und rupft, und die Älteren hatten ihren Eltern schon beim Schlachten diverser Schweine geholfen.

Als wir in die Wohnung zurückkehrten, fiel mir sofort auf, daß ein Stimmungsumschwung stattgefunden hatte. Durch eine unerklärliche Meisterleistung an Magie – mir ist nie gelungen herauszufinden, wie genau es dazu gekommen ist – war alles Unwesentliche aus dem Apartment A verbannt worden. Jedermann spürte den Unterschied. Die Kinder der Lees, die auf dem Weg vom Parkplatz zur Wohnung noch miteinander geredet und gekichert hatten, wurden still, sobald sie die Schwelle überschritten. Der Fernseher war ausgeschaltet. Die Kerze auf dem Altar war angezündet worden. Ein Räucherstäbchen brannte und verbreitete kleine Rauchfahnen, die die Hilfsgeister leiten sollten. Der *txiv neeb* hatte eine schwarze Seidenjacke mit indigoblauen Manschetten übergezogen und trug eine rote Schärpe. Er war barfuß. Er hatte alle amerikanischen Verzerrungen seines Äußeren abgeschüttelt, so daß sein Inneres – aufgrund dessen er von den geistigen Mächten auserwählt worden war – nun durchschien, hell und hart. Ich begriff, daß ich ihn unterschätzt hatte.

Nun war Lia an der Reihe. Foua und Nao Kao glaubten, daß ihr Zustand womöglich nicht mehr in Reichweite geistiger Heilkräfte lag. Ein anderer *txiv neeb* hatte ihnen erzählt, daß die Medikamente Lia irreparabel geschädigt hätten, da die Häufigkeit, mit der sie *neeb*-Zeremonien hatten abhalten lassen, auf jeden Fall ausgereicht hätte, um sie zumindest wieder sprechen zu machen, wenn die Krankheit denn eine spirituelle Ursache hätte. Aber auch im Rahmen des Status quo gab es verschiedene Krankheitsgrade. Die Lees hofften, dieser *txiv neeb* würde Lia glücklicher machen, so daß sie nachts nicht mehr weinen müßte. Und im übrigen gab es nach wie vor eine leise Hoffnung, die auch nach Jahren vergeblicher Opfer noch nicht gänzlich versiegt war, daß Lias Seele am Ende doch gefunden würde, die *dabs*, die sie gefangen hielten, die Seele des Schweins als Tauschpfand akzeptierten und Lia wieder gesund würde.

Foua saß in der Mitte des Wohnzimmers auf einem roten Metallklappstuhl. Sie trug eine schwarze Hose und eine schwarzblaue Bluse: amerikanische Kleidung also, aber traditionelle Hmong-Farben, dieselben Farben, die der *txiv neeb* trug. Ihr glänzendes schwarzes Haar fiel auf ihren Rücken hinab. Lia saß auf ihrem Schoß, mit nackten Beinen, sie trug eine Windel und ein gestreiftes Polohemd. Foua liebkoste ihren Nacken, strich ihr übers Haar und flüsterte ihr ins Ohr. Lia schmiegte sich den Körperlinien ihrer Mutter an wie ein Neugeborenes.

Der *txiv neeb* legte ein Bündel Opfergeld – Lias verfallene Einreiseerlaubnis ins Leben, deren Laufzeit er verlängern wollte – auf die Schulter ihres Polohemdes. Ein Cousin der Lees schwenkte ein lebendes braunes Huhn in der Luft. Es sollte für Lias *hu plig*, ihre Seeleneinholung, geopfert werden: eine Variante derselben Zeremonie aus Säuglingstagen, durch die ihre Seele damals in ihrem Körper verankert wurde. Nachdem das Huhn gekocht war, würde es untersucht, um herauszufinden, ob Lias Seele zurückgekehrt war. Festsitzende Füße, feste Augen, eine aufgerollte Zunge und ein durchsichtiger Schädel wären gute Vorzeichen. Dabei war die Beschaffenheit der Füße am wichtigsten. Eine Kralle, die nicht zu den anderen Krallen paßt – die also wie ein Hmong, dessen Verhalten nicht den Normen seiner Gruppe entspricht, in Gesellschaft unangenehm auffällt –, würde Disharmonie und Ungleichgewicht signalisieren. Der Cousin sang, an das Huhn gewandt, folgenden Text:

*Ich hoffe, deine Beine sind gut.*
*Ich hoffe, deine Augen sind gut.*
*Ich hoffe, deine Zunge ist gut.*
*Ich hoffe, dein Schnabel ist gut.*
*Ich hoffe, dein Kopf ist durchsichtig.*

Lia war von ihrer gesamten Familie und mehr als zwanzig Verwandten umgeben. Deren Aufmerksamkeit war auf ihre bewegungslose Gestalt gerichtet wie Sonnenlicht, das durch ein Vergrößerungsglas gebündelt wird, bis es Flammen schlägt. Dee Korda hatte einmal gesagt: »Lia wußte, wie man liebt und sich lieben läßt.« Was auch immer sie verloren haben mochte, noch wußte sie, wie man sich lieben läßt.

Foua küßte Lia auf die Nase und sagte: »Du siehst sehr glücklich aus!« Einer der Söhne eines Cousins brachte das Huhn in die Küche, durchschnitt ihm rasch die Kehle und fing das sprudelnde Blut in einer Plastikmülltüte auf. Lias Schwein – größer und brauner als das erste – wurde ins Wohnzimmer gebracht, die Läufe mit einer Schnur zusammengebunden. Da Lia ein Mädchen war, war ihr Schwein männlich; ihr Seelenbund wäre also so etwas wie eine Ehe. Grunzend und zappelnd lag das Schwein auf der Abdeckfolie. Der *txiv neeb* befestigte eine Schnur an seinem Hals, wickelte sie sodann um Foua und Lia und verband dadurch Lias Seele mit der ihrer Mutter wie auch mit der des Schweins. Er umkreiste das Schwein und die Mutter-Tochter-Einheit viele Male und schlug dabei laut seine Rassel, damit Lias Seele, wo sie auch sein mochte, es hörte. Dann schlug er immer wieder seinen Gong, um seine Hilfsgeister herbeizurufen. Schließlich warf er die polierten Hälften eines Wasserbüffelhorns auf den Boden, um so herauszufinden, ob die Geister ihn erhört hatten. Landeten beide Hälften mit der flachen Seite nach oben, hieß die Antwort nein; landete eine Hälfte mit der flachen Seite nach oben und die andere mit der flachen Seite nach unten, war die Antwort zweideutig; landeten beide Hornhälften mit der flachen Seite nach unten, wußte er, daß die Geister den Ruf ihres Meisters vernommen hatten.

Das Schwein mußte für das große Geschenk, das es Lia darbrachte, entlohnt werden. Also nahm der *txiv neeb* ein dickes Bündel Opfergeld vom Boden neben dem Altar und legte es in die Nähe des Schweins. In der Hocke sprach er ruhig auf das Schwein ein und erklärte ihm, daß es großzügig für seine Tat entlohnt würde und daß seine Seele am Jahresende seinen Verpflichtungen enthoben würde. Noch einmal warf er die Weissagungshörner, um zu sehen, ob das Schwein eingewilligt hatte. Als sie ihm eine positive Antwort gaben, dankte er dem Schwein, nahm die Schnur von seinem Hals und auch von Lia und Foua und schwang sein Schwert, um Lias Krankheit in Stücke zu schneiden. Dann nahm er eine der Tassen vom Altar, nahm etwas Wasser in seinen Mund, spie es aus, wie Shee Yee es getan hatte, und machte dazu ein trillerndes Geräusch.

Prrrrrr.

Prrrrrr.

»Dies sind Wasser von Gold und Silber«, sagte er. »Sie werden die Krankheit reinwaschen.«

Prrrrrr.

Aus der Küche hörte man, wie jemand ein Messer schärfte.

Zwei Männer hoben das Schwein auf zwei Klappstühle. Drei Männer hielten es fest. Ein Verwandter der Lee stieß ihm ein Messer in den Nacken. Es quiekte und schlug um sich. Ein weiterer Verwandter fing in einem Edelstahltopf das Blut auf, aber ein Großteil spritzte auf die Abdeckfolie, den Teppich und unsere blanken Füße. Der *txiv neeb* nahm das Opfergeld des Schweins und hielt es in den Blutstrom. Das Blut sollte das Geld unauslöschlich als Eigentum des Schweins markieren. Während der *txiv neeb* seine Hilfsgeister allesamt namentlich herbeirief, berührte er Lias Rücken mit einer Fingerschelle, die er mit dem blutgetränkten Geistergeld angefeuchtet hatte. Auch sie sollte von nun an gezeichnet sein, und jeder *dab*, der ihr Übles wolle, würde daran gehindert, sie anzufassen.

Wieder wusch der *txiv neeb* die Krankheit fort.

Prrrrrr.

Dann nahm er das Opfergeld von Lias Schulter und legte es auf die Flanke des geopferten Schweins.

Mit dem Blut des Schweins auf ihrem Rücken konnte Lia überall auf der Erde hingehen – sogar Hunderte von Meilen weg – und dennoch als Kind erkennbar bleiben, das Heilung brauchte. Da sie nun nicht mehr in Sichtweite des *txiv neeb* bleiben mußte, brachte Foua sie in ihr Schlafzimmer, legte sie behutsam auf das Doppelbett, lagerte ihre Beine auf der blauen Decke, die die Familie aus Laos mitgebracht hatte, und schaltete einen elektrischen Ventilator an. Lias Blick war, was immer sie sah, starr nach oben gerichtet. Ihr glänzendes Haar flatterte im Luftzug.

Nun war der *txiv neeb* für den gefährlichsten Teil seiner Mission bereit. Noch vor der Bank stehend, zog er sich einen Teil seiner Oberbekleidung über den Kopf und nahm sich dadurch die Sicht. Mit heruntergelassenem Schleier hatte er keine Augen mehr für diese Welt, um so mehr aber für das Reich des Unsichtbaren. Der Schleier, das Räucherstäbchen, das mesmerisierende stereotype Schlagen des Gongs und der Rassel, die sich wiederholenden Körperbewegungen des *txiv neeb* selbst, das alles half ihm, in ekstatische Trance zu geraten. In Laos hätte er vielleicht Opium eingesetzt, doch darauf konnte er auch verzichten. Wenn alle Hilfsgeister eingetroffen waren, konnte er sich willentlich in einen anderen Bewußtseinszustand versetzen.

Der *txiv neeb* saß auf Shee Yees geflügeltem Pferd, kreuzte seine Füße über dem Teppich und stellte sie wieder nebeneinander und führte einen rhythmischen Tanz auf, während die Rassel in seiner Rechten und die Fingerschelle in seiner linken Hand den Klang des Glöckchens am Zaumzeug seines Pferdes nachahmten. Währenddessen schlug sein Assistent, ein junger Mann mit schwarzer Sonnenbrille, den Gong, um den Geistern mitzuteilen, daß die Reise losgehen konnte. Nach etwas mehr als einer halben Stunde legte der Assistent seine Hände um die Hüfte des *txiv neeb*. Mit einer einzigen Bewegung, ohne auch nur einen Schlag auszusetzen, sprang der *txiv neeb* auf die Füße und rückwärts auf die Bank. Alle Hilfsgeister waren da. Ohne ihre Hilfe wäre sein Körper für einen solchen Satz zu schwer gewesen.

In diesem Moment riskierte der *txiv neeb* sein Leben. Während er sich in Trance befand, reiste seine eigene Seele weit von seinem Körper weg, und wenn er umfiele, bevor sie zurückgekehrt war, würde er sterben. Dann könnte ihm niemand helfen, nicht einmal der größte *txiv neeb* der Welt. Auch wenn er nicht umfiele, könnte er auf seiner Reise *dabs* treffen, die ihm den Tod wünschten, so daß er alle Kraft und List bräuchte, um sie zu besiegen.

Der *txiv neeb* begann zu galoppieren. Manchmal saß er auf dem Pferd, manchmal auf dem Boden. Manchmal *war* er das Pferd, wieherte und schnaubte. Er stimmte lauthals Sprechgesänge in Moll an und sang alte Beschwörungsweisen, teils auf hmong und teils auf chinesisch. Nicht einmal die Lees konnten ihn verstehen, aber sie wußten, daß er mit seinen Hilfsgeistern sprach und mit den *dabs* um die Freilassung von Lias gefangener Seele verhandelte.

Die Vordertür war seit einiger Zeit verschlossen gewesen, so daß es im Raum sehr warm und stickig war. Der Weihrauch hing in Schwaden im Raum. Der Gong ertönte. Die Rassel wurde lauter. Jemand goß Wasser über die Verbindungsstellen der Bank mit den Böcken, um sie abzukühlen. Nun flog das Pferd bereits die Himmelsleiter hinauf. Nun öffnete sich die Himmelspforte. Und jetzt ging es an Nyongs Wohnsitz vorbei. Nun kletterte der *txiv neeb* den Himmelsberg zu Shee Yees Höhle hinauf.

Während der *txiv neeb* unterwegs war, öffnete der Cousin, der das Huhn durch die Luft gewirbelt hatte – der Seelenrufer –, die Vordertür und schaute auf die Straße. Auf einem kleinen Tisch zu seinen Füßen lagen das geopferte Huhn, etwas Reis, ein Ei und ein brennendes Räucherstäbchen. In der Rechten hielt er ein Paar Weissagungshörner, in seiner Linken eine Rassel. Ab und zu warf er entweder den einen oder den anderen Gegenstand zu Boden und beurteilte den Erfolg seiner Bemühungen anhand der Lage der Hörner oder der Metallscheiben.

*Ich rufe dich*
*Ich rufe dich,*

sang er Lias Seele entgegen.

*Ich habe ein Ei für dich*

*Ich habe Reis für dich*

*Ich habe ein Huhn für dich*
*All das wartet hier auf dich.*

In der Wohnung wurde das Opfergeld verbrannt und so ins Reich des Unsichtbaren gesandt. Der Gong ertönte. Das Pferd des *txiv neeb* galoppierte immer schneller. Der Seelenrufer hielt Ausschau auf die East 12th Street und sang:

*Wo bist du?*
*Wohin bist du gegangen?*
*Besuchst du deinen Bruder?*
*Besuchst du deine Schwester?*
*Besuchst du deinen Cousin?*
*Betrachtest du eine Blume?*
*Bist du in Laos?*
*Bist du in Thailand?*
*Bist du im Himmel?*
*Bist du zur Sonne gegangen?*
*Bist du zum Mond gegangen?*
*Komm nach Hause in dein Haus*
*Komm nach Hause zu deiner Mutter*
*Komm nach Hause zu deinem Vater*
*Komm nach Hause zu deinen Schwestern*
*Komm nach Hause zu deinem Bruder*
*Ich rufe dich!*
*Ich rufe dich!*
*Komm nach Hause durch diese Tür*
*Komm nach Hause zu deiner Familie*
*Komm heim*
*Komm heim*
*Komm heim*
*Komm heim*
*Komm heim*
*Komm heim*
*Komm heim*
*Komm heim.*

# BEMERKUNG ZUR HMONG-ORTHOGRAPHIE UND -AUSSPRACHE

In einem Volksmärchen, das von dem Ethnologen Robert Cooper und seinen Kollegen aufgezeichnet wurde, heißt es, die Sprache der Hmong habe einst auch als Schriftsprache existiert, und manch Wissenswertes über das Leben und die Reise zwischen Tod und Wiedergeburt sei in einem großen Buch festgehalten worden. Leider fraßen Kühe und Ratten das Buch auf. Danach gab es nie wieder ein Buch, das in der Lage gewesen wäre, eine so hohe Kultur wie die der Hmong widerzuspiegeln, weshalb die Sprache der Hmong fortan nur noch gesprochen und nicht mehr geschrieben wurde.

Dabei blieb es auch bis ins ausgehende 19. Jahrhundert. Seitdem haben Missionare und Sprachwissenschaftler über zwei Dutzend Hmong-Schriften entworfen, die entweder auf den chinesischen Zeichen basieren oder dem thailändischen, laotischen, vietnamesischen oder russischen Alphabet nachgebildet sind. Darüber hinaus gibt es eine faszinierende Schrift mit einundachtzig Symbolen, das Pahawh Hmong genannt wird, dem Sanskrit ein wenig ähnlich sieht und 1959 von Shong Lue Yang, einem messianischen Hmong-Oberhaupt, entwickelt wurde, der bis zu diesem Zeitpunkt weder lesen noch schreiben konnte. Diese Schrift wird von Chao Fa verwendet, der Widerstandsbewegung, die dezimiert, wie sie ist, immer noch einen Guerillakrieg gegen das kommunistische Regime in Laos führt.

Um die Hmong-Wörter in diesem Buch wiederzugeben, habe ich die Schrift verwandt, die sowohl unter den Hmong als auch unter den Sprachwissenschaftlern am gebräuchlichsten ist, das sogenannte *Romanized Popular Alphabet* (romanisiertes Volksalphabet). Das RPA, wie es gemeinhin genannt wird, wurde 1953 von drei missionarischen Sprachwissenschaftlern, Linwood Barney, William Smalley und Yves Bertrais, entwickelt. Es gibt sämtliche Laute der Hmong-Sprache mittels römischer Buchstaben und ohne Zuhilfenahme diakritischer Zeichen wieder – eine enorme Erleichterung für jeden, der die Sprache schreiben will. RPA treibt den zur Verzweiflung, der ein phonetisches Konzept erwartet. So wird zum Beispiel *txiv neeb* – ein Hmong-Schamane – tatsächlich »tsi neng« ausgesprochen. Wo ist das *v* geblieben? Was ist aus dem *b* geworden? Woher kommt das *ng*? Wenn man diese Schrift jedoch als eine Art Code versteht, ist sie bemerkenswert klug durchdacht und nicht halb so schwer, wie sie scheint.

Die Sprache der Hmong ist monosyllabisch (außer im Fall von Komposita) und – ähnlich wie viele andere asiatische Sprachen – tonal. Mit anderen Worten, die Bedeutung eines Wortes hängt nicht nur von der Aussprache der Konsonanten und Vokale ab, sondern auch von der Stimmlage und der Tatsache, ob die Stimme höher oder tiefer gleitet oder dieselbe Tonhöhe beibehält. Ungewöhnlicherweise gibt das RPA diese sprachmelodische Anweisung durch einen Konsonanten am Wortende wieder. (Wörter, die mit gleichbleibender, also weder hinauf- noch hinuntergleitender Stimme ausgesprochen werden, bilden die Ausnahme: sie werden ohne Schlußkonsonanten geschrieben.) Die meisten Hmong-Wörter enden mit einem Vokallaut, so daß Schlußkonsonanten immer solche sprachmelodischen Anweisungen sind und als solche niemals ausgesprochen werden.

Daher wird der *dab*, der Geist, »da« ausgesprochen. (Das abschließende *b* bestimmt die Tonlage, in diesem Fall hoch und gleichbleibend. Da die Tonlage nur schwer zu vermitteln ist, wenn man sie nicht hört, lasse ich sie in den Ausspracheempfehlungen der hier folgenden Wörter und Redewendungen einfach weg.) *Paj ntaub* – wörtlich »Blumenstoff«, ein kunstvoll ausgeführtes Textilhandwerk – spricht sich »pa ndow«. *Qaug dab peg* – der Hmong-Begriff für Epilepsie, der wörtlich übersetzt »der Geist packt dich, und du stürzt zu Boden« bedeutet – spricht sich »kow da pay«.

Zu der RPA-Betonung gäbe es noch viel zu sagen, doch ist das meiste zu kompliziert, um an dieser Stelle erläutert zu werden. Ich möchte deshalb lediglich auf drei Aspekte hinweisen. Ein *x* wird immer wie ein *s* ausgesprochen. Ein doppelter Vokal bedeutet immer einen nasalen Klang, ähnlich dem *ng* in »Ding«. (Diese beiden Besonderheiten, verbunden mit der Tatsache, daß der letzte Konsonant nicht gesprochen wird, erklären, warum man *txiv neeb* wie »tsi neng« spricht.) Drittens steht das *w* für einen Vokal, der in etwa wie ein französisches *u* ausgesprochen wird. Daher wird das nahezu unaussprechlich aussehende Wort *txwv* – ein Kinderspiel, das dem Knöchelspiel ähnelt – einfach wie »tsu« gesprochen.

Um den Amerikanern die Aussprache ihrer Namen zu erleichtern, verwenden die Hmong für Eigennamen nicht das RPA. Großgeschriebene Wörter werden im allgemeinen so ausgesprochen, wie sie geschrieben werden. Das Wort »Hmong«, das dem RPA nach *Hmoob* geschrieben würde, wird »Mong« ausgesprochen, wobei der Wortanfang kaum hörbar aspiriert wird. »Lia Lee«, die dem RPA zufolge *Liab Lis* geschrieben werden müßte, spricht man wie erwartet »Leea Lee« aus.

Die Hmong in Laos und Thailand lassen sich grob in zwei Gruppen einteilen, in die Weißen und die Blauen Hmong. (Weiß bzw. blau ist die Farbe, die die jeweilige Gruppe für ihre traditionellen Röcke bevorzugt.) Die Dialekte der beiden Gruppen ähneln sich, die Aussprache ist jedoch ein wenig unterschiedlich. In diesem Buch habe ich die Rechtschreibung der Weißen Hmong verwendet.

# Literaturverzeichnis

Berkow, Robert (Hg.), *The Merck Manual of Diagnosis and Therapy*, 16. Aufl., Rahway, N. J.: Merck & Co. 1993.

Bernatzik, Hugo Adolf, *Akha und Miao: Probleme der angewandten Völkerkunde in Hinterindien*, 2 Bde. Wien: Kommissionsverlag Wagner'sche Universitätsdruckerei 1947.

»Between Two Worlds: The Hmong Shaman in America.« Produziert von Taggart Siegel und Dwight Conquergood, Filmmakers Library New York.

Bliatout, Bruce Thowpaou, »Guidelines for Mental Health Professionals to Help Hmong Clients Seek Traditional Healing Treatment«, in: Hendricks et al., *The Hmong in Transition*.

Bosher, Susan Dandridge, *Acculturation, Ethnicity, and Second Language Acquisition: A Study of Hmong Students at the Post-secondary Level*, Ph. D. Dissertation, University of Minnesota 1995.

Cabezut-Ortiz, Delores J., *Merced County: The Golden Harvest*, Northridge, Calif.: Windsor Publications 1987.

Calderon, Eddie A., »The Impact of Indochinese Resettlement on the Phillips and Elliot Park Neighborhoods in South Minneapolis«, in: Downing und Olney, *The Hmong in the West*.

Catlin, Amy, »Speech Surrogate Systems of the Hmong: From Singing Voices to Talking Reeds«, in: Downing und Olney, *The Hmong in the West*.

Chan, Sucheng, *Hmong Means Free: Life in Laos and America*, Philadelphia: Temple University Press 1994.

Chindarsi, Nusit, *The Religion of the Hmong Njua*, Bangkok: The Siam Society 1976.

Clifford, Clark, *Counsel to the President*, New York: Random House 1991.

Cooper, Robert, *Resource Scarcity and the Hmong Response*, Singapore: Singapore University Press 1984.

Cooper, Robert et al., *The Hmong*, Bangkok: Art Asia Press 1991.

Crystal, Eric, »Buffalo Heads and Sacred Threads: Hmong Culture of the Southeast Asian Highlands«, in: *Textiles as Texts: Arts of Hmong Women from Laos*, hg. von Amy Catlin und Dixie Swift, Los Angeles: The Women's Building 1987.

Cumming, Brenda Jean, *The Development of Attachment in Two Groups of Economically Disadvantaged Infants and Their Mothers: Hmong Refugee and Caucasian-American*, Ph. D. Dissertation, Department of Educational Psychology, University of Minnesota 1988.

Devinsky, Orrin, *A Guide to Understanding and Living with Epilepsy*, Philadelphia: F. A. Davis 1994.

*Dictionary of American History*, New York: Charles Scribner's Sons 1976.

Downing, Bruce T. und Douglas P. Olney (Hg.), *The Hmong in the West: Observations and Reports*. Minneapolis: Center for Urban and Regional Affairs, University of Minnesota 1982.

Evans, Owen B., *Manual of Child Neurology*, New York: Churchill Livingstone 1987.

Fass, Simon M., »Economic Development and Employment Projects«, in: Hendricks et al., *The Hmong in Transition*.

Faust, Shotsy C., »Providing Inclusive Healthcare Across Cultures«, in: *Advanced Practice Nursing: Changing Roles and Clinical Applications*, hg. von Joanne V. Hickey et al., Philadelphia: Lippincott-Raven 1996.

Feith, David, *Stalemate: Refugees in Asia*, Victoria, Australia: Asian Bureau Australia 1988.

Finck, John, »Secondary Migration to California's Central Valley«, in: Hendricks et al., *The Hmong in Transition*.

Gang Pak, Merced, Calif.: Merced Union High School District, Child Welfare and Attendance Office 1993.

Geddes, W. R., *Migrants of the Mountains: The Cultural Ecology of the Blue Miao (Hmong Njua) of Thailand*, Oxford: Clarendon Press 1976.

Gong-Guy, Elizabeth, *California Southeast Asian Mental Health Needs Assessment*, Oakland, Calif.: Asian Community Mental Health Services 1987.

Hendricks, Glenn L. et al. (Hg.), *The Hmong in Transition*, New York and Minneapolis: Center for Migration Studies and Southeast Asian Refugee Studies Project, University of Minnesota 1986.

*The Hmong Resettlement Study*, 2 Bde., Washington, D. C.: Office of Refugee Resettlement, U. S. Department of Health and Human Services, 1984 und 1985.

Hurlich, Marshall et al., »Attitudes of Hmong Toward a Medical Research Project«, in: Hendricks et al., *The Hmong in Transition*.

Hutchison, Ray, »Acculturation in the Hmong Community«. Green

Bay: University of Wisconsin Center for Public Affairs, and Milwaukee: University of Wisconsin Institute on Race and Ethnicity 1992.

Jaisser, Annie, *Hmong for Beginners*, Berkeley: Centers for South and Southeast Asia Studies 1995.

Johns, Brenda und David Strecker (Hg.), *The Hmong World*, New Haven: Yale Southeast Asia Studies 1986.

Johnson, Charles, »Hmong Myths, Legends and Folk Tales«, in: Downing und Olney, *The Hmong in the West*.

– (Hg.), *Dab Neeg Hmoob: Myths, Legends and Folk Tales from the Hmong of Laos*, St. Paul: Macalester College 1983.

Johnson, Charles und Ava Dale Johnson, *Six Hmong Folk Tales Retold in English*, St. Paul: Macalester College 1981.

»Journey from Pha Dong«. In der Umschrift von Vang Yang, Minneapolis: Southeast Asian Refugee Studies Project, University of Minnesota 1988.

Kirton, Elizabeth S., *The Locked Medicine Cabinet: Hmong Health Care in America*, Ph. D. Dissertation, Department of Anthropology, University of California at Santa Barbara 1985.

Kleinman, Arthur, *The Illness Narratives: Suffering, Healing, and the Human Condition*, New York: Basic Books 1988.

– *Patients and Healers in the Context of Culture*, Berkeley: University of California Press 1980.

Koumarn, Yang See und G. Linwood Barney, »The Hmong: Their History and Culture«, New York: Lutheran Immigration and Refugee Service 1986.

Kraut, Alan M., *Silent Travelers: Germs, Genes, and the »Immigrant Menace«*, New York: Basic Books 1994.

*Laos: Official Standard Names Approved by the United States Board on Geographic Names*, Washington, D. C.: Defense Mapping Agency 1973.

LaPlante, Eve, *Seized: Temporal Lobe Epilepsy as a Medical, Historical, and Artistic Phenomenon*. New York: HarperCollins 1993.

Lemoine, Jacques, »Shamanism in the Context of Hmong Resettlement«, in: Hendricks et al., *The Hmong in Transition*.

Lewis, Paul und Elaine, *Peoples of the Golden Triangle*, London: Thames and Hudson 1984.

Long, Lynellen, *Ban Vinai: The Refugee Camp*, New York: Columbia University Press 1993.

Marchetti, Victor und John D. Marks, *The CIA and the Cult of Intelligence*, New York: Alfred A. Knopf 1974.

McCoy, Alfred W., *The Politics of Heroin: CIA Complicity in the Global Drug Trade*, Brooklyn, N. Y.: Lawrence Hill Books 1991.

McKibben, Brian, *English-White Hmong Dictionary*, Provo, Utah 1992.

McNamer, Megan, »Musical Change and Change in Music«, in: Johns und Strecker, *The Hmong World*.

Meyer, Stephen, *The Five Dollar Day*, Albany: State University of New York Press 1981.

Mollica, Richard F., »The Trauma Story: The Psychiatric Care of Refugee Survivors of Violence and Torture«, in: *Post-Traumatic Therapy and Victims of Violence*, hg. von Frank M. Ochberg, New York: Brunner/Mazel 1988.

Mollica, Richard F. und James Lavelle, »Southeast Asian Refugees«, in: *Clinical Guidelines in Cross-Cultural Mental Health*, hg. von Lillian Comas-Diaz und Ezra E. H. Griffith, New York: John Wiley & Sons 1988.

Moore, David L., *Dark Sky, Dark Land: Stories of the Hmong Boy Scouts of Troop 100*, Eden Prairie, Minn.: Tessera Publishing 1989.

Mottin, Jean, *History of the Hmong*, Bangkok: Odeon Store 1980.

Munger, Ronald, *Sudden Death in Sleep of Asian Adults*, Ph. D. Dissertation, Department of Anthropology, University of Washington 1985.

Newlin-Haus, E. M., *A Comparison of Proxemic and Selected Communication Behavior of Anglo-American and Hmong Refugee Mother-Infant Pairs*, Ph. D. Dissertation, Indiana University 1982.

Nguyen, Anh et al., »Folk Medicine, Folk Nutrition, Superstitions«, Washington, D. C.: TEAM Associates 1980.

Nuland, Sherwin B., *How We Die: Reflections on Life's Final Chapter*, New York: Vintage 1995.

Oberg, Charles N. et al., »A Cross-Cultural Assessment of Maternal-Child Interaction: Links to Health and Development«, in: Hendricks et al., *The Hmong in Transition*.

Ong, W. J., *Orality and Literacy: The Technologizing of the Word*, London: Methuen and Co. 1982.

Owan, Tom Choken (Hg.), *Southeast Asian Mental Health: Treatment, Prevention, Services, Training, and Research*, Washington, D. C.: National Institute of Mental Health 1985.

Potter, Gayle S. und Alice Whiren, »Traditional Hmong Birth Customs: A Historical Study«, in: Downing und Olney, *The Hmong in the West*.

Quincy, Keith, *Hmong: History of a People*, Cheney, Wash.: Eastern Washington University Press 1988.

Restak, Richard, *The Brain*, New York: Bantam 1984.

Robbins, Christopher, *The Ravens: The Men Who Flew in America's Secret War in Laos*, New York: Crown 1987.

Rosenblatt, Roger, *Children of War*, New York: Anchor Press, 1983.

Rumbaut, Rubén, »Mental Health and the Refugee Experience: A Comparative Study of Southeast Asian Refugees«, in: Owan, *Southeast Asian Mental Health*.

Rumbaut, Rubén und Kenji Ima, *The Adaptation of Southeast Asian Youth: A Comparative Study*, 2 Bde., San Diego, Calif.: Southeast Asian Refugee Youth Study, Department of Sociology, San Diego State University 1987.

Sacks, Oliver, *Migraine*, Berkeley: University of California Press 1985.

Savina, F. M., *Histoire des Miao*, 2. Aufl., Hong Kong: Imprimerie de la Société des Missions-Etrangères de Paris 1930.

Schreiner, Donna, »Southeast Asian Folk Healing«, Portland, Oregon: Multnomah Community Health Services 1981.

Scott, George M., jr., *Migrants Without Mountains: The Politics of Sociocultural Adjustment Among the Lao Hmong Refugees in San Diego*, Ph. D. Dissertation, Department of Anthropology, University of California at San Diego, 1986.

Seagrave, Sterling, *Yellow Rain: Chemical Warfare – The Deadliest Arms Race*, New York: Evans 1981.

Smalley, William A. et al., *Mother of Writing: The Origin and Development of a Hmong Messianic Script*, Chicago: University of Chicago Press 1990.

Social/Cultural Customs: »Similarities and Differences Between Vietnamese–Cambodians–H'Mong–Lao«, Washington, D. C.: TEAM Associates 1980.

Strouse, Joan, *Continuing Themes in U. S. Educational Policy for Immigrants and Refugees: The Hmong Experience*, Ph. D. Dissertation, Educational Policy Studies, University of Wisconsin 1985.

Sutton, Christine (Hg.), »The Hmong of Laos«, Georgetown University Bilingual Education Service Center 1984.

Temkin, Owsei, *The Falling Sickness: A History of Epilepsy from the Greeks to the Beginnings of Modern Neurology*, Baltimore: Johns Hopkins University Press 1971.

Thao, Cheu, »Hmong Migration and Leadership in Laos and in the United States«, in: Downing, *The Hmong in the West*.

Thao, T. Christopher, »Hmong Customs on Marriage, Divorce and the Rights of Married Women«, in: Johns und Strecker, *The Hmong World*.

Thao, Xoua, »Hmong Perception of Illness and Traditional Ways of Healing«, in: Hendricks et al., *The Hmong in Transition*.

Thernstrom, Stephan, »Ethnic Groups in American History«, in: *Ethnic Relations in America*, hg. von Lance Leibman, Englewood Cliffs, N. J.: Prentice-Hall 1982.

Trillin, Calvin, »Resettling the Yangs«, in: *Killings*, New York: Ticknor & Fields 1984.

Ungar, Sanford J., *Fresh Blood: The New American Immigrants*, New York: Simon & Schuster 1995.

Vang, Chia, »Why Are Few Hmong Women in Higher Education?«, in: *Hmong Women Pursuing Higher Education*, University of Wisconsin-Stout, Dezember 1991.

Vang, Kou et al., *Hmong Concepts of Illness and Healing with a Hmong/English Glossary*, Fresno: Nationalities Service of Central California 1985.

Vang, Lue und Judy Lewis, »Grandfather's Path, Grandfather's Way«, in: Johns und Strecker, *The Hmong World*.

Vang, Tou-Fou, »The Hmong of Laos«, in: *Bridging Cultures: Southeast Asian Refugees in America*. Los Angeles: Asian American Community Mental Health Training Center 1981.

Walker-Moffat, Wendy, *The Other Side of the Asian American Success Story*, San Francisco: Jossey-Bass 1995.

Waller, Sukey, »Hmong Shamans in a County Mental Health Setting: A Bicultural Model for Healing Laotian Mountain People«, in: *Proceedings of the Fifth International Conference on the Study of Shamanism and Alternate Modes of Healing*, hg. von Ruth-Inge Heinze, Berkeley: Independent Scholars of Asia 1988.

Warner, Roger, *Back Fire: The CIA's Secret War in Laos and Its Link to the War in Vietnam*, New York: Simon & Schuster 1995.

– *Shooting at the Moon: The Story of America's Clandestine War in Laos*, South Royalton, Vt.: Steerforth Press 1996.

Willcox, Don, *Hmong Folklife*, Penland, N. C.: Hmong Natural Association of North Carolina 1986.

Willem, Jean-Pierre, *Les naufragés de la liberté: Le dernier exode des Méos*, Paris: Editions S. O. S. 1980.

*World Refugee Survey*, Washington, D. C.: U. S. Committee for Refugees.

Xiong, May und Nancy D. Donnelly, »My Life in Laos«, in: Johns und Strecker, *The Hmong World*.

Yang Dao. *Hmong at the Turning Point*, Minneapolis: WorldBridge Associates 1993.

– »Why Did the Hmong Leave Laos?«, in: Downing und Olney, *The Hmong in the West*.

Yang, Teng et al., *An Evaluation of the Highland Lao Initiative: Final Report*, Washington, D. C.: Office of Refugee Resettlement, U. S. Department of Health and Human Services 1985.

# Danksagung

*Ib tug pas ua tsis tau ib pluag mov los yog ua tsis tau ib tug laj kab.*
Mit nur einem Ast kann man keine Mahlzeit kochen und auch keinen Zaun bauen.

Ich möchte einigen Menschen, ohne die ich das Buch nicht hätte schreiben können, an dieser Stelle danken:

Bill Selvidge, mit dessen Geschichten über seine Hmong-Patienten alles anfing und der mein Gastgeber, Mittelsmann, Lehrer und sachkundiger Berater wurde.

Robert Gottlieb, der mich mit der Geschichte betraute. Robert Lescher, mein Literaturagent, der immer wußte, daß ich irgendwie ein Buch in mir trug. Jonathan Galassi und Elisheva Urbas, zwei außergewöhnlichen Lektoren, die zu jedem Zeitpunkt den Wald wie auch die Bäume im Blick zu behalten vermochten.

Dem John S. Knight Stipendienprogramm an der Stanford University, das es mir unter anderem ermöglichte, an der dortigen Medizinischen Fakultät zu studieren. Die Kurse, die ich belegte, vertieften nicht nur meine Medizinkenntnisse, sondern halfen mir auch zu verstehen, was es heißt, ein Arzt zu sein.

Michele Salcedo, der mir bei der Beschaffung von Sekundärliteratur im Anfangsstadium des Projekts behilflich war. Michael Cassell, Nancy Cohen, Jennifer Pitts und Jennifer Veech, die geschickt und engagiert die Fakten überprüften. Tony Kaye, dem unvergleichlichen Forscher, der Antworten auf Hunderte von Fragen fand, um die ich jahrelang verlegen war.

Dutzenden von Menschen, die in meinen Quellennachweisen unter den einzelnen Kapitelüberschriften zitiert werden, die bereit waren, ihr Wissen mit mir zu teilen.

Den Ärzten und dem Pflegepersonal im Kreiskrankenhaus von Merced, die mir halfen und mich lehrten, mit einem besonderen Dank an Dan Murphy.

Sukey Waller, die mich bei den Oberhäuptern der Hmong einführte. Sie haben mir vertraut, weil sie ihr vertraut haben.

Der Hmong-Gemeinde in Merced, deren Mitglieder bereit waren, mich an ihrer hochentwickelten Kultur teilhaben zu lassen, und die meine tiefste Hochachtung verdient haben.

Jeanine Hilt, deren Tod ein fürchterlicher Verlust für uns war.

Raquel Arias, Andrea Baker, John Bethell, Dwight Conquergood, Jim Fadiman, Abby Kagan, Martin Kilgore, Pheng Ly, Susan Mitchell, Chong Moua, Dang Moua, Karla Reganold, Dave Schneider, Steve Smith, Rhonda Walton, Carol Whitmore, Natasha Wimmer und Mayko Xiong für Hilfen unterschiedlichster Art.

Bill Abrams, Jon Blackman, Lisa Colt, Sandy Colt, Byron Dobell, Adam Goodheart, Peter Gradjansky, Julie Holding, Kathy Holub, Charlie Monheim, Julie Salamon, Kathy Schuler und Al Silverman, die das gesamte Manuskript oder Teile daraus gelesen und mich ihre Kritik wissen und ihre Begeisterung spüren ließen, was mir gleichermaßen geholfen hat. Jane Condon, Maud Gleason und Lou Ann Walker, unbezahlbaren Freunden, die nicht nur das Buch lasen, sondern mich auch jahrelang davon erzählen ließen.

Harry Colt, Elizabeth Engle und Fred Holley, die das Manuskript gründlich auf medizinische Exaktheit hin überprüften. Annie Jaisser, die im Hinblick auf die Sprache der Hmong zahlreiche Fragen klärte und die Schreibweise der Hmong-Zitate korrigierte. Gary Stone, der mich über einige wichtige Details im Zusammenhang mit den Kriegen in Laos und Vietnam aufklärte. Sämtliche noch vorhandenen Irrtümer gehen auf mein Konto, nicht auf das ihre.

May Ying Xiong Ly, meiner Dolmetscherin, meiner Kulturvermittlerin und Freundin, die Brücken über Gräben baute, die sonst nicht zu überwinden gewesen wären.

Blia Yao Moua und Jonas Vangay, zwei weisen und großzügigen Männern, die mich lehrten, was es heißt, Hmong zu sein. Beinahe ein Jahrzehnt nachdem wir uns zum ersten Mal begegneten, beantworten sie immer noch meine Fragen.

Meinem Bruder, Kim Fadiman, der in Dutzenden von mitternächtlichen Telefonaten auf zugefaxte Kapitel und gewichtige Formulierungsnuancen einging, die so fein waren, daß nur ein Fadiman damit zurechtkommen konnte. Auch sprach Kim das gesamte Manuskript auf Band, so daß unser Vater, der vor vier Jahren sein Augenlicht verlor, es sich anhören konnte.

Meiner Mutter, Annalee Jacoby Fadiman, und meinem Vater, Clifton

Fadiman, die mir durch ihre Liebe und durch ihr Beispiel das meiste von dem beibrachten, was ich an guter Berichterstattung und gutem Schreibstil gelernt habe.

Meinen Kindern, Susannah und Henry, für die Freude, die sie mit sich gebracht haben.

Monica Gregory, Dianna Guevara und Brigitta Kohli, die sich phantasie- und liebevoll um meine Kinder kümmerten und mich dadurch zum Schreiben kommen ließen.

In drei Fällen stehe ich in einer Schuld, die sich nicht abtragen läßt.

Zunächst bei Neil Ernst und Peggy Philp, Ärzten und Menschen von seltenem Format, die mir in unzähligen Stunden dabei halfen, einen Fall zu verstehen, den die meisten Ärzte lieber vergessen hätten. Ihr Mut und ihre Aufrichtigkeit haben mich inspiriert.

Weiterhin bei der Familie Lee, die meine gesamte Sicht auf die Welt veränderte, als sie mich in ihrem Zuhause, ihrem Alltagsleben und ihrer reichen Kultur willkommen hieß. Nao Kao Lee war ein geduldiger und redegewandter Erzieher. Foua Yang war eine liebevolle Führerin und zeitweilig meine Ersatzmutter. Ich danke allen Kindern der Lees, aber vor allem True, die mir in der Endphase meiner Forschung eine unermeßliche Hilfe war und zur Freundin wurde. Und Lia, dem Zentrum dieses Buches. Ich kann nur sagen, daß es von den zahlreichen Kümmernissen dieser Welt, die mir auf der Seele liegen, gerade dein Leben ist, an das ich in den dunkelsten Stunden der Nacht am häufigsten denke.

Den größten Dank schulde ich meinem Mann, George Howe Colt, dem dieses Buch gewidmet ist. Im übertragenen wie auch im wörtlichen Sinne bedeutet George mir alles. Im Laufe der Jahre tätigte er Anrufe, um Fakten zu überprüfen, half mir bei der Ablage Tausender von Forschungsdetails, kümmerte sich um die Kinder, während ich arbeitete, und besprach mit mir jede Ausformung der Charaktere, des Stils, des Aufbaus und der Akzentuierung. Er las jedes Wort – bis auf diese hier – mindestens zweimal, und seine Arbeit als Lektor war brillant. Wenn ich den Mut verlor, half mir das Bewußtsein, daß George sich für Lia interessierte, daran zu glauben, daß auch andere es tun würden. Wenn nicht für ihn, wäre mein Buch nie geschrieben worden, und mein Leben wäre unvorstellbar glanzloser.